EVER
LAUREN PALPHREYMAN
LASTING
Gefährliches Schicksal
LOVE

Aus dem Amerikanischen
von Anna Julia Strüh

FISCHER Taschenbuch

Erschienen bei FISCHER Kinder- und Jugendtaschenbuch
Frankfurt am Main, September 2019

Das Original erschien bei Wattpad unter dem Titel »Cupid's Match«.
Copyright © 2018 by Lauren Palphreyman
The author is represented by Wattpad

Für die deutschsprachige Ausgabe:
© 2019 S. Fischer Verlag GmbH, Hedderichstr. 114,
D-60596 Frankfurt am Main

Satz: Dörlemann Satz, Lemförde
Druck und Bindung: CPI books GmbH, Leck
Printed in Germany
ISBN 978-3-7335-0543-1

Teil 1:
Everlasting Love Matchmaking-Agentur

1. Kapitel

Liebe Lila,
ich schreibe Dir im Namen der Matchmaking-Agentur Everlasting Love.
Du hast sicher noch nie von uns gehört, wir sind eine Organisation, die hinter den Kulissen der Gesellschaft arbeitet und für jeden den perfekten Partner findet.
Normalerweise kontaktieren wir unsere Klienten nicht. Wir bevorzugen es, im Geheimen zu arbeiten – das ideale Umfeld zu schaffen, damit die Matches einander zufällig begegnen.
Doch vor kurzem haben wir Deine Daten durch das System laufen lassen und ... nun ja ... in Deinem Fall ...
Du solltest wohl besser persönlich bei uns vorbeikommen.
Bitte melde Dich schnellstmöglich.
Mit größter Dringlichkeit
Everlasting Love – Matchmaking-Agentur

Everlasting Love – Matchmaking-Agentur steht in eleganter Schrift über der verglasten Ladenfront. An der Türklinke hängt ein Schild: *Im Moment nehmen wir keine neuen Kunden auf.*

»Dieser Verein nimmt nie irgendjemand Neuen auf«, sagt ein vorbeigehendes Mädchen mürrisch zu ihrer Freundin.

Ich ziehe die Stirn kraus, während ich mit einem Stapel Briefe in der Hand zum Firmenschild aufsehe.

Ich kann nicht glauben, dass ich tatsächlich hier bin.

Als ich durch die Tür trete, bimmelt ein Glöckchen. Der Laden ist größer, als er von außen aussieht. Der Boden ist mit glänzend weißen Kacheln gefliest, und stylische neonfarbene Sessel stehen um einen großen Couchtisch herum, auf dem verschiedene Modezeitschriften liegen. Etwas Glitzerndes an der Wand erregt meine Aufmerksamkeit – bei genauerem Hinsehen erkenne ich eine Plakette mit der Aufschrift: *Perfekte Matches seit 3000 Jahren*. Fassungslos schüttele ich den Kopf.

Am anderen Ende des Raums befindet sich ein hoher, steinerner Empfangstresen. Darüber hängt, mit Draht an der Decke befestigt, ein langer, goldener Pfeil. Eine perfekt herausgeputzte Blondine in einem blütenweißen Anzug schnattert dahinter pausenlos in ihr Headset.

Ich marschiere zu ihr hinüber und werfe den Stapel Briefe auf den Tresen. Überrascht blickt die junge Frau auf. Auf dem Namensschild an der Tasche ihres weißen Blazers steht *Crystal*.

»Kann ich dich zurückrufen?«, sagt sie in ihr Headset. »Ich muss kurz was erledigen.«

Sie mustert mich von Kopf bis Fuß und grinst herablassend. Plötzlich wird mir bewusst, wie ich in ihren Augen aussehen muss. Sie ist absolut makellos, jedes blonde Haar sitzt genau an der richtigen Stelle, und hier bin ich in meiner Lederjacke, Jeans und ramponierten Sneakers. Ich erhasche einen Blick auf meine dunklen, zerzausten Haare in einer Glastür hinter der Rezeption. Ich bin das genaue Gegenteil von ihr.

»Tut mir leid«, flötet sie, »im Moment nehmen wir keine neuen Kunden auf.«

Sie fingert an ihrem Headset herum, und mich erfasst eine Welle der Wut, als mir klarwird, dass sie ihr Gespräch einfach fortsetzen will.

»Ich bin nicht hier, weil ich Kundin werden will. Ich bin hier, damit ihr verdammt nochmal aufhört, mich zu belästigen.«

Sichtlich verwirrt blickt sie zu mir auf, ihre blauen Augen glänzen, als sei sie in Gedanken ganz woanders. »Wie bitte?«

Ich ziehe eine Augenbraue hoch und deute mit dem Kopf auf die fünf Briefe, die vor ihr auf dem Tisch liegen.

»Schon den ganzen Sommer bombardiert ihr mich mit Briefen, Textnachrichten und E-Mails«, sage ich. »Ich habe kein Interesse an eurem Service. Ich weiß nicht, woher ihr meine Daten habt, aber ihr müsst mich aus dem Verteiler löschen. Ich habe schon einen Freund, vielen Dank auch.«

Damit drehe ich mich um und marschiere zum Ausgang.

»Moment.«

Ihre Stimme ist leiser und viel nachdrücklicher als zuvor. Dringlich.

Ich drehe mich auf dem Absatz um.

»Du sagst, du bist von uns kontaktiert worden?«

Ich nicke langsam.

Crystal macht ein finsteres Gesicht. »Nun, das ist äußerst ... ungewöhnlich.« Sie nimmt langsam einen der Briefe zur Hand, die ich achtlos auf ihrem Tisch abgeladen habe. »Wir kontaktieren unsere Klienten niemals. Wir sind Liebesagenten. Es verstößt gegen unsere Gesetze – unseren ...«

Sie schlägt sich erschrocken ihre perfekt manikürte Hand vor den Mund, als hätte sie versehentlich ein Geheimnis ausgeplaudert.

»Datenschutz?«, hake ich nach.

Sie schüttelt nachdrücklich den Kopf, als habe sie schon zu viel gesagt.

Ich zucke die Achseln. »Wie auch immer. Kontaktiert mich einfach nicht noch mal. Okay?«

Ich will mich gerade wieder umdrehen und gehen, als sie plötzlich aufsteht.

»Nein«, ruft sie, ihre Stimme auf einmal merkwürdig schrill. »Bitte!«

Ich starre sie verblüfft an.

Was ist das nur für ein komischer Ort?

Als sei ihr plötzlich klargeworden, wie seltsam ihre Reaktion wirkt, setzt sich die Rezeptionistin langsam wieder hin, und das roboterhafte Lächeln erscheint wieder auf ihrem Gesicht.

»Lass mich nur schnell deinen Namen in der Datenbank nachschauen und herausfinden, was hier vorgefallen ist. Dann können wir dich aus dem System löschen. In Ordnung?«

Ich seufze. »Na schön.«

Erleichterung macht sich auf ihrem Gesicht breit, als ich zur Rezeption zurückkomme.

»Name?«

»Lila Black.«

Ich höre das Klackern ihrer langen Fingernägel auf der Tastatur, als sie meinen Namen eingibt. Sie wartet einen Moment, den Blick starr auf den Monitor gerichtet. Dann zieht sie die Stirn kraus und tippt hastig etwas anderes ein.

Sie beobachtet den Monitor wie gebannt, und plötzlich formt sich ihr Mund zu einem perfekten O. Alle Farbe weicht aus ihrem Gesicht, als die Überraschung ihr roboterhaftes Lächeln verdrängt. Und dahinter verbirgt sich noch etwas anderes.

Angst?
Mit schreckgeweiteten Augen blickt sie zu mir auf. »Lila, wir haben ein *großes* Problem. Im System steht, dein Match sei …« Sie hält abrupt inne und beißt sich auf die Lippe.

»Nein … Ich … Mehr kann ich nicht sagen. Ich denke … Ich denke, einer unserer Agenten sollte dich über die Situation aufklären. Bitte nimm einen Augenblick Platz. Ich schicke sofort jemanden zu dir.«

»Ich muss wirklich –«

Die Rezeptionistin hebt eine Hand, um mich zum Schweigen zu bringen, und drückt einen weißen Knopf an der Gegensprechanlage neben sich. Einen Moment später ertönt eine gedämpfte Männerstimme aus dem kleinen Lautsprecher.

»Was ist los, Crystal?« Er klingt genervt.

»Cal«, flötet sie mit einem aufgesetzten Lächeln auf den Lippen. »Ich muss dich bitten, sofort an die Rezeption zu kommen.«

»Du kennst doch den üblichen Spruch, Crystal«, braust er auf. »Wir nehmen im Moment keine neuen Kunden auf.«

Sie hüstelt verlegen, nimmt schnell den Hörer zur Hand und stellt den Lautsprecher aus.

»Das ist es nicht«, flüstert sie. »Hör zu, du musst wirklich dringend herkommen. Okay?«

Ich höre noch etwas aufgebrachtes Gemurmel am anderen Ende der Leitung, bevor Crystal auflegt. Das roboterhafte Lächeln erscheint wieder. »Einer unserer Agenten wird gleich bei dir sein.«

Ich will gerade protestieren, dass ich nicht mit einem Agenten reden, sondern einfach nicht mehr belästigt werden will, als die Glastür neben der Rezeption aufschwingt und ein junger Mann hereinkommt – Cal, nehme ich an.

Er ist genauso schön wie Crystal, mit ordentlich frisierten blonden Haaren und klaren silbernen Augen. Genau wie sie trägt auch er einen blütenweißen Anzug. Er sieht aus, als wäre er höchstens siebzehn, wie ich. Er ist durchaus attraktiv, wenn man auf so etwas steht – für meinen Geschmack ist er ein bisschen zu geschniegelt.

Sein genervter Blick huscht über Crystal, bevor er sich auf mich richtet. Ich fühle, wie er mich genauso abschätzig in Augenschein nimmt wie die Rezeptionistin bei meiner Ankunft, und winde mich unter seiner kalten Musterung.

»Tut mir leid«, sagt er voller Verachtung, »wir nehmen im Moment keine neuen Kunden auf.«

Er sieht demonstrativ zu Crystal und wendet sich dann mit hochgezogenen Augenbrauen wieder mir zu.

»Ja, das ist mir klar«, sage ich durch zusammengebissene Zähne, »aber ich bin nicht hier, um Kundin zu werden. Ich bin hier, damit ihr mich *nicht mehr* kontaktiert!«

Cals Gesicht nimmt kurz einen überraschten Ausdruck an, versteinert jedoch sofort wieder. Er wirft dem makellosen blonden Mädchen einen fragenden Blick zu.

»Das musst du sehen, Cal.«

Mit ärgerlich gerunzelter Stirn geht er zum Rezeptionstresen, beugt sich vor und liest, was immer auf dem Computermonitor steht. Dabei verfinstert sich sein Gesicht. Einen Moment sieht er schockiert aus. Dann fasst er sich wieder und sieht mich an.

»Du bist also dieses Mädchen«, sagt er. »Unter all den Mädchen auf der Welt wurdest ausgerechnet *du* als sein

Match ausgewählt. Ich muss zugeben, du bist nicht, was ich erwartet hatte. Komm jetzt bitte mit. Wir haben etwas sehr Wichtiges zu besprechen. Dein Leben könnte in –«

Crystal hustet und wirft ihm einen warnenden Blick zu.

Er seufzt. »Bitte komm mit, Lila. Ich werde dir alles erklären.«

Ohne ein weiteres Wort dreht er sich um und schreitet durch die Glastür hinter dem Tresen.

Ich sehe Crystal an, die mir ermutigend zunickt.

Einen Moment überlege ich, einfach zu gehen.

Aber was soll's, es ist ja nicht so, als hätte ich was Besseres zu tun …

Mit einem Achselzucken gehe ich zur Tür, öffne sie und trete hindurch.

2. Kapitel

Ich betrete ein Großraumbüro, in dem es enorm hektisch zugeht. Es ist wie der Eingangsbereich größtenteils weiß, mit antik aussehenden schwarzen Säulen, die bis zur hohen Decke reichen. Die linke Wand fällt mir sofort ins Auge, dort hängt eine riesige Collage von Gesichtern, Namen und Orten, die mit rosafarbenen Schnüren verbunden sind. An der hinteren Wand erhebt sich ein Torbogen, und dahinter steht eine verwitterte Statue von einer Frau in einer Toga.

Leute in weißen Anzügen eilen hin und her und sprechen in ihre Headsets. Hier drinnen sieht es eher aus wie an der Börse als bei einem Dating-Portal. Ich komme nicht umhin zu bemerken, dass alle umwerfend attraktiv sind. *Muss man gut aussehen, um hier zu arbeiten, oder was?*

Cal schreitet zwischen den anderen Agenten hindurch und sieht über die Schulter zu mir zurück. Ich folge ihm einen Gang zwischen den Reihen von Computern entlang und weiche den Leuten aus, die um mich herumwuseln.

An den Wänden hängen Monitore. *Top Ten Geächtete*, blitzt auf einem von ihnen auf. Aus irgendeinem Grund erregt eins der Bilder meine Aufmerksamkeit, doch bevor ich es richtig erkennen kann, wird der Monitor schwarz.

Cal hat inzwischen die Tür zu einem Büro mit Glaswänden erreicht. Er öffnet sie und bedeutet mir hineinzugehen.

»Setz dich, Lila«, sagt er in unverändert kaltem Ton.

Ich werfe ihm einen bösen Blick zu, als ich an ihm vorbeigehe, und setze mich auf den altmodischen roten Sessel, der vor dem Schreibtisch steht.

Cal schließt die Tür, nimmt einen schwarzen Umschlag aus einem Aktenschrank an der Wand und setzt sich mir gegenüber. Er seufzt schwer, wodurch er viel älter wirkt, als ich ihn auf den ersten Blick geschätzt habe. Genau genommen lässt ihn sein gesamtes Auftreten erwachsener erscheinen.

»Du bist wirklich nicht, was ich erwartet hatte«, sagt er kopfschüttelnd und öffnet den Umschlag.

»Ja, das sagtest du schon. Erzählst du mir jetzt endlich, warum ich hier bin?«

Cal zieht ein Blatt Papier hervor und sieht es sich genau an, bevor er sich wieder mir zuwendet.

»Wir haben kürzlich deine Daten durch unser System laufen lassen«, sagt er, »und du bist das Match für jemanden, von dem wir … von dem wir nicht dachten, dass er je ein Match haben würde.«

Ich schüttele entrüstet den Kopf. »Warum habt ihr meine Daten durch euer System laufen lassen? Warum habt ihr meine Daten überhaupt?«

Cal lächelt kühl. »Wir haben die Daten von *jedem*, aber das ist nicht das Problem.«

Ich funkele ihn wütend an. »Na, und was ist dann das Problem?«

Er wirft mir einen eisigen Blick zu. Dann seufzt er erneut. »Das ist eine schwierige Situation für uns – ich riskiere, unsere … Gesetze zu brechen, wenn ich dir sage, was ich dir sagen muss.«

»Was? Datingclub-Gesetze?«

Cal ignoriert die Bemerkung und atmet tief durch, als müsse er sich auf etwas Schwieriges vorbereiten.

»Wir sind Cupids … Liebesagenten«, sagt er schließlich

und fährt sich mit der Hand durch seine perfekten blonden Haare. »Wir bringen Leute zusammen. Das tun wir schon seit vielen Jahrhunderten. Aber wir versuchen uns niemals selbst an der Liebe. Das ist zu gefährlich.«

Er hält einen Moment inne. Ich starre ihn völlig entgeistert an.

»Vor vielen Jahren ist einer der Unseren vom Weg abgekommen. Er hat sich in menschliche Angelegenheiten eingemischt, mit menschlichen Herzen gespielt. Er war besessen von menschlichen Frauen und sorgte dafür, dass sie auch besessen von ihm waren. Er wurde sehr gefährlich. Seine Macht wuchs, seine Ideologie wurde immer extremer. Deshalb haben wir ihn schließlich aus unserer Organisation verbannt. Ihn aus der Matchmaking-Agentur ausgeschlossen. Für immer.«

Ich starre ihn weiter an. »Soll das ein Witz sein?«

Cal schüttelt langsam den Kopf. »Leider nicht, Lila.«

Ich entscheide, fürs Erste mitzuspielen. »Und was hat das alles mit mir zu tun?«

Cal atmet noch einmal tief durch und blickt mir eindringlich in die Augen. »Vor kurzem, zum ersten Mal in der Geschichte der Agentur, wurde ein Match für ihn gefunden«, sagt er mit einem ungläubigen Kopfschütteln. »Er sollte nicht einmal im System sein. Es wäre zu gefährlich, ihn mit seiner Seelenverwandten zusammenzubringen. Und wenn er es herausfindet …«

Cal unterbricht sich kurz, wendet den Blick aber keine Sekunde von mir ab. »Lila, er wird alles tun, um zu bekommen, was er will. Er ist das Original. Der Mächtigste von uns. Er ist … Cupid selbst. Im Volksmund auch Amor genannt.«

Seine Augen werden schmal. »Und sein Match ... bist du.«

Einen Moment sagen wir beide kein Wort. Dann pruste ich los, ich kann mir einfach nicht helfen. Cal starrt mich mit undurchschaubarer Miene an, bis ich fertig bin.

»Also, mein Match ist ... Amor?«, sage ich ungläubig. »Amor?! Der kleine Kerl mit Flügeln und Pfeil und Bogen?«

Kurz frage ich mich, ob ich für irgendeine Realityshow zum Narren gehalten werde. Ich spähe durch die Glaswand des Büros und erwarte fast, eine Kameracrew zu sehen. Doch ich sehe nur eine Flut von weißen Anzügen und die Steinstatue hinter dem Torbogen.

Cal legt das Blatt Papier, das er aus dem Aktenschrank geholt hat, auf den Tisch und schiebt es mir zu.

»Nein«, sagt er. »*Das* ist Cupid.«

Ich nehme das glänzende Fotopapier, und meine Augen werden groß. *Mit diesem Typen wollen die mich verkuppeln?*

Ich halte ein schwarzweißes Porträt von einem jungen Mann in der Hand. Er hat helle, zerzauste Haare, und seine durchdringenden Augen scheinen das Papier zu durchbohren. Ich habe das Gefühl, als würde er mich direkt ansehen. Im ersten Moment denke ich, er könnte so alt sein wie Cal, aber etwas an seinem Aussehen lässt ihn erwachsener wirken; sein Kinn ist kräftiger, seine Schultern breiter. Seine Lippen sind jedoch zu einem verschmitzten Grinsen verzogen, und dieser jungenhafte Charme mildert die Schroffheit etwas.

Es lässt sich nicht leugnen, dass er attraktiv ist – er könnte Model sein. Während ich das Bild betrachte, erfasst mich eine Woge seltsamer Vertrautheit.

»*Das* ist Cupid?«

Wo habe ich ihn schon mal gesehen?

Ich blicke zu Cal auf, der enttäuscht aussieht. Er starrt mich auf beunruhigende Weise an.

»Deine Pupillen haben sich geweitet«, stellt er fest. »Du findest ihn anziehend.«

»Das ist eine ziemlich merkwürdige Aussage.«

Verwirrung macht sich auf seinem Gesicht breit, als würde er den Leuten ständig von ihren erweiterten Pupillen erzählen.

Ich werfe das Foto zurück auf den Tisch und sehe ihm fest in die Augen. »Ich habe einen Freund. Das habe ich doch schon gesagt.«

Cal seufzt entnervt. »Ja, aber dein Freund ist nicht dein Seelenverwandter. Sein Match ist …«

Er unterbricht sich, und ich taxiere ihn mit stechendem Blick, plötzlich wütend.

Was soll das heißen, mein Freund ist nicht mein Seelenverwandter?

»… jemand anderes«, fährt Cal fort, ohne auf meinen bösen Blick zu achten. »*Dein* Seelenverwandter ist Cupid.«

Ich sehe mir das Foto noch einmal an. Und da wird mir auf einmal klar, woher ich sein Gesicht kenne.

»Dieses Bild habe ich auf dem Monitor da draußen gesehen, unter den Top Ten Geächteten.« *Was auch immer das heißen mag.*

Cal nickt grimmig. »Platz eins, der Schlimmste von allen.«

Ich schüttele fassungslos den Kopf.

Wo bin ich hier nur gelandet?

»Du glaubst mir nicht«, sagt Cal und reibt sich nachdenklich das Kinn. »Du glaubst nichts, was ich dir sage.« Er starrt mich einen Moment wortlos an. »Aber das musst du. Wenn du es nicht tust, sind wir alle ... Ich meine, dann bist du ...«, korrigiert er sich hastig, »in Gefahr. Er wird Jagd auf dich machen. Und wenn er dich findet ...«

Plötzlich schaltet er seinen Computermonitor mit einem langen, schlanken Finger an. Seine Hände erinnern an die eines Musikers. Er tippt eilig etwas ein, und nach einem Moment der Stille nimmt sein Gesicht einen zufriedenen Ausdruck an.

»Ich möchte dir etwas zeigen – etwas, was dich dazu bringen wird, an die Matchmaking-Agentur und Cupid ... nun ... an das alles zu glauben.«

Er nimmt ein Blatt Papier und kritzelt ein paar Zahlen darauf. Dann steht er abrupt auf, seine kühlen Augen glitzern triumphierend.

»Komm mit, Lila. Das willst du dir nicht entgehen lassen.«

3. Kapitel

Ich verdrehe die Augen und rappele mich widerwillig auf. Cal ist schon durch die Tür und steuert auf den steinernen Torbogen am anderen Ende des Großraumbüros zu. Als ich ihm nacheile, werde ich um ein Haar von einem atemberaubend schönen braunhaarigen Mädchen mit einem Headset umgerannt.

Ich hole Cal genau in dem Moment ein, als er den Torbogen erreicht, und wir betreten gemeinsam einen kreisförmig angelegten Innenhof. In der Mitte steht die Statue, die mir vorhin schon aufgefallen ist, auf einem Podest, von dem aus sie einen mit Stein umfassten Teich überblickt. Das Wasser ist so klar und still, dass es den Sommerhimmel, der durch die Dachluke hereinscheint, perfekt widerspiegelt. Efeu klettert an den hohen Steinwänden empor und windet sich um drei weitere Torbogen, von denen Korridore weiter ins Innere des Gebäudes führen.

Der Hof riecht alt und süß, wie Blumen in einem Museum. Ein wunderschöner, ruhiger Ort – das genaue Gegenteil von dem geschäftigen Büro, das wir gerade hinter uns gelassen haben.

Cal hält einen Moment inne und wirft der Statue einen Blick zu, den ich nicht recht deuten kann, dann marschiert er zügig zu einem der Torbogen auf der anderen Seite. Vielleicht bilde ich mir das nur ein, aber er scheint so viel Abstand zwischen sich und die steinerne Frau bringen zu wollen wie möglich.

Ich bleibe einen Moment stehen, um sie mir anzusehen.

Die Statue ist offensichtlich uralt, ihr Gesicht verwittert und ihr Körper mit Rissen übersät. Mich überkommt eine Welle vager Vertrautheit, als ich sie ansehe, aber alle erkennbaren Gesichtszüge sind dem Zahn der Zeit zum Opfer gefallen. Ich frage mich, ob ich die Statue schon einmal in einem Geschichtsbuch oder einer Ausstellung oder so gesehen habe. Sie sieht aus, als könnte sie eine antike Göttin sein, aber ich bin mir nicht sicher, welche. Letztes Jahr habe ich im Geschichtsunterricht nicht sonderlich gut aufgepasst – und, wenn ich ehrlich bin, auch sonst nie.

Während ich sie anstarre, beschleicht mich ein ungutes Gefühl – es kommt mir fast so vor, als würde sie mich beobachten, und ich schaudere unwillkürlich.

Mein Blick wandert zu dem Podest hinunter, auf dem sie steht, und da fällt mir auf, dass dort etwas eingraviert ist. Es sieht aus wie eine Liste, doch der Stein ist verwittert, und ich kann nur eine einzige Zeile ausmachen: *Kein Cupid darf je die Bindung mit einem Match eingehen.*

»Miss Black«, ermahnt Cal mich mit schneidender Stimme, »ich habe nicht den ganzen Tag Zeit.«

Ich unterdrücke ein Grinsen und sehe ihn so ernst wie möglich an. »Ja, ein Liebesagent zu sein ist bestimmt viel Arbeit.«

Er bedenkt mich nur mit einem kalten Blick und verschwindet durch den von Efeu umrahmten Torbogen. »Ich hätte wissen müssen, dass *sein* Match kein Benehmen hat«, höre ich ihn murren.

Hinter dem Torbogen erstreckt sich ein langer Gang, der viel moderner wirkt als der steinerne Innenhof und von den Farben her stark an das Großraumbüro erinnert: weißer

Boden mit einem Muster aus tiefschwarzen Wirbeln an den Wänden. Er ist von künstlichen Kerzen schwach beleuchtet und auf beiden Seiten von Türen gesäumt. Cal geht zu der Tür am hinteren Ende, seine Schritte hallen auf dem Linoleum laut wider. Ich eile ihm nach, und zusammen gehen wir hindurch.

Ich blinzle ein paarmal, während sich meine Augen langsam an die neue Umgebung gewöhnen.

Wir befinden uns in einem riesigen dunklen Raum. Künstliches Licht dringt hier und da durch die Finsternis und sammelt sich zu Inseln von Weiß auf den schwarzen Fliesen. Ein gigantischer Bildschirm, umgeben von unzähligen kleineren Monitoren, nimmt beinahe die gesamte hintere Wand ein. Auf jedem ist eine Vielzahl unterschiedlicher Leute zu sehen, die ihrem Tagesgeschäft nachgehen – einen Kaffee in einer Espressobar trinken, im Park ein Eis essen, im Supermarkt an der Kasse anstehen, einige liegen sogar schlafend im Bett. Der gesamte Raum riecht nach warmer Elektrizität.

Cal geht zu einem schwarzen Kontrollpult in der Mitte des Raums. Es ist riesig, und darauf kann ich einen Joystick, eine Tastatur und eine Unmenge roter und bernsteinfarbener Knöpfe erkennen. Er betätigt einen Schalter, und die Bildschirme werden schwarz.

»Was ist das für ein Ort? Wer sind all diese Leute? Wissen sie, dass ihr sie beobachtet? Ich dachte, das hier ist eine Dating-Agentur, nicht die verdammte CIA …«

Cal beachtet mich gar nicht. Er tippt etwas ein, und in der Mitte des zentralen Monitors erscheint eine Seriennummer.

Ich ziehe irritiert die Stirn kraus und stelle mich an den

Schreibtisch hinter ihm. »Hey. Du hast meine Fragen nicht beantwortet.«

»Wir sind *keine* Dating-Agentur. Wir sind Cupids. Liebesagenten. Wie oft muss ich dir das noch sagen?«

Endlich sieht er mich an – im Dunkeln haben seine Augen einen silbernen Glanz.

»Ich sollte dir nichts davon erzählen, aber wenn du darauf bestehst: Unsere Kunden zu überwachen ist oft notwendig, um Seelenverwandte zusammenzubringen. Wir benutzen hochentwickelte statistische Algorithmen, um sicherzustellen, dass unsere Kunden zur richtigen Zeit am richtigen Ort sind. Aber leider können Statistiken menschliches Verhalten nicht immer vorhersagen. Manchmal müssen wir eigenhändig eingreifen.«

Ich starre ihn einen Moment sprachlos an. »Ich … äh … Hä?«

»Jetzt«, sagt er und wendet sich wieder dem Bildschirm zu, »werde ich dir etwas Schockierendes zeigen. Etwas, worauf du vielleicht nicht vorbereitet bist. Aber ich habe keine andere Wahl.«

Cal drückt auf Enter, und eine Momentaufnahme erscheint in Schwarzweiß auf dem großen Monitor. Ein weiterer Knopfdruck, und das Bild zoomt eine Person in der Menge heran. Ich ziehe scharf die Luft ein, mein Herz macht einen Satz. Meine Haut fühlt sich gleichzeitig zu warm und zu kalt an, als eine Flut von Gefühlen auf mich einstürzt.

Leuchtende Augen, Grübchen in den Wangen, ein herzhaftes Lachen – dieses Gesicht würde ich überall wiedererkennen.

Meine Mutter.

Aber wie ist das möglich?

Meine Mutter ist vor zwei Jahren gestorben.

Cal drückt erneut auf einen Knopf, und das Bild auf dem großen zentralen Monitor friert ein.

Ich kann die Frau in der Mitte des Bildschirms nur ungläubig anstarren. Es ist meine Mutter. Daran besteht kein Zweifel, auch wenn sie bei genauerer Betrachtung jünger aussieht, als sie es bei ihrem Tod war – etwa neunzehn, würde ich schätzen.

Ich werfe Cal einen wütenden Blick zu. »Was ist das?!«

Meine Augen brennen. Plötzlich finde ich das Ganze überhaupt nicht mehr lustig.

Das ist meine Familie.

Cal wendet sich wieder mir zu. Seine kalten Augen werden einen kurzen Moment etwas sanfter, dann versteinert sein Gesicht wieder. »Mein Beileid zu deinem Verlust.«

Ich antworte nicht, sondern sehe wieder zu dem Bild von meiner Mutter.

Das angehaltene Video zeigt sie wunderschön und sorgenfrei, mit langen rötlich blonden Haaren und fröhlich glitzernden grünen Augen. Es stammt aus einer Zeit vor der Diagnose, vor den unzähligen Kämpfen, die sie austragen musste, bevor ihr die Haare ausfielen und das Leuchten aus ihren Augen verschwand. Bevor ich geboren wurde, bevor ich sie liebte, bevor sie für immer fort war.

Auf einmal habe ich einen dicken Kloß im Hals.

»Weißt du, wie deine Eltern sich kennengelernt haben?«, fragt Cal.

Ich sage nichts, starre ihn nur weiter grimmig an.

»Bitte«, sagt er, »beantworte die Frage.«

Ein Teil von mir will einfach gehen.

Ein anderer Teil von mir will ihn packen und gegen die Wand schmettern. Ich will, dass er zumindest einen Bruchteil des Schmerzes zu spüren bekommt, den er mir gerade zugefügt hat. Ich fühle die unbändige Wut in mir aufsteigen, die ich verzweifelt zu unterdrücken versuche, seit sie uns allein gelassen hat.

Aber ich kann diese Videoaufnahme von meiner Mutter nicht einfach ignorieren.

Ich muss sie sehen.

Ich schlucke die Wut hinunter, beruhige meine angespannten Nerven. Und nicke. »In einem Bowlingcenter hat der Mann an der Theke ihre Schuhe vertauscht.«

Cal drückt einen weiteren Knopf auf dem Kontrollpult. Die Kamera zoomt wieder heraus, und die Aufnahme wird abgespielt.

Ich blinzle überrascht.

Auf dem Bildschirm erscheint tatsächlich ein Bowlingcenter. Ich sehe, wie meine Mutter anmutig zur Theke geht, ihre Bowlingschuhe auszieht und sie auf dem Tresen ablegt. Ein Angestellter in gestreifter Uniform und einer Baseballkappe, auf der *Castle Ten Pin Bowling* steht, nimmt sie entgegen und tauscht sie gegen ein Paar Schuhe aus einem der Fächer hinter ihm aus. Ich kann sein Gesicht nicht sehen, als er ein Paar Herrenschuhe auf den Tresen stellt.

Mein Herz setzt einen Schlag aus, mein Ärger mit einem Mal verflogen.

Ist das ein Video von der ersten Begegnung meiner Eltern?!

Meine Mutter sieht einen Moment verwirrt aus, dann wirft sie den Kopf in den Nacken und lacht. Ein Stück seit-

lich von ihr an einer anderen Theke hält ein leicht verdattert aussehender Mann mit dunklen Haaren und dunklen Augen ein Paar Stöckelschuhe in den Händen.
Das ist mein Vater mit neunzehn.
Er geht auf meine Mutter zu. Das Video ist stumm geschaltet, so dass ich nicht hören kann, was sie sagen, aber ich weiß, dass mein Vater gerade einen seiner schlechten Witze erzählt. Meine Mutter strahlt übers ganze Gesicht, wie sie es immer getan hat, wenn Dad versuchte, witzig zu sein.
Sie tauschen die Schuhe.
Cal hält das Video erneut an.
Ich sehe ihn mit kläglichem Blick an, weil ich nicht will, dass es schon zu Ende ist.
»Woher habt ihr das?«, frage ich. »Warum zeigst du mir das?«
Wortlos geht er zurück zum Kontrollpult und bewegt den Joystick nach links.
Das Video wird zurückgespult. Er drückt den Joystick nach vorne, und das Bild zoomt näher an den Angestellten heran. Er beugt sich über die Fächer, und ich sehe zu meiner Verwunderung, wie er die Schuhe vertauscht. Ich beuge mich vor, um besser sehen zu können.
»Hat er das absichtlich gemacht?«
Cal spult vor, und ich sehe zu, wie sich meine Eltern im Schnelldurchlauf begegnen. Dann pausiert er das Video wieder und zoomt erneut näher an den Angestellten heran. Mein Magen krampft sich zusammen, und ich taumele einen Schritt zurück.
Er hat den Kopf gehoben und beobachtet meine Eltern, so dass ich unter seine Baseballkappe sehen kann.

Dieses Video muss vor dreißig Jahren aufgenommen worden sein, aber er sieht ganz genauso aus wie jetzt – etwa siebzehn, stechende Augen, blonde Haare, glatte Haut.

Es ist Cal.

4. Kapitel

Fünf Minuten später sind wir wieder in Cals Büro. Keiner von uns hat auch nur ein Wort gesagt. Ich sitze auf dem roten Sessel, die Hände so fest ineinander verschränkt, dass meine Knöchel weiß hervortreten.

»Du hast meine Eltern zusammengebracht«, sage ich nach einer Weile.

Cal betrachtet mich einen Moment mit undurchschaubarem Blick, dann nickt er. »Du bist aufgebracht.«

Ich zucke die Achseln. Ich weiß nicht wirklich, wie ich mich fühlen soll.

»Tee?«

Ich sehe überrascht auf, als er plötzlich aufsteht und in die Ecke des Zimmers geht. Er hantiert mit einem alten Plastikwasserkocher auf dem Schrank herum. Als es klickt, gießt er das heiße Wasser in eine gesprungene Tasse und bringt sie mir. *Der beste feste Freund der Welt* steht darauf.

»Wer hat dir die geschenkt?«, frage ich, als ich sie entgegennehme. »Ich dachte, Liebesagenten dürfen sich nicht verlieben. Du hast sie dir doch nicht selbst gekauft, oder?«

Cal sieht einen Moment verlegen aus, dann schüttelt er den Kopf. »Das ist eine lange Geschichte.«

Ich setze die Tasse an die Lippen, der warme Tee riecht süß wie der Kräutergarten meiner Großmutter im Sommer.

»Kamille und Lavendel«, sagt Cal. »Das beruhigt die Nerven.«

Ich trinke einen kleinen Schluck und fühle mich dadurch tatsächlich ein bisschen besser.

»Glaubst du mir jetzt?«, fragt Cal und mustert mich mit seinen stechenden silbernen Augen.

Ich stelle die Tasse auf dem Tisch neben dem Foto von Cupid ab und zucke die Achseln. »Mal angenommen, ich glaube dir, und das Video, das du mir gerade gezeigt hast, ist echt ... Was hat das zu bedeuten?«

Ich werfe einen Blick auf das Foto des auf raue, schroffe Art schönen Mannes. Cupid.

»Selbst wenn es stimmt, dass dieses *total böse Wesen von paranormaler Abstammung* mein Seelenverwandter ist ... Ich bin nicht an ihm interessiert. Ich habe einen Freund. Sein Name ist James, wir sind schon fast ein Jahr zusammen. Und selbst wenn ich Interesse hätte – ich habe keine Ahnung, wer er ist. Ich habe ihn noch nie getroffen. Er könnte sonst wo sein. Wie wahrscheinlich ist es schon, dass wir uns je über den Weg laufen?«

Cal lehnt sich zurück und reibt sich sichtlich betreten den Nacken. »Ja«, sagt er. »Genau da liegt das Problem.«

Ich sehe ihn fragend an.

»Unter normalen Umständen ... hätten wir deine Daten aus dem System gelöscht, um sicherzustellen, dass er nie davon erfährt. Und wir hätten dafür gesorgt, dass er dir fernbleibt.« Cal hält inne, kratzt sich am Kopf und mustert mich einen Moment schweigend. Er sieht aus, als wüsste er nicht recht, was er sagen soll. »Ich kann dir versichern, dass wir die Situation schon etwas ... verbessert haben, indem wir so viele Informationen über dich wie möglich entfernt haben. Aber leider ist uns vorher ein kleiner ... Verwaltungsfehler ... unterlaufen.«

Ich starre ihn verständnislos an. »Verwaltungsfehler?«

Cal rückt unruhig auf seinem Schreibtischstuhl hin und her. »Die Bindung wurde bereits in die Wege geleitet.«
Ich ziehe die Stirn kraus, und er ringt nervös die Hände.
»Auf welche Highschool gehst du?«
»Forever Falls High.«
Cal nickt und seufzt schwer. »Ja, das dachte ich mir«, sagt er. »Cupid ab morgen auch.«

5. Kapitel

Ich bin früh dran.

Morgens gibt es ein von Schülern organisiertes Frühstücksbüfett, also trotte ich durch den leeren, von Spinden gesäumten Korridor zur Cafeteria. Der Geruch von verbranntem Toast und Orangensaft strömt mir in die Nase, als ich hineingehe. Ein paar vereinzelte Schüler sitzen an verschiedenen Tischen, aber es ist noch nicht viel los. Niemand will am ersten Schultag nach den Ferien zu früh kommen.

Ich nehme mir eine Scheibe pappigen Toast vom Tresen und verdrücke sie auf einem Platz gegenüber der Küche. Der Gedanke, dass Cupid an meine Schule kommen wird, macht mich seltsam nervös, obwohl ich nicht ganz sicher bin, ob ich das glaube.

Ich habe schon einen Freund, erinnere ich mich. Also was kümmert es mich, ob er wirklich hier anfängt?

Nachdem mir Cal von dem »Verwaltungsfehler« erzählt hatte, brachte er mich zurück zur Rezeption und versicherte mir, er würde die Situation im Auge behalten – was auch immer das heißen soll. Unwillkürlich muss ich an den Raum voller Monitore denken und werfe einen argwöhnischen Blick auf die Kamera in der Ecke der Cafeteria. Meine Augenbrauen ziehen sich zusammen.

»Cal«, flüstere ich leise, »wenn du mich beobachtest … hör sofort auf.«

Mit einem tiefen Seufzen lehne ich mich auf meinem Stuhl zurück. Jetzt führe ich schon Selbstgespräche … Ich werde eindeutig verrückt.

Plötzlich fliegen die Türen der Cafeteria mit einem lauten Krachen auf und zerreißen die Stille. Ich drehe mich erschrocken um. Dann breitet sich ein Grinsen auf meinem Gesicht aus. Charlie, meine beste Freundin, eilt zwischen den Tischen hindurch auf mich zu, ihre tiefschwarzen Haare wehen völlig zerzaust hinter ihr her.

»Heiß ... Ich hab ... einen ... heißen ...«, keucht sie und stützt sich auf die Knie, während sie versucht, wieder zu Atem zu kommen. Mit erhobenem Zeigefinger bedeutet sie mir, einen Moment zu warten.

»Heißer ... Typ ... fängt ... heute ... an«, bringt sie schließlich hervor und lässt sich auf den Stuhl vor mir sinken. »Ich ... hab ihn ... an der Redaktion der Schülerzeitung ... vorbeikommen sehen.«

Sie sieht sehr zufrieden mit sich aus, weil sie diese wichtige Information weitergegeben hat. Mir wird flau im Magen.

Cupid. Wen sollte sie sonst meinen?

Ich setze ein Lächeln auf. »Und du bist den ganzen Weg hergerannt, nur um mir das zu sagen?«

Sie will ihre Geschichte gerade weitererzählen, als ihre braunen Augen plötzlich groß werden. »Es sind sogar *zwei* neue heiße Typen.«

Irritiert blicke ich mich um. Welchen zweiten Typen meint sie? Mein Magen krampft sich erneut zusammen. *Was macht er denn hier?*

Er hat seinen blütenweißen Anzug gegen Jeans und ein kariertes Hemd eingetauscht, seine blonden Haare sind leicht zerzaust, und sein Gang ist weniger steif. Er wirkt jünger und deutlich entspannter. Trotzdem erkenne ich ihn sofort wieder.

Cal.

Mit offenem Mund starre ich ihn an, als er sich einen Weg durch die Cafeteria bahnt. Ich rechne fest damit, dass er zu mir kommt und mich anspricht, doch er geht vorbei, ohne mich auch nur eines Blickes zu würdigen. Charlie plappert munter vor sich hin, aber ich kann mich nicht konzentrieren. Ich sehe über ihren Kopf zu, wie sich Cal einen Plastikbecher nimmt und ihn mit Orangensaft aus der Karaffe an der Seite des Büfetts füllt.

»... überstanden? Lila? Halloo?«, sagt Charlie und wedelt mit einer Hand vor meinem Gesicht herum.

Ich reiße meinen Blick von dem Liebesagenten los und wende mich wieder ihr zu. »Hm?«

Sie zieht die Augenbrauen hoch. »Was ist los mit dir? Ich hab gesagt: Wie hast du die letzte Ferienwoche ohne meine wundervolle Gesellschaft überstanden? Hast du was gefunden, um dir die schrecklich langweilige, Charlie-lose Zeit zu vertreiben, während ich auf Journalismus-Freizeit war?«

Ich grinse gedankenverloren und schüttele den Kopf. »Du würdest mir nicht glauben, wenn ich es dir erzähle. Warte mal kurz.«

Ich stehe auf – lasse Charlie völlig verblüfft zurück – und gehe zu Cal hinüber, der sich gerade Butter auf eine geschwärzte Scheibe Toast schmiert.

»Was machst du denn hier?«, frage ich leise.

Cal blickt nicht auf. »Es ist besser, wenn man dich nicht mit mir reden sieht.«

»Das wäre leichter, wenn du nicht hier an meiner Highschool wärst! Was machst du hier?«

Cal beißt in seinen Toast und sieht mich sichtlich verwirrt

an. »Ich bin hier, um die Situation im Auge zu behalten. Das habe ich dir doch gestern gesagt.«

»Ja, aber du hast nicht gesagt, dass du *an meine Schule kommst*!«

Cal blickt zur Küche, offenbar fest entschlossen, mich nicht zu lange am Stück anzusehen. »Wenn Cupid kommt, wirst du meine Hilfe brauchen.«

Mir entfährt ein entnervtes Stöhnen. »Ich habe keinerlei Interesse an diesem Cupid, das hab ich dir doch gesagt!«

Cal mustert mich grimmig durch seine dunklen Wimpern. »Ja, das hast du«, sagt er abfällig, »aber glaub mir, wenn er herausfindet, dass du sein Match bist, wird er sehr großes Interesse an dir haben, und deswegen habe ich einen Plan, um seine Aufmerksamkeit so lange wie möglich von dir abzulenken. Und dazu gehört auch, dass du nicht mit mir sprichst.«

Ich starre ihn an und atme tief durch, schlucke meinen wachsenden Ärger hinunter. »Also gut. Aber bevor wir getrennte Wege gehen, kannst du mir bitte sagen, was genau du planst?«

Cal lächelt kühl und neigt den Kopf zur Seite. »Ich werde mich mit einer anderen Schülerin anfreunden, damit Cupid denkt, ich wäre hergeschickt worden, um *sie* vor ihm zu beschützen.«

Er beißt in seinen Toast, während ich innerlich stöhne.

»Okay, aber nehmen wir mal an, dein unglaublich gut durchdachter Plan geht auf … wenn Cupid wirklich so gefährlich ist, wie du sagst, wälzt du die Gefahr dann nicht nur auf eine meiner Mitschülerinnen ab?«

Cals kantiges Gesicht nimmt einen Ausdruck an, den ich nicht deuten kann. Er sieht aus, als verberge er etwas vor mir.

»So läuft das nicht. *Du* bist seine Seelenverwandte. Nur du bist in Gefahr, sonst niemand.«

Ich sehe ihn einen Moment schweigend an. Was er da sagt, ergibt nicht wirklich Sinn, aber ich bin zu genervt, um weiter nachzuhaken.

Ich seufze. »Weiß Cupid überhaupt, dass du für die Matchmaking-Agentur arbeitest? Wenn er das nicht tut, ist diese ganze Scharade doch völlig zwecklos.«

Ein dunkler Schatten legt sich über Cals Gesicht. »Oh, Cupid und ich haben eine lange Geschichte. Er weiß, wer ich bin.«

Bevor ich noch etwas sagen kann, reicht er mir einen gefalteten Zettel, dreht sich um und geht. Auf dem Weg nach draußen wirft er den halb gegessenen Toast in den Mülleimer.

Ich fühle Charlies neugierigen Blick auf mir, als ich den Zettel auseinanderfalte und lese.

Triff mich nach der Schule in der Turnhalle. Wenn du seinem Charme widerstehen willst, brauchst du dringend Training in der Kunst der Liebesagenten. Komm nicht zu spät. Cal

Ich stöhne erneut innerlich. Ich wollte doch nur ein neues Schuljahr ohne Drama. Stattdessen habe ich jetzt einen nervtötenden Angestellten einer mysteriösen Matchmaking-Agentur am Hals. Und einen Seelenverwandten. Und noch dazu … *Training in der Kunst der Liebesagenten?*

6. Kapitel

Als es klingelt, gehen Charlie und ich den Korridor hinunter zu unserer ersten Unterrichtsstunde.

»Also«, sagt sie auf dem Weg, »verrätst du mir, was es damit auf sich hatte? Kennst du den Typen?«

Ich zucke die Achseln und spüre Cals kryptische Nachricht durch die Tasche meiner Jeans an meinem Bein reiben. Werde ich mich nach der Schule wirklich mit ihm treffen? Was soll das überhaupt heißen – *Training in der Kunst der Liebesagenten?*

»Nicht direkt.«

Ich will ihr nicht von meinem Besuch bei der Agentur erzählen. Charlie liebt Beziehungsdramen. Sie wird unerträglich werden, wenn sie denkt, mein Seelenverwandter wäre jemand anderes als James. Ganz besonders, wenn er so heiß ist, dass sie quer durch die Schule rennt, um mir von ihm zu erzählen.

Sie zieht erwartungsvoll die Augenbrauen hoch.

»Schönes Kleid«, sage ich und setze ein unschuldiges Lächeln auf.

Das Kleid steht ihr wirklich gut, auch wenn ich eigentlich nur das Thema wechseln will. Es ist pastellrosa, was ihre dunkle Haut zur Geltung bringt. Sie verdreht die Augen, aber ich kann sehen, dass sie sich über das Kompliment freut. Sie hat das Kleid bestimmt extra für den ersten Schultag gekauft.

»Wechsel nicht das Thema, Missy! Du hast doch nicht … mit ihm rumgemacht, oder?« Sie sieht mich streng an, aber ihre Augen funkeln vor Aufregung.

Ich muss lachen. *Mit Cal rummachen? Nie im Leben!*
Als wir uns dem Klassenzimmer nähern, sehe ich James durch die Tür.

»Lass erst mal gut sein, ich will nicht, dass James einen falschen Eindruck kriegt.«

Charlie mustert mich skeptisch, gibt sich aber mit einem Achselzucken geschlagen, als James uns zuwinkt.

»Okay. Aber dieses Gespräch ist noch nicht beendet!«

Er deutet auf die beiden freien Tische hinter ihm, und Charlie und ich bahnen uns einen Weg zu ihm hinüber. Ich lächle ihn an. James mag nicht modelartig gut aussehen wie Cal, aber er ist definitiv attraktiv: ein Stück größer als ich, athletisch und braungebrannt. Er steht auf, als ich auf ihn zukomme, und drückt mir einen Kuss auf die Lippen, die Arme um meine Taille geschlungen. Er ist warm und riecht nach Aftershave, und ich genieße seine Nähe einen Moment, bevor ich mich an meinen Tisch setze.

»Du hast mich gestern Abend nicht angerufen«, sagt er. »Ich hatte gehofft, wir könnten mal wieder nach L.A. fahren und vielleicht surfen gehen?«

Plötzlich klingen Cals Worte in mir nach: *Dein Freund ist nicht dein Seelenverwandter.* Ich runzele die Stirn und schüttele den Gedanken ab.

»Sorry, mir ist was dazwischengekommen. Aber Surfen klingt gut, auch wenn du unglaublich schlecht darin bist.«

Er grinst und wendet sich dann ab, um mit einem seiner Freunde weiterzuquatschen.

Charlie beugt sich zu mir und deutet auf Cal. »Oh, dein Lover steht auf Chloe.«

»Psst«, fauche ich sie an, folge aber ihrem Blick. Cal ist in ein Gespräch mit einem Mädchen aus dem Hockeyteam vertieft. Anscheinend führt er seinen genialen Plan aus, Cupid von mir abzulenken. Der Anblick versetzt mir einen Stich.

Ich erinnere mich an Cals erste Einschätzung von mir – seine Überraschung, dass ausgerechnet ich Cupids Match sein könnte, und sein kühles, abweisendes Verhalten. Er war von Anfang an nur unfreundlich zu mir, aber jetzt lacht er munter mit einer meiner Mitschülerinnen. Anscheinend hat sie im Gegensatz zu mir das Zeug zur Seelenverwandten.

Ich reiße den Blick von den beiden los, unsicher, warum mich Cals Benehmen stört. Ich will ja gar nicht für Cupids Match gehalten werden – nicht von Cupid, nicht von Cal, von überhaupt niemandem.

Reiß dich zusammen, Lila.

Ich starre gedankenverloren zur Tür, als die sich plötzlich öffnet. Mir stockt der Atem. Um mich herum wird einen Moment alles still.

Er trägt eine schwarze Lederjacke über einem grauen Baumwollshirt, das sich hauteng an seinen Waschbrettbauch schmiegt. Kelly, ein Mädchen aus meiner Klasse, hat sich besitzergreifend bei ihm untergehakt und lacht hysterisch über irgendetwas, das er gesagt hat. Er ist groß und breitschultrig, mit zerzausten Ich-bin-gerade-erst-aufgestanden-Haaren. Seine funkelnden blaugrünen Augen erinnern mich an den Ozean.

Das Schwarzweißfoto ist seiner Schönheit nicht ansatzweise gerecht geworden.

Die ganze Klasse starrt ihn an, aber sein Blick richtet sich direkt auf mich. Ein gefährliches Lächeln umspielt seine Lippen, und mir wird flau im Magen. Ich glaube, ich stecke in Schwierigkeiten. Seine Augen scheinen direkt in mich hineinzublicken, und ich bin in diesem Moment gefangen.

Doch dann wandert sein Blick weiter und fällt auf Cal. Ich sehe Wiedererkennen in seinen Augen aufblitzen, überrascht scheint er nicht zu sein.

Cals Gesicht kann ich nicht sehen, aber seine Schultern spannen sich an. Seine Haltung ist sogar noch steifer als bei unserer ersten Begegnung. Cupid schmunzelt und lässt seinen Blick zu Chloe wandern. Er grinst schelmisch und nickt Cal unauffällig zu. Kelly hängt immer noch an seinem Arm.

Ich atme langsam aus – mir war nicht einmal bewusst, dass ich die Luft angehalten habe. Ist Cals Plan aufgegangen? Denkt er, Chloe wäre sein Match?

Charlie beugt sich über meinen Tisch. »Ich hab dir doch gesagt, dass er heiß ist! Ich hab gehört, er wäre von seiner alten Schule geflogen. Er ist mitten im Sommer nach Forever Falls gezogen und hat schon mit der Hälfte unseres Jahrgangs was am Laufen.«

»Klingt wie ein Arschloch.«

Charlie nickt und seufzt. »Ein heißes Arschloch«, stimmt sie zu.

Cupid lässt sich auf einen Platz ganz vorne fallen, und Kelly stolziert davon und setzt sich zu ihren Freundinnen. Mein Blick wird wie magnetisch von ihm angezogen. Ich weiß nicht, ob das daher kommt, dass mich Cals wilde Geschichten neugierig gemacht haben, oder dass er so verdammt gut aussieht, oder ob es mehr ist als das.

Ich habe einen Freund, erinnere ich mich erneut und reiße den Blick von ihm los. Und Cupid ist nicht mein Seelenverwandter, weil es so etwas gar nicht gibt. Das Ganze ist vollkommen lächerlich.

Ich hole ein Notizheft heraus, als Ms Green hereinkommt. Sie mustert die Klasse über ihre Brillengläser hinweg. »Guten Morgen. Ah, schön, unsere Neuzugänge sind schon da. Das ist Cal« – sie deutet auf ihn – »und … tut mir leid, ich weiß deinen Namen noch nicht.«

Mein angeblicher Seelenverwandter steht auf und dreht sich zu uns um. Er ist atemberaubend groß, Ms Green sieht im Vergleich winzig aus. Mein Blick wandert über seine Bauchmuskeln, die sich unter seinem Baumwollshirt deutlich abzeichnen.

»Cupid«, sagt er grinsend und winkt seinen neuen Klassenkameraden kurz zu, bevor er sich wieder setzt. Er lehnt sich lässig auf seinem Stuhl zurück.

Ein paar Leute lachen, und ich höre James flüstern: »Meint dieser Typ das ernst? Ein Liebesgott?«

Ms Green sieht einen Moment verlegen aus, ihre Wangen laufen hochrot an. »Ähm … nun … äh, Cupid«, stammelt sie, bevor sie die Fassung wiedererlangt. »Nun, ich hoffe, ihr heißt die beiden nett willkommen.«

Sie geht zur Tafel und schreibt *Klassik und antike Geschichte* an. »In diesem Semester werden wir die Antike behandeln – die Götter und Göttinnen, die Kriege, die Kunst und die Menschen. Lassen wir uns doch zu Anfang von unserem Freund Cupid hier inspirieren.« Sie lächelt ihn strahlend an und fährt dann fort: »Kann mir jemand den Namen der römischen Göttin der Liebe nennen?«

Charlie beugt sich erneut zu mir herüber. »Sie ist total in ihn verschossen.«

Ich verdrehe die Augen. »Igitt.«

»Ich fasse es nicht, dass er sich Cupid nennt«, fährt sie fort. »Ich hab gehört, den Spitznamen hat ihm sein Ruf bei den Ladys eingebracht.«

Ich hebe eine Augenbraue, um Interesse vorzutäuschen. Wenn sie nur die Wahrheit wüsste …

Nun, zumindest die Wahrheit laut Cal. Ich bin mir immer noch nicht sicher, ob ich ihm glaube.

»Du hast gesagt, er wäre von seiner alten Schule geflogen?« Ich frage mich, ob das nur sein Alibi ist. Bestimmt. Es erscheint mir unwahrscheinlich, dass Cupid unter normalen Umständen zur Schule gehen würde. Charlie will gerade antworten, als Ms Green sich auf ihre typische Art räuspert.

Ich blicke auf und sehe, dass sie uns missbilligend anstarrt.

»Ich wollte darum bitten, dass sich jemand freiwillig als Mentor für unsere Neuzugänge meldet, um sicherzustellen, dass sie sich auf dem Campus zurechtfinden und alles haben, was sie brauchen. Aber da ihr zwei heute so gesprächig seid, brauche ich das vielleicht gar nicht.«

Mir fällt erneut auf, wie sich Cals Schultern versteifen.

»Ihr beide könnt das übernehmen. Charlie, du kümmerst dich um Cal«, sagt sie und wendet sich dann mir zu.

Cupid hat sich umgedreht und beugt sich über die Rückenlehne seines Stuhls. Er sieht mir wieder direkt in die Augen, im Gesicht einen amüsierten Ausdruck. Ich ziehe scharf die Luft ein. Ich weiß schon, was Ms Green sagen wird.

»Lila, dein Partner ist Cupid.«

7. Kapitel

Die Schulglocke läutet zur nächsten Unterrichtsstunde. Charlie scheint ihr neuer Job als Mentorin nicht sonderlich zu stören. Sie ist schon zu Cal hinübergesaust, der mir die ganze Stunde über böse Blicke zugeworfen hat. Jetzt sieht er gelangweilt aus, während meine Freundin versucht, ihn in ein Gespräch zu verwickeln.

Ich packe schnell meine Sachen zusammen – vielleicht kann ich mich unbemerkt davonstehlen, ohne mich mit Cupid auseinandersetzen zu müssen.

»Wir sehen uns in der Mittagspause«, flüstere ich James zu und setze meinen Rucksack auf.

»Du willst den ›Liebesgott‹ wohl nicht in der Schule rumführen?«

»Du kennst mich zu gut.« Ich grinse ihm zu, bevor ich zur Tür schleiche.

Ich bahne mir eilig einen Weg zwischen meinen Mitschülern hindurch und versuche, der Aufmerksamkeit unserer Lehrerin zu entgehen. Endlich erreiche ich den Ausgang und werfe einen raschen Blick zurück. Wieder verschlägt es mir vor Schreck den Atem. Cupid, der immer noch lässig an seinem Platz sitzt, beobachtet mich mit eindringlichem Blick, einen amüsierten Ausdruck im Gesicht.

Ich erwidere seinen Blick, zucke demonstrativ die Achseln und setze meine beste Unschuldsmiene auf. Er grinst schelmisch, bleckt seine strahlend weißen Zähne, und dann, als ich gerade rückwärts aus dem Klassenzimmer fliehen will, hustet er laut.

Ms Green blickt ruckartig von ihrem Schreibtisch auf. »Lila«, sagt sie streng, »wo willst du hin? Du sollst Cupid doch zu seiner nächsten Unterrichtsstunde bringen. Englisch, glaube ich.«

Damit macht sie sich wieder an die Arbeit, und Cupid macht ein zufriedenes Gesicht. Ich sehe, wie Cal grimmig die Stirn runzelt.

»Ist schon in Ordnung«, sagt er und wirft Cupid einen strengen Blick zu. »Ich bin sicher, wir beide finden uns auch allein zurecht.«

Cupid sieht Cal überrascht an, dann wendet er sich wieder mir zu. Sein Grinsen wird noch breiter. »Mach, was du willst. Ich denke, ich lasse mir lieber von *Lila* den Weg zeigen.«

Er hat einen amerikanischen Akzent mit einem leichten britischen Einschlag, der mich vermuten lässt, dass er eine Zeitlang in England gelebt hat. Er sagt meinen Namen, als würde er das Gefühl auf seiner Zunge genießen, und das macht mich nervös. Es fühlt sich zu vertraut, zu persönlich an. Seine blaugrünen Augen funkeln.

Ich seufze, als mir Cal einen warnenden Blick zuwirft.

»Na, dann komm«, sage ich und gehe aus dem Klassenzimmer. Ich blicke nicht zurück, um zu sehen, ob er mir folgt, aber ich weiß, dass er es tut.

»Also, *Lila*«, sagt er, als wir auf den Gang hinaustreten.

Er hält einen Moment inne, und ich bleibe stehen, um ihn direkt ansehen zu können.

Er hat etwas beinahe Engelhaftes an sich. Das grelle Licht im Korridor, in dem alle anderen sehr unvorteilhaft aussehen, streicht sanft über die Kanten seines Gesichts und lässt seine Haut erstrahlen. Er riecht nach Sommer, wie Grasflecken und Honig und ein angenehm blumiger Weichspüler. Ich spüre Hitze von seinem Körper ausstrahlen, so dicht steht er vor mir.

Und es ist berauschend. Ich habe den heftigen Drang, ihm näherzukommen, alles an ihm begierig aufzusaugen, die Hand auszustrecken und ihn zu berühren, obwohl ich weiß, dass ich das nicht tun sollte. Ich kann fühlen, wie er mich beobachtet, wie sich sein Blick geradewegs in meine Seele bohrt.

Unwillkürlich muss ich daran denken, was Cal in der Agentur zu mir gesagt hat. *Er hat sich in menschliche Angelegenheiten eingemischt, mit menschlichen Herzen gespielt. Er war besessen von menschlichen Frauen und hat dafür gesorgt, dass sie auch besessen von ihm waren.* Ich schaudere.

»Deine Lehrerin scheint zu denken, du solltest mir *alles* geben, was ich brauche«, sagt Cupid mit einem anzüglichen Grinsen.

Ich stehe da wie angewurzelt und fühle mich wie eine Fliege, die in einem Spinnennetz gefangen ist. *Was zur Hölle ist nur los mit mir?*

Ich bleibe noch einen Moment länger wie erstarrt vor ihm stehen, während er mich mit schelmischem Blick mustert. Dann blinzle ich, reiße mich mühsam zusammen und marschiere den Korridor hinunter.

»Sicher. Solange du zum Englischunterricht kommen willst, ohne mir auf die Nerven zu gehen.«

Cupid zuckt die Achseln und schließt zu mir auf. Er schreitet zügig aus, und ich muss einen Zahn zulegen, um mit ihm mitzuhalten.

»Das könnte ich wohl«, sagt er, sichtlich amüsiert. »Hast du jetzt auch Englisch?«

Wortlos führe ich ihn zu einer Tür, die auf einen kleinen Innenhof hinausgeht. Ich schüttele den Kopf, weil ich dieses Gespräch nicht wirklich fortsetzen will.

»In Geschichte hast du die ganze Zeit nur mit deiner Freundin getuschelt«, fährt er fort. »Legenden sind nicht so dein Ding, oder?«

Die Herbstsonne taucht die Picknickbänke im Hof und die kleine Grasfläche in sanftes Licht, und ich spüre, wie mich ihre Wärme ausfüllt.

»Nein«, sage ich und blicke ihm ins Gesicht, »nicht wirklich. Ich hab's nicht mehr so mit Märchen. Ich mag Fakten und Logik. Keine Geschichten über die Vergangenheit.«

Er grinst erneut. »Ich finde, du solltest Sagen eine Chance geben. Womöglich ist mehr an ihnen dran, als du denkst.« Er sieht mir einen Moment länger in die Augen, als mir lieb ist.

»Das bezweifle ich.«

Wir nähern uns der Tür am anderen Ende des Hofes.

»Der andere Neue ...«, setzt Cupid an und bleibt einen Moment stehen. »Er schien nicht zu wollen, dass wir Mentoren zugeteilt bekommen. Ich frage mich, warum ...«

Er wirft mir einen verschlagenen Blick zu, und ich frage mich, ob Cal ihm versehentlich schon verraten hat, dass ich sein Match bin. Das wäre doch eine herrliche Ironie, wenn Cupid gerade dadurch auf mich aufmerksam werden würde, dass Cal hier ist. Ich wusste, dass das ein dummer Plan war.

Meine Hand legt sich wie von selbst auf meine Jeanstasche, in der die Nachricht von Cal steckt. Ich zucke betont gleichgültig die Achseln. »Ist mir nicht aufgefallen.«

Ich blicke zu ihm auf. Ihm gegenüber fühle ich mich winzig – ich reiche ihm gerade mal an die Schulter.

»Kennst du den anderen Neuen?«, frage ich – vielleicht kann ich ihn ja mit seinen eigenen Waffen schlagen. »Kam mir so vor.«

Cupid grinst, schweigt sich aber aus, während ich die Tür zurück in die Schule öffne. Wir durchqueren einen Korridor, der ganz genauso aussieht wie der letzte, mit Spinden gesäumt und viel zu grell. Ein paar Schüler sehen zu uns herüber, als wir an ihnen vorbeikommen. Einige der Mädchen werfen Cupid alles andere als unauffällige Blicke zu, was er alles andere als unauffällig zur Kenntnis nimmt.

»Das Mädchen, mit dem er geredet hat«, sagt er, ohne auf meine Frage einzugehen, »wie heißt sie?«

»Chloe.«

Ein nachdenklicher Ausdruck tritt in seine dunklen Augen. »Chloe. Ich sollte sie wohl ein bisschen besser kennenlernen.«

Wir bleiben vor seinem Klassenzimmer stehen, und er sieht mich prüfend an, als warte er auf meine Reaktion. *Die wird er nicht kriegen.*

Ich lächle ihn an. »Klingt, als hättest du schon ziemlich viele Mädchen aus meinem Jahrgang *kennengelernt.*«

Er lacht, ein tiefes, klangvolles Lachen, das ihm noch mehr bewundernde Blicke einbringt. »Was soll ich sagen? Ich bin eben ein freundlicher Typ.«

Er öffnet seine Lederjacke, so dass ich freie Sicht auf seine kaum verhüllte Brust habe, und zieht einen Zettel aus einer Innentasche. »Hast du einen Stift?«

»Du hast in der Schule keinen Stift dabei?«

Seine Augen glitzern. »Ich bin nicht hier, um Wissen zu erwerben. Ich bin auf etwas sehr viel Interessanteres aus ...«

Die Art, wie er das sagt, lässt mein Herz schneller schlagen; einen Moment bin ich mir sicher, dass er es hören kann.
Er ist meinetwegen hier.
Dann reiße ich mich zusammen, schwinge meinen Rucksack nach vorne und hole einen Stift aus der Seitentasche.
»Hier.«
Seine Finger streifen meine, als er ihn mir abnimmt, und mir wird ganz anders. *Im Ernst, was ist nur los mit mir? Warum hat er eine solche Wirkung auf mich?*
Zu meiner Überraschung wirkt auch er einen Moment verblüfft. Er starrt auf die Hand, mit der er mich berührt hat.
Er hat auch etwas gespürt.
»Glaubst du an Seelenverwandtschaft, Lila?«, fragt er unvermittelt. Das Grinsen ist spurlos aus seinem Gesicht verschwunden. Seine Augen leuchten hell, aber dahinter sehe ich einen Sturm toben.
Er versucht, aus mir schlau zu werden – er will herausfinden, ob ich das Mädchen bin, hinter dem er her ist. Sein Match.
Ich halte seinem Blick stand.
»Nein. Das Leben ist kein Märchen. Liebe beruht auf Freundschaft, Vertrauen und viel Arbeit. Sie ist keine magische Kraft.«
Ich denke an meine Eltern; meinen Dad, der sich in Erinnerungen verloren hat, und meine Mom, die diese Welt verlassen hat.
»Und sie nimmt nicht immer ein gutes Ende.«
Ich sehe etwas in seinen Augen aufblitzen; etwas, das ich nicht deuten kann. Sein Gesichtsausdruck ist ernst, wachsam. Doch im nächsten Moment kehrt das Grinsen zurück.

»Dem Mädchen, das keine Märchen mag, ist Logik lieber als Magie. Schockierend«, sagt er mit neckisch funkelnden Augen. »Hast du eine harte Trennung hinter dir?«

Ich verdrehe innerlich die Augen.

Er denkt, er hat mich durchschaut, aber da irrt er sich gewaltig.

»Ich bin in einer sehr glücklichen Beziehung, vielen Dank auch.«

»Natürlich ...«

Cupid hält meinen Blick noch einen Moment fest, ein Lächeln auf den Lippen, das mich rasend wütend macht, dann kritzelt er etwas auf den Zettel und reicht ihn mir. Ich sehe mir an, was er geschrieben hat.

»Was ist das?«

»Meine Adresse.«

Er grinst, als ich ihn verständnislos anstarre.

»Meine Mutter ist ... *verreist*, und ich gebe eine Party. Du solltest kommen. Und deine Freundin auch.«

Meine Augenbrauen ziehen sich zusammen. Mir ist nicht entgangen, wie merkwürdig er das Wort »verreist« betont hat, aber ich weiß nicht, was das zu bedeuten hat. Haben Liebesagenten überhaupt Mütter? Ich nehme mir vor, Cal später danach zu fragen.

Cupid dreht sich um und geht ins Klassenzimmer, sieht aber noch einmal zu mir zurück, bevor er aus meinem Blickfeld verschwindet. Seine blaugrünen Augen glitzern, erfüllt von ungelüfteten Geheimnissen.

»Übrigens bin ich nicht mehr daran interessiert, Chloe kennenzulernen«, sagt er, »*du* bist es, die ich besser kennenlernen will, Lila Black.«

8. Kapitel

Nach der Schule schlendere ich langsam durch die leeren Gänge in Richtung Turnhalle. Cal will sich mit mir treffen, um mich in der *Kunst der Liebesagenten* zu trainieren. Ich verdrehe die Augen.

»Hast du schon gehört? Jack stellt Laura regelrecht nach!«, höre ich ein Mädchen zu ihrer Freundin sagen, als ich an ihnen vorbeikomme. »Er hat eine Woche lang jeden Tag Rosen vor ihrer Tür hinterlassen! Total gruslig …«

»Nie im Leben!«, erwidert ihre Freundin. »Das glaub ich nicht. *Er hasst sie.*«

Ihre Stimmen verklingen, als ich tiefer ins Innere des Gebäudes gehe. Unterwegs spiele ich gedankenverloren mit den zwei Zetteln in meiner Hosentasche herum, der Nachricht von Cal und Cupids Adresse. Als ich die Ecken mit dem Daumen einknicke, muss ich daran denken, wie es sich angefühlt hat, als Cupids Finger meine streiften.

Soll ich morgen zu seiner Party gehen?

Ich schüttele die düsteren Gedanken ab.

Nein. Ich habe einen Freund – und in der Matchmaking-Agentur halten sie Cupid für gefährlich.

Ich glaube wirklich, was ich über Seelenverwandtschaft gesagt habe; ich bin in einer Beziehung, die auf Vertrauen und Freundschaft basiert. Das ist es, was ich will. Keinen verbannten sogenannten Liebesgott, der mit seinen wilden, forschenden Augen und seinem intensiven Geruch nach Sommer in mein Leben platzt und mein Herz mit einer einzigen Berührung höher schlagen lässt.

Als ich den Treffpunkt erreiche, ist es dort dunkel und unheimlich still. Allen Turnhallen haftet dieser Geruch an, schießt es mir durch den Kopf, als ich hineingehe, wie eine Erinnerung an nackte Füße und Deospray.

Zögerlich nähere ich mich der Mitte des Raums. Es scheint niemand hier zu sein. Sonnenlicht fällt durch die Fenster direkt unterhalb der Decke, so dass die Klettergerüste an der Wand lange Schatten werfen.

»Cal?«, rufe ich zaghaft und komme mir dumm vor, als das Echo meiner Stimme zu mir zurückhallt. »Bist du da?«

Einen Moment herrscht vollkommene Stille, dann höre ich Schritte näher kommen.

»Hier.«

Mein Blick schweift zu dem Basketballkorb an einer Seite der riesigen Halle, wo Cal aus dem Schatten tritt. Ich zucke zusammen, als ich ihn sehe, und weiche instinktiv einen Schritt zurück. Er hat einen Bogen um die Brust geschlungen, und über seiner Schulter hängt ein glänzend schwarzer Köcher, gefüllt mit Pfeilen.

»Himmel, Cal. Pfeil und Bogen? Das trägst du nicht schon den ganzen Tag mit dir rum, oder?«

Cal tritt in das Licht, das durch die Fenster hereinscheint. Es erhellt seine blonden Haare und verdunkelt die Schatten unter seinen hohen Wangenknochen. Er macht ein finsteres Gesicht.

»Natürlich nicht. Sie waren im Auto.«

»Warum hast du überhaupt Pfeil und Bogen? Du wirst mich doch nicht … erschießen, oder?«

Cal sieht beleidigt aus. »Ich hab dir doch schon gesagt, dass ich dich in der Kunst der Liebesagenten unterweisen werde.«

»Und dazu gehört es, mich zu erschießen?«

Er zuckt die Achseln. »Nein, im Moment nicht.«

Ich weiche noch einen Schritt zurück. *Das ist doch verrückt.*

»Das sind keine normalen Pfeile«, sagt er. »Jeder Cupid hat Zugriff darauf. Wir bei Everlasting Love benutzen sie allerdings nicht mehr – wir halten sie für altmodisch. Aber wenn du das Wesen der Liebesagenten verstehen willst, wenn du Cupid verstehen willst, dann ist das ein guter Start. Bis Anfang des Jahrhunderts waren sie weitverbreitet.«

Er tritt noch einen Schritt auf mich zu und zieht einen Pfeil aus dem Köcher. Er ist recht klein und leuchtet silbern. Auf dem Schaft sind Markierungen zu sehen, aber in dem matten Licht kann ich sie nicht genau erkennen. Die Spitze ist pastellrosa.

»Es gibt drei verschiedene Arten von Pfeilen, und sie sind alle extrem gefährlich«, erklärt Cal. »Pfeil eins: der Capax – im Volksmund auch bekannt als Narrenliebe.«

Plötzlich, ehe ich ausweichen oder sonst irgendwie reagieren kann, spannt er den Bogen. Mir entfährt ein erschrockenes Keuchen. Er sieht mich direkt an, zielt und schießt.

Mein Atem stockt, als Cals Pfeil haarscharf an meinem Gesicht vorbeifliegt. Das Ganze läuft wie in Zeitlupe ab; der kühle Luftzug, wie die Federn über meine Wange streichen, der Adrenalinschub, der mein Herz schneller schlagen und mir das Blut in den Adern gefrieren lässt.

Mit einem dumpfen Geräusch schlägt der Pfeil ein, und als ich herumwirble, sehe ich ihn in der Betonwand neben dem Ausgang stecken. Ich drehe mich wieder um und stelle zu meiner Bestürzung fest, dass meine Hände leicht zittern.

»Cal! Was zur Hölle sollte das?!«

Cal zieht seine blonden Augenbrauen zusammen und blickt mich verständnislos an. Offenbar findet er das, was er gerade getan hat, nicht im Mindesten seltsam.

Mit einer weiteren schnellen Bewegung zieht er einen zweiten Pfeil hervor. Dieser ist golden, mit einer dunklen, blutroten Spitze. Er hält ihn so, dass ich ihn sehen kann.

»Pfeil Nummer zwei«, verkündet er sachlich. »Der Ardor – auch die Brennende Flamme genannt.«

Er schießt erneut. Ich zucke zusammen, als der zweite Pfeil an mir vorbeisaust und sich neben dem ersten in die Wand bohrt. Ich werfe Cal einen bösen Blick zu und setze zu heftigem Protest an.

»Und zu guter Letzt«, sagt Cal, ohne mich zu beachten, und holt einen dünnen schwarzen Pfeil hervor, »Cupids Pfeil.«

Mit einer letzten raschen Bewegung schießt Pfeil Nummer drei an mir vorbei in die Wand. Cal sieht ihm mit einem finsteren Ausdruck im Gesicht nach, den ich nicht recht deuten kann. Ich stehe da wie erstarrt, mein Herz rast.

»War das wirklich nötig?«, frage ich mit schwacher Stimme und versuche angestrengt, die Fassung wiederzuerlangen.

»Sieh hinter dich.«

Ich blicke ihn verwirrt an, dann drehe ich mich um. Und keuche erschrocken, als die drei Pfeile, die in einer Reihe neben dem Ausgang stecken, im selben Moment zu Asche zerfallen und langsam zu Boden rieseln.

»Das wollte ich dir zeigen.« Cal dreht sich wieder um und geht zu einer großen blauen Turnmatte auf dem Boden. Anmutig lässt er sich im Schneidersitz darauf nieder und legt den Bogen und drei weitere Pfeile vor sich.

Ich schüttele fassungslos den Kopf, während ich ihm folge und mich auf die Matte setze. Das Seltsamste an der ganzen Sache ist, dass ich anfange zu glauben, was ich sehe.

»Ich weiß noch, wie mein Leben ganz normal war ...« Cal wirft mir einen fragenden Blick zu. »Ach ja?« Das ist das erste Mal überhaupt, dass Cal etwas über mich wissen will, und er beobachtet mein Gesicht erwartungsvoll. Ich zucke die Achseln, weil ich nicht antworten will.

In Wahrheit ist mein Leben schon eine ganze Weile nicht mehr normal, nicht wirklich. Nicht, seit Mom uns verlassen hat. Es war eher eine vorgetäuschte Normalität, eine Existenz, ein Leben mit abgestumpften Kanten. Aber das ist eine ganz andere Art Unnormal als dieser Wahnsinn.

»Du hast gesagt, es gebe drei verschiedene Sorten«, sage ich, um das Thema zu wechseln, und deute auf die Pfeile, die in einer Reihe zwischen uns liegen. Das Sonnenlicht, das zum Fenster hereinfällt, spiegelt sich gleißend in dem goldenen Pfeil in der Mitte.

Wenn Cal enttäuscht ist, dass ich seine Frage nicht beantwortet habe, lässt er es sich nicht anmerken. Er nickt.

»Der erste Pfeil, der Capax, ist der mildeste. Seine Wirkung hält nur ein paar Stunden an – etwas länger, wenn er die Person ins Herz trifft. Wer damit getroffen wird, wird empfänglicher für Liebe und Anregungen. Er wurde früher häufig eingesetzt, bevor wir Zugang zu Technologien hatten, die die Partnervermittlung beschleunigen.«

»Wie Gedankenkontrolle?«

Cal zuckt die Achseln. »Eher wie Hypnose – es müssen schon Gefühle vorhanden sein, damit es funktioniert.«

Ich streiche vorsichtig mit dem Finger über den silbernen

Pfeil. Er hat eine ähnliche Farbe wie Cals Augen. Er fühlt sich kühl an, und die Runen, die darin eingraviert sind, sind als Erhebungen tastbar.

»Tut es weh ... damit getroffen zu werden?«

Cal schüttelt den Kopf. »Die Menschen spüren keinen Schmerz. Genauer gesagt überkommt sie sogar eine gewisse Euphorie. Der Capax hinterlässt keine Spuren, wenn er sich auflöst, und die Menschen vergessen sofort wieder, dass sie getroffen wurden.«

Ich betrachte den zweiten Pfeil, tiefrot und golden. »Was macht der?«

Cal sieht mich ernst an. »Der Ardor ist viel gefährlicher als der Capax. Er erfüllt das Opfer mit einer brennenden Besessenheit. Er sollte nur als Strafe eingesetzt werden, denn er zehrt die Menschen auf – manche, die damit getroffen werden, verfolgen das Objekt ihrer Begierde, andere sterben vor Sehnsucht.«

Etwas taucht aus den Tiefen meiner Erinnerung auf, doch bevor ich es richtig zu fassen bekomme, ist es schon wieder weg. Ich ziehe irritiert die Stirn kraus.

»Und der Letzte?«

Ein dunkler Schatten legt sich über Cals Gesicht. »Cupids Pfeil ist der schlimmste von allen.« Er schweigt einen Moment und sieht mit finsterem Blick auf den schwarzen Pfeil hinunter, der zwischen uns liegt. »Er kann einen Menschen in ein Wesen wie mich verwandeln, einen Cupid. Stark, schnell, mächtig, vom Schicksal erwählt.« Er blickt zu mir auf, und in seine silbrigen Augen tritt ein tieftrauriger Ausdruck. »Allein.«

9. Kapitel

Cal steht abrupt auf, sammelt die drei Pfeile ein und steckt sie zurück in den Köcher über seiner Schulter. Ohne ein weiteres Wort dreht er sich um und marschiert zur Tür der Turnhalle. Ich springe auf und folge ihm. Die Stimmung ist auf einmal seltsam angespannt, als fürchte Cal, er habe zu viel verraten.

»Alles okay?«, frage ich, als wir durch den schwach beleuchteten Korridor auf den Ausgang zugehen.

Cal blickt starr geradeaus. »Ja.«

Er schweigt einen Moment, und ich starre gedankenverloren auf die Pfeile, die über seiner Schulter hängen. Ich schüttele den Kopf, um ihn zu klären.

»Du musst vorsichtiger sein«, sagt Cal plötzlich.

Wir treten ins Sonnenlicht hinaus, und er läuft geradewegs weiter um das eckige Schulgebäude herum zum Parkplatz.

Ich schließe zu ihm auf. »Wie meinst du das?«

Cal wirft mir einen ungehaltenen Blick zu. »Mit Cupid. Du hast ihn gerade erst kennengelernt und dich schon in die äußerst ungünstige Lage gebracht, ihn als seine Mentorin mit allem vertraut machen zu müssen.« Er schüttelt missbilligend den Kopf. »Wie ich schon sagte, die Bindung wurde bereits in die Wege geleitet. Ihr werdet euch zueinander hingezogen fühlen. Cupid wird bereitwillig darauf eingehen, weil er waghalsig und neugierig ist. Aber du musst dagegen ankämpfen. Du wirst immer wieder in Situationen geraten, in denen du dich gegen seine Avancen wehren musst; dass du seine Mentorin bist, ist nur die erste von vielen. Du darfst nicht noch mehr solche Gelegenheiten schaffen.«

»*Ich* habe diese Bindung nicht in die Wege geleitet.«

Cal sieht einen Moment betreten aus, holt dann einen Autoschlüssel aus seiner Jeans und richtet ihn geradeaus.

Ich bleibe wie angewurzelt stehen. Ich war so abgelenkt von Cals Worten, dass ich gar nicht gemerkt habe, dass auf dem Parkplatz nur noch ein einziges Auto steht.

Ein zweifaches Piepsen erklingt, und die Türen des leuchtend roten Lamborghini schwingen nach oben auf.

Ich ziehe verblüfft die Augenbrauen hoch. »Das ist dein Auto? Damit fällst du unter den Schülern natürlich überhaupt nicht auf ... Ich nehme an, als Liebesagent verdient man ziemlich gut?«

Kurz schleicht sich ein Lächeln auf Cals Lippen. »Es hat seine Vorteile, ein Cupid zu sein.«

Er steigt auf der Fahrerseite ein. »Soll ich dich irgendwohin mitnehmen?«, fragt er, sein Gesicht schon wieder ernst.

Ich zögere und zucke dann die Achseln. Ich will zu einem der wenigen guten Orte zum Abhängen in Forever Falls. James und Charlie warten dort auf mich, und am ersten Schultag nach den Ferien sind meistens viele Leute dort.

»Gern«, sage ich und setze mich auf den Beifahrersitz.

Cal schließt die Tür und fährt mühelos rückwärts vom Parkplatz.

»Kennst du das Love Shack?«, frage ich.

Er nickt, ohne den Blick von der Straße abzuwenden, und fährt schweigend weiter. Ich starre aus dem Fenster, sehe zu, wie die stillen, hier und da von Häusern gesprenkelten Straßen an uns vorbeirauschen – irgendwie ist mir plötzlich unbehaglich. Bald erreichen wir den Marktplatz, wo es einen kleinen Laden, einen heruntergekommenen Diner, einen Floristen, einen Secondhandshop und eine Haltestelle gibt, von der aus ein Bus nach Los Angeles fährt. Im Zentrum all dessen steht ein kläglich aussehender Springbrunnen.

Das Love Shack befindet sich in einer Gasse zwischen dem Floristen und dem Diner, und Cal hält davor. Er drückt einen Knopf, der meine Tür öffnet.

Ich bleibe einen Moment sitzen und sehe ihn unsicher an. »Willst du … Willst du mitkommen?«

Er antwortet nicht.

»Du könntest ein paar neue Leute kennenlernen … James, Charlie … Könnte lustig werden.«

Bei der Erwähnung meiner besten Freundin verfinstert sich sein Gesicht, und ich erinnere mich, wie sie pausenlos auf ihn eingeredet hat, bevor sie ihn herumführte. Ich muss lachen – ich kann mir kaum ein unpassenderes Pärchen vorstellen; er ernst und still, sie aufgedreht und laut.

»Sie ist gar nicht so schlimm, wenn man ihr eine Chance gibt.«

Er sieht mich grimmig an. »Werden viele Leute aus der Schule da sein?«

»Ja, eine ganze Menge. Sonst kann man hier nirgends hin.«

Cal zieht ruckartig den Schlüssel aus dem Zündschloss und schnallt sich ab.

»Dann wird Cupid auch dort sein, also sollte ich besser mitkommen« – er wirft mir einen vielsagenden Blick zu – »und sicherstellen, dass du nicht wieder in Schwierigkeiten gerätst.«

Mit einem Piepsen schließt Cal das Auto ab, und wir machen uns auf den Weg durch die kopfsteingepflasterte Gasse. Die Abendluft ist vom Duft frischer Petunien und Lavendel erfüllt, der vom Floristen neben dem Love Shack zu uns herüberströmt. Ich riskiere einen Blick auf Cal, als wir auf den Schuppen zusteuern. Er versucht gar nicht, seine Abscheu vor den blinkenden rosaroten Buchstaben zu verbergen, die über der Tür hängen. Popmusik aus den Neunzigern dringt daraus hervor.

Eric, der Türsteher und ein Freund von meinem Vater, empfängt uns. »Hey, Lila!«, ruft er und umarmt mich ungestüm. »Wie geht's deinem Dad? Schon besser?«

»Ja, ihm geht's ganz gut«, lüge ich.

Ich löse mich von ihm und strecke die Hand aus, damit er mir den Minderjährigen-Stempel aufdrücken kann. Er wirft Cal einen argwöhnischen Blick zu. In Forever Falls sieht man nicht oft neue Leute.

»Das ist Cal. Er ist gerade aus L. A. hergezogen.«

Eric zuckt die Achseln und drückt dem Liebesagenten dann ebenfalls einen Stempel auf den Handrücken. Cal macht ein entsetztes Gesicht, als er die Palme sieht, die plötzlich auf seiner makellosen blassen Haut prangt.

»Schon der dritte Neue, den ich heute einlasse«, sagt Eric. »Okay, dann rein mit euch. Grüß deinen Vater von mir.«

Ich nicke, und wir gehen durch den schmalen Gang zum Hauptbereich des Clubs.

»Der dritte Neue?«, flüstere ich Cal zu. »Ich schätze, Cupid war einer von ihnen, aber wer war der andere?«

Mein Begleiter zuckt die Achseln, zu beschäftigt damit, an dem Stempel auf seiner Hand herumzureiben, um mir Beachtung zu schenken.

»Ich bin über einundzwanzig«, murrt er empört.

Ich öffne eine weitere Tür, und wir betreten den ohrenbetäubend lauten Hauptbereich des Love Shack. Für mich fühlt er sich genauso vertraut und heimelig an wie immer, aber beim Gedanken, was Cal höchstwahrscheinlich davon hält, muss ich grinsen. Das scheint mir nicht gerade seine übliche Szene zu sein.

Der überfüllte Raum ist in unnatürliches rosafarbenes Licht getaucht. Ein paar hohe Tische stehen unter auseinanderfallenden Sonnenschirmen, und auf dem klebrigen Boden liegt überall Stroh. Ein paar Schilder, auf denen in leuchtenden Buchstaben *Beach Party* steht, hängen an den Wänden, und die Kellner tragen alle bunte Blumenketten um den Hals.

»Heute ist das Motto: Luau-Strandparty auf Hawaii«, versuche ich Cal die scheußliche Dekoration zu erklären.

Er betrachtet den Raum voller Leute mit kaltem Blick.

»Es ist sogar noch geschmackloser, als ich es in Erinnerung hatte.«

Am anderen Ende des Raumes entdecke ich Charlie, die uns zu sich herüberwinkt. Ich nicke und bahne mir einen Weg durch die Menschenmasse.

»Du warst schon mal hier?«, frage ich Cal unterwegs.

»Nicht freiwillig.«

Charlie sitzt mit James an einem der hohen Tische, in der Hand einen extravaganten rosafarbenen Drink mit Schirmchen. Ihre Augen leuchten auf, als sie sieht, dass ich Cal mitgebracht habe; und James beugt sich vor, um ihm die Hand zu schütteln. Cal lässt es über sich ergehen, hat dabei aber einen leicht feindseligen Ausdruck im Gesicht.

»Wo habt ihr zwei gesteckt?«, fragt James. Als würde er Cals miese Laune spüren, verdüstert sich sein Gesicht.

»Lila hat mir nur bei diesem ganzen Anmeldungskram geholfen«, sagt Cal.

James zuckt die Achseln, aber sein Gesichtsausdruck bleib finster.

Charlie wirft mir einen fragenden Blick zu, ihre dunklen Augen funkeln vor Neugier. Dann grinst sie. »James und ich haben gerade über Cupids Party morgen Abend geredet«, sagt sie im Versuch, die angespannte Stimmung zu lockern. »James denkt, der Typ ist ein Arschloch, aber ich glaube, das könnte lustig werden. Und es ist Freitag, da ist das doch ganz logisch, oder? Ich meine, warum sollten wir nicht hingehen? Was sagst du, Lila?«

Cal wirft mir einen warnenden Blick zu, und Cupids Adresse, die immer noch in meiner Hosentasche steckt, scheint mir ein Loch in die Jeans zu brennen. Ich denke an das Kribbeln in meinem Bauch, als sich unsere Finger berührt haben, und seine eindringlichen Augen, so atemberaubend stürmisch wie das Meer.

»Ich weiß nicht«, sage ich nervös. »Der Typ ist mir nicht ganz geheuer.«

In Cals Gesicht flackert ein Ausdruck von Anerkennung auf.

»Du musst ihn ja nicht mögen. Du musst nicht mal mit ihm reden«, erwidert Charlie. »Es ist nur eine Party. Alle gehen hin. Und ich hab gehört, er hätte einen Pool. James?«

James wirft mir ein entschuldigendes Lächeln zu. »Na ja, wenn du es so ausdrückst ...« Er nimmt meine Hand. »Was denkst du, Lila?«

Meine Entschlossenheit gerät ins Wanken, als seine Wärme meine Finger umhüllt.

Solange James und Charlie bei mir sind, kann es nicht schaden, zu der Party zu gehen. Es könnte sogar Spaß machen, wenn ich Cupid aus dem Weg gehe. Außerdem wirkt er zwar wie ein Arsch, aber er kommt mir nicht gefährlich vor.

Cal will gerade etwas sagen, als er sich plötzlich sichtlich anspannt. Ich werfe einen Blick über die Schulter und sehe sofort, warum. Jason, ein Footballspieler, drückt einen dürren Jungen aus dem Jahrgang unter ihm an die Wand.

»Ist das Jack?«, fragt Charlie mich laut, um die Musik zu übertönen.

Irgendwo habe ich doch heute schon mal Jacks Namen gehört. Aber wo?

»Halt dich gefälligst von Laura fern!«, schreit Jason wütend und stößt den jüngeren Schüler gegen die Wand.

Plötzlich fällt es mir wieder ein. Die zwei Mädchen, an denen ich vorhin auf dem Weg zur Turnhalle vorbeigekommen bin, haben über ihn geredet. Sie sagten, er würde Laura stalken.

Jason holt mit geballter Faust aus, um Jack ins Gesicht zu schlagen, doch da taucht wie aus dem Nichts Cupid auf. Er hat seine Lederjacke ausgezogen, und seine angespannten Muskeln treten in seinem hauteng anliegenden grauen Shirt deutlich hervor. Er fängt den Schlag ab, packt die Faust des durchtrainierten Sportlers und stößt ihn zurück. Einen Moment stehen sich die beiden Auge in Auge gegenüber, dann wird Jason von zwei Jungs aus dem Footballteam weggezerrt. Cupid wendet sich zu Jack um, der starr vor Angst an der Wand lehnt.

Ich will mich gerade wieder zu meinen Freunden umdrehen, als mir vor Schreck die Luft wegbleibt. Cupid bewegt sich blitzschnell auf Jack zu. Als er seinen Arm zurückzieht, sehe ich, dass er etwas grauenerregend Vertrautes in der Hand hält.

Einen goldenen Pfeil mit tiefroter Spitze.

Entsetzt sehe ich zu, wie der Ardor vor meinen Augen zu Asche zerfällt und auf die Tanzfläche rieselt.

Cupid sieht mir direkt in die Augen und lächelt.

10. Kapitel

Mein Magen krampft sich zusammen. *Hat Cupid den Ardor gerade gegen Jack eingesetzt?*

Cals Worte von vorhin hallen in meiner Erinnerung nach.

Der Ardor ist sehr viel gefährlicher als der Capax. Er erfüllt das Opfer mit einer brennenden Besessenheit. Er sollte nur als Strafe eingesetzt werden, denn er zehrt die Menschen auf – manche, die damit getroffen werden, verfolgen das Objekt ihrer Begierde, andere sterben vor Sehnsucht.

Auf der anderen Seite der Tanzfläche reibt Cupid langsam die Hände, als würde er die Asche wegwischen. Dabei wendet er keine Sekunde den Blick von mir ab, seine Augen glitzern im Neonlicht des Love Shack rosarot. Kaltes Entsetzen packt mich.

Einen Moment habe ich das Gefühl, als wären wir vollkommen allein. Sein Gesichtsausdruck lockt mich, zieht mich an. Ich kann sehen, wie seine Brust sich leicht hebt und senkt, während er die süßliche Luft einatmet. Ein gefährliches Lächeln umspielt seine Lippen. Er zieht eine Augenbraue hoch, und ich weiß, dass er mich herausfordert – dass er mich provozieren will, damit ich ihn konfrontiere, ihm sage, dass ich gesehen habe, was er getan hat. Niemand sonst scheint den Pfeil bemerkt zu haben, der vor meinen Augen zu Asche zerfallen ist.

Ich reiße den Blick von ihm los und wende mich zu Cal um. Doch er ist nicht mehr da. Ich sehe gerade noch, wie er zwischen unseren Klassenkameraden hindurch auf den Ausgang zusteuert.

»O mein Gott!«, ruft Charlie aufgeregt aus, »ist das zu fassen? Jason und Jack? Darüber werde ich ganz sicher in meinem Blog schreiben! Und habt ihr Cupid gesehen?«

Ich sehe sie hoffnungsvoll an – vielleicht hat sie den Pfeil ja auch gesehen. »Was meinst du?«

Charlies Augen werden groß. »Was ich meine?! Er ist gerade mal einen Tag hier und hat sich schon mit dem Quarterback des Footballteams angelegt ... und Jason hat klein beigegeben! Das war echt heiß!«

Ich verdrehe die Augen.

In James' Gesicht blitzt ein seltsamer Ausdruck auf. »Was ist denn mit Cal los? Wo ist er hin? Und wo ist Cupid abgeblieben?«

Ich sehe mich kurz nach meinem angeblichen Match um. Genau wie Cal ist er heimlich abgehauen. Ich zucke die Achseln, frage mich aber im Stillen, ob ich Cal vielleicht noch einholen kann. Wenn Jack von dem Pfeil getroffen wurde ... wer weiß, was mit ihm passiert?

Mich überkommt eine heftige Wut auf Cupid. Und zu meiner eigenen Überraschung bin ich auch wütend auf Cal, weil er mich einfach hier alleine lässt.

»Hey, Leute«, sage ich und stehe langsam auf, »ich gehe dann mal. Ich überleg mir das mit der Party, okay?«

Charlie lächelt mich strahlend an, und James schickt sich an, ebenfalls aufzustehen.

»Soll ich dich noch rausbegleiten?«

Ich schüttele den Kopf. »Nein, ist schon in Ordnung. Bleib ruhig hier – leiste Charlie Gesellschaft.« Ich ringe mir ein Lächeln ab und bahne mir dann einen Weg über den klebrigen Boden aus dem Club hinaus.

Es ist schon dunkel, als ich in die Gasse hinaustrete, die nur von dem potthässlichen Neonschild hinter mir und einer Laterne auf dem Platz vor mir beleuchtet wird. In der Luft liegt immer noch ein zarter Lavendelduft. Plötzlich vibriert mein Handy. Mein Herz schlägt schneller, und ich sehe rasch aufs Display.

Eine Textnachricht von einer unbekannten Nummer.

> Triff mich auf dem Platz.
> Ich fahre dich nach Hause.
> Es ist nicht sicher.
> Cal

Der Marktplatz ist verlassen, als ich dort ankomme. Ich setze mich auf den Rand des alten Brunnens in der Mitte, während ich auf Cal warte. Ein paar Minuten später fährt er in seinem roten Lamborghini vor und öffnet die Beifahrertür für mich.

»Wo warst du?«, frage ich, während ich mich anschnalle.

Cal wendet geschmeidig und fährt von dem kleinen Platz hinunter. Sein Gesicht verfinstert sich. »Ich musste etwas nachprüfen.«

»Weil Jack von dem Ardor getroffen wurde?«

Überraschung zeigt sich auf Cals sonst so stoischem Gesicht, während die langen Schatten zwischen den Straßenlaternen über sein Gesicht huschen.

»Menschen fällt das sonst nicht auf«, sagt er, den Blick starr auf die Straße gerichtet.

»Und was machen wir jetzt? Der Ardor ist gefährlich, oder? Jack könnte in ernsthafter Gefahr sein.«

»Es gibt kein *Wir*«, erwidert er, »dafür ist die Matchmaking-Agentur zuständig. Aber ja, Jack ist in Gefahr. Wenigstens wurde er nur ins Bein getroffen – das ist nicht ganz so schlimm. Ein Stich ins Herz kann tödlich sein, aber so ist es gut möglich, dass die Wirkung in ein paar Tagen nachlässt.«

Er schweigt einen Moment gedankenverloren.

»Aber das heißt nicht, dass er keinen Ärger machen wird. Vor allem diesem Mädchen, um das sich die beiden Jungs gestritten haben – Laura. Ich werde jemanden von der Agentur beauftragen, auf sie aufzupassen.«

»Ich hab vorhin gehört, wie sich zwei Mädchen darüber unterhalten haben, dass er Laura nachstellt.«

Wir halten vor meinem Haus, und Cal zieht den Schlüssel aus dem Zündschloss. Ich frage ihn gar nicht erst, woher er weiß, wo ich wohne – oder woher er meine Handynummer hat.

Er zuckt die Achseln. »Das war zu erwarten«, sagt er in leicht ungehaltenem Ton, als hätte ich nicht begriffen, worum es geht.

Ich schüttele den Kopf. »Nein – du verstehst das nicht. Sie haben schon *vor* dieser Sache im Love Shack darüber geredet.«

Cal zieht die Augenbrauen zusammen und wendet sich mir zu. »Oh«, sagt er grimmig, »dann schweben wir vielleicht in noch größerer Gefahr, als ich dachte.«

Ich schlage die Tür hinter mir zu und gehe zu meinem Haus. Während ich nach meinem Schlüssel krame, drehe ich mich noch einmal um und will Cal zum Abschied zuwinken, doch er ist schon weggefahren. Ich seufze ärgerlich.

Dieser Typ hat die Sozialkompetenz einer Kartoffel.

Ich öffne die Tür und gehe hinein. Drinnen ist es still, ich höre nur das Ticken der antiken Wanduhr und leises Schnarchen, das aus dem Wohnzimmer dringt. Vorsichtig schließe ich die Tür hinter mir.

Im Wohnzimmer brennt Licht, und als ich einen Blick hineinwerfe, sehe ich meinen Dad auf dem Sofa schlafen. Auf dem Fernseher läuft ohne Ton ein Video von einem unserer Familienausflüge zum Strand, meine Mutter lacht in die Kamera. Ich bleibe stehen und sehe es mir einen Moment an, dann schalte ich es aus.

Ich mustere meinen Dad mit traurigem Blick. Was hat Liebe für einen Sinn, wenn sie einem doch nur das Herz bricht?

Ich decke ihn mit der Patchworkdecke zu, die über Moms Sessel hängt, dann schleiche ich mich nach oben und mache mich bettfertig. Als ich zwischen die Laken schlüpfe und das Licht ausmache, ruft die Dunkelheit ungebeten Erinnerungen an Cupid in mir wach.

Ich sehe ihn genau vor mir: seine breiten Schultern, seine muskulösen Arme. Ich fühle Wut, gemischt mit irgendetwas anderem, in mir aufwallen, als ich mich an seine herausfordernden, wild blitzenden Augen erinnere, und spüre erneut die Hitze seines Körpers.

Irritiert umklammere ich meine Decke und verdränge ihn aus meinem Kopf.

Ich sollte nicht an ihn denken. Besonders nach dem, was er getan hat.

Meine Gedanken schweifen zu Jack. Was wird jetzt mit ihm geschehen? Warum ist Cupid mit dem Ardor auf ihn losgegangen? Das ergibt doch keinen Sinn ...

Mein Handy, das ich auf dem Nachttisch abgelegt habe, vibriert. Es ist Cal.

> Ich hab nachgedacht. Wenn Cupid immer wieder dieselbe Person mit dem Ardor attackiert hat, dann hat er etwas vor. Etwas Übles. Du solltest NICHT zu der Party morgen gehen. Ich vermute, dort wird es zum Eklat kommen.

Mit einem Seufzen lege ich das Handy zurück auf den Nachttisch. Ich kenne ihn erst zwei Tage und habe schon die Schnauze voll davon, dass Cal mir ständig sagt, was ich tun soll. Allerdings hat er in diesem Fall wohl recht. Ich weiß, dass ich nicht zu Cupid gehen sollte. Doch ein verborgener Teil von mir fühlt sich von der Vorstellung angezogen. Von *ihm*.

11. Kapitel

Am nächsten Tag in der Cafeteria zupft Charlie nervös an der Kruste ihres Sandwichs herum.

»Cupid war heute Morgen nicht da. Ich hab gehört, er schwänzt immer die Schule, wenn er eine Party schmeißt, um alles vorzubereiten.«

Ich zucke so gelassen wie möglich die Schultern … aber seine Abwesenheit ist mir nicht entgangen. So gefährlich und unvernünftig das auch sein mag, ich will ihn sehen. Nein, ich *muss* ihn sehen. Ich muss ihm in die Augen schauen und mich vergewissern, dass es für das, was er Jack angetan hat, einen guten Grund gab.

Wenn er wirklich mein Seelenverwandter ist, dann muss ich wissen, dass er etwas derart Grausames nie ohne Grund tun würde. Denn falls es so etwas wie Seelenverwandte tatsächlich gibt und ich mit jemandem zusammengehöre, der so kaltherzig und skrupellos ist, was sagt das über meine eigene Seele aus?

Ich sehe mich im Speisesaal um, während Charlie all die Leute auflistet, die zur Party kommen werden, und erspähe Cal, der steif wie immer alleine in der Ecke sitzt. Er sieht hundeelend aus, und mich überkommt unerwartet Mitleid. Ich erhasche seinen Blick und winke ihn herüber. Er schüttelt nur den Kopf, und ich verdrehe frustriert die Augen.

Charlie wirft gerade mit Ideen für einen Artikel um sich, den sie für die Schülerzeitung schreiben will, als vom Hof ein schriller Schrei ertönt. Cal springt mit erschrockenem

Gesicht auf, als plötzlich ein jüngerer Schüler hereingerannt kommt.

»Er ... er wird springen!«

Cal und ich wechseln einen raschen Blick, dann eilt er los. Charlie und ich springen ebenfalls auf und schließen uns der Flut von Schülern an, die alle zum Hof hasten, um zu sehen, was los ist. Auf dem vertrockneten Gras zwischen den Picknicktischen steht bereits unsere halbe Schule dicht zusammengedrängt. Kelly zeigt zum Dach hinauf und schreit.

Es ist Jack.

Er steht taumelnd am Rand des Abgrunds.

»Laura!«, ruft er. »Laura, ich liebe dich!«

Ich sehe mich nach Cal um. Laura, ein zierliches, braunhaariges Mädchen, wird von den Umstehenden nach vorne geschoben. In ihren Augen glänzen Tränen.

»Jack«, ruft sie mit zittriger Stimme, »das ist doch verrückt! Komm runter! Du wirst dir noch weh tun.«

Als er sie sieht, breitet sich ein irres Grinsen auf seinem Gesicht aus. »Laura!«, ruft er zurück. »Ich liebe dich, Laura!«

Er tritt einen Schritt näher an den Rand des Daches und breitet die Arme aus. Charlie drückt sich noch dichter an mich und umklammert meinen Arm. Mein Herz hämmert.

»ICH LIEBE DICH, LAURA!«

Er macht noch einen Schritt.

Dann schließt er die Augen und beugt sich nach vorne über den Rand des Daches. Stille senkt sich über den Hof, als alle den Atem anhalten. Wie in Zeitlupe fliegt Jack durch die Luft, die Arme weit ausgebreitet wie ein wahnsinniger Engel. Dann schlägt er mit einem widerlichen Krachen auf dem Boden auf.

Und überall um mich herum werden Schreie laut.

Nach diesem Vorfall musste die Schule früher schließen. Jetzt liegen Charlie und ich auf ihrem Bett. Ihr Haus ist nur einen Wohnblock von der Schule entfernt, und durch ihr offenes Schlafzimmerfenster hören wir immer noch die Sirenen heulen. Ich stelle mir das Polizeiabsperrband vor, mit dem der blutige Unfallort jetzt bestimmt gesichert ist. Angeblich war Jack, als der Krankenwagen kam, noch am Leben. Nachdem er gesprungen war, herrschte auf dem Hof ein solches Chaos und panisches Geschrei, dass ich nicht selbst nachsehen konnte. Und Cal konnte ich in dem Gedränge auch nicht finden.

Ich sehe zu Charlie hinüber. Sie liegt auf dem Bauch und starrt auf ihr Handy, nervös auf Neuigkeiten wartend. Ich blicke niedergeschlagen zur Decke hoch, wo immer noch die Leuchtsterne kleben, die Charlie als Kind dort aufgehängt hat.

Meine Hände ballen sich zu Fäusten, als ich daran denke, wie Cupid im Love Shack den Pfeil mit der roten Spitze hochgehalten hat. Er ist dafür verantwortlich. Er hat Jack mit einem Pfeil attackiert, und jetzt wird der arme Junge wahrscheinlich sterben.

Plötzlich piepst Charlies Handy. Mein Herz macht einen Satz, und ich drehe mich ruckartig zu ihr um. Sie nimmt es in die Hand und liest, den Blick starr auf das kleine Display gerichtet, bevor sie schließlich ein Seufzen ausstößt.

»War das ein erleichtertes Seufzen?«, frage ich.

Sie nickt. »Er hat sich beide Arme und das Genick gebrochen, und sein Zustand ist nicht gerade toll, aber ... er ist stabil.« Ich werfe ihr einen fragenden Blick zu, und sie lächelt. »Sie denken, er kommt durch.«

Meine Anspannung lässt etwas nach. Ich checke schnell mein eigenes Handy. Zwei verpasste Anrufe von Dad, der gehört haben muss, was passiert ist, *Alles okay?* von James und eine Nachricht von Cal.

»Ich weiß nicht, wie er das überlebt hat«, sagt Charlie, setzt sich auf und lehnt sich an den Berg von rosaroten Kissen am Kopfende ihres Bettes. »Er muss in letzter Sekunde die Hände ausgestreckt haben, um sich abzufangen. Er hat echt Glück, dass er sich den Kopf nicht zu fest angeschlagen hat. Wenn das Dach nur etwas höher gewesen wäre ...«

Ich lese die Nachricht von Cal:

> Lila, was auch immer Cupid vorhat, sein Plan wird auf der Party seinen Höhepunkt erreichen, da bin ich mir sicher. Wenn das mit Jack noch nicht das große Finale war, dann graut mir vor dem, was noch kommt. Ich sage es noch einmal: ER IST GEFÄHR-LICH. DENK NICHT EINMAL DARAN, ZU SEINER PARTY ZU GEHEN. Cal

Ich stecke das Handy zurück in meine Hosentasche und richte mich auf. Während ich mich zu Charlie ans Kopfende des Bettes setze, betrachte ich gedankenverloren das Zimmer, das mir so vertraut ist: die pinkfarbenen, mit Filmplakaten behängten Wände, den Hartholzboden, das gepolsterte Fenstersims, den weißgestrichenen Schreibtisch, auf dem sich Journalismus-Fachbücher und Notizen für die

Schülerzeitung türmen. Als mein Blick darauf fällt, breitet sich ein Lächeln auf meinem Gesicht aus. Charlie wird eine hervorragende Journalistin werden. Sie weiß immer alles vor allen anderen.

»Ich frage mich, was plötzlich in ihn gefahren ist«, sagt sie und sieht mich mit großen Augen an. »Ich kenne Jack und Laura nicht wirklich, aber sie haben völlig verschiedene Freundeskreise. Ich wäre nie auf die Idee gekommen, dass Jack auf sie steht.«

Ich überlege einen Moment, ob ich Charlie erzählen soll, was ich weiß – von Cupid, Cal, den Pfeilen und der mysteriösen, im Geheimen arbeitenden Matchmaking-Agentur namens Everlasting Love …

Doch schließlich behalte ich es doch für mich. Sie würde nur denken, ich hätte den Verstand verloren.

»Man weiß wohl nie, was im Kopf von jemand anderem vorgeht«, sage ich stattdessen.

Charlie zuckt die Achseln, dann erscheint plötzlich ein strahlendes Lächeln auf ihren Lippen – endlich ist sie wieder ganz sie selbst. »Nun, das sind gute Nachrichten, und die Party findet trotzdem statt. Ich glaube, nach dem heutigen Tag müssen wir ein bisschen die Sau rauslassen. Was meinst du?«

Plötzlich sehe ich wieder Cupids eindringliche Augen vor mir, die mich über die rosarot erleuchtete, klebrige Tanzfläche hinweg herausfordernd ansehen. Ich denke an Cals Nachricht – seine Warnung, dass Cupid gefährlich ist und ich mich bloß von ihm fernhalten soll. Dann sehe ich Jack, wie er fällt, die Arme weit ausgebreitet wie ein gefallener Engel.

Unzählige widerstreitende Emotionen wallen in mir auf. In meinem Innern tobt ein heftiger Konflikt; die Vernunft kämpft gegen meine Gefühle, mein Verstand gegen mein Herz. *Ich muss ihn sehen. Ich weiß nicht, warum, aber ich muss dringend mit ihm reden. Ich muss wissen, warum er das getan hat.*

Wenn ich gehe, begebe ich mich wie ein Opferlamm in die Höhle des Löwen. Wenn ich nicht gehe, wird er mich dennoch finden. Er ist nur meinetwegen hergekommen. Aber wenigstens werde ich die Spielregeln bestimmen, nicht er.

Ich setze ein angespanntes Lächeln auf und verfluche mich innerlich für meine nächsten Worte: »Klar«, sage ich. »Ich ruf nur schnell meinen Dad an und sage ihm, wo wir hingehen. Ich bin dabei.«

12. Kapitel

Die Abenddämmerung senkt sich über die staubige Straße, als uns Charlies großer Bruder Marcus in den Außenbezirken von Forever Falls absetzt. Wir steigen am Fuß von Juliet Hill aus, und er lehnt sich aus dem offenen Autofenster und ruft uns zum Abschied mit einem Zwinkern zu: »Seid schön brav!«

Charlie verdreht die Augen, als er wegfährt. Wir machen uns auf den Weg durch die kargen Bäume, die den ausgedörrten Trampelpfad säumen.

Charlie strahlt mich voller Vorfreude an und zupft im Laufen ihr kurzes schwarzes Kleid zurecht. Ich werfe einen Blick auf mein eigenes Outfit. Charlie hat mir angeboten, mir was zum Anziehen zu leihen, damit ich vor der Party nicht noch mal nach Hause muss, aber ich bin lieber bei den dunklen Jeans, Stiefeln und dem schwarzen Tanktop geblieben, die ich zur Schule anhatte. Kleider sind nicht mein Ding.

Als wir die Hügelkuppe erreichen, wird der Wald deutlich dichter, und ich muss ein Grinsen unterdrücken, als Charlie vergeblich versucht, in ihren Stöckelschuhen anmutig über die Zweige am Boden zu stolzieren. Musik und der erdige Geruch gefallener Blätter erfüllen die Luft. Meine Freundin stößt ein überraschtes Keuchen aus, als sie am höchsten Punkt des Hügels ankommt. Ich eile zu ihr, um zu sehen, was sie derart in Erstaunen versetzt hat.

Vor uns senkt sich der Hügel sanft zu einer flachen, saftig grünen Lichtung hinab, die von altmodischen Straßenlaternen beleuchtet wird. Sie ist von Bäumen und anderen

Pflanzen umgeben, die trotz der kühlen Jahreszeit in voller Blüte stehen. In der Mitte erhebt sich ein großes Haus mit einer offenen Glasfront.

Cupids Haus, denke ich im Stillen und atme tief durch.

»O mein Gott«, raunt Charlie. »Das ist ja umwerfend.«

Ich stimme stillschweigend zu und bewundere die atemberaubende Schönheit vor uns. Auf dem Gelände tummeln sich schon unzählige Leute. Viele haben sich um den Pool neben dem Haus geschart, andere sitzen auf britisch anmutenden Parkbänken im Garten oder lungern um die Statuen herum, die das Gelände sprenkeln.

Während ich mich umsehe, lenkt etwas meine Aufmerksamkeit von dem Trubel ab. Auf dem großen, unbeleuchteten Balkon in der zweiten Etage, der sich über den Pool erstreckt, steht ein Typ ganz alleine. Er lehnt an dem schwarz gemusterten Geländer, als würde er das Geschehen unter sich beobachten. Mir wird flau im Magen. Auch wenn sein Gesicht größtenteils im Schatten verborgen ist, weiß ich sofort, wer er ist.

Plötzlich wendet er die Augen vom Pool ab und sieht zur Hügelkuppe herüber. Ich fühle, wie sich sein Blick direkt auf mich richtet. Sein Kopf zuckt kurz nach hinten. Es ist nur eine unauffällige Bewegung, jeder außenstehende Beobachter hätte sie vermutlich für eine Täuschung des Lichts gehalten. Aber ich weiß, dass er wortlos mit mir kommuniziert.

Er will, dass ich auf den Balkon komme.

Er will mit mir reden.

Mein Magen krampft sich zusammen, als sich Charlie mit einem schelmischen Grinsen im Gesicht zu mir umdreht. »Gehen wir!«

Mein Blick verharrt auf Cupid, während sie sich an den Abstieg macht.

»Jetzt gibt es wohl kein Zurück mehr«, flüstere ich in den Wind.

Dann folge ich ihr.

»James wollte nach dem Fußballtraining herkommen, oder?«, fragt Charlie.

Ich nicke. »Er ist bestimmt schon da. Tom wollte ihn mitnehmen.«

Wir bleiben abrupt stehen, als wir das elegante schwarze Tor erreichen, das aufs Gelände führt. Mir steigt der durchdringende Geruch von Bier und gegrillten Burgern in die Nase. Musik dröhnt aus den Lautsprechern, und durch einen großen Pulk unserer Mitschüler sehe ich einige Bierfässer auf dem Rasen stehen.

Charlie streicht ihr Kleid glatt und grinst mich freudestrahlend an. In der Luft liegt eine gespannte Erwartung, auch ich kann sie spüren. In einer Kleinstadt wie Forever Falls passiert sonst nicht viel Aufregendes, doch in den letzten paar Tagen sind gleich zwei Jungs an unsere Schule gewechselt, ein Mitschüler ist vom Dach gesprungen, und es gibt eine große Party.

Und sie wissen noch nicht mal von den Liebesagenten ...

Ich hole tief Luft und lächle Charlie nervös zu, als wir die Gärten betreten. Wir halten direkt auf die Glasfront des Hauses zu. Den Pfad säumen weiße Statuen, die mich an jene in der Matchmaking-Agentur erinnern – die Frauenstatue, die Cal offenbar lieber gemieden hätte.

»Ein bisschen extravagant«, sage ich und blicke zu einer von ihnen hoch.

Charlie lacht. »Seine Eltern müssen steinreich sein.«

Ich erinnere mich, dass Cupid gesagt hat, seine Mutter wäre verreist. Und er hat das Wort merkwürdig betont, als wolle er mir damit irgendetwas sagen. Eins weiß ich sicher: Das ist Cupids Haus – wenn er Eltern hat, wohnt er nicht mehr bei ihnen.

Als wir die große Gruppe erreichen, die sich um den Grill versammelt hat, werden ein paar Mädchen aus dem Sozialausschuss auf Charlie aufmerksam und winken uns herüber.

»Geh du ruhig. Ich suche James«, sage ich, bin mir aber selbst nicht sicher, ob ich das wirklich vorhabe.

James wartet irgendwo da drinnen auf mich.

Aber Cupid auch. Er ist auf dem Balkon. Er wartet ebenfalls auf mich.

»Okay«, antwortet Charlie, »ich komme bald nach – aber erst geht's nach Burger City!« Mit einem Grinsen läuft sie zu ihren Freundinnen und schnappt sich unterwegs einen Cheeseburger.

Ich hole noch einmal tief Luft und gehe ins Haus. Während ich mich durch den Pulk von Leuten schlängele, die in der offenen Küche herumstehen, frage ich mich unweigerlich, ob Cupid weiß, dass ich sein Match bin. Ich erinnere mich an den tosenden Sturm in seinen Augen, als sich unsere Finger berührt haben. An seine Worte: *Du bist es, die ich besser kennenlernen will, Lila Black.* Und ich denke an Cals furchtbar schlechten Plan, Cupid von mir wegzulocken.

Er weiß es. Cupid weiß, dass ich sein Match bin.

Auf dem Weg durch den weiß gefliesten Korridor, der von der Küche abzweigt, halte ich Ausschau nach James und Cal.

Ich spähe durch jede Tür, an der ich vorbeikomme, bis ich schließlich die schwarze Wendeltreppe am Ende des Gangs erreiche. Zögerlich setze ich einen Fuß auf die erste Stufe. Ich sage mir, dass James bestimmt oben ist und ich deswegen dorthin gehe, aber ein Teil von mir weiß, nach wem ich wirklich suche.

Der Balkon muss auch irgendwo dort oben sein.

Oben angekommen, finde ich mich in einem weiteren Korridor wieder. An den Wänden hängen modernisierte Bilder von Mythen- und Sagengestalten. Bogenförmige Durchgänge führen in andere Räume, und ganz hinten macht der Gang eine Kurve nach links. Hier oben ist es seltsam still, der Partylärm scheint weit weg.

Ich gehe weiter und biege nach links ab. Der Gang endet an einer großen Glastür, die auf einen dunklen Balkon hinausführt. Zu Cupid. Ich bleibe abrupt stehen – mir stockt der Atem. Langsam strecke ich die Hand nach der Klinke aus.

Was um alles in der Welt mache ich hier? Er ist gefährlich. Er ist hinter mir her. Und ich tappe direkt in seine Falle.

Plötzlich werde ich von wütenden Stimmen in einem Raum direkt hinter mir aus meiner Trance gerissen.

»Aber *dein* Auftrag behindert *meinen*!«

Cal. Ich ziehe irritiert die Stirn kraus und schleiche mich näher an die offene Tür heran, um zu lauschen.

»Ich erledige nur meinen Job!«, entgegnet eine Frauenstimme ärgerlich. »Ich muss ein Paar zusammenbringen, und das werde ich!«

Die Stimme kommt mir bekannt vor, aber ich kann sie nicht zuordnen.

»So, wie du deinen Job, auf Jack aufzupassen, erledigt hast?«

Die Frau stößt ein wütendes Schnauben aus. »Der Auftrag bestand eindeutig darin, dafür zu sorgen, dass dem Mädchen nichts zustößt«, erwidert sie, »und soweit ich weiß, geht es Laura blendend. Oder nicht?«

»Na, dann sag doch dem armen Jungen, der vom Dach gesprungen ist, dass ...«

Ich will gerade einen Blick riskieren, als mich plötzlich jemand von hinten an der Schulter packt. Ich jaule auf und stolpere in den Raum.

»Hey, Lila«, sagt eine vertraute Stimme hinter mir, »ich hab nach dir gesucht.«

James. Die beiden Gestalten, die sich lautstark gestritten haben, wirbeln zu uns herum. Cals kantiges Gesicht ist wutverzerrt. Jetzt, wo ich sie vor mir sehe, erkenne ich die Frau sofort. Schön, blond, absolut makellos in ihrem glitzernden blauen Abendkleid – die Rezeptionistin aus der Matchmaking-Agentur.

Sie blickt an mir vorbei zu James, der hinter mir steht.

»Hi, James«, sagt sie mit einem lieblichen Lächeln.

Ich ziehe irritiert die Stirn kraus. *Die beiden kennen sich doch nicht etwa, oder?*

»Hey, Crystal«, sagt er.

13. Kapitel

Ich sehe überrascht zu Cal in der Hoffnung, dass er irgendeine Erklärung dafür hat.
Woher kennt James die Rezeptionistin von Everlasting Love?
Ein undurchschaubarer Ausdruck huscht über Cals finsteres Gesicht, aber er bleibt still wie eine Statue neben dem Himmelbett stehen, das einen großen Teil des Zimmers einnimmt. Ich sehe zu James, der einen Schritt näher kommt und einen Arm um meine Taille schlingt.
»Das ist Crystal«, sagt er. »Sie hat gerade im Romeo's angefangen.«
Völlig verwirrt starre ich ihn an. Romeo's ist der Name des heruntergekommenen Diners am Markt, in dem James seit letztem Sommer als Kellner jobbt. Warum sollte Crystal, die Rezeptionistin, ebenfalls dort arbeiten?
Cal sagt nichts, er wirft Crystal nur einen kurzen, eisigen Blick zu. Plötzlich erinnere ich mich an das Video, das ich in der Agentur gesehen habe; an Cal in seiner Bowlingcenter-Uniform, wie er meine Eltern zusammengebracht hat.
Manchmal müssen wir eigenhändig eingreifen.
Heiße Wut lodert in mir auf.
Versucht sie, meinen Freund mit jemand anderem zusammenzubringen?!
Auf einmal bin ich rasend wütend; auf sie, auf Cal, sogar – obwohl es nicht wirklich einen Grund dafür gibt – auf James. Cals Worte hallen in mir nach: *Dein Freund ist nicht dein Seelenverwandter. Sein Match ist …*
Crystal ignoriert die plötzliche Anspannung im Raum

einfach und tritt einen Schritt auf mich zu. »Du musst Lila sein«, flötet sie. »Ich hab *so viel* über dich gehört.«

Eine Wolke zuckersüßen Parfüms hüllt mich ein, als sie mir einen Arm entgegenstreckt. Ihre Augen funkeln vor Aufregung, doch dahinter lauert eine unausgesprochene Herausforderung: *Versuch doch, James zu erzählen, wer ich bin ...*

Ich drücke ihre Hand etwas fester, als ich sollte. »Schön, dich kennenzulernen«, sage ich durch zusammengebissene Zähne.

Crystal tritt zurück und blickt wieder zu meinem Freund auf. »Cal und ich wollten gerade nach unten gehen, um uns einen Drink zu holen. Kommt ihr mit?«

James wirft mir einen fragenden Blick zu.

»Geh ruhig schon mal vor«, sage ich und bemühe mich um einen ruhigen Ton. »Ich muss noch schnell auf Toilette.«

Ich weiß mit jeder Faser meines Wesens, dass ich mit nach unten gehen sollte; ich sollte mich so weit wie möglich von Cupid fernhalten. Aber ich zittere vor Wut. Ich kann ihre Gesellschaft nicht ertragen.

Sie versuchen, meinen Freund zu verkuppeln.

Cal sieht nicht gerade glücklich aus, aber er sagt nichts. Die drei machen sich zusammen auf den Weg.

Als Cal an mir vorbeikommt, wirft er mir einen warnenden Blick zu. »Mach keine Dummheiten, Lila. Ich werde ihn ausfindig machen, sobald ich die Sache mit Crystal geklärt habe. Hier geht etwas sehr Seltsames vor sich. Ich sehe später nach dir.«

Bei der Erwähnung von Crystals Namen verzieht er das Gesicht, als hätte er auf etwas Saures gebissen. Mich überkommt eine Mischung aus Nervosität und Erleichterung, als mir klarwird, dass Cal keine Ahnung hat, wer auf dem Balkon direkt um die Ecke auf mich wartet.

Wenig später bin ich allein im Zimmer. Ich atme auf und sehe mich etwas genauer um. Das muss Cupids Schlafzimmer sein – der Gedanke macht mich seltsam unruhig, als würde ich etwas sehen, was ich nicht sehen sollte. Das ist sein Reich; das ist privat, nicht für meine Augen bestimmt.

Ich werfe einen Blick durch die Tür, um mich zu vergewissern, dass niemand in der Nähe ist, dann gehe ich zu dem großen Himmelbett – dem Ort, wo er schläft, wo er träumt.

Vorsichtig setze ich mich auf die Matratze und atme tief durch, um die Gefühle, die in mir brodeln, unter Kontrolle zu bekommen. Das Laken unter meinen Fingerspitzen ist aus Seide, und mir strömt derselbe zarte Geruch nach Sommer in die Nase, der mich bei unserer ersten Begegnung eingehüllt hat.

Ich versuche meine Wut auf Crystal und Cal, die Unsicherheit wegen James und die Erinnerung an Cupids wilde meergrüne Augen auszublenden.

Ich darf nicht zum Balkon gehen. Auf gar keinen Fall.

Um mich abzulenken, sehe ich mich weiter im Raum um. Auf Cupids Nachttisch liegt ein Haufen alter, abgegriffener Bücher. Ich fahre mit dem Finger über die ramponierten Einbände, darunter *Sturmhöhe*, *Jane Eyre* und *Stolz und Vorurteil*. Das überrascht mich.

Der gefährliche, verstoßene Cupid, der gerade erst einen jungen Mann dazu getrieben hat, sich vom Dach zu stürzen, liest gerne Liebesromane?

Meine Neugier nimmt zu.

Das ergibt doch keinen Sinn. Nichts davon ergibt einen

Sinn. Es muss einen Grund dafür geben, dass er so etwas tut. Es muss einen Grund dafür geben, dass er mein Match ist.

Ich schüttele den Kopf, um meine Gedanken zu klären, stehe auf und gehe aus dem Zimmer. Ich muss wieder nach unten zu den anderen. Ich hätte gar nicht herkommen sollen.

Doch im Flur bleibe ich abrupt stehen. Auf der einen Seite ist die Treppe nach unten – der Weg zu James und in Sicherheit –, auf der anderen die Tür zum Balkon. Ich weiß, wohin ich gehen sollte, aber aus irgendeinem Grund tragen mich meine Füße auf die Glastür zu. Ich habe das Gefühl, als würde mich etwas dorthin ziehen – zu *ihm*.

Ich muss ihn zur Rede stellen. Ich muss wissen, warum er das getan hat.

Als ich die Tür erreiche, strecke ich eine zittrige Hand aus. Meine Finger verharren einen Moment über der Klinke.

Dann atme ich tief durch und öffne die Tür.

Ich trete auf den Balkon hinaus. Am anderen Ende steht er an der Brüstung und blickt auf das Gelände hinab, seine Silhouette vom fahlen Mondschein und den Lichtern am Pool weit unter ihm beleuchtet.

»Cupid«, sage ich leise.

Langsam dreht er sich zu mir um. Unsere Blicke treffen sich.

Jetzt gibt es kein Zurück mehr.

Einen Moment sieht er fast überrascht aus. »Lila«, sagt er, »du bist gekommen.«

Er macht einen Schritt auf mich zu, und mein Herz schlägt schneller, als ich zu ihm aufblicke. Er trägt ein langärmliges hellblaues Hemd und dunkle Jeans. Seine Füße sind nackt und seine aschblonden Haare völlig zerzaust, als wäre er gerade erst aufgestanden. Sein Gesicht wirkt sanfter als bei unserer Begegnung in der Schule – verletzlicher. Im fahlen Mondschein könnte er tatsächlich als Engel durchgehen.

Aber er ist kein Engel.

»Ich weiß, dass du es bist«, sagen wir beide gleichzeitig.

Kurz flackert ein Ausdruck der Belustigung in seinen Augen auf, und er kommt noch einen Schritt näher. Dann ist sein Gesicht plötzlich wieder ernst, halb im Schatten verborgen.

Ich ziehe irritiert die Stirn kraus, weiche aber nicht zurück. »Ich weiß, was du getan hast«, sage ich.

Er lächelt, aber dahinter verbirgt sich noch etwas anderes. *Kummer?*

»Du bist mein Match«, sagt er. »Deinetwegen bin ich hier.«

Er kommt noch einen Schritt näher, so nahe, dass ich seine Körperwärme spüre und seinen intensiven Geruch einatme; er ist nicht mehr sanft wie der Sommer, sondern berauschend wie das Auge eines Sturms. Ich sollte mich zurückziehen, ich sollte mich von ihm abwenden, aber ich tue es nicht.

»Du hast den Ardor gesehen«, sagt er. »Ein Mensch kann die Pfeile nur sehen, wenn ihm ein Cupid gezeigt hat, was sie sind. Cal hat es dir gesagt?«

Er starrt mich durchdringend an. Sein Gesichtsausdruck ist offen, er lockt mich herbei. Ich habe das Gefühl, als könnte ich hinter diesen wilden, gefährlichen Augen seine Seele sehen. In der Dunkelheit scheinen die grünen Sprenkel in dem tiefen Blau zu tanzen, wie Meereswellen, die an die Felsen branden. Wir sind einander so nahe, dass wir uns beinahe berühren. Zwischen uns pulsiert eine starke Energie, ein warmes, elektrisiertes Kribbeln, das uns unweigerlich zueinander hinzieht.

Was mache ich hier? Was ist mit James?

Aber ich weiß, dass ich nicht zurückweichen werde.

»Er wollte dich beschützen«, sagt Cupid.

Da ist wieder dieser seltsame Ausdruck. Der Kummer.

»Aber das kann er nicht.« Sein Kiefer spannt sich an. »Es ist schon zu spät.«

Cupids Worte reißen mich aus meiner Trance. In seinen Augen liegt eine Wildheit, die mir einen kalten Schauer über den Rücken jagt.

Es ist schon zu spät.

Ich trete einen Schritt zurück und sehe ihn mit bangem Blick an. Ich glaube nicht, dass er mir weh tun wird, aber ich kann Gefahr in der Luft spüren, wie ein Tier einen aufziehenden Sturm wittert.

»Ich bin nicht dein Match«, sage ich leise. »Du hättest fast jemanden getötet. Ich würde nie mit jemandem wie dir zusammenkommen.«

Cupids raues Lachen durchschneidet die angespannte Atmosphäre. Darin schwingt eine Bitterkeit mit, die ich nicht verstehe.

»So läuft das nicht.«

Ich bemühe mich um einen ruhigen Ton. »Warum hast du das getan? Warum hast du auf Jack geschossen?«

Er lächelt und schüttelt den Kopf. »Lila, das war ich nicht.«

Ich mustere ihn argwöhnisch.

Er lügt. Ganz sicher. Der Typ, von dem mir Cal erzählt hat, würde lügen, natürlich würde er das.

Aber der Typ, der Liebesromane liest und diesen traurigen Ausdruck in den Augen hat – würde er lügen?

»Ich hab dich gesehen«, sage ich. »Ich hab dich mit dem Pfeil in der Hand gesehen.«

Er hebt wie zur Kapitulation die Hände. »Ich war das nicht, Lila. Warum sollte ich einfach auf irgendeinen Jungen schießen? Ich habe den Pfeil nur herausgezogen.«

Ich ziehe die Stirn kraus. Langsam geht mir das Ganze auf die Nerven.

Ich will Antworten, deswegen bin ich hier. Ich bin nicht hergekommen, um in seine stürmischen Augen zu blicken oder die unwiderstehliche Anziehungskraft zwischen uns zu spüren, die ich mit James nie gespürt habe.

»Und wer war es dann? Wer hat auf ihn geschossen, wenn du es nicht warst?«

Da höre ich plötzlich, wie sich die Tür hinter mir leise schließt.

»Es war ... jemand anderes«, erklingt Cals erschöpfte Stimme.

Ich wirbele herum. Der Liebesagent steht vor mir im Sternenlicht. Er wirft mir einen Um-dich-kümmere-ich-mich-später-Blick zu und wendet sich dann an Cupid.

»Hallo, Cupid«, sagt er in eisigem Ton, sein Gesicht grimmig und vorwurfsvoll.

Ich sehe zurück zu meinem angeblichen Seelenverwandten.

Cupids Mund verzieht sich zu einem spöttischen Grinsen. »Hallo, Bruder.«

14. Kapitel

Ein kalter Wind weht über den Balkon, als ich mich verblüfft zu Cal umdrehe. Er steht stocksteif da und lässt Cupid keine Sekunde aus den Augen. Die atemlose Spannung zwischen Cupid und mir ist einer heftigen gegenseitigen Abneigung zwischen den beiden gewichen.

»Er ist dein Bruder?«, frage ich fassungslos. »Nennt ihr euch alle so? Oder ist er dein ... *richtiger* Bruder?«

Cals Gesicht verfinstert sich. »Leider Letzteres.«

Cupid stößt ein raues Lachen aus, als sich Cal schützend neben mich stellt. Er selbst rührt sich nicht von der Stelle, er steht nicht mehr als eine Armlänge von uns entfernt. Ich mustere die beiden. Cal, schlank und adrett, mit ernstem Blick und einem kantigen Gesicht, und Cupid, breitschultrig und schroff, mit einem jungenhaften Grinsen auf den Lippen. Sie sehen sich überhaupt nicht ähnlich, und kurz frage ich mich, ob sie tatsächlich dieselben Eltern haben.

»Du hast ihr nicht gesagt, dass wir verwandt sind?«, fragt Cupid, seine meergrünen Augen glitzern im Mondlicht. Er reißt den Blick von seinem Bruder los und wendet sich mir zu. »Er will mich anscheinend immer geheim halten.«

»Ich kann mir gar nicht vorstellen, warum ...«, erwidere ich.

Der Anflug eines Lächelns huscht über Cals Gesicht, dann wird er wieder ernst.

»Also, Bruder, wieso lässt du mich vom Haken?«, fragt Cupid. »Hat Crystal es dir gesagt?«

Cal nickt grimmig. »Ja, sie hat dich im Auge behalten. Ich vermute, wir sind zum gleichen Ergebnis gekommen?«

Cupid nickt, im Gesicht ein kleines wissendes Lächeln. »Damit liegst du vollkommen richtig.«

»Wie lange hast du schon den Verdacht, dass sie hier waren?«

Cupid zuckt die Achseln. »Seit dem Ardor im Love Shack.«

Cal seufzt schwer, alle Luft scheint aus ihm herauszuströmen.

»Wovon redet ihr da?«, unterbreche ich die beiden. »Wer ist hier? Wer hat den Pfeil auf Jack abgeschossen, wenn es nicht Cupid war?«

Ich denke an letzte Nacht zurück, und plötzlich rastet ein Teil des Puzzles ein.

Ich sehe Cal an. »Der Türsteher hat gesagt, du wärst schon der dritte Neue, den er einlässt.«

Cal nickt beiläufig, ohne den Blick von seinem Bruder abzuwenden. »Das ist deine Schuld – ist dir das klar?«, fährt er Cupid zornig an. »Du hättest nie herkommen sollen.«

Cupid zieht die Augenbrauen hoch. »Aber dann hätte ich doch den ganzen Spaß verpasst.«

Cal sieht nicht amüsiert aus, doch Cupids Augen funkeln vor Aufregung. Und dahinter verbirgt sich noch etwas anderes: eine stille Herausforderung. Cal tritt noch einen Schritt auf ihn zu, so dass sie sich Auge in Auge gegenüberstehen. Cupid rührt sich nicht von der Stelle.

»Du musst gehen«, sagt Cal. Er betont jedes Wort und untermauert es so mit einer unmissverständlichen Drohung. »Du weißt, was passiert, wenn du es nicht tust.«

Ich sehe von einem Bruder zum anderen. Cupid ist größer und muskulöser – aber Cals Gesicht ist wutverzerrt, und ich weiß aus eigener Erfahrung, dass Wut allein einen Kampf gewinnen kann.

Die Luft ist drückend und wie elektrisch aufgeladen. Dass es zwischen den beiden so heftige Spannungen gibt, liegt nicht nur an mir oder Jack oder irgendeinem Paar, das zusammengebracht werden soll. Ich weiß, dass weit mehr vor sich geht, als mir die beiden verraten haben.

»Leute«, sage ich in schneidendem Ton, um die Anspannung zu durchdringen, »was ist los?«

Cal wirft mir einen Seitenblick zu. »Das geht dich nichts an.«

Cupid stößt ein ungläubiges Lachen aus. »Jetzt doch wohl schon!«

Die beiden Brüder starren einander noch einen Moment wütend an, dann tritt Cal einen Schritt zurück und seufzt. Er fährt sich aufgebracht durch seine hellen Haare. »Sie hätte gar nicht erst in das alles verwickelt werden sollen. Warum bist du hergekommen?«

Cupid zuckt erneut die Achseln. »Sie ist mein Match, Bruderherz. Hast du wirklich von mir erwartet, dass ich mich nicht blicken lasse?«

Cal macht ein verächtliches Gesicht.

»Dein Versuch, sie von mir fernzuhalten, war übrigens armselig«, fügt Cupid hinzu und wirft mir einen Blick zu.

Ich nicke im Stillen zustimmend. *Ich hab doch von Anfang an gesagt, dass das ein dummer Plan ist.*

»Im Ernst, Jungs«, sage ich, »was zur Hölle ist hier los?«

Cal dreht sich zu mir um. Der grimmige Ausdruck in

seinem Gesicht wird sanfter, aber als er zu einer Antwort ansetzt, ertönt von unten plötzlich ein lautes Scheppern. Ich fahre zusammen, mein Adrenalinspiegel schießt in die Höhe. Die beiden Brüder wechseln einen erschrockenen Blick.

Auf einmal ist die Luft von Schreien und einem seltsamen Rauschen erfüllt, das mir irgendwie bekannt vorkommt. Dann kehrt wieder Stille ein. Ein kalter Schauer läuft mir über den Rücken.

Ich haste an den Brüdern vorbei zum Rand des Balkons und fühle, wie einer von ihnen die Hand nach mir ausstreckt. Ich weiche aus, schiebe den lästigen Arm aus dem Weg und beuge mich über das Geländer, um zum Pool hinunterzusehen.

Alles wirkt ganz normal – meine Klassenkameraden stehen immer noch fröhlich plaudernd mit ihren Drinks am Wasser. Offenbar hat niemand die Störung auch nur bemerkt. Ich wende mich wieder Cal und Cupid zu, die wortlos miteinander zu kommunizieren scheinen.

Irgendetwas geht hier nicht mit rechten Dingen zu.

Plötzlich schnellt Cal vor, zieht mich vom Geländer weg und lässt sich nach hinten fallen, so dass ich auf ihm lande. Ich fühle seine Bauchmuskeln und seine unerwartet starken Arme, als er mich an sich drückt.

»Was zum …?«, stoße ich mit schriller Stimme hervor, als plötzlich ein Pfeil genau dort durch die Luft schießt, wo ich gerade noch stand.

Er bohrt sich in die Wand; silberner Schaft, rosarote Spitze.

Ein Capax.

Und daran hängt ein Zettel.

Mein Herz schlägt schneller.

»Eine Nachricht«, sagt Cupid, eher zu sich selbst als zu uns.

Er geht hinüber und nimmt den Zettel ab, fast im selben Moment zerfällt der Pfeil zu Asche. Rasch überfliegt er die Nachricht und sieht dann zu Cal, der den Arm immer noch fest um meine Schultern geschlungen hat. Er nickt wie zur Bestätigung.

»Sie sind hier«, sagt er. »Wir hatten recht, sie sind es wirklich. Die Arrows.«

Ich höre Cal unter mir scharf einatmen. Dann rollt er mich von sich herunter, als wäre ich ein Sack Kartoffeln, richtet sich auf und wischt sich den Dreck von der Hose. Cupid sieht kurz zu mir herunter und dann wieder zu seinem Bruder, seine Augen lodern.

»Wir müssen Lila hier wegbringen. *Sofort.*«

Teil 2:
Die Arrows

15. Kapitel

Lieber Cupid,
wir wurden über Dein Match in Kenntnis gesetzt. Wir bedauern, Dir mitteilen zu müssen, dass wir diese Verbindung beenden werden. Wir raten Dir dringend, sie uns auszuliefern, um weitere Komplikationen zu vermeiden. Wir wissen, dass sie hier ist.
Bestimmt müssen wir Dich nicht an die schwerwiegenden Folgen erinnern, die es nach sich ziehen würde, wenn Du – oder irgendein anderer Cupid – einen Seelenverwandten findest. Du kennst das Gesetz. Das können wir nicht zulassen.
Wir haben schon einige Capax-Pfeile an Deinem Wohnort verschossen, und die Folgen des Ardors sind Dir bestimmt nicht entgangen. Du sollst wissen, wie ernst es uns ist und dass wir Dir und den Bewohnern von Forever Falls das Leben sehr schwermachen werden, wenn unsere Bedingungen nicht erfüllt werden.
Wenn wir das Mädchen nicht eliminieren können, machen wir Jagd auf Dich.
Selbst wenn wir dafür den Finis ausfindig machen müssen.
Du hast vierundzwanzig Stunden, um unser Angebot zu überdenken. Einer unserer Agenten wartet auf dem Marktplatz auf Dich.
Bring das Mädchen innerhalb der gesetzten Frist zum Brunnen – oder trag die Konsequenzen.
Mit nachdrücklichen Grüßen,
die Arrows

Cupid faltet den Zettel zusammen und lässt ihn schnell in seiner Hosentasche verschwinden.

»Was steht da?«, will ich wissen und rappele mich auf. »Wer sind die Arrows?«

Ich klopfe mir den Dreck von der Hose und blicke von einem Bruder zum anderen. Die Anspannung in der Luft ist mit einem Mal viel dringlicher.

»Später«, sagt Cupid und dann, an Cal gewandt: »Sie könnten immer noch hier sein. Es ist zu gefährlich für Lila, mit mir gesehen zu werden. Treffen wir uns in der Garage. Kann ich mich auf dich verlassen, Bruderherz?«

Cal nickt mit grimmigem Gesicht. »Ich werde sie beschützen.«

Beunruhigt sehe ich zwischen den beiden hin und her. *Mich beschützen?*

Unwillkürlich muss ich an die Schreie am Pool vor wenigen Augenblicken denken. Und an den Pfeil, der mich beinahe getroffen hätte.

»Im Ernst«, sage ich, »was um alles in der Welt ist hier los?«

Cupid sieht mich durchdringend an. Der Sturm hinter seinen Augen hat seinen Höhepunkt erreicht, und ich habe das Gefühl, als könnte ich mich in seiner Dunkelheit verlieren.

»Für Erklärungen haben wir jetzt keine Zeit. Du musst uns vertrauen«, sagt er bedächtig. »Wir müssen dich hier wegbringen, bevor es zu spät ist.«

Damit dreht er sich um, eilt zur Tür und lässt Cal und mich alleine auf dem Balkon zurück. Der Liebesagent wartet einen Moment und sieht zu, wie sein Bruder im Haus verschwindet, bevor er sich mir zuwendet.

»Wir müssen gehen«, sagt er, ohne mich direkt anzusehen.
»Wohin?«
Endlich begegnet er meinem Blick.
»Wohin?«, frage ich erneut.
Seine schlanken Finger klopfen rastlos auf sein Bein, während er sich mit nervösem Blick auf dem Balkon umsieht.
»Du bist in Gefahr. Wir müssen gehen, ganz gleich wohin. Wenn du Cupid nicht vertrauen kannst, dann vertrau mir. Ich werde dir im Auto alles erklären.«
Ich starre ihn verblüfft an. Das ergibt doch keinen Sinn.
»Du hast nicht gesehen, was auf dem Zettel stand«, erwidere ich. »Wie kannst du dir so sicher sein, dass das eine gute Idee ist? Du hast mir eingeschärft, dass Cupid gefährlich ist, und jetzt willst du, dass wir einfach machen, was er sagt?«
Selbst während ich dagegen protestiere, weiß ich, dass das die einzig richtige Entscheidung ist. Cupid hat nicht auf Jack geschossen. Er ist nicht so schlimm, wie Cal ihn dargestellt hat, da bin ich mir sicher. Bei dem Zwist zwischen den beiden geht es um irgendetwas anderes.
Cal fährt sich durch die Haare und sieht mich mit flehentlichem Blick an. »Cupid ist gefährlich, aber die Pfeile sind noch weit schlimmer. Ich glaube ihm, dass sie hier sind – und ich vertraue ihm, wenn er sagt, dass du in Gefahr bist. Könnten wir jetzt bitte …«
Er blickt einen Moment auf seine Hand hinab und streckt sie mir dann zaghaft entgegen. Der gequälte, verletzliche Ausdruck in seinem Gesicht, der für ihn mit dem Angebot körperlichen Kontakts einherzugehen scheint, lässt meine Entschlossenheit ins Wanken geraten.

Ich nicke seufzend. »Ich will eine Erklärung, sobald wir im Auto sind«, sage ich und ziehe eine Augenbraue hoch. »Und keine Sorge – wir müssen nicht Händchen halten.«

Erleichterung macht sich auf seinem Gesicht breit, gemischt mit Verlegenheit … und noch etwas anderem.

Bedauern?

Er zieht die Hand schnell zurück und dreht sich auf dem Absatz um.

»Dann komm, gehen wir«, sagt er schroff.

Ich folge ihm hastig zurück ins Haus. Wir eilen die schwarze Wendeltreppe hinunter ins Erdgeschoss, dann führt Cal mich durch einen mir unbekannten Korridor.

»Die Garage ist gleich dort drüben.«

Wir haben gerade das Ende des langen Gangs erreicht, als Crystal aus einer Tür direkt vor uns auftaucht. Sie hat einen ängstlichen Ausdruck im Gesicht.

»Cal«, sagt sie und hebt wie zum Schutz die Hände, »ich weiß, wie das aussieht, aber ich schwöre, ich war das nicht. Sie wurden beide von einem Capax getroffen. Ich glaube, die Arrows sind hier.«

Cal wirft ihr einen grimmigen Blick zu und schiebt sich an ihr vorbei in das Zimmer, aus dem sie gekommen ist. Die Rezeptionistin stellt sich vor mich und versperrt mir den Weg. Wenig später erscheint Cal wieder und fasst mich am Arm.

»Komm, wir müssen hier weg«, sagt er eindringlich und zieht mich weiter.

Ich mache ein finsteres Gesicht und versuche, einen Blick auf das zu erhaschen, was er in dem Zimmer vorgefunden hat.

»Was ist passiert? Was hast du da drin gesehen?«

In diesem Moment höre ich aus dem Raum eine vertraute Männerstimme.

»Ich mochte dich immer«, raunt er leise, »das muss dir doch klar sein.«

Ich reiße mich von Cal los, haste zu der offenen Tür zurück und stoße Crystal aus dem Weg. Im Innern ist es dunkel, aber ich kann zwei Schatten ausmachen, die miteinander verschmelzen.

»Ich mag dich auch«, sagt sie, »aber was ist mit Lila?«

Mein Magen krampft sich zusammen. Er zuckt die Achseln und beugt sich zu ihr herunter, seine Hand streicht sanft über ihre Wange, sein Körper presst sich an ihr kurzes schwarzes Kleid. Sie küssen sich. Mein Herz setzt einen Schlag aus, und mich überkommt eine heftige Übelkeit.

James und Charlie.

Cal packt mich erneut am Arm und dreht mich zu sich um. Er umfasst mein Gesicht mit seinen Musikerhänden und zwingt mich, ihn anzusehen. Schreie und das Surren von Pfeilen ertönen aus einem anderen Raum, aber irgendwie dringt der Lärm nur gedämpft zu mir durch.

»Das war der Capax, Lila, nichts weiter ... nur der Capax.«

Ein Stück den Flur hinunter höre ich den Motor eines Autos aufheulen.

»Wir müssen weiter. *Sofort.*«

Cal zieht mich den Gang entlang, eine Treppe hinunter und in die Garage. Ich bin zu geschockt, um Widerstand zu leisten. *James und Charlie?* Alles in mir schreit, dass das nicht wahr sein kann.

Wie in Trance lasse ich mich von Cal auf den Rücksitz

eines cremefarbenen Aston Martin verfrachten, und er springt durch die Beifahrertür. Cupid, der am Steuer sitzt, wirft einen Blick über die Schulter und grinst, offenbar bekommt er von der angespannten Stimmung nichts mit.

»Also dann, kann's losgehen?«

16. Kapitel

Während ich auf dem Rücksitz des Aston Martin hocke, die Hände fest ineinander verschränkt, erfasst mich erneut kaltes Entsetzen.

James und Charlie. Mein James. Und meine Charlie. Das will mir einfach nicht in den Kopf. *Wie konnten sie mir das antun?*

Cal sitzt angespannt vor mir, den Blick starr auf die vorbeiziehende Landschaft draußen vor dem Fenster gerichtet.

»Was ist mit euch beiden los?«, durchbricht Cupid die Stille. »Was ist da drin passiert? Hab ich was verpasst? Dieser Road Trip macht ungefähr so viel Spaß wie eine Führung durchs britische Textilmuseum.«

Ich bleibe stumm – störrisch –, weil ich es nicht laut aussprechen will. Nicht vor Cal, der Crystal und die Matchmaking-Agentur in mein Leben gebracht hat; und nicht vor Cupid, dem Jungen mit den stürmischen Augen, der mich an meiner Beziehung mit James hat zweifeln lassen.

»Und falls ihr euch das fragt, die macht überhaupt keinen Spaß. Das könnt ihr mir glauben. Ich war da. Zweimal.«

»Es war der Capax, Lila«, murmelt Cal und starrt weiter aus dem Fenster.

Cupid sieht erst seinen Bruder, dann mich an. »Ah, dein Freund wurde wohl von einem Pfeil getroffen. Auch wenn sie, du weißt schon … nur wirken, wenn die Person bereits Gefühle für –«

Cal wirft ihm einen vernichtenden Blick zu, und zum Glück hält Cupid die Klappe. Doch er hat recht. Ich erinnere mich, dass Cal mir genau das Gleiche gesagt hat, als er mir die Pfeile in der Turnhalle zum ersten Mal zeigte. *Es müssen schon Gefühle vorhanden sein, damit es funktioniert.*

Ich fühle mich wie betäubt. Einen Moment höre ich nichts als das tröstliche Rattern des Motors. Ich lehne mich zurück und spüre das kühle Leder auf meiner Haut. Sosehr ich auch versuche, mich auf die Landschaft zu konzentrieren, die am Fenster vorbeirauscht, das Bild, wie James meine beste Freundin küsst, ist mir ins Gedächtnis eingebrannt. Ich erinnere mich, dass Crystal bei ihrem Streit mit Cal einen Auftrag erwähnt hat, und daran, was Cal in der Agentur zu mir gesagt hat.

Dein Freund ist nicht dein Seelenverwandter. Sein Match ist …

Hitze steigt mir ins Gesicht, als ich den Satz in Gedanken vollende. *Charlie.*

Cupid wirft mir durch den Rückspiegel einen forschenden Blick zu. Schatten flackern über sein Gesicht.

»Wenn du dich dadurch besser fühlst: Dein Freund und du wart nie füreinander bestimmt. Du bist *meine* Seelenverwandte, nicht seine.«

Im Licht der vorbeiziehenden Straßenlaternen nehmen seine Augen verschiedene Blautöne an. Es fühlt sich an, als würden sie tief in mein Inneres blicken und meine Seele herausfordern.

»Nein, dadurch fühle ich mich nicht besser«, entgegne ich und halte seinem Blick stand. »James war mein Freund. Er lag mir am Herzen, bevor er mich hintergangen hat. Dich habe ich erst vor zwei Tagen kennengelernt, und seitdem machst du nichts als Ärger. Mir ist egal, was irgendein statistischer Algorithmus über uns sagt. Du bist *nicht* mein Seelenverwandter.«

Er mustert mich aufmerksam. »Er war nichts als ein Platzhalter, Lila, das konnte ich in deinen Augen sehen, als wir uns zum ersten Mal begegnet sind. Du liebst den Jungen nicht, warum sonst hättest du zu mir auf den Balkon kommen sollen?«

Zorn wallt in mir auf, bringt mein Blut zum Kochen und setzt meine Adern in Brand. Das Schlimmste daran ist, dass er womöglich recht hat.

»Bild dir nicht ein, dass du irgendetwas über mich weißt.«

Auf meine Worte folgt eisiges Schweigen, und ich sehe, wie sich sein Kiefer verspannt. Ich reiße den Blick von ihm los, doch mein Herz hämmert wild. Ich starre aus dem Fenster, lehne meinen Kopf an das kühle Glas und versuche, die Wut unter Kontrolle zu bringen.

»Wo fahren wir eigentlich hin?«, frage ich nach ein paar Minuten. »Was stand auf diesem Zettel?«

Cupid greift in seine Tasche und holt die zusammengefaltete Nachricht heraus. Er reicht sie zuerst Cal, eine Hand nach wie vor am Lenkrad.

»Wir sollten in die Agentur fahren«, sagt Cal, nachdem er die Botschaft überflogen hat. »Sie werden Lila beschützen.«

Cupid schüttelt den Kopf. »Nein. Ich traue ihnen nicht. Dort gibt es zu viele Leute, die diese Verbindung verhindern wollen, und es wäre ein Leichtes für sie, Miss Fröhlich dort hinten zu beseitigen …«

Mit einem Grinsen deutet er auf mich, und ich funkele ihn ärgerlich an.

»Wir werden eine alte Freundin von mir besuchen«, fährt

er fort. »Sie sollte uns Schutz bieten können und Antworten für uns parat haben.«

Cal reicht den Zettel über die Schulter an mich weiter, ohne sich zu mir umzudrehen. »Du meinst doch nicht etwa …?«

Cupid nickt grimmig, während ich die Nachricht entgegennehme. Als ich sie lese, erfasst mich ein unaussprechliches Grauen.

Einen Moment kann ich nur stumm dasitzen und den Zettel anstarren.

Die Verbindung beenden? Konsequenzen? Den Finis ausfindig machen? Die Arrows?

»Was meinen sie damit, dass sie mich *eliminieren* wollen?«, frage ich schließlich. »Wollen sie mich … *umbringen*?!«

»Wahrscheinlich«, antwortet Cupid. »Oder wenn du Glück hast, wirst du vielleicht von einem schwarzen Pfeil getroffen – dann verwandelst du dich in eine von uns.«

»Und sie sind hinter mir her, weil du hier bist?«

Cupid zuckt die Achseln. »Ja … irgendwie schon …«

»Na, kannst du dann nicht einfach … wieder gehen?«

Seine Lippen verziehen sich zu einem grimmigen Lächeln. »So einfach ist das leider nicht …«

»Ihr werdet mich doch nicht zum Brunnen bringen, oder?«

»Nun, das würde uns einiges erleichtern …«

»Nein«, sagt Cal.

Cupid lacht und richtet den Blick wieder auf die Straße. »Das war nur ein Witz, Bruderherz. Denkst du ernsthaft, ich würde mein Match ans Messer liefern?«

Er wirft einen Blick über die Schulter und sieht mir direkt

in die Augen. »Ich suche schon sehr lange nach dir, Lila. Du bist in Sicherheit, zumindest vorerst ...«

Cal schweigt, und wie nicht anders zu erwarten, beruhigen mich Cupids Worte keineswegs.

»Ich hätte gedacht, *du* würdest sie ohne Zögern ausliefern, Bruderherz«, sagt Cupid. »Du rührst doch die Werbetrommel für Team *Kein Match für Cupid*. Bist du nicht nach Forever Falls gekommen, um uns voneinander fernzuhalten?« Mit amüsiert glitzernden Augen wirft er seinem Bruder einen wissenden Seitenblick zu.

»Wir wären sowieso nicht zusammengekommen«, sage ich, obwohl ich mir da ganz und gar nicht sicher bin.

Ich denke an die Schmetterlinge in meinem Bauch, als sich unsere Finger berührt haben, und wie mich seine Augen unwiderstehlich anzuziehen scheinen. *Und wenn James schon immer mit Charlie zusammenkommen sollte ...*

Ich verdränge ihn aus meinen Gedanken und sehe mich um. Um uns herum tauchen nach und nach immer mehr Gebäude und helle Lichter auf. Die Straße ist hier viel breiter, und ich bin mir fast sicher, dass wir uns L.A. nähern. Ich sehe mir die Nachricht noch einmal an.

»Wer sind die Arrows?«, frage ich wieder.

Ich sehe Cals Reaktion im Rückspiegel, ein angewiderter Ausdruck huscht über sein Gesicht.

»Sie sind eine Gruppe von Cupids, sehr radikal und den alten Traditionen bedingungslos verschrieben. Sie kommen größtenteils aus den europäischen Niederlassungen von Everlasting Love. Dort wenden sie etwas ... extremere Methoden an.«

»Aber warum wollen sie mich umbringen?«

»Weil kein Cupid einen Seelenverwandten finden darf.«

Ich sehe ihm forschend ins Gesicht. Cal scheint mich beschützen zu wollen, aber er war von Anfang an der festen Überzeugung, dass Cupid und ich nicht zusammenkommen sollten. Als Grund hat er die Gefahr genannt, die Cupid für mich darstellen könnte, aber ich glaube, dass mehr dahintersteckt. Ich erinnere mich an die Inschrift unter der Statue in der Agentur.

Kein Cupid darf je die Bindung mit einem Match eingehen.

Ich frage mich, ob das eine Regel aus alten Zeiten ist. *Ist Cal der gleichen Ansicht wie die Arrows? Denkt er auch, dass ich eliminiert werden sollte?*

Cupid lächelt mir zu und zeigt mir zum ersten Mal seine sanftere Seite. »Keine Angst, dir wird nichts passieren. Wenn sie dich nicht zu fassen bekommen, werden sie stattdessen Jagd auf mich machen.« Er sieht mich ernst an. »Und wir werden nicht zulassen, dass sie dich zu fassen bekommen.«

Ich überfliege den Brief noch einmal. »Was ist der *Finis*?«

Schatten huschen über Cupids Gesicht und verdunkeln sein Gesicht. »Der letzte Pfeil.«

»Was soll das heißen?«

Cal begegnet meinem Blick, die Straßenlaternen draußen vor dem Fenster färben seine silbrigen Augen golden.

»Der *Finis* ist ein Pfeil, der vor Tausenden Jahren gefertigt wurde. Andere Cupids können von den schwarzen Pfeilen getötet werden, aber wir – mein Bruder und ich – sind die Originale. *Finis* bedeutet ›das Ende‹ – dieser Pfeil ist der einzige, der selbst uns töten kann. Anscheinend wollen die Arrows ihn ausfindig machen, um Cupid ein für alle Mal auszuschalten, wenn er dich nicht ausliefert.«

Er wirft seinem Bruder einen Seitenblick zu, und ich frage mich, ob es ihn freuen würde, wenn er Cupid endgültig los wäre.

»Er war jahrhundertelang verschwunden«, sagt Cupid, »angeblich ...«

Plötzlich hält er am Straßenrand.

Mehrere Clubs säumen den breiten, dichtbefahrenen Boulevard, und dazwischen ragen Palmen auf. Cupid verschränkt die Hände ineinander und streckt sich genüsslich wie eine Katze, wobei seine Unterarme das Autodach streifen. Dann wendet er sich mir zu und grinst.

»Wir sind da.«

17. Kapitel

Ich steige zögerlich aus und schließe die Tür hinter mir. Ein stetiger Strom von Leuten in Partyoutfits schlängelt sich um Cupid und Cal herum, die bereits auf dem Bürgersteig stehen. Die Luft ist feucht und riecht nach Parfüm und Autoabgasen.

»Wo genau sind wir?«, frage ich und schließe mich den beiden an.

Die Brüder schlendern den farbenprächtig beleuchteten Boulevard hinunter.

»Cupid kennt jemanden, der uns vielleicht helfen kann«, erklärt Cal mit einem misstrauischen Ausdruck im Gesicht.

Etwa hundert Meter die Straße hinunter bleiben wir vor einem Club stehen. Über dem Eingang prangt das Wort ELYSIUM in rosaroten Leuchtbuchstaben vor dem dunklen Nachthimmel. Ein wummernder Beat dringt aus der offenen Tür, und die Schlange am Einlass zieht sich die gesamte Straße entlang.

»Wir werden die ganze Nacht hier rumstehen«, sage ich zu Cal. »Können wir nicht mit seiner Freundin ... ich weiß auch nicht ... telefonieren oder so?«

Cupid wirft einen Blick über die Schulter, und seine Lippen verziehen sich zu einem schiefen Grinsen. »Wir gehen nicht in den *menschlichen* Teil des Clubs. Und Selena hat kein Telefon – soweit ich weiß, hat Apple noch keine wasserfeste App erfunden.«

Ich schüttele ungläubig den Kopf. »Weißt du was? Ich frag gar nicht erst.«

Cupids Grinsen wird noch breiter, so dass es sein ganzes Gesicht erhellt. Er geht auf eine der beiden Türsteherinnen zu, die den Eingang bewachen. Als wir ihn einholen, unterhält er sich leise mit der Frau im Anzug. Ich sehe, wie sie ihm etwas zusteckt, das er in seiner Hosentasche verstaut.

»Die beiden gehören zu mir.«

Sie geht zur Seite und lässt uns durch. Ich linse argwöhnisch zu ihr hinüber, als wir hineingehen, und sie erwidert meinen Blick mit einem amüsierten Ausdruck im Gesicht. Sie hat etwas nicht ganz Menschliches an sich, und mir stockt vor Schreck der Atem. Beunruhigenderweise wirkt Cal genauso angespannt wie ich, seine Haltung ist noch steifer als sonst, und er sieht sich aufmerksam um.

Er ist auch nicht gerade glücklich, hier zu sein.

Cupid führt uns einen dunklen Gang hinunter. An einem Ende blitzt Discolicht auf, und Musik dröhnt uns vom Dancefloor entgegen. Ich kann kaum meine eigenen Gedanken hören, und dafür bin ich im Moment dankbar. Das laute Wummern vertreibt die Bilder aus meinem Kopf: James, Charlie, die Türsteherin, Cupid, Cal und das ungute Gefühl, dass irgendetwas Schreckliches passieren wird.

Bevor wir den Hauptraum erreichen, biegt Cupid nach links ab und bleibt vor einer unscheinbaren Tür stehen. Er lehnt sich an die Wand daneben und wartet auf uns. Als ich näher komme, sehe ich, dass in die Tür Musiknoten eingraviert sind. In das morsche Holz über der Klinke hat jemand ein dreiköpfiges Tier geritzt. Vielleicht ein Hund?

Cupid blickt mir entgegen, als ich auf ihn zukomme. Er grinst übers ganze Gesicht, und einen Moment wirft mich dieses strahlende Lächeln völlig aus der Bahn. Mir ist, als würde ich fallen, während mich seine Augen wie ein offenes Buch zu lesen scheinen. Kurz frage ich mich, wie es sich anfühlen würde, mit den Fingern durch seine Haare zu streichen. Dann blinzle ich und schiebe den Gedanken weit weg. Wegen James muss ich mich zwar nicht mehr schuldig fühlen, aber Cupid bedeutet eindeutig Ärger. Ich muss vorsichtig sein – dass ich in Gefahr bin, habe ich schließlich ihm zu verdanken.

Er greift in seine Tasche und kramt hervor, was immer ihm die Türsteherin gegeben hat.

»Bleibt in meiner Nähe!«, schreit er, um das laute Wummern zu übertönen. Er reicht mir und Cal zwei kleine Schaumstoffpfropfen.

Ich sehe verblüfft auf meine Handfläche hinunter. »Ohrenstöpsel?«

Cal beobachtet Cupid argwöhnisch. Hinter seinen Augen tobt ein Kampf – das Misstrauen seinem Bruder gegenüber gegen das noch größere Misstrauen, mit dem er der ganzen Situation gegenübersteht.

»Die werdet ihr brauchen«, sagt Cupid mit einem bekräftigenden Nicken und öffnet die Tür. »Willkommen im Elysium.«

Ich folge Cupid durch die kleine Holztür. Cal schließt sie hinter uns, und die laute, dröhnende Musik von draußen verstummt abrupt. Stattdessen höre ich eine Frau a cappella singen. Ihre Stimme ist klangvoll, sanft und beruhigend, und einen Moment kann ich mich auf nichts anderes konzentrieren. Dann sehe ich mich um. Das Elysium ist überhaupt nicht so, wie ich es mir vorgestellt habe. Vor uns erstreckt sich ein riesiger Raum. Auf dem saftig grünen Gras zu unseren Füßen liegen überall karierte Picknickdecken; ein gepflasterter, von winzigen Solarlichtern beleuchteter Weg führt zu einer Bar in der Mitte, an der Drinks ausgeschenkt werden. Ein Geflecht aus dünnen Seilen hängt von der durchsichtigen Decke, die mit Feenlichtern geschmückt ist – alle paar Sekunden leuchten sie auf und gesellen sich zu den Sternen, die am Nachthimmel darüber funkeln. Die Luft riecht süß wie Honig und gezuckerte Zitronen.

Der Raum ist voller Leute, und ich will mich nur noch zwischen ihnen hinlegen und schlafen. Ich fühle mich wie im Himmel.

Cupid beobachtet mich mit einem wissenden Funkeln in den Augen.

»Ohrenstöpsel, Lila«, sagt Cal mit matter Stimme.

Verwirrt wende ich mich zu ihm um. Er wirkt verschwommen und ätherisch schön, seine Augen strahlen silbern unter seinen blonden Brauen. Er sieht genervt aus.

»Ohrenstöpsel.«

Cupid kommt grinsend auf mich zu, nimmt mir die Schaumstoffpfropfen aus der Hand und steckt sie mir behutsam in die Ohren. Ich starre ihn einen Moment wortlos an, die Reflexionen der Feenlichter tanzen in seinen Augen umher wie Glühwürmchen. Dann keuche ich erschrocken und taumele einen Schritt zurück.

Der Raum hat sich verändert.

Er ist dunkler, nur schwach beleuchtet. Alles ist aus Beton, nicht aus Gras und Sternenlicht. Die Decken auf dem Boden sind dreckige, verschlissene Teppiche, und die Leute, die darauf liegen, haben anscheinend den Verstand verloren – sie hängen schlaff übereinander, und aus ihren offenstehenden

Mündern läuft Speichel. Der Geruch von abgestandenem Wasser mischt sich mit dem Meersalz in der Luft.

Der Gesang hallt immer noch durch den Raum, aber er klingt nicht mehr so schön.

»Dieser Club gehört den Sirenen«, sagt Cal missbilligend.

Ich will ihn gerade fragen, was er damit meint, als ein dunkelhaariger Mann im Anzug auf uns zukommt.

»Ihr seid nicht hier, um euch dem Genuss hinzugeben?«, fragt er, als er unsere Ohrenstöpsel bemerkt.

»Heute nicht, mein Freund«, antwortet Cupid. »Wird sie uns empfangen?«

Der Mann nickt. »Für dich macht sie eine Ausnahme, Cupid.«

Ein triumphierender Ausdruck macht sich auf Cupids Gesicht breit, als er dem Mann folgt. Cal und ich eilen den beiden nach.

»Sind diese Leute ... *Menschen*?«, frage ich.

Cal schüttelt den Kopf. »Nein, die Leute, die diesen Club führen, sind Sirenen.«

Ich starre ihn fassungslos an. »Du meinst, Frauen, die Seeleute mit ihrem betörenden Gesang anlocken, so dass sie Schiffbruch erleiden?«

Cal zuckt mit den Achseln. »Nun, das ist der Mythos, den die Menschen erzählen. Es stimmt, dass die Macht der Sirenen in ihrem Gesang liegt, aber sie sind nicht alle Frauen – es gibt auch männliche Sirenen. Und sie sind mächtig, aber nicht alle von ihnen sind Mörder.«

Das ist nicht gerade beruhigend. Ich blicke mich um, als wir an anderen Leuten vorbeikommen, die sich wie benebelt im Takt der Musik wiegen.

»Was ist mit *denen*?«

»Die meisten von ihnen sind Cupids.« Sein Gesicht verzieht sich, als hätte er auf etwas Saures gebissen. »Außerdem ein paar Dschinn, und die Orakel kommen ebenfalls hin und wieder her, obwohl sie normalerweise schlauer sind. Ab und zu verirrt sich auch ein Mensch hierher, aber die halten diese Art von Sucht nicht lange aus.«

Wir kommen an einer hochgewachsenen Frau vorbei, die auf einer Bühne singt. Ihre Augen folgen uns, als wir zur hinteren Wand weitergehen, und ich kann die Macht spüren, die sie ausstrahlt.

»Sie sind süchtig nach dem *Gesang*?«

Cal nickt grimmig. »Die Sirenen, die hier arbeiten, bieten ihren Gesang im Austausch gegen Geheimnisse an«, erklärt er, und sein Missfallen ist ihm deutlich anzusehen. »Das ist ein korruptes Geschäft, und die Agentur sollte es verbieten.«

»Warum tut sie das nicht?«

Cal schüttelt den Kopf, und in seinen Augen blitzt eine unmissverständliche Warnung auf, dass ich nicht weiter nachhaken sollte.

»Weil sie eure Geheimnisse kennen«, flüstere ich und beantworte damit meine eigene Frage.

Wut und Unbehagen huschen über sein kantiges Gesicht, und da ist noch etwas anderes, das ich nicht recht deuten kann. Eigentlich meinte ich die Geheimnisse der Matchmaking-Agentur, aber seine Reaktion wirft in mir die Frage auf, ob sie etwas gegen Cal persönlich in der Hand haben.

Was hat Cal für Geheimnisse?

Als wir uns einer Tür nähern, dreht Cupid sich zu uns um. »Übrigens«, sagt er mit einem gequälten Ausdruck im

Gesicht, »die, äh … Freundin, die wir gleich treffen werden, ist im Moment nicht gerade gut auf mich zu sprechen … nur als kleine Vorwarnung …«

Cal starrt ihn verblüfft an. »Was? Aber du hast doch gesagt, ihr wärt im Guten auseinandergegangen?«

Bevor er weiterreden kann, öffnet der Mann im Anzug die Tür, und eine Wolke heißen, nach Meerwasser riechenden Dampfs schlägt uns entgegen. Einen Moment fällt mir das Atmen schwer. Dennoch gehe ich weiter, um Cal zuzuflüstern: »Moment, was machen wir hier überhaupt? Mit wem treffen wir uns?«

Cal sieht mich mit ausdruckslosem Gesicht an. »Selena. Sie ist eine Sirene, die Königin der Unterwelt von L.A., die Besitzerin des Elysiums.« Mit einem missmutigen Stirnrunzeln fügt er hinzu: »Und Cupids Exfreundin.«

18. Kapitel

Cupid wirft mir über die Schulter einen schelmischen Blick zu. »Ich weiß, ich weiß. Frühere Freundin trifft zukünftige Freundin, das ist immer eine unangenehme Situation ...«

»Ich bin *nicht* deine zukünftige Freundin.« Ich wende mich von ihm ab und funkele Cal vorwurfsvoll an. »Du hast doch gesagt, Liebesagenten hätten mit Liebe nichts am Hut.«

Er sieht mich mit ernstem Gesicht an. »Kein Cupid darf je die Bindung mit einem Match eingehen. Es ist uns strengstens verboten, uns zu verlieben –«

»Selena war nicht mein Match«, unterbricht uns Cupid, »aber unsterblich zu sein kann ein bisschen langweilig werden, wenn man nicht hin und wieder seinen Spaß hat.« Er wirft Cal einen vielsagenden Blick zu. »Auch wenn sich manche von uns bewusst dagegen entscheiden ...«

Cal ignoriert die Bemerkung.

»Sie wird sich also wahrscheinlich nicht freuen, dich zu sehen?«, frage ich. »Sind wir in Gefahr?«

Cupid verzieht das Gesicht. »Ach ja ... also was das angeht ... Du hast die Macht der Sirenen ja gesehen und sie sogar selbst gespürt. Sie haben dich Dinge sehen lassen, die nicht wirklich da waren, dich Dinge fühlen lassen, die du nicht unter Kontrolle hattest. Nun, Selena kann das alles ... und noch mehr. Jetzt stell dir vor, du hättest sie verärgert, und sie würde ihre ganze höllische Wut entfesseln, um sich an dir zu rächen ...«

Er schaudert, und sogar Cal sieht leicht alarmiert aus.

»Wie schlimm war eure Trennung?«, fragt er seinen Bruder barsch, die Lippen zu einer schmalen Linie zusammengepresst. »War es wirklich eine gute Idee, Lila hierher mitzunehmen?«

Cupid sieht uns nachdenklich an. »Nun, einmal hat Selena mit diesem Mädchen, das –« Er unterbricht sich und macht eine wegwerfende Handbewegung. »Das wird schon. Vielleicht solltet ihr aber lieber nicht erwähnen, dass Lila mein Match ist ... Ich will nicht, dass Selena eifersüchtig wird.«

Cal wirkt völlig entnervt. Ich kann spüren, dass er jeden Moment mit mir im Schlepptau kehrtmachen wird, aber Cupid schüttelt den Kopf. »Die Arrows könnten dort draußen sein, Bruderherz – wir brauchen Selena auf unserer Seite, wenn wir Lila vor ihnen beschützen wollen. Hier bei uns ist sie sicherer.«

Der Mann im Anzug führt uns über einen Holzsteg, der sich über einen dampfenden Pool erhebt. Als ich auf das Wasser hinuntersehe, spüre ich einen Stich im Herzen. Der Anblick erinnert mich an James und Charlie. Bevor Mom gestorben ist, saßen wir oft zusammen im Whirlpool von James' Eltern.

Einen Moment sehne ich mich nach dieser Zeit zurück – der Zeit, als alles noch normal war; vor den Arrows, dem Verrat meiner Freunde und Cupids wilden, tiefgründigen Augen. Ich sehne mich nach James' Zuverlässigkeit und Charlies ansteckendem Lachen, nach den Cocktails im Love Shack und danach, mit den beiden am Strand Hotdogs zu essen.

Doch ich verdränge das Gefühl. Diese Zeiten sind vorbei.

Ich werde von einer Gruppe irrer Cupids gejagt, von zwei

unsterblichen Brüdern beschützt, und ich bin auf dem Weg zu einer Sirene-Schrägstrich-Gangsterboss, die vielleicht helfen kann, mich zu retten ...

Wir biegen um eine Ecke, und mir bleibt vor Überraschung der Mund offen stehen. Mit einem Mal befinden wir uns in einer Art lagunenartiger Kabarettbar. Diffuse Gestalten in aufwendiger Schwimmmontur sitzen auf Stühlen und Tischen direkt über dem Wasser, und auf allen Seiten ragen dunkle Felsen auf. Hoch oben kann ich den Mond durch ein Dachfenster schimmern sehen.

»Hier lang«, sagt der Mann im Anzug und führt uns zu einem Bereich neben dem Pool, der mit schwarzem Seil abgetrennt ist. *VIP* steht in eleganten Buchstaben auf einem Schild davor. Auf dem Boden ist eine Picknickdecke ausgebreitet, die mit allerlei Köstlichkeiten bedeckt ist. Wer auch immer Selena sein mag, sie ist noch nicht da.

Wir gehen zu der Decke hinüber, und der Mann, der uns hergeführt hat, verbeugt sich leicht und verschwindet.

»Nun ... dann setzt euch«, sagt Cupid, lässt sich auf der Decke nieder und nimmt sich ein Stück Brot aus dem Korb.

Zögerlich setze ich mich ihm gegenüber und werfe Cal einen raschen Blick zu.

Sein Gesicht ist unübersehbar missmutig. »Das gefällt mir nicht.«

Cupid verdreht die Augen. »Natürlich«, sagt er mit vollem Mund, »dir gefällt nie irgendwas. Aber ... setz dich ... setz dich doch bitte einfach, Bruderherz, okay? Du machst mich nervös.«

Anstatt zu antworten, wendet Cal sich plötzlich zum Pool um.

»O Gott ... da ist sie«, sagt Cupid durch zusammengebissene Zähne. Zum ersten Mal sehe ich Unsicherheit in seinem Gesicht aufblitzen.

Eine Frau, die bis zur Taille im Wasser steht, beobachtet uns. Der Dampf wabert um ihren entblößten Oberkörper, als würde er sie einkleiden. Cupid schluckt schwer und entledigt sich damit sowohl des Brotes in seinem Mund als auch seiner bisherigen sorglosen Heiterkeit.

Ich starre die Sirene ungläubig an, als sie auf uns zukommt. Sie ist die schönste Frau, die ich je gesehen habe. Wasser rinnt ihre makellose schwarze Haut hinab, scheint das dunkle, wallende Kleid, das sie trägt, aber nicht zu benetzen. Ihre Augen funkeln so hell wie die Sterne. Sie schreitet forschen Schrittes auf uns zu, ihr Gesicht undurchschaubar, und Cupid springt hastig auf.

»Hör zu ... Selena«, setzt er an und hebt wie zur Kapitulation die Hände. »Du hast allen Grund, sauer zu sein ...«

Selena zieht eine perfekt geformte Augenbraue hoch. »Cupid, Liebling, nimm dich nicht so wichtig.«

Sie wendet sich mir zu und lächelt. »Ich bin Selena«, sagt sie. »Und du musst sein Match sein.«

19. Kapitel

So viel zu unserem Plan, ihr nicht zu verraten, dass ich Cupids Seelenverwandte bin.

Selena setzt sich direkt neben mich und lehnt sich mit aufgestützten Händen nach hinten, so dass ihre langen Haare die Baumwolldecke streifen.

»Hallo, Cal«, sagt sie mit Blick auf den Liebesagenten, der immer noch stocksteif auf den Felsen steht.

Er nickt knapp – das Unbehagen steht ihm deutlich ins Gesicht geschrieben. »Selena.«

Die Augen der Sirene funkeln. »Immer noch eine richtige Spaßkanone, wie ich sehe … Willst du dich nicht zu uns gesellen?«

Sie sieht demonstrativ auf die Picknickdecke hinunter, und er lässt sich darauf nieder, sein Rücken kerzengerade und die Anspannung in seinem Gesicht nicht zu übersehen.

Selena nimmt sich einen Apfel von dem reichen Picknickbüfett vor uns und beißt hinein. »Ich vermute, ihr hattet heute Abend noch keine Zeit, etwas zu essen«, sagt sie und sieht mich direkt an. »Greif zu.«

Ich zögere einen Moment, nehme mir dann aber ein Sandwich.

Sie lächelt mir zu und nickt, bevor sie sich an Cupid wendet. »Also … wie kann ich helfen? Du weißt, dass ich eigentlich niemanden so kurzfristig empfange.«

Während sie redet, versuche ich abzuschätzen, wie alt sie ist. Sie sieht aus, als wäre sie etwa in meinem Alter, aber das tun Cal und Cupid auch.

»Ich glaube, du weißt, warum wir hier sind«, sagt Cupid, und sein Blick schweift wie von selbst zu mir.

Selena nickt. »Das tue ich. Aber ich nehme an, ihr seid hergekommen, um mich um Hilfe zu bitten, darum würde ich es lieber von euch hören. Soweit ich das beurteilen kann, gibt es eine sehr einfache Lösung für euer Problem.«

Sie richtet ihren Blick auf mich, ihre braunen Augen glitzern hinter ihren dunklen Wimpern unergründlich. Ich sehe erst sie, dann die Brüder fragend an, den Mund voller Brot und Käse. »Hm…?«

»Wir werden Lila nicht den Arrows ausliefern«, sagt Cal in schneidendem Ton.

Selena wirkt einen Moment überrascht. »Oh, so ist das also, ja? Cal! Das hätte ich nie für möglich gehalten!«

Verwirrt blicke ich von Cal, der rasend wütend aussieht, zu Selena – wovon zum Teufel reden die beiden da?

»Es ist nicht so, wie du denkst«, braust Cal auf. »Wir liefern sie einfach nicht den Arrows aus.«

Sie schmunzelt und schüttelt dann nachdrücklich den Kopf. »Natürlich nicht, Süßer«, pflichtet sie ihm bei. »Das würde ich auch nie vorschlagen. Ich frage mich nur, warum dein Bruder nicht die Stadt verlässt.«

Sie taxiert Cupid mit prüfendem Blick. »Die Arrows können nicht zulassen, dass du mit deinem Match zusammenkommst«, sagt sie. »Wenn du gehst und ihnen versicherst, dass du dieses … Unterfangen … nicht weiterverfolgen wirst, lassen sie euch vielleicht beide in Ruhe.«

»Woher weißt du, dass Lila mein Match ist? Ich dachte, das hätten die Arrows noch nicht herausgefunden.«

Selena lächelt. »Warum hättest du sonst ein Menschenmädchen herbringen sollen?«, fragt sie. »Das war wahrscheinlich nicht der klügste Schachzug, Süßer. Inzwischen hat sich herumgesprochen, dass du ein Match hast, und die Arrows sind nicht die Einzigen, die etwas dagegen haben.«

Cupids Gesicht verfinstert sich. »Und was ist mit dir? Bist du auf unserer Seite?«

Selena zuckt die Achseln. »Das Ganze verstößt gegen eure Firmenvorschriften, und du weißt sicher, was das für Konsequenzen haben könnte. Aber mich kümmert das nur wenig. Mein Geschäft wird so oder so blühen, wie immer. Doch um deinetwillen solltest du dich ernsthaft fragen, warum du nicht einfach die Stadt verlässt.«

Kurz überlege ich, was sie mit »so oder so« meint, doch Cupid unterbricht meinen Gedankengang.

»Ich glaube, dafür ist es ein bisschen zu spät.«

Selena nickt. »Ja, da hast du wohl recht«, sagt sie. »Also … du willst unseren Schutz?«

Cupids Gesicht nimmt einen sehr ernsten Ausdruck an. Er nickt, und Selena Lippen verziehen sich zu einem triumphierenden Lächeln.

»Du kennst unseren Preis.«

Cupid zieht die Augenbrauen hoch. »Erinnerst du dich noch an unsere Zeit in Frankreich? Bevor wir miteinander ausgegangen sind. Die Arrows waren hinter einem Mädchen her, das Cal nicht mit seinem Seelenverwandten zusammenbringen wollte. Damals hast du uns geholfen.«

Selena lächelt gedankenverloren. »Das hatte ich fast vergessen. Cal dachte, die beiden würden nicht zusammenpassen, und hat, ganz untypisch für ihn, … *die Regeln gebrochen*!« Sie wirft Cal einen flüchtigen Blick zu und wendet sich dann mir zu. »Das ist wahrscheinlich schwer zu glauben, aber er kann manchmal echt süß sein.«

Ich sehe zu Cal, doch er wendet hastig den Blick ab und widmet seine gesamte Aufmerksamkeit dem Käsetörtchen in seiner Hand. Sein sonst so blasses Gesicht hat sich leicht gerötet. Ich unterdrücke ein Grinsen, und auch Selenas Augen glitzern amüsiert, aber sie wird schnell wieder ernst.

»Doch auch das hatte seinen Preis«, sagt sie. »Hat er dir das nicht erzählt?«

Cupid wirft seinem Bruder einen fragenden Blick zu, doch Cal schüttelt nur heftig den Kopf.

»Okay, wir werden bezahlen«, sagt Cupid achselzuckend. »Aber vielleicht könntest du noch etwas mehr für uns tun, um der alten Zeiten willen. Lila braucht Schutz. Ich vertraue nicht darauf, dass die Agentur für ihre Sicherheit sorgen wird, und Cal und ich können es nicht allein mit den Arrows aufnehmen.«

Selena nickt erneut. »Habt ihr einen längerfristigen Plan – abgesehen davon, dass ihr den *Finis* vor den Arrows finden wollt? Denn wenn ihr nicht die gesamte Organisation ausschaltet, sie von der Agentur verhaften lasst oder ... na ja ... euch aus dem Staub macht, werden sie erbarmungslos Jagd auf euch beide machen.«

Ich fühle, wie sich Cal neben mir anspannt.

Cupid grinst. »Ich habe den besten Plan, den es je gab.«

»Halt, stopp«, rufe ich dazwischen, »nicht so schnell. Sie werden nicht aufhören, Jagd auf mich zu machen? Nur weil ich angeblich dein Match bin? Warum sagen wir ihnen nicht einfach, dass wir nicht zusammenkommen werden, und damit hat sich's?«

»Sie hat recht, Cupid«, sagt Cal langsam. »Wir können Lila bei der Agentur in Schutzgewahrsam geben, und du und ich treffen uns mit den Arrows am Brunnen und klären das Ganze. Niemand muss verletzt werden.« Seine Augen leuchten silbern. »*Kein Cupid darf je die Bindung mit einem Match eingehen.*«

Einen Moment wütet ein Sturm hinter Cupids Augen. »Ist dir je in den Sinn gekommen, dass ich etwas fürs Allgemeinwohl tue, Bruderherz?«

»Nein«, erwidert Cal barsch, »ist es nicht. Weil du nie etwas tust, was dir nicht selbst nützt. Was könnte dabei schon Gutes herauskommen? Wir mussten uns einem Menschen offenbaren, die Arrows sind wieder in der Stadt, und jetzt schweben wir *alle* in Gefahr.«

Er betont das Wort »alle«, als würde es um mehr gehen als nur um uns drei.

»Du hattest deinen Spaß, du hast deine Seelenverwandte getroffen, jetzt *komm bitte zur Vernunft.*«

Sie starren einander wütend an, die Spannung zwischen ihnen fast greifbar.

Selena räuspert sich. »Tut mir leid, dass ich das Familiendrama unterbrechen muss«, sagt sie, »aber wollt ihr nun meine Hilfe oder nicht?«

Cupid sieht Cal herausfordernd an. »Was auch passiert, wir brauchen ihre Hilfe.«

Cal taxiert ihn weiter mit eiskaltem, loderndem Blick, doch schließlich nickt er widerwillig.

»Gut«, sagt Selena. »Ich lasse verkünden, dass Cupids Match unter unserem Schutz steht – und dass jeder, der in unserem Revier einem Menschen Schaden zufügt, unsere

Wut zu spüren bekommt. Das sollte zumindest die Arrows abschrecken, in die Angelegenheiten der Agentur wollen wir uns nicht zu tief einmischen. Sie könnten uns das Leben sehr schwermachen, wenn sie es wollten.«

»Ausgezeichnet«, sagt Cupid.

Selena sieht ihn eindringlich an. »Du weißt, dass sie sich, wenn sie Lila nicht finden können, sofort auf die Suche nach dem *Finis* machen werden.«

Cupids Augen funkeln schelmisch. »Darauf baue ich«, sagt er. »Was mich zu der zweiten Information bringt, die ich von dir brauche: seinen Aufenthaltsort.«

Selena schweigt einen Moment, dann schüttelt sie den Kopf. »Tut mir leid, dass ich dich enttäuschen muss – ich weiß nicht, wo er ist. Aber ich weiß, dass es in den Archiven der Agentur Aufzeichnungen darüber gibt: *Die Geschichte des Finis*. Das ist wahrscheinlich ein guter Ansatzpunkt.«

Cupid nickt und sieht zu Cal. »Du musst sie für mich holen, Bruderherz. Ich wurde verbannt. Ich komme nicht in das Gebäude.«

Cal wirft ihm einen bitterbösen Blick zu. »Ja, erlaube mir bitte, dein persönlicher Assistent zu sein …«

»Jetzt zu einer ganz simplen Angelegenheit«, sagt Selena lächelnd, »meiner Bezahlung.«

»Was für eine Bezahlung?«, frage ich. »Geld?«

Selena lacht. »Nein, Schätzchen. Wir haben keine Verwendung für Geld. Wir handeln mit Informationen.« Ihr stechender Blick bohrt sich in mich hinein. »Ich will ein Geheimnis«, sagt sie. »Ein Geheimnis über Lila. Etwas, das niemand sonst weiß.«

Mich erfasst ein kaltes Grauen.

Cupid lächelt schief. »Natürlich«, sagt er. »Die Abmachung gilt.«

Ich sehe ihn ärgerlich an. »Du kannst nicht einfach –«, beginne ich, verstumme aber abrupt, als er sich vorbeugt und Selena etwas ins Ohr flüstert. Selenas Augen glitzern begierig. Cal sieht mit undurchdringlicher Miene von mir zu Cupid. Mir wird flau im Magen. *Was weiß Cupid über mich?*

Als er sich wieder aufrichtet, mustert Selena ihn einen Moment nachdenklich, dann stößt sie einen anerkennenden Pfiff aus. »Nun, das habe ich nicht kommen sehen.«

»Was?« Ich taxiere Cupid mit wütendem Blick. »Was hast du ihr gesagt?!«

Er sieht mich ernst an; der Dampf, der vom Pool aufsteigt, benetzt seine Wimpern und lässt die harten Kanten seines Gesichts viel sanfter erscheinen.

»Das geht nur mich und Selena etwas an«, sagt er. »Entschuldige, Lila. Wir müssen unseren Teil der Abmachung einhalten.«

»Das ist doch lächerlich! Wenn es um mich geht –«

Selena unterbricht mich mit einem Fingerschnippen, mit dem sie uns anscheinend signalisiert, dass unsere Sitzung beendet ist. Sofort taucht ein Bediensteter auf.

»Bitte bring unsere Gäste durch den Hinterausgang nach draußen«, sagt sie. Dann wendet sie sich noch einmal an Cupid. »Ich nehme an, euer Treffen mit den Arrows morgen am Brunnen steht noch?«

Cupid grinst verschmitzt. »Natürlich, niemand bedroht mich und kommt ungeschoren davon.«

»Ich werde euch begleiten«, sagt sie. »Das macht die Botschaft noch klarer. Cupids Match ist tabu.«

20. Kapitel

Etwa eine halbe Stunde später nähern wir uns den Außenbezirken von Forever Falls. Mein Handy, das neben mir auf dem Rücksitz liegt, vibriert. Ich werfe einen Blick darauf. *Charlie.*

Ich schalte es aus.

Mit ihr und James setze ich mich später auseinander.

»Seid ihr sicher, dass das funktionieren wird?«, frage ich. »Selena wird verhindern, dass sie Jagd auf mich machen?«

Cal schüttelt den Kopf. »Eine Weile sollte sie das abschrecken. Sie werden sich stattdessen auf Cupid konzentrieren«, sagt er. »Aber damit ist die Sache noch nicht beendet. Kein Cupid darf je die Bindung mit einem Match eingehen. Und wir können dich nicht ewig beschützen.«

»Dir wird nichts passieren«, versichert Cupid mir. »Selena hat sie gewarnt, dass sie keinem Menschen schaden dürfen. Sie werden keinen Krieg mit den Sirenen riskieren. Sie werden stattdessen mich jagen, wir machen den *Finis* vor ihnen ausfindig, und dann können sie nichts mehr tun.« Er grinst. »Ganz einfach.«

Ich erhasche im Rückspiegel einen Blick auf Cal. Er wirkt skeptisch.

»Aber vielleicht sollte ich Lila heute Nacht mit zu mir nehmen«, sagt Cupid. »Um sie zu beschützen. Nur für den Fall –«

»Nein«, erwidern Cal und ich gleichzeitig.

Die Straßen werden schmaler, als wir Forever Falls erreichen. Cupid biegt scheinbar willkürlich von einer Straße in die nächste ab, und ich bin mir nicht sicher, ob er weiß, wohin er fährt.

»Du fährst in die verkehrte Richtung«, sage ich, als wir schon wieder falsch abbiegen.

»Ich stelle nur sicher, dass uns niemand folgt«, erklärt Cupid und wirft durch den Seitenspiegel einen Blick auf die Straße hinter uns. Endlich halten wir in der Einfahrt von meinem Haus, und Cupid wendet sich mir zu. »Ich sehe mich schnell um und überprüfe, ob hier auch wirklich keine Pfeile herumlungern. Bleib, wo du bist.«

Damit springt er aus dem Auto und lässt mich und Cal allein. Cal dreht sich hastig zu mir um und sieht mich mit entschuldigendem Blick an.

»Ich werde das in Ordnung bringen, Lila«, verspricht er mir. »Er ist stur und schert sich nicht im Geringsten um andere … aber er kann dich nicht länger derart in Gefahr bringen. Entweder kommt er zur Vernunft, oder er wird diese Spielchen früher oder später leid sein. Dann verlässt er die Stadt, und alles wird wieder seinen gewohnten Gang gehen. Ich muss nur dafür sorgen, dass das geschieht, bevor jemand verletzt wird.«

»Was hat es eigentlich mit den Arrows auf sich? Warum dürfen wir nicht zusammenkommen?«

Cal mustert mich nachdenklich, während Cupid unter einer Topfpflanze nach potentiellen Angreifern sucht.

»*Willst* du mit Cupid zusammenkommen?«

»Natürlich nicht«, sage ich ein bisschen zu schnell.

Ein Ausdruck der Enttäuschung huscht über Cals Gesicht. »Deine Pupillen haben sich geweitet«, sagt er. »Du findest ihn –«

»Himmel, Cal«, seufze ich, »was hast du nur immer mit meinen Augen? Das ist es nicht. Es ist nur so, dass …«

Dass ich mich trotz der Gefahr und der Arrows und der Tatsache, dass mein Freund meine beste Freundin geküsst hat, zum ersten Mal, seit Mom gestorben ist, richtig lebendig fühle. Ich beiße mir auf die Lippe, über mich selbst verärgert.

»Ich weiß auch nicht recht«, wiegele ich ab, obwohl ich weiß, wie lahm das klingt. Ich sehe Cal direkt in die Augen. »Zwischen mir und Cupid wird nie etwas passieren, okay?«

Cal nickt steif, als plötzlich Cupids Gesicht am Fenster erscheint.

Er öffnet die Tür und grinst. »Die Luft ist rein.«

Ich steige aus. »Gute Nacht, Cal.«

Er gibt einen unverständlichen Ton von sich und wendet sich wortlos wieder zur Windschutzscheibe um. Cupid bringt mich zur Tür. Das Licht im Wohnzimmer flackert, als würde der Fernseher laufen. Hoffentlich ist Dad auf dem Sofa eingeschlafen. Wenn er noch wach ist, bekomme ich bestimmt Ärger – es ist mit Sicherheit schon nach Mitternacht.

Cupid sieht zu mir herunter, und mir wird schlagartig bewusst, wie nah er mir ist. Ich kann seine Körperwärme durch sein inzwischen ziemlich zerknittertes blaues Hemd spüren. Während uns der kühle Herbstwind umweht, steigt mir sein sommerlicher Geruch, gemischt mit einer Prise Salzwasser, in die Nase. Seine Augen lodern heiß, und einen Moment lang verliere ich mich in ihnen. Hastig weiche ich einen Schritt zurück und stoße mit dem Rücken gegen die Eingangstür.

Cal hat recht, ich muss vorsichtig sein. Cupid ist nicht gut für mich. Er bringt mich in Gefahr, indem er hier bei mir ist, aber das kümmert ihn nicht.

Einen Moment steht er vollkommen reglos vor mir, doch dann ertönt aus dem Haus ein lautes Rumoren. Erschrocken blickt er auf.

»Scheint, als wäre Dad wach«, murmele ich verdrossen. *Verdammt.*

»Den ganzen Abend habe ich mir wegen der Arrows Sorgen gemacht, und jetzt stellt sich heraus, dass ich aus einem ganz anderen Grund frühzeitig ins Gras beißen werde ...« Cupids Gesicht hellt sich auf, die stille Intensität in seinem Blick weicht Belustigung. »Nun ... in diesem Sinne ... ich sollte wohl gehen«, sagt er, dann beugt er sich zu mir herunter und flüstert mir verschwörerisch zu: »Eltern mögen mich für gewöhnlich nicht.«

Er grinst mich frech an und geht zurück zum Auto, ohne mich auch nur eine Sekunde aus den Augen zu lassen. »Wir sehen uns morgen früh.«

»Was ...?«, setze ich an, aber da hat er sich schon umgedreht und steigt in den Aston Martin.

Wenig später heult der Motor auf, und die beiden Brüder brausen die Straße hinunter. Ich wende mich wieder dem Haus zu und atme tief durch. So leise wie möglich schlüpfe ich durch die Tür und schleiche auf Zehenspitzen zu meinem Zimmer.

»Was ist das für eine Uhrzeit?«

Ich drehe mich um. Mein Dad steht in seinem Morgenmantel am Fuß der Treppe, seine dunklen, mit grauen Strähnen durchzogenen Haare hinten zerzaust, als wäre er auf der Couch eingenickt. Er sieht mich mit fragendem Blick an. Obwohl er ein ernstes Gesicht macht, kann ich ein amüsiertes Glitzern in seinen Augen erkennen.

»Sorry, Dad.«

»Halb zwei morgens …«, sagt er kopfschüttelnd. »Ich nehme an, dann war es eine gute Party?«

Ich zucke die Achseln. »Sie war … interessant.«

Er mustert mich prüfend. »Interessant, hm? Bist du betrunken?«

Ich schüttele den Kopf.

»Gut. Hast du irgendwas gemacht, was du morgen früh bereuen wirst?«

Ich bin einem Liebesgott auf den Balkon gefolgt, und jetzt will mich eine Gruppe von Cupids umbringen.

Wieder schüttele ich den Kopf.

Ein Lächeln umspielt seine Lippen, auch wenn er es zu unterdrücken versucht. »Na dann, ab ins Bett mit dir. Wir reden morgen weiter.«

Ich eile die Treppe hinauf.

»Teenager …«, höre ich ihn murren, als ich aus seinem Sichtfeld verschwinde.

In dieser Nacht reißt mich ein Geräusch von draußen aus dem Schlaf. Ich fahre hoch, das Herz schlägt mir bis zum Hals. Leise schleiche ich zum Fenster. *Haben mich die Arrows gefunden?*

Ich spähe zur von Bäumen gesäumten Straße hinunter, die von den Straßenlaternen und dem hoch am Himmel stehenden Sichelmond schwach beleuchtet wird. Etwas regt sich in den Schatten. Ich erspähe einen Köcher und das tiefe Schwarz eines Pfeils, und vor Schreck verschlägt es mir den Atem. Dann bewegt sich der Schatten erneut, und ich sehe Cal stocksteif in der Kälte stehen.

Er ist ganz in Schwarz gekleidet, um im Dunkeln nicht aufzufallen, auch wenn sein blondes Haar im Licht der Straßenlaternen gut zu erkennen ist. Als würde er spüren, dass ich ihn beobachte, sieht er zu meinem Fenster hoch. Unsere Blicke begegnen sich, und einen Moment erstarren wir beide und schauen einander verwundert an. Dann wendet er sich hastig ab. Selbst auf die Entfernung kann ich die Verlegenheit in seinem Gesicht sehen.

Er tritt einen Schritt zurück in den Schatten eines Baumes und verschwindet. Ein Lächeln zupft an meinen Lippen.

Cal hält Wache. Trotz Selenas Versprechen stellt er sicher, dass die Arrows nicht an mich herankommen.

Kurz überlege ich, ihm ein heißes Getränk oder so zu bringen, aber er scheint nicht gerade begeistert, dass ich ihn gesehen habe. Ich halte noch ein paar Minuten nach ihm Ausschau, dann wende ich mich ab und schlüpfe wieder ins Bett.

Ich wache früh auf, und die gestrigen Ereignisse stürmen auf mich ein, kaum dass sich die ersten Sonnenstrahlen durch die Jalousie vor meinem Fenster stehlen. Auch wenn ich weiß, dass ich mich von Cupid fernhalten sollte, überkommt mich eine freudige Aufregung, als ich mich erinnere, dass er gesagt hat, wir würden uns heute wiedersehen. Ich dränge sie zurück. Er ist hergekommen, obwohl er wusste, dass er mich dadurch in Gefahr bringt. Dass er aussieht, als wäre er einem Modekatalog entstiegen, ändert daran nicht das Geringste.

Ich checke mein Handy und stöhne innerlich, als ich noch mehr verpasste Anrufe von Charlie vorfinde. Ich hab schon genug um die Ohren, da will ich mich nicht auch noch mit ihr und James herumschlagen. Aber ich fürchte, früher oder später muss ich in den sauren Apfel beißen.

Ich gehe zum Fenster und sehe mich nach Cal um. Er ist nicht mehr da. Also atme ich tief durch und rufe Charlie an. Einen hoffnungsvollen Moment lang denke ich, es würde nur die Mailbox rangehen, aber dann meldet Charlie sich.

»Lila«, sagt sie hastig.

Ich halte einen Augenblick inne. Mein Herz rast. In meinem Innern brodelt eine Mischung aus Nervosität und Wut. *Ich hasse das. Wir streiten uns nie.*

»Charlie«, antworte ich schließlich und höre sie scharf einatmen.

»Hör zu, Lila«, sagt sie, »etwas ... etwas ist passiert ...«

»Ich weiß. Du und James. Ich hab gesehen, wie ihr euch geküsst habt.«

Sie gibt ein leises Stöhnen von sich, und mir wird plötzlich eisig kalt. Es laut auszusprechen, macht es irgendwie real.

»O Gott ... Es tut mir so leid, Lila. Ich hab keine Erklärung dafür. Und ... ich glaube, ich werde verrückt, das ist – «

Sie stockt, und ich höre, wie sie tief Luft holt. »Nein«, sagt sie leise, »das würdest du mir sowieso nicht glauben.«

Eine düstere Ahnung beschleicht mich, und ich schiebe meine Wut einen Moment beiseite. »Wie meinst du das? Was würde ich nicht glauben?«

Charlie atmet erneut tief durch. »Ich hab mich erst vor ein paar Stunden daran erinnert. Es war, als hätte er mich vergessen lassen, was ich gesehen habe ...«

Ich ziehe die Stirn kraus. »Wovon redest du? Was hast du gesehen?«

»Den Pfeil.«

Meine Augen werden groß. *Sie hat den Pfeil gesehen? Sie hat den Capax gesehen, der sie getroffen hat?*
Einen Moment herrscht Schweigen. Ich versuche immer noch angestrengt, diese Information zu verarbeiten.
Wie kann es sein, dass sie den Pfeil gesehen hat?
»Ich weiß ... das klingt verrückt«, murmelt sie, und ich kann deutlich die Bestürzung in ihrer Stimme hören, »aber da waren diese ... diese Leute ... und sie haben mit Pfeilen geschossen, ich schwör's. Ich wurde getroffen ... einige andere auch ... und dann sind die Pfeile einfach verschwunden, als wären sie nie da gewesen. Aber danach ... sind die ganzen Gefühle, die ich vor dir ... vor mir selbst ... sogar vor James verbergen wollte ... plötzlich hochgekommen ... und ... O Gott, Lila, es tut mir so leid.«

Eine Weile bringe ich kein Wort heraus; ich starre nur wie betäubt auf die Straße hinunter, während die Sonne aufgeht. Ich weiß nicht, ob ich ihr sagen soll, was ich weiß. Sie hat meinen Freund geküsst. Selbst wenn der Capax ihre Gefühle für James an die Oberfläche gebracht hat, hätte sie ihn nicht gleich küssen müssen.

Aber sie ist meine beste Freundin, wir erzählen einander alles. Und wenn sie die Pfeile gesehen hat, ist das vielleicht die perfekte Gelegenheit für mich, mit jemandem über diesen ganzen Irrsinn zu reden; jemandem, der kein Agent einer paranormalen Matchmaking-Agentur oder ein Liebesgott ist.

Ich hole tief Luft. »Du wirst nicht verrückt, Charlie. Hör zu, ich muss dir auch etwas sagen, aber du musst versprechen, es niemandem zu verraten ...«

In der Morgendämmerung erzähle ich Charlie alles, was in

den letzten Tagen passiert ist – von Everlasting Love, Cupid, Cal, den Arrows, dem Elysium und zu guter Letzt auch von Cupids Plan, sich mit Selena als Unterstützung am Brunnen mit den Arrows zu treffen.

Als ich fertig bin, atmet sie hörbar aus. »Du bist also Cupids Match?«

Einen Moment höre ich fast so etwas wie Triumph in ihrer Stimme, aber als sie weiterspricht, bin ich sicher, dass ich mir das nur eingebildet habe.

»O Mann«, sagt sie leise, »das ist echt krass ... ich meine ... wow ...«

»Ich weiß.«

»Und sie treffen sich noch heute mit den Arrows? Gehst du auch mit?«

»Sie würden mich garantiert nicht mitkommen lassen. Aber ich wäre gerne dabei. An dieser ganzen Sache ist irgendetwas ... seltsam. Ich meine, noch seltsamer als alles andere. Als würde noch etwas anderes vor sich gehen, das sie mir verheimlichen.«

»Das Ganze klingt ziemlich weit hergeholt«, stimmt Charlie zu. »Vielleicht sollten wir ihnen folgen und versuchen, ein paar Antworten zu bekommen.«

Ich kann fast hören, wie sich ein Grinsen auf ihrem Gesicht ausbreitet. »Wir brauchen doch keine Erlaubnis von ihnen, oder?«

21. Kapitel

Ich erwarte nicht, dass Dad schon wach ist, als ich in die Küche hinunterschleiche, aber er steht geduscht und angezogen am Wasserkocher. Als ich mich nähere, zuckt er zusammen.
»Du bist aber früh auf!«, rufen wir beiden gleichzeitig.
Dad grinst, doch ich sehe ihm an, wie geschafft er ist. Er reicht mir eine Tasse Instantkaffee, während ich mich an unseren kleinen Esstisch setze.
»Ich treffe mich vor seiner Schicht mit Eric – er hat vielleicht einen Job als Sicherheitsmitarbeiter im Love Shack für mich ...«
Ich lächele ihn freudestrahlend an. »Das ist ja großartig, Dad!«
Dad wurde vor ein paar Monaten bei seinem alten Job als Buchhalter entlassen. Nach Moms Tod war er völlig am Ende. Den Job hat er ohnehin gehasst – aber zu Hause festzusitzen war auch nicht gut für ihn. Ich bin froh, dass er sich bemüht, wieder auf die Beine zu kommen.
»Damit mische ich mich doch nicht zu sehr in dein Leben ein?«, fragt er. »Ich weiß, wie gerne ihr im Love Shack rumhängt.«
Mein Handy, das vor mir auf dem Tisch liegt, vibriert.
»Na ja ... vielleicht ein bisschen ... aber solange du nicht reinkommst und deine Dad-Dance-Moves zum Besten gibst, geht das schon in Ordnung.«
Eine Textnachricht von einer unbekannten Nummer. Mir stockt der Atem. *Cupid?*
Ich rufe die Nachricht auf.

Komm nach draußen.

Gegen meinen Willen schlägt mein Herz höher.

»Dieses Lächeln kenne ich«, sagt Dad. »Grüß James von mir. Mach dir einen schönen Tag, Süße.«

Was für ein Lächeln? Ich ziehe die Mundwinkel sofort herunter, fest entschlossen, dass der Gedanke an Cupid keinerlei Wirkung auf mich haben wird. Dad drückt mir einen Kuss auf die Stirn. Wenig später höre ich die Haustür auf- und zugehen.

Da trifft es mich plötzlich wie ein Schlag: *Ist Cupid da draußen? Was, wenn Dad ihm begegnet?* Ich will echt nicht, dass die beiden sich treffen.

So schnell wie möglich eile ich ihm nach und renne barfuß aus dem Haus. Dad ist bereits auf halbem Weg die Straße hinunter. Als ich mich umsehe, stelle ich fest, dass die Einfahrt leer ist. Eine Welle der Erleichterung durchströmt mich, und noch etwas anderes – Enttäuschung? Ich will gerade wieder hineingehen, als Cupids Aston Martin am Ende der Straße auftaucht.

Er hält vor unserer Einfahrt und kurbelt das Fenster herunter. »Lila, ich dachte schon fast, du wärst aus der Stadt geflohen, oder so.«

»Das wäre wahrscheinlich eine vernünftige Entscheidung«, erwidere ich. »Aber weißt du, wenn hier jemand abhauen sollte, dann du …«

Seine Augen glitzern amüsiert. »Ich werde dich schon noch für mich gewinnen, Lila Black«, sagt er. »Jetzt zieh deine Schuhe an, und steig ein!«

»Und warum sollte ich das tun?«

Er beugt sich zu mir vor. »Weil dich, solange ich hier bin, die Arrows jagen. Und ich könnte es nicht mit meinem Gewissen vereinbaren, wenn dir etwas zustoßen würde.«

»Aber das reicht nicht, um dich dazu zu bewegen, die Stadt zu verlassen?«

Er grinst schief. »Ich hab dir doch gesagt ... so einfach ist das nicht. Jetzt komm, Cal und ich trainieren bis zu unserem kleinen Treffen heute Abend. Und du kommst mit«, verkündet er. »Du wirst lernen, wie ein Cupid zu kämpfen.«

Cupid setzt mich vor seinem Haus ab, bevor er das Auto parkt. Zu meiner Erheiterung steht Cal in der Küche am Herd und backt Pfannkuchen. Er hat noch die gleichen Klamotten an wie gestern Abend – dunkle Jeans und ein hautenges, langärmliges Hemd, das die drahtigen Muskeln in seinem Rücken zur Geltung bringt. Anscheinend ist er gleich hergekommen, nachdem er die Nacht über mein Haus bewacht hat.

Als ich auf ihn zukomme, dreht er sich erschrocken um. Beim Anblick seiner mehlbestäubten Schürze breitet sich ein Grinsen auf meinem Gesicht aus. Cal und Pfannkuchen sind eine Kombination, die ich nie für möglich gehalten hätte.

»Guten Morgen, Lila«, sagt er so reserviert wie immer.

»Guten Morgen, Cal«, antworte ich und setze mich auf einen Stuhl an der Küchentheke.

»Frühstück«, sagt er zur Erklärung und deutet auf die Pfanne.

Ich strahle ihn an. »Ich liebe Pfannkuchen. Meine Mom hat früher immer welche für mich gemacht.«

Er nickt leicht verlegen, während er mir den ersten fertigen Pfannkuchen auf den Teller legt. Ich nehme ihn und tunke ihn in den goldenen Sirup, den er auf den Tellerrand gegeben hat. Dabei sehe ich ihn mit neckischem Blick an.

»Dein Plan, Cupid loszuwerden, läuft bisher echt gut, oder?«

Seine Augen blitzen silbern. »Ich hatte nicht vor, ihn loszuwerden, bevor wir die Sache mit den Arrows geklärt haben. Und außerdem wusste ich, dass ihr beide nicht einmal die leichteste Anweisung befolgen und euch voneinander fernhalten könnt. Deshalb musste ich meine Pläne für heute über den Haufen werfen, um auf euch aufzupassen.«

Ich verfalle in betretenes Schweigen, und einen Moment ist nichts zu hören außer dem lauten Klappern, mit dem Cal grimmig mehr Butter in den Teig einrührt. Ich überlege kurz, ob ich ihm von meinem Gespräch mit Charlie erzählen soll und davon, dass sie die Pfeile ebenfalls sehen kann, entscheide mich aber dagegen. Er scheint sowieso schon ziemlich schlechter Laune zu sein.

»Ich dachte, hier würde mehr Unordnung herrschen … nach der Party, meine ich«, sage ich im Versuch, mit ihm ins Gespräch zu kommen.

»Ich hab die Nummer einer Reinigungsfirma auf Kurzwahl eingespeichert«, erklärt Cupid, der in diesem Moment hereinspaziert kommt und seinen Autoschlüssel auf den Beistelltisch wirft. Er hat seine Sneakers ausgezogen und ist barfuß, lässig gekleidet in grauer Jogginghose und einem engen T-Shirt. Durch den dünnen Baumwollstoff kann ich seine Bauchmuskeln sehen und senke den Blick hastig auf meinen Teller.

»Natürlich hast du das …«

Ich sehe, wie sich kurz ein kleines Lächeln in Cals Gesicht schleicht, bevor er wieder seine reservierte Haltung annimmt.

»Mmh, Pfannkuchen«, sagt Cupid und setzt sich neben mich.

Sein Bruder beobachtet ihn mit eisigem Blick; im sanften Morgenlicht, das durch die Glasfront der Küche hereinscheint, wirkt sein Gesicht noch kantiger. Sein Kiefer ist verspannt, und in seinem Hals pulsiert eine Ader.

»Danke, dass du letzte Nacht auf mich aufgepasst hast«, sage ich, um ihn von den mörderischen Gedanken abzulenken, die ihm offensichtlich durch den Kopf gehen.

Er begegnet meinem Blick. »Ich weiß nicht, wovon du redest.«

Cupid sieht ihn fragend an, seine blaugrünen Augen funkeln amüsiert. *Cupid wusste nicht, dass Cal die ganze Nacht vor meinem Haus Wache gestanden hat?*

»Was für Waffen hast du?«, fragt Cal hastig, um das Thema zu wechseln.

»Nicht viele«, antwortet Cupid, »nur meinen Bogen von früher, ein paar Trainingswaffen und ein paar schwarze Pfeile.«

Cal wirft ihm einen strengen Blick zu. »Du solltest *überhaupt keine* Waffen haben – du wurdest verbannt. Aber trotzdem, das reicht nicht.«

Cupid zieht eine Augenbraue hoch. »Nun, Bruderherz, ich schätze, da kommst du ins Spiel …«

Cals silbrige Augen blitzen ärgerlich, aber er nickt. »Also gut, ich hole meinen Bogen und mehr Pfeile. Wahrscheinlich kann ich uns auch eine alte Sim besorgen. Macht … nur keine Dummheiten, während ich weg bin.«

Er blickt demonstrativ zu mir, dreht sich dann auf dem Absatz um und verschwindet durch die Hintertür. Cupid und ich sehen ihm einen Moment schweigend nach, als er den Trampelpfad hinuntermarschiert. Dann schaut mein angeblicher Seelenverwandter mich an und grinst. »Also, Lila, was für Dummheiten wollen wir machen?«

Ich verdrehe die Augen und sage mit einem Achselzucken: »Kaffee trinken steht ziemlich weit vorne auf meiner To-do-Liste.«

Cupid lacht, rutscht von seinem Stuhl herunter und geht zu der neumodischen Kaffeemaschine auf dem Küchenschrank. Er stellt eine weiße Tasse darunter und drückt einen Knopf. Ein lautes Surren ertönt, und wenig später erfüllt der Duft nach frisch gemahlenem Kaffee den Raum.

»Konntest du nicht schlafen?«, erkundigt sich Cupid, stellt noch eine Tasse unter die Maschine und drückt erneut auf den Knopf. Ich schüttele den Kopf, und er nickt wissend. »Bist wohl zu beschäftigt damit, an mich zu denken«, sagt er. »Das kann ich dir nicht verübeln, schließlich bin ich echt ziemlich hinreißend …«

»Ja, es gibt nichts Hinreißenderes als einen Typen, der dich zu einer Zielscheibe für einen Haufen verrückt gewordener Liebesagenten und ihre Pfeile macht.«

Er stellt seine Tasse auf der Bar ab und sieht mich nachdenklich an. »Ich nehme an, das alles ist schwer zu verdauen«, sagt er. »Die Agentur, Sirenen, Seelenverwandte …«

»Pfeile, die zu Asche zerfallen, Leute, die mich umbringen wollen …«

»Ganz zu schweigen davon, dass dein Freund deine beste Freundin geküsst hat …«

Ich stöhne und vergrabe das Gesicht in den Händen.
»Feingefühl ist echt nicht deine Stärke, oder?«
»Nein«, sagt er, »war es noch nie.«
Nach einer kurzen Pause fügt er hinzu: »Aber wenn du dich dadurch besser fühlst: Ich finde, du gehst erstaunlich gut mit der Situation um.«
Überrascht sehe ich zu ihm auf. »Dadurch fühle ich mich nicht viel besser«, erwidere ich, »aber ich weiß die Geste zu schätzen.«
Er beugt sich zu mir herunter, den Arm lässig auf die Küchentheke gestützt. »Dein Freund war nicht gut für dich. Du verdienst etwas viel Besseres. Ich weiß nicht, was dir Cal über Matches erzählt hat, aber mit deinem Seelenverwandten zusammenzukommen … eine solche Bindung ist viel stärker. Es passiert ständig, dass sich jemand verliebt und diese Liebe vergeht, aber wenn du dein Match triffst, ist das etwas vollkommen anderes. Eure Seelen werden unwiderstehlich zueinander hingezogen, weil es das Schicksal so bestimmt hat. Die Agentur hilft diesen Seelen nur, einander zu finden. Dein Freund war nicht dein Seelenverwandter, Lila, mit ihm hättest du nie glücklich werden können.«
Plötzlich wird mir bewusst, wie nah er ist. Ich kann seinen warmen Atem auf meiner Haut spüren und jede seiner Wimpern genau erkennen. Sein Gesicht ist ernst, sein Kiefer angespannt. Mich durchströmt eine heftige Nervosität, und mit einem Mal fühlt sich die Luft drückend an. Mein Herz hämmert gegen meine Rippen.

Hat er recht? Wird meine Seele zu seiner hingezogen? Fühle ich mich deswegen so?

Ich denke an Cal und die Arrows; an ihre beharrliche Warnung, dass wir nicht zusammenkommen sollten.

Es würde mich nicht im Mindesten überraschen, wenn der Grund dafür wäre, dass unsere Seelen zusammen irgendeine zerstörerische Macht entfesseln würden. Selbst jetzt fühle ich Feuer aus meinem Herzen hervorlodern und durch meine Adern tosen.

»Warum wollen alle unbedingt verhindern, dass wir zusammenkommen? Ich will Antworten, Cupid. Ich soll einfach machen, was man mir sagt, aber niemand erklärt mir irgendwas.«

Er schüttelt den Kopf. »Mach dir darum keine Gedanken. Wenn wir zusammenkämen, wäre das ein Verstoß gegen die Firmenvorschriften, nichts weiter. Die Liebesagenten, nun, sie nehmen ihre Regeln sehr ernst.« Seine Lippen verziehen sich zu einem Grinsen. »Ich hingegen hab's nicht so mit Regeln.«

Ich ziehe die Stirn kraus – endlich stehe ich nicht mehr unter seinem Bann. Das kann doch unmöglich alles sein. Irgendetwas verheimlicht er mir, da bin ich mir sicher. Er reißt den Blick von mir los und trinkt einen Schluck Kaffee. Mit einem Mal liegt eine unangenehme Anspannung in der Luft, und eine Weile sagt niemand etwas.

Plötzlich springt Cupid auf. »Komm mit«, sagt er und durchbricht damit sowohl das Schweigen als auch die Anspannung. »Ich muss dir etwas zeigen.«

Ich sehe ihn einen Moment verwundert an, dann rutsche ich von meinem Stuhl hinunter, meine Tasse fest in der Hand. Eilig folge ich Cupid aus der Küche und durch den Flur. Er biegt nach links ab und öffnet eine Tür. Dahinter führt eine schwarze Wendeltreppe nach unten. Wir folgen ihr hinab in die Dunkelheit. Hier unten riecht es alt und muffig. Vergessen. Mich beschleicht ein ungutes Gefühl, auch wenn mir mein Instinkt sagt, dass Cupid nicht so arglistig ist, wie ihn alle darstellen. Aber meine Sicherheit scheint für ihn wirklich nicht gerade oberste Priorität zu haben.

»Bringst du ... oft Mädchen in deinen dunklen, grusligen Keller?«

Ich höre, wie er mit irgendetwas herumhantiert, und plötzlich wird der Raum von Licht durchflutet. Ich atme auf und merke erst jetzt, dass ich die Luft angehalten habe – bei dem Anblick, der sich mir jetzt bietet, durchströmt mich eine Mischung aus Erleichterung und ehrfürchtigem Erstaunen.

Cupid wirft mir einen verschmitzten Seitenblick zu. »Nur die, die ich in der Kampfkunst trainieren will.«

Wir stehen am Rand eines riesigen Raums, der sich über die gesamte Fläche des Hauses erstrecken muss. Die Bauweise erinnert mich an die der Matchmaking-Agentur. Der Boden ist aus großen Steinplatten gemeißelt, und prächtige, tempelartige Säulen tragen die hohe Decke. Ein Teppich aus rosafarbenen Turnmatten bedeckt die Mitte des Raums. An einer Wand hängt, mit Gewichten befestigt, ein großer Bogen – ähnlich wie der, den mir Cal in der Schule gezeigt hat –, an der daneben sind einige rosa-schwarze Zielscheiben angebracht. Eine Ecke des Raums ist mit Bildschirmen bedeckt, in einer anderen steht eine Statue. Jemand hat ein altes Bettlaken darüber gebreitet, so dass man sie nicht genauer erkennen kann.

Mir wird mulmig, als ich sie ansehe. Irgendetwas daran macht mir Angst. Cupid bemerkt, wie ich die Statue anstarre, sagt aber nichts; stattdessen geht er langsam in die Mitte des Raums. Ich folge ihm, und da fällt mir auf, dass die Wand an der Seite ein Spiegel ist.

»Willkommen in meinem Trainingsraum«, sagt er, als ich mich den rosafarbenen Turnmatten nähere, meine Kaffeetasse immer noch fest umklammert. »Wenn mein Bruder zurückkommt, sollte er eine Sim dabeihaben. Das ist eine Art Simulation, die die Agentur benutzt, um neue Rekruten auszubilden. Ich kann eine ähnliche Situation einprogrammieren, wie wir sie nachher vermutlich erleben werden, und dann üben wir unsere Strategie. Du kannst Selenas Rolle übernehmen.«

Seine Augen funkeln vor Aufregung, als er auf die Matte tritt. »Also, willst du lernen, wie ein Cupid zu kämpfen? Zieh die Schuhe aus. Wollen wir doch mal sehen, aus welchem Holz du geschnitzt bist.«

»Du willst, dass ich gegen dich kämpfe?« Gegen meinen Willen wandert mein Blick zu seinen muskulösen Armen.

Auf seinem Gesicht erscheint ein Grinsen. »Ja!«

22. Kapitel

Ich mustere ihn von oben bis unten und zucke dann die Achseln. »Na schön«, sage ich. »Ich würde nichts lieber tun, als dich plattzumachen.«

Ich ziehe die Schuhe aus und stelle meine Tasse auf dem Boden ab. Während ich auf die Matte trete, blicke ich Cupid fest in die Augen.

Ein Lächeln umspielt seine Lippen. »Mich plattmachen, hm?«

Ich nicke, und er beginnt, mich langsam zu umkreisen.

»Weißt du, an dem Tag, an dem wir uns zum ersten Mal getroffen haben, bin ich ins Büro des Schuldirektors eingebrochen.«

»Und das war bestimmt nicht das Seltsamste, was du gemacht hast, seit du hier bist«, erwidere ich. »Was willst du mir damit sagen?«

Er taxiert mich mit stechendem Blick, seine meergrünen, unergründlichen Augen glitzern. »Ich hab deine Akte gesehen.«

Mein Magen krampft sich zusammen, Wut wallt in mir auf. Ich sehe ihn vorwurfsvoll an. »Das ist privat.«

Wir bewegen uns im Gleichschritt, die Matte federt leicht unter unseren bloßen Füßen.

»Bis vor ein paar Jahren warst du eine Musterschülerin«, sagt er, ohne den Blick auch nur eine Sekunde von meinem Gesicht abzuwenden, »aber dann hat sich irgendwas geändert.«

Seine Füße gleiten förmlich übereinander, während er

langsam um mich herumschleicht, mit viel anmutigeren Bewegungen, als ich es von einem so kräftig gebauten Typen erwartet hätte. Sein Gesicht ist nachdenklich, neugierig.

»Deine Noten sind plötzlich schlechter geworden, du hast dich zurückgezogen, und es gab sogar ein paar Berichte über unsoziales Verhalten ... Was ist passiert? Du hast deine Mutter verloren, oder?« Er sieht mich traurig an, mein Schweigen bestätigt seine Vermutung. »Das tut mir echt leid«, sagt er.

Er öffnet den Mund, als wolle er noch etwas hinzufügen, aber ich will nicht mehr reden. Nicht darüber. Ich will kämpfen. Ich beiße die Zähne zusammen und stürze mich auf ihn, versuche, den ersten Treffer zu landen. Doch er springt zur Seite, so dass ich an ihm vorbeitaumele. Schnell drehe ich mich zu ihm um und begegne seinem nachdenklichen Blick.

»Du wurdest von der Liebe verletzt«, sagt er, »also hast du dich von ihr abgewandt. Ich vermute, deshalb bist du mit James zusammengekommen.«

Als ich erneut zum Schlag aushole, fängt er meine Faust ab, wirbelt mich herum und zieht mich an sich. Ich spüre seinen kräftigen Herzschlag am Rücken und seinen warmen Atem auf der Haut. Ich bin außer mir vor Wut, aber darunter verbirgt sich noch etwas anderes – ein loderndes Feuer.

»Da ist es doch echt seltsam«, flüstert er mir ins Ohr, »dass du ausgerechnet mit mir, *Cupid*, hier bist.«

Seine Worte jagen mir einen Schauer über den Rücken, und mein Atem beschleunigt sich. Einen Moment erstarre ich in seinen Armen. Dann komme ich zur Besinnung, reiße mich von ihm los und wirbele zu ihm herum.

Er beobachtet mich mit eindringlichem Blick, und seine

Brust hebt und senkt sich immer schneller. »Du bist wütend auf die Liebe?«, fragt er, und ein kleines Lächeln zeigt sich auf seinem Gesicht. »Dann kämpf gegen mich.«

Ich starre ihn an, sehe die Person, die mich bewusst in Gefahr gebracht, meine Beziehung zu James ins Lächerliche gezogen und heimlich meine persönliche Akte gelesen hat – und trotzdem irgendwie bewirkt, dass ich mich endlich wieder *lebendig* fühle. Eine Feuersbrunst tost durch meine Adern. Schwer atmend halte ich einen Moment inne. Dann, ehe er eine Chance zum Angreifen hat, gehe ich auf ihn los, schlinge die Arme um seine Taille und schleudere ihn mit aller Kraft von mir. Er stolpert ein paar Schritte zurück, geht jedoch nicht zu Boden – er ist zu stark, zu standfest. Blitzschnell packt er mich an den Schultern und hebt mich hoch. Ich schreie auf, als er einen Fuß hinter mein Standbein schiebt und mich langsam, aber unaufhaltsam aus dem Gleichgewicht bringt. Ich halte mich an seinem Oberarm fest, und er lässt mich sanft zu Boden sinken.

Einen Augenblick ist sein Gesicht nur wenige Zentimeter von meinem entfernt. Er ist so nah, dass ich seine Wimpern zählen könnte. Ich höre nichts als das wilde Pochen meines Herzens, als sein Blick auf meinen Lippen verharrt.

Dann zieht er mich hastig wieder hoch und tritt zurück auf die Matte.

»Du musst dich schon ein bisschen mehr anstrengen«, sagt er. »Die Arrows werden es dir nicht so leicht machen. Kämpf!«

Ich schlage nach ihm, doch er weicht erneut mühelos aus, packt mich am Arm und wirbelt mich herum, als würden wir tanzen. Er lacht, und ich wende mich ihm rasch wieder zu. Obwohl ich mich dagegen wehre, habe ich plötzlich ein Lächeln auf den Lippen.

Cupid nickt mir ermutigend zu. »Setz mein Gewicht gegen mich ein«, rät er mir. »Tu, was ich gerade getan habe. Bring mich aus dem Gleichgewicht.«

Seine Augen blicken mich unverwandt an, und mir ist, als könnte ich dahinter seine Seele sehen. Mein Herz rast. Die Luft zwischen uns ist wie elektrisch aufgeladen, als würden unsere Körper unter Strom stehen. Ich stürze mich erneut auf ihn, doch diesmal weicht er nicht aus. Ich packe seine Arme, wie er es bei mir getan hat, und sie spannen sich unter meinem Griff an. Schnell hake ich meinen Fuß um sein Bein und ziehe, während ich seinen Oberkörper von mir wegdrücke.

Cupid widersetzt sich nicht und lässt sich auf die Matte fallen, so dass ich auf ihm lande. Einen Moment bleiben wir dort liegen, mein Körper an seinen gedrückt. Ich kann seine harten Bauchmuskeln durch sein T-Shirt spüren und rieche den zarten Duft seines Weichspülers, vermischt mit dem berauschenden Geruch von Gefahr, der von ihm ausströmt.

Ich blicke ihm in die Augen und sehe zu meiner Überraschung, dass er fast ein wenig verletzlich aussieht, als hätte ich ihn aus der Fassung gebracht.

Doch ehe einer von uns auch nur ein Wort sagen kann, ertönt ein lautes Räuspern vom Eingang des unterirdischen Raums. Ich wende mich erschrocken um und sehe Cal mit einem missbilligenden Ausdruck im Gesicht in der Tür stehen. Über seiner Schulter hängt ein großer schwarzer Beutel.

Cupid und ich springen hastig auf.

»Wie schön, dass ihr die ganze Sache ernst nehmt …« Cal

wirft seinem Bruder einen vorwurfsvollen Blick zu, marschiert auf uns zu und wirft den Beutel neben den Matten auf den Boden. Dann drückt er Cupid etwas in die Hand, das wie ein winziger USB-Stick aussieht.

»Wir haben nur trainiert«, sage ich leise. Aus irgendeinem Grund fühle ich mich schuldig.

Cal sieht Cupid misstrauisch an. »Natürlich. Ich bin sicher, dass mein Bruder dir einige sehr nützliche *Tipps* gegeben hat.«

Damit stapft er zu den Monitoren in einer Ecke des gigantischen Raums hinüber, und Cupid und ich wechseln einen kurzen Blick. Er zuckt die Achseln, als wir Cal folgen; die Verletzlichkeit ist spurlos aus seinem Gesicht verschwunden.

»Frag nicht«, flüstert er. »Was im Kopf meines Bruders vorgeht, ist mir auch ein Rätsel ...«

Als wir die Monitore erreichen, steckt Cupid den USB-Stick in den Computer und setzt sich auf den ledernen Bürosessel davor.

»Was machst du da?«, frage ich, als auf den schwarzen Bildschirmen rosafarbene Buchstaben erscheinen. »Ist das irgendeine Art Code?«

Cupid tippt auf der Tastatur herum und sieht mich nicht an, während er antwortet. »Ich ändere ein paar Einstellungen und programmiere eine ähnliche Situation ein, wie wir sie später erleben werden«, erklärt er und wendet sich dann seinem Bruder zu. »Das ist eine veraltete Version.«

»Das war das Beste, was ich unter diesen Umständen besorgen konnte.«

»Wird es auf den Bildschirmen abgespielt?«, frage ich.

Cupid dreht sich auf dem Stuhl zu mir um und grinst. »Nein.«

Er zieht den Stick wieder heraus, hantiert einen Moment daran herum und schüttelt ihn. Drei kleine Metallobjekte purzeln in seine ausgestreckte Hand.

»Steckt euch die ins Ohr. Sie senden ein Signal an euer Gehirn, das eine kontrollierte Halluzination auslöst.« Er reicht mir und Cal je eins. »Wir werden alle das Gleiche sehen, und Cal und ich werden die ganze Zeit bei dir sein.«

Cal sieht mich an. »Das erste Mal ist ein bisschen seltsam, aber du kannst das Training jederzeit beenden, indem du den Chip herausnimmst.«

Ich betrachte das merkwürdige Ding in meiner Hand fasziniert. Es fühlt sich kühl an, und an den Seiten sind winzige Gravierungen zu erkennen.

»Bereit?«, fragt Cupid.

Ich hole tief Luft und nicke. Dann, ehe ich es mir anders überlegen kann, stecke ich mir das kleine fremdartige Objekt ins Ohr.

23. Kapitel

Einen Moment passiert nichts. Ich stehe immer noch in dem tempelartigen Raum. Cupid und Cal sehen mich erwartungsvoll an. Dann blinzle ich, und alles ändert sich. Mit einem erschrockenen Keuchen taumele ich einen Schritt zurück.

Cupid springt vor, fasst mich am Arm und kann gerade noch verhindern, dass ich hinfalle. »Ganz ruhig.«

Ich nicke, dann löse ich mich von ihm und blicke mich mit großen Augen um.

Statt auf Steinplatten stehe ich plötzlich auf Kopfsteinpflaster, der Stuhl, auf dem Cupid saß, sieht aus wie eine Bank, und vor mir befindet sich ein heruntergekommener Diner. Wir sind auf dem Marktplatz von Forever Falls. Oder zumindest beinahe. Ich kann nicht genau sagen, was es ist, aber irgendetwas stimmt nicht ganz. Das gesamte Gebiet ist verlassen und in dämmriges Licht getaucht. Auch wenn ich stark annehme, dass wir immer noch drinnen sind, spüre ich eine kühle Brise auf der Haut. Ich gehe zu der Bank, als mir plötzlich klarwird, was an dem Platz anders aussieht, als es sollte.

»Die gehört nicht hierher«, sage ich und streiche mit der Hand über die Lehne.

Cupid nickt. »Das Programm erschafft eine Art Deckmantel. Wenn sich im echten Raum Objekte befinden, werden sie mit einem Bild von etwas überdeckt, was in der Halluzination nicht fehl am Platz wirkt. Dort steht ein Stuhl, deshalb zeigt dir das Programm eine Bank auf dem Marktplatz.«

»Aber sie fühlt sich tatsächlich wie eine Bank an«, sage ich verwundert, »und sie ist länger als der Stuhl. Kann ich darauf sitzen?«

»Ja, dein Gehirn sagt deinen Sinnen, dass alles hier real ist, und dein Körper wird sich dementsprechend verhalten. Daran solltest du denken, wenn die CuBots kommen.«

»Die CuBots?«

»Ja«, antwortet Cupid mit einem gequälten Ausdruck im Gesicht, »jemand von der Agentur hat auf sehr kreative Weise die Worte Cupid und Roboter miteinander kombiniert. Sie sind die computergesteuerten Feinde in der Sim. Sie sind nicht echt, aber sie können dir trotzdem weh tun.«

Ich sehe Cupid erschrocken an.

»Keine Sorge, es ist nur eine Sinnestäuschung«, versichert er mir mit einem sanften Lächeln. »Sobald du den Chip herausnimmst, wird jeglicher Schmerz vergehen.«

Das ist nicht sonderlich beruhigend.

Ich blicke mich erneut auf dem Platz um – es sieht alles so real aus. Im Zentrum steht der verwitterte Brunnen wie in echt, und ein dünnes Rinnsal Wasser tröpfelt in das Steinbecken darunter. Wäre nicht weit und breit keine Menschenseele zu sehen, könnte ich mir fast einbilden, ich wäre wirklich dort.

»Das ist verrückt«, sage ich und sehe in den orangefarbenen Himmel hinauf. »Was passiert, wenn ich gehe?«

Ich blicke zu der Stelle, wo in Cupids Haus die Tür wäre. Jetzt sieht sie aus wie die Gasse, die zum Love Shack führt.

»Das Programm wird diese Szene im nächsten Raum, den du betrittst, wiederaufbauen«, erklärt Cal, dann wendet er sich an seinen Bruder. »Also, wo hast du die Waffen hingetan? Und wann werden die CuBots hier aufkreuzen?«

»Sie sind im Diner.« Cupid deutet auf das heruntergekommene Gebäude an einer Ecke des Platzes. »Und die CuBots werden in etwa fünf Minuten hier sein.«

Er macht sich auf den Weg zum Romeo's, und Cal und ich folgen ihm eilig, unsere Schritte hallen auf dem Kopfsteinpflaster wider. Ich spähe ins Fenster des Blumenladens, als wir daran vorbeikommen: Er ist vollkommen verlassen.

Cupid öffnet die Tür zum Diner. Auch das Innere sieht genauso aus wie in echt. Ich habe so viele Abende hier verbracht und mit Charlie Milchshakes getrunken, während James gearbeitet hat, mit meinen Freunden gelacht und angestrengt versucht, auf meinem Handy besseren Empfang zu kriegen. Ein seltsames Gefühl überkommt mich, als ich an mein Leben vor Cupid und Cal und diesem ganzen Wahnsinn zurückdenke.

»Wie kann das alles so realistisch aussehen?«, frage ich Cal, um mich abzulenken.

»Du hast in der Agentur gesehen, wie fortschrittlich unsere Überwachungssysteme sind. Das nutzt das Programm, um den Platz wirklichkeitsgetreu nachzustellen.«

Wir folgen Cupid über den schwarzweiß gefliesten Boden an den Sitznischen vorbei zur Theke. Cupid schwingt sich darüber, geht in die Hocke und verschwindet einen Moment. Wenig später wirft er eine große Tasche auf den Tresen.

Cal öffnet sie und schüttet sie aus; drei Bogen, Köcher und eine Menge Pfeile fallen laut klappernd heraus. Ein paar Capax, ein Ardor und etwa zehn der schwarzen Cupid-Pfeile.

»Wirken die bei euch?«, frage ich.

Cal nickt. »Ja, aber anders als bei Menschen. Die schwarzen Pfeile töten wie schon erwähnt alle Cupids außer meinem Bruder und mir. Wenn ein Agent von einem Capax getroffen wird, fällt es ihm sehr schwer, nicht die Wahrheit zu sagen. Und der Ardor fügt unsereinem enorme Schmerzen zu.«

»Ich sollte wohl erwähnen, dass die Sim denkt, du wärst ein Agent«, fügt Cupid hinzu. »Wenn du von einem schwarzen Pfeil getroffen wirst, passiert dir nichts. Stirbst du in der Sim, wird der Chip einfach die Übertragung abbrechen, und du wirst in meinem Trainingsraum zu dir kommen. Wirst du allerdings vom Ardor getroffen … nun, das solltest du auf jeden Fall vermeiden.«

Ich sehe ihm fest in die Augen und nicke. »Okay, nicht vom Ardor getroffen werden. Hab verstanden.«

Die Brüder nehmen sich je einen Bogen und einige Pfeile. Als ich nach dem dritten Bogen greife, macht Cal ein skeptisches Gesicht.

»Selena wird keine Waffen verwenden«, sagt er zu Cupid. »Sollen wir Lila wirklich mit einer herumspielen lassen?«

Ich werfe ihm einen bösen Blick zu. »Herumspielen? Hey, wenn ich von einem Haufen irrer computergesteuerter Feinde angegriffen werde, die mir ›enorme Schmerzen‹ zufügen können, nehme ich mir eine Waffe, vielen Dank auch«, entgegne ich aufgebracht und greife mir den Bogen. Er ist schwerer, als ich dachte, und fühlt sich kühl an. Anschließend nehme ich mir einen Köcher und fülle ihn mit Pfeilen. Ein wenig unsicher, hänge ich mir beides über die Schulter.

Cupid zieht die Augenbrauen hoch. »Steht dir gut.« Seine Augen glitzern vor Bewunderung.

»Ich hab keinen Schimmer, wie man damit umgeht«, antworte ich leise, weil ich nicht will, dass Cal mich hört und mir den Bogen wieder wegnimmt.

Cupid macht eine wegwerfende Handbewegung. »Du schaffst das schon.«

Cal hingegen wirkt alles andere als überzeugt. »Bist du dir da sicher? Sie könnte verletzt werden – einen neuen Rekruten würden wir nie gleich beim ersten Versuch einer solchen Gefahr aussetzen. Selbst erfahrene Agenten haben von den Schmerzen, die sie in der Sim erleiden mussten, Traumata davongetragen. Was, wenn sie von einem Ardor getroffen wird? Was, wenn sie vergisst, den Chip herauszunehmen?«

Cupid sieht ihn mit gelassenem Blick an. »Sie ist mein Match«, sagt er schlicht. »Sie wird das schaffen.«

»Ja, und das ist absolut *unfehlbare* Logik ...«, murmelt Cal.

Ich bin ein bisschen nervös, aber bestimmt ist das nichts anderes als ein Virtual-Reality-Spiel ... abgesehen von den Schmerzen natürlich. Ich will Cal gerade beruhigen, als ich von draußen plötzlich Stimmen höre. Mir läuft ein kalter Schauer über den Rücken – die Angreifer sind schon ganz nah!

»Denk dran: Was auch passiert, es ist nicht real, Lila«, flüstert Cal mir hastig zu und zieht mich hinunter in Deckung.

»Kommt raus, kommt raus, wo immer ihr seid«, ertönt eine Männerstimme von draußen.

Meine Haut kribbelt, und ich spüre, wie meine Handflächen schwitzig werden.

Cupid blickt zu mir herunter und grinst. »Los geht's!«

Damit springt er zurück über den Tresen und hockt sich

neben Cal und mich. Er wechselt einen schnellen Blick mit seinem Bruder, dann huscht er geduckt zum Fenster.

»Kommt raus zum Spiiiielen!«

Die Stimme ist kalt und unmenschlich. Mein Atem beschleunigt sich.

Cupid hockt unter dem Schaufenster und signalisiert uns, ihm zu folgen.

»Bleib unten«, flüstert Cal.

Ich nicke, und wir schleichen zwischen den Sitznischen hindurch, sorgsam darauf bedacht, dass wir von draußen nicht zu sehen sind. Bei Cupid angekommen, drücken wir uns an die Wand neben ihm. Wenig später gleitet ein Schatten über uns hinweg. Einer der CuBots befindet sich offenbar direkt vor dem Diner.

Mein Adrenalinspiegel schießt in die Höhe, und das fühlt sich phantastisch an. Ich sollte wohl Angst haben, doch das tue ich nicht; ich bin aufgeregt, kann es kaum erwarten.

Mit einem Grinsen wende ich mich den Brüdern zu. »Das ist wie Paintball.«

Cupid lacht leise, während Cal alles andere als begeistert aussieht. »Das ist eine ernste Everlasting-Love-Trainingssimulation.« Seine silbrigen Augen blitzen, als der Schatten des CuBots erneut über uns hinwegzieht.

»Also gut, es ist wie Paintball, nur viel gefährlicher und verdammt gruslig«, lenke ich ein.

»Und wir benutzen Pfeile«, sagt Cupid sichtlich amüsiert und wirft einen Blick aus dem Fenster, während Cal ein leises, frustriertes Stöhnen ausstößt.

»Sie sind zu sechst«, berichtet Cupid. Er schweigt einen Moment und sieht mich ungewöhnlich ernst an. »Du bist nicht dazu ausgebildet, also erwarten wir nichts von dir. Lerne einfach von uns und versuch, dich nicht treffen zu lassen.« Er wendet sich an Cal. »Ziemlich lang her, dass wir das zum letzten Mal gemacht haben, was, Bruderherz?«

Cal kneift die Augen zusammen und schnaubt zur Erwiderung.

»Bereit, Lila?«, fragt Cupid.

Ich atme tief durch, fahre mit den Fingerspitzen über den Bogen, der über meiner Schulter hängt, und nicke entschlossen.

Cupid grinst. »Na dann, los!«

24. Kapitel

Cupid steht auf und läuft zur Tür, dicht gefolgt von Cal und mir. Zusammen stürmen wir auf den Platz hinaus, und ich sehe sie sofort. Sechs Gestalten stehen am Brunnen – fünf von ihnen blond, eine brünett. Sie könnten fast als real durchgehen, doch irgendetwas verdirbt den Eindruck.

Als sie sich alle gleichzeitig zu uns umdrehen, wird mir schlagartig klar, was mit ihnen nicht stimmt. Ihre Augen sind vollkommen schwarz.

»Uh, echt gruslig«, flüstere ich.

Aus dem Augenwinkel sehe ich Cal nach seinem Köcher greifen, als einer der blonden Agenten den ersten Pfeil abfeuert. Cupid zieht mich aus der Schussbahn, während er selbst seinen Bogen zückt. Im nächsten Moment fliegen zwei schwarze Pfeile von unserer Seite auf die CuBots im Zentrum des Platzes zu. Einer trifft, und das Opfer fällt rückwärts ins trübe Brunnenwasser. Der andere verfehlt sein Ziel.

Die verbleibenden fünf CuBots stürmen auf uns zu. Cupid wirft mir einen raschen Blick zu und rennt ihnen dann entgegen. Blitzschnell packt er einen der blonden Männer an der Kehle, wirft ihn zu Boden und ersticht ihn mit seinem Bogen.

Neben mir zieht Cal einen weiteren Pfeil aus dem Köcher und schießt erneut – noch ein CuBot fällt. Cal will gleich nachlegen, doch der nächste CuBot ist zu schnell; er stürzt sich auf ihn, so dass sie beide zu Boden gehen. Ein weiterer Agent stürmt auf mich zu, während Cupid einen der blonden Männer ins Schaufenster des Floristen schleudert.

Mein Herz schlägt schneller. Ich hebe meinen Bogen.
»Es ist nicht real«, murmele ich vor mich hin. »Es ist nicht real.«

Doch es ist real; wenn ich verletzt werde, werden sich die Schmerzen sehr real anfühlen.

Der CuBot, eine Frau mit einem langen weißblonden Zopf und leeren schwarzen Augen, rennt direkt auf mich zu. Ich ziele, wobei der befiederte Pfeil meine Wange streift, und lasse ihn von der Sehne schnellen.

Er fliegt über den Kopf der Agentin hinweg und bohrt sich in die Wand des Haltestellenhäuschens. Die CuBot-Frau, die nur noch ein kleines Stück von mir entfernt ist, hebt einen Pfeil, aber ich schlage ihr meinen Bogen ins Gesicht, so dass sie zurücktaumelt. Dann werfe ich den Bogen weg – ich weiß nicht, wie man damit umgeht, und so behindert er mich nur – und greife mir einen weiteren Pfeil. Ich will gerade zustechen, als die Agentin plötzlich wie von selbst zusammenbricht.

Hinter ihr erscheint Cupid mit gezücktem Bogen und einem Grinsen im Gesicht. »Gern geschehen!«

Ich nicke ihm dankbar zu, aber gleichzeitig überkommt mich eine gewisse Enttäuschung. Ich bin sicher, dass ich allein mit ihr fertig geworden wäre.

Hinter mir ertönt ein grimmiges Knurren, und ich drehe mich hastig um. Cal und einer der Agenten ringen immer noch am Boden miteinander, der CuBot ist oben und schlägt Cals Kopf immer und immer wieder auf das harte Pflaster. Blut rinnt durch seine blassblonden Haare. Mich erfasst ein heftiger Adrenalinrausch, und plötzlich wird die Aufregung von Panik durchdrungen. *Ich muss etwas tun!*

Ohne hinzusehen, ziehe ich einen weiteren Pfeil aus dem Köcher und ramme ihn dem Agenten mit aller Kraft in den Rücken. Er schreit auf, als der Pfeil in meinen Händen zu Asche zerfällt. Enttäuscht stelle ich fest, dass es nur ein Capax war, nicht einer der tödlichen schwarzen Pfeile, aber der CuBot ist lange genug abgelenkt, dass Cal ihn abwerfen kann.

Ich werfe einen Blick nach links und sehe, wie Cupid einen schwarzen Pfeil ins Herz des blonden Agenten stößt, den er vor dem Blumenladen am Boden festhält. Er sieht aus, als hätte er seinen Spaß. Als er sich aufrichtet, wischt er sich die Hände ab, und Asche regnet auf das Kopfsteinpflaster. Mich durchströmt eine Welle der Erleichterung, und einen Moment nehme ich nichts anderes um mich herum wahr.

»Lila!«, schreit Cal und springt auf.

Erschrocken drehe ich mich um und sehe, wie der dunkelhaarige Agent nur wenige Schritte von mir entfernt einen Ardor einlegt. Er zielt direkt auf mich, und mir stockt der Atem. Dann schießt er.

Es geschieht wie in Zeitlupe: die Panik, die Vorahnung schrecklicher Schmerzen, der rot-goldene Pfeil, der unaufhaltsam auf mich zuschnellt – und dann Cal. Er wirft sich vor mich, und der Folterpfeil gräbt sich tief in seine Schulter. Ein unmenschlicher Schrei bricht aus seiner Kehle hervor, als er zu Boden geht. Cupid rennt sofort los und rammt dem Agenten, der geschossen hat, einen schwarzen Pfeil in die Brust.

Ich eile zu Cal, der sich vor Schmerzen windet; sein blasses Gesicht ist gerötet, seine Augen tränen.

Dieses Schicksal stand mir bevor.

Ich packe ihn am Arm. »Cal! Cal – nimm den Chip raus!«
Er bemerkt mich nicht, sein Körper von heftigen Krämpfen geschüttelt.

»Cal!«

Endlich richten sich seine blicklosen Augen auf mich, und ich kann sehen, wie er versucht, sich auf mein Gesicht zu konzentrieren.

»Es geht dir gut.«

Dann fallen seine Augen zu, und er wird ohnmächtig.

Ich packe Cal an den Schultern und schüttele ihn.
»Cal!«, schreie ich. »Cal, wach auf!«

Cupid kommt auf uns zu. Er wischt sich seine mit Asche bedeckten Hände an seiner Jeans ab, geht neben mir in die Hocke und verdreht entnervt die Augen. »Mein Bruder, die Drama Queen.«

Ich sehe zu ihm auf. Mein Herz rast vor Sorge um Cal, doch er wirkt vollkommen gelassen.

»Kommt er wieder in Ordnung?«, frage ich. »Was sollen wir jetzt machen?«

»Er wird schon wieder. Er ist ein ausgebildeter Agent – das sollte ihn nicht zu sehr traumatisieren.« Cupid seufzt schwer. »Im Gegensatz zu dem, was ich jetzt tun muss, wovon ich wahrscheinlich jahrelang Albträume haben werde.«

Plötzlich packt Cupid Cals Kopf. Cals Augen öffnen sich schlagartig, vor Angst weit aufgerissen. Sein Körper fängt wieder an zu krampfen, und er stöhnt vor Schmerz.

»Halt ihn fest.«

Ich greife Cals Arme, während Cupid seinen Kopf zur Seite drückt, so dass seine Wange flach auf dem Kopfsteinpflaster liegt. Mit angewidertem Gesicht schaut er seinem Bruder ins Ohr. Dann, mit einer blitzschnellen Bewegung, holt er den winzigen Mikrochip heraus. Cal hört auf, sich zu winden, und atmet erleichtert auf. Er rollt sich auf den Rücken, im Gesicht einen leicht verlegenen Ausdruck. Cupid schnippt ihm den Chip auf die Brust.

»Es gibt Momente, die Brüder näher zusammenbringen«, sagt er, »und es gibt Momente, die sind einfach nur eklig. Lila – du kannst deinen Chip jetzt rausnehmen.«

Er steht auf und fasst sich ans Ohr. Genau wie ich auch. Augenblicklich bin ich zurück in Cupids Trainingsraum, nicht weit von den rosaroten Matten auf den Boden gekauert. Cal steht steif in meiner Nähe und klopft sich den Staub von der Hose.

»Alles okay, Cal?«

»Mir geht's gut«, fährt er mich ungehalten an.

Ich stehe auf. »Danke, dass du mich gerettet hast.«

Seine Wangen röten sich leicht, und er senkt hastig den Blick. »Ja, nun ... ich hab schon geahnt, dass du nicht allein zurechtkommst.«

Ich sehe Cupid fragend an, der amüsiert wirkt. Er klopft seinem Bruder auf den Rücken – was Cal offensichtlich ärgert –, wendet sich dann wieder mir zu und grinst. »Nicht schlecht für deinen ersten Versuch. Also ... Bereit für die nächste Runde?«

Ich verbringe den ganzen Nachmittag mit Cupid und Cal im Trainingsraum. Wir durchlaufen die Sim noch dreimal, und Cupid zeigt mir, wie man mit Pfeil und Bogen umgeht. Beim dritten Versuch gelingt es mir, einen der CuBots zu treffen, und ich muss zugeben: Das fühlt sich verdammt gut an.

Als wir fertig sind, bin ich völlig erschöpft. Ich setze mich in die Küche und gönne mir noch eine Tasse Kaffee. Auch wenn nichts in der Sim real war, tut mir alles weh. Warmes Abendlicht scheint durch die Glasfront herein und spiegelt sich auf der Ansammlung von Pfeilen, die auf der Küchentheke liegen. Ich sehe zu, wie die Brüder sie begutachten.

Sie haben sich nach dem Training beide umgezogen. Cupid trägt jetzt ein weißes T-Shirt mit V-Ausschnitt unter seiner Lederjacke, und Cal hat einen grauen Rollkragenpullover an. Beide haben ihre Bogen über die Schulter geschlungen. Cupid nimmt einen Capax vom Tresen.

»Ich denke, wir sollten ein paar von denen mitnehmen«, sagt er. »Wir sollten versuchen, einen der Arrows gefangen zu nehmen und ihn zum Reden zu bringen. So bekommen wir vielleicht heraus, was sie über mein Match und den *Finis* wissen.«

Cal nickt knapp. Mir ist aufgefallen, dass er seit dem Vorfall mit dem Ardor noch schroffer wirkt als gewöhnlich. Ich glaube, es ist ihm peinlich, dass er verletzt wurde. Er setzt gerade zu einer Antwort an, als sein Handy klingelt; er wirft einen Blick darauf und schürzt die Lippen.

»Crystal«, murmelt er und starrt einen Moment verächtlich aufs Display, dann drückt er auf *Ablehnen* und stopft das Handy zurück in seine Tasche. Wut wallt in mir auf, als ich den Namen höre, und ich frage mich, ob sie Cal wegen ihres Auftrags anruft – ihrer Mission, meinen Freund mit meiner besten Freundin zu verkuppeln.

»Wir setzen Lila auf dem Weg zu Hause ab«, unterbricht Cal meine düsteren Gedanken.

Ich zögere einen Augenblick. »Ich … Ich wollte eigentlich bei Charlie vorbeischauen.«

Cupid sieht seinen Bruder fragend an.

»Das ist vermutlich eine gute Idee«, sagt Cal. »Es ist wohl besser, wenn du nicht allein bist.«

Einen Moment bekomme ich ein schlechtes Gewissen, weil Charlie und ich planen, den beiden heimlich zum Marktplatz zu folgen. Ich will niemanden in Gefahr bringen, aber ich werde das Gefühl nicht los, dass sie mir etwas verheimlichen, und ich will wissen, was.

Die Brüder nehmen sich noch ein paar Minuten Zeit, die richtigen Pfeile zusammenzusuchen, dann wendet sich Cupid mir zu und grinst bis über beide Ohren.

»Los geht's!«

25. Kapitel

Cupid parkt den Aston Martin vor Charlies Einfahrt.

»Bleibt in Sicherheit«, sagt er. »Wir kümmern uns um die Arrows und kommen dann wieder her, um dir zu berichten, wie es gelaufen ist.«

Ich sehe besorgt zwischen ihm und Cal hin und her. »Seid ihr sicher, dass ihr das schafft?«

Cupid grinst. »Wir sind schon mit Schlimmerem fertig geworden«, sagt er. »Und außerdem können sie uns ohne den *Finis* nicht umbringen. Das ist immer ein großer Pluspunkt.«

Ich nicke und öffne die Tür. Cal starrt wortlos geradeaus. Ich erhasche im Rückspiegel einen Blick auf sein Gesicht; unter seinen Augen zeichnen sich dunkle Schatten ab, und sein Kiefer ist verspannt. Zögerlich strecke ich die Hand aus und drücke in der Hoffnung, ihn etwas zu beruhigen, seine Schulter.

Er versteift sich – seufzend lasse ich ihn los und steige aus.

»Viel Glück«, sage ich und schließe die Tür hinter mir.

Cupid beugt sich vor und winkt, dann brausen die Brüder davon.

Ich gehe zum Haus, als die Eingangstür plötzlich aufliegt und Charlie herausgeeilt kommt. »Folgen wir ihnen?!«

Ich ziehe irritiert die Stirn kraus. Ich kann nicht genau sagen, woran es liegt, aber irgendwie sieht sie anders aus als sonst.

Vielleicht ist es nur ein neues Outfit, überlege ich und betrachte das schwarze Top, das sie trägt.

»Wir müssen sofort los, wenn wir sie noch einholen wollen. Bist du bereit?«, frage ich.

Sie grinst. »Ja, gib mir nur eine Minute. Ich muss schnell noch etwas holen.«

Charlie bringt mich ins Wohnzimmer und läuft dann die Treppe hoch. Ich will mich gerade aufs Sofa werfen, als mir etwas ins Auge fällt. In der Wand neben dem Kamin sind ein paar Kerben – und auf dem Boden darunter hat sich eine dünne Schicht Asche gesammelt. Ich gehe hinüber und zeichne die Löcher im Putz mit dem Finger nach.

Sind das Einschusslöcher? Von Pfeilen?

Meine Haut kribbelt. Irgendetwas stimmt hier nicht.

Da fällt mir plötzlich wieder ein, was Cupid auf dem Balkon gesagt hat.

»Nur Cupids und Menschen, denen die Pfeile gezeigt wurden, können sie sehen«, murmele ich leise.

»Ganz genau.«

Erschrocken wirbele ich herum. Charlie steht vor mir, in den Händen einen Bogen. Darin eingelegt ist ein schwarzer Pfeil.

Meine Augen weiten sich vor Entsetzen.

Die Arrows müssen sie erwischt haben.

Ich stehe da wie angewurzelt. Mein Magen krampft sich schmerzhaft zusammen.

»Es tut mir leid, Lila«, sagt sie ruhig. »Ich muss das tun. Du darfst nicht mit deinem Match zusammenkommen. Sie haben mir gesagt, was sonst passieren würde.«

Sie zieht den Arm zurück, um zu schießen, doch eine plötzliche Bewegung hinter ihr lässt sie abrupt innehalten.

»Lass die Waffe fallen, Charlie«, sagt eine vertraute

Stimme. »Du bist jetzt ein Agent – *wenn du damit getroffen wirst, stirbst du.*«

Crystal taucht hinter ihr auf, ihre Augen blitzen·warnend. Der schwarze Pfeil in ihrer Hand drückt gegen Charlies Kehle.

Einen Moment stehen wir alle wie erstarrt in Charlies Wohnzimmer. Die dunklen Augen meiner besten Freundin weiten sich vor Angst, während Crystal ihr den Cupid-Pfeil an die Gurgel hält. Doch sie lässt ihre Waffe nicht fallen.

»Tu das nicht«, mahnt Crystal eindringlich. »Erschieß sie nicht.«

Das Herz schlägt mir bis zum Hals. Crystal trägt den weißen Anzug, in dem ich sie in der Agentur gesehen habe, und über ihre Schulter ist ein Köcher voller Pfeile geschlungen. Ihr Gesichtsausdruck ist entschlossen. Ich kann es in ihren Augen sehen, sie wird es wirklich tun. Sie wird Charlie töten, wenn es notwendig sein sollte. Ich sehe meine Freundin flehend an. Ich will nicht erschossen werden, aber ich will auch nicht, dass sie stirbt.

Crystal drückt den Pfeil noch fester an Charlies Kehle. *»Lass ihn los.«*

Mit einem Seufzen senkt Charlie den Bogen und lässt ihn laut klappernd auf den Boden fallen. Ich atme erleichtert auf, als Crystal sie an den Haaren packt und sie auf die Couch stößt. Dabei richtet sie den Pfeil weiterhin auf Charlies Hals.

»Alles okay?«, fragt sie mich.

»Ja«, antworte ich und bemühe mich um einen ruhigen Ton. »Ich hätte nie gedacht, dass ich das mal sage, aber es freut mich, dich wiederzusehen.«

Ein kleines Lächeln huscht über Crystals Gesicht.

»Was machst du überhaupt hier?«

Crystal wirft mir einen flüchtigen Blick zu, während Charlie auf dem Sofa ein leises Wimmern ausstößt. »Charlie war Teil meines Auftrags …«

»*Meinen Freund* zu verkuppeln.«

Sie seufzt und wirft ihre Haare über die Schulter zurück. »Ja, das war meine Aufgabe. Ich habe die beiden überwacht – besonders nach dem Vorfall mit dem Capax.«

Ich schüttele den Kopf, in meinem Innern herrscht ein wildes Durcheinander aus Wut, Entsetzen und Erleichterung.

»Ich war ziemlich sicher, dass die Bindung letzte Nacht erfolgreich hergestellt wurde, wollte mich heute Morgen aber noch einmal vergewissern«, fährt Crystal fort. »Da habe ich festgestellt, dass das Überwachungssystem heute früh kurz ausgefallen ist. Das erschien mir verdächtig, also bin ich nach meiner Schicht hergekommen, um nach dem Rechten zu sehen.«

Ich sehe besorgt zu Charlie. Sie beobachtet Crystal mit argwöhnischem Blick, eine Mischung aus Wut und Verletzlichkeit im Gesicht. Ich beuge mich vor, um ihr beruhigend eine Hand auf den Arm zu legen, doch sie zuckt vor Schreck zusammen und starrt mich misstrauisch an.

»Was ist passiert, Charlie? Was haben sie dir angetan?«

Ihr sonst so sanftes Gesicht nimmt einen harten, trotzigen Ausdruck an, und sie schüttelt den Kopf. »Du bist gefährlich. Du musst aufgehalten werden.«

Ihre Worte versetzen mir einen Stich.

»Was ist mit ihr los?«, frage ich Crystal. »Haben die Arrows sie einer Gehirnwäsche unterzogen? Ist sie wirklich ein Cupid?«

Crystal lässt Charlie nicht aus den Augen. »Ja, sie ist ein Cupid. Sieht aus, als hätten sie sie hier drin mit dem Pfeil getroffen.« Sie sieht kurz zum Kamin und den Löchern in der Wand, die mir auch aufgefallen sind. »Und nein, sie wurde keiner Gehirnwäsche unterzogen – nicht direkt. Sie ist gerade erst zu einem Agenten geworden, deshalb ist sie empfänglicher für unsere Gesetze. Und sie hat nicht ganz unrecht.« Crystal wirft mir einen stechenden Blick zu. »Du bist wirklich gefährlich.«

Ich fühle Frustration in mir aufwallen. »Was soll das heißen? Niemand sagt mir, was hier los ist!«

»Dazu komme ich noch, aber zuerst: Wo ist Cal?«

Ich runzle argwöhnisch die Stirn. *Warum will sie das wissen?*

»Er und Cupid sind losgezogen, um die Arrows am Marktplatz zu bekämpfen. Warum?«

Bei der Erwähnung von Cupid verfinstert sich ihr Gesicht. Charlie versucht freizukommen, aber Crystal drückt sie mühelos zurück aufs Sofa.

»Warum denken sie, die Arrows würden auf den Marktplatz kommen?«, fragt sie leise.

»Weil die Arrows glauben, sie würden mich ausliefern, vermute ich.«

Die blonde Agentin sieht mich mit hochgezogenen Augenbrauen an.

Plötzlich wird mir klar, worauf sie hinauswill. »Aber ich bin nicht dort, sondern hier. Und wenn Charlie eine von ihnen ist ...«

Unvermittelt zieht Crystal einen Pfeil aus ihrem Köcher und rammt ihn Charlie in den Hals. Charlie und ich schreien gleichzeitig auf.

»Was machst du da?!«

Crystal wendet sich zu mir um, während der Pfeil in ihrer Hand zu Asche zerfällt. »Ganz ruhig. Das war nur ein Capax. Wir brauchen Antworten, und wir brauchen sie schnell.«

Ich nicke erleichtert, als ich mich erinnere, was Cupid in der Sim gesagt hat. Der Capax bringt Agenten dazu, die Wahrheit zu sagen.

»Was ist passiert?«, fragt Crystal nachdrücklich.

Charlie presst die Lippen aufeinander und scheint sich einen Moment angestrengt zu widersetzen.

»Die Arrows sind nach der Party hergekommen«, platzt sie schließlich heraus. »Sie müssen mir gefolgt sein. Sie haben mit einem schwarzen Pfeil auf mich geschossen. Sie sagten mir, Cupid habe ein Match, jemanden aus der Schule, und sie hätten mich verwandelt, damit ich ihnen helfe, sie zu finden. Dann sind sie gegangen.«

Mit Tränen in den Augen blickt sie zwischen mir und Crystal hin und her.

»Was ist dann passiert?«

»Mir ist allmählich wieder eingefallen, wie ich auf der Party von einem Pfeil getroffen wurde.«

Crystal nickt. »Das geschieht immer nach der Verwandlung. Und dann?«

»Dann habe ich mich ans Love Shack und den Ardor erinnert. An Lilas seltsames Verhalten und dass sie Cal nachgelaufen ist. Also habe ich sie angerufen, und sie hat mir alles erzählt.«

Sie blickt zu mir auf, und plötzlich packt mich eine heiße Wut. Ich dachte, sie wäre meine Freundin! Und jetzt hat sie mich schon zweimal betrogen.

Crystal beugt sich bedrohlich nahe an sie heran. »Und hast du den Arrows erzählt, wer sie ist?«

Charlie nickt widerwillig.

»Und noch eine letzte Frage: Wo sind die Arrows jetzt?!«

Einen Moment sagt Charlie nichts. Sie sieht aus, als würde sie mit aller Macht gegen den Drang ankämpfen, uns die Wahrheit zu verraten. Eine Träne läuft ihr über die Wange. Dann blickt sie mich an, und ihre tränennassen Augen blitzen triumphierend.

»Sie sind auf dem Weg«, sagt sie. »Sie werden jeden Moment hier sein.«

26. Kapitel

Crystal holt ihr Handy aus der Hosentasche, wirft es mir zu und zieht Charlie hoch.

»Ruf Cal an!«, fordert sie mich eindringlich auf.

Ich befolge ihre Anweisung mit wild hämmerndem Herzen.

Die Arrows sind auf dem Weg hierher.

Ich presse mir das Handy ans Ohr, als der Wählton erklingt. Crystal greift sich Charlies Bogen. Draußen wird es schon dunkel, und ihr Blick huscht fieberhaft hin und her, als erwarte sie, die Arrows könnten jeden Moment aus den Schatten springen. Endlich geht Cal ran.

»Was ist los, Crystal?«, fragt er ungehalten. »Ich bin gerade ziemlich beschäftigt …«

»Cal! Ich bin's, wir sind in –«

Ehe ich den Satz beenden kann, versetzt mir Crystal plötzlich einen heftigen Stoß, und ich stürze rückwärts gegen den Kamin. Das Handy fliegt mir aus der Hand, und ein ohrenbetäubendes Krachen zerreißt die Stille. Schützend halte ich mir die Hände vors Gesicht, als Charlies Wohnzimmerfenster zersplittert. Ich sehe gerade noch, wie der schwarze Pfeil, der es zerbrochen hat, sich in die Wand bohrt und zu Asche zerfällt.

Sie sind hier.

Ein braungebrannter, muskulöser Mann in einem schwarzen Anzug hechtet herein, einen Köcher voller Pfeile über die Schulter geschlungen. Er hält direkt auf mich zu. Mein Blick schweift hilfesuchend zu Crystal. Sie hat Charlie auf die Couch zurückgeworfen, spannt ihren Bogen und schießt.

Der Pfeil saust durch die Luft, und einen Moment denke ich, er würde sein Ziel treffen. Doch dann weicht der Agent geschickt aus, packt mich an der Kehle und schmettert mich gegen die Wand. Ein höllischer Schmerz schießt mir in den Rücken. Ich kämpfe verzweifelt gegen seinen Griff an und ringe nach Atem, als er mit dem Cupid-Pfeil ausholt.

Fieberhaft sehe ich mich nach Crystal um. Eine dunkelhaarige Frau, die ganz ähnlich gekleidet ist wie mein Angreifer, hat sich auf sie gestürzt und sie zu Boden geworfen. Sie kann mir nicht helfen.

Ich wehre mich mit aller Kraft und schaffe es, dem Agenten mein Knie zwischen die Beine zu rammen. Er stößt ein schmerzerfülltes Stöhnen aus, und einen Moment lockert sich sein Griff. Die Gelegenheit lasse ich mir nicht entgehen und werfe mich nach vorn. Da erinnere ich mich plötzlich, wie ich Cupid vorhin zu Fall gebracht habe, hake mein Bein um seins und schiebe, so fest ich kann.

Er fällt hart zu Boden und reißt mich fast mit.

Ich stolpere über ihn hinweg und haste auf Crystal zu, die ihre Gegnerin gerade abgeworfen hat. Grobe Hände packen mich von hinten, als ich gerade die Hälfte der Strecke zurückgelegt habe. Die blonde Rezeptionistin schießt einen Capax ab; ich ziehe den Kopf ein, und er bohrt sich in die Schulter des zweiten Angreifers. Wer immer es war, fliegt rückwärts zu Boden.

Crystal zieht Charlie hoch und sieht mich eindringlich an. »Wir müssen hier weg! Mein Auto steht die Straße runter. LAUF!«

Zusammen rennen wir zur Tür. Crystal schiebt Charlie hinaus auf die Straße, und wir hasten ihr nach – die drei Agenten sind uns dicht auf den Fersen. So schnell wie möglich eilen wir die Straße hinunter, während um uns herum Pfeile durch die hereinbrechende Dunkelheit fliegen. Crystal, die mir ein paar Schritte voraus ist, deutet mit ihrem Autoschlüssel auf einen rosaroten Bentley, der an der Straße parkt, und ich höre, wie die Türen entriegelt werden. Sie wirft Charlie hinein, wirbelt mit gespanntem Bogen zu mir herum und feuert ein paar Pfeile auf unsere Verfolger ab.

Gerade, als ich denke, ich hätte es geschafft, packt mich der muskulöse Agent erneut, und ich gehe zu Boden. Ein scharfer Schmerz fährt mir in die Knie, als sie auf dem Asphalt aufschlagen. Ich versuche, mich wieder aufzurappeln, aber der dunkelhaarige Agent nagelt mich am Boden fest.

Er dreht mich auf den Rücken und drückt mir seinen Stiefel in den Bauch, so dass ich nicht hochkomme. Ich schreie auf und versuche verzweifelt, mich zu befreien, als er seinen Bogen hebt und direkt auf mein Herz zielt.

»Für deinen Verstoß gegen das Gesetz von Everlasting Love verurteile ich dich, Lila Black, zum Tode«, sagt er mit einem starken italienischen Akzent.

Panik ergreift mich, als ich mit aller Kraft gegen das schwere Gewicht ankämpfe, das mich zu Boden drückt. Ich kann nicht entkommen. Der Agent spannt den schwarzen Pfeil. Im verzweifelten Versuch mich zu befreien, schlage ich nach seinem Bein. Etwas saust durch die Luft, und einen kurzen Moment denke ich, ich wäre getroffen worden.

Ich schreie.

Doch dann bricht der Agent neben mir zusammen.

Ich setze mich mit einem Ruck auf und blicke mich fieberhaft um. Da sehe ich es: Aus seiner Schulter ragt ein schwarzer Pfeil. Er zerfällt vor meinen Augen zu Asche. Auf der anderen Seite der Straße steht Cal mit erhobenem Bogen, seine blonden Haare von der Straßenlaterne neben ihm beleuchtet.

Erleichterung durchflutet mich.

Er nickt mir unauffällig zu, bevor er dem anderen männlichen Agenten nacheilt. Kurz darauf erscheint Cupid an meiner Seite und hilft mir hoch. Nur wenige Meter von uns entfernt bricht Selena der dunkelhaarigen Agentin mit einer raschen, kräftigen Bewegung das Genick. In ihrem schwarzen Tanktop und hautengen Jeans sieht sie sowohl wunderschön als auch beängstigend aus. Ihre braunen Augen lodern. Cal hat das Ende der Straße erreicht und feuert Pfeile in die Dunkelheit ab. Der dritte Agent ist nirgends zu sehen.

Mit wild hämmerndem Herzen blicke ich zu Cupid auf.

Seine Hände ruhen immer noch auf meinen Armen, und er sieht mich sichtlich besorgt an. »Alles okay?«

Ich nicke keuchend und werfe einen Blick hinter ihn, um zu sehen, ob Crystal in Ordnung ist. Die blonde Agentin beobachtet uns argwöhnisch. Cupid folgt meinem Blick und nickt ihr zur Begrüßung zu. Sie verzieht nur grimmig das Gesicht.

»Was ist passiert?«, fragt Cupid und wendet sich wieder mir zu.

Ich schüttele den Kopf. »Charlie – sie ist jetzt ein Cupid.«

Er atmet scharf ein, während Cal und Selena auf uns zukommen. Der Liebesagent hat einen undurchschaubaren Ausdruck im Gesicht.

»Wurde auch Zeit«, ruft Crystal.

Er wirft ihr einen bösen Blick zu und wendet sich dann

sichtlich betroffen an mich. »Wir hätten dich nicht allein lassen sollen«, sagt er. »Es tut mir leid.«

Ich streife Cupids Hände ab und ringe mir ein Lächeln ab. »Schon in Ordnung. Mir geht's gut.«

Ich sehe die drei an. Der Adrenalinrausch lässt langsam nach, aber ich zittere immer noch am ganzen Körper.

»Was machen wir jetzt?«, frage ich.

Cupid fährt sich mit der Hand durch die Haare. »Nehmen wir Charlie und Crystal erst mal mit zu mir. Selena – der dritte Arrow ist geflohen. Kannst du mitkommen und herausfinden, ob Charlie irgendetwas darüber weiß, wo er sein könnte?«

Die Sirene nickt. Dann wendet sie sich mir zu und lächelt. »Freut mich, dass es dir gutgeht, Süße.«

Damit dreht sie sich um und geht zu Crystal und ihrem rosaroten Auto.

Cupid sieht nachdenklich aus. »Wir müssen uns beeilen und den *Finis* ausfindig machen. Wir müssen so schnell wie möglich dieses Buch aus der Agentur beschaffen.« Er wendet sich an Cal: »Und mit ›wir‹ meine ich natürlich dich.«

Cals Augen werden schmal. »Ich weiß nicht, wann deine Probleme plötzlich zu meinen geworden sind.«

Cupid blickt demonstrativ zu mir. »Sie sind nicht nur meine Probleme. Willst du Lila nicht beschützen?«

Seine Augen glitzern neckisch, und Cal macht ein finsteres Gesicht.

»Ob ich sie beschützen *will*?«, entgegnet er. »Es ist meine *Aufgabe*, Lila zu beschützen. Obwohl wir Selena auf unserer Seite haben, sind die Arrows immer noch hinter ihr her. Ich hätte wissen müssen, dass sie nicht so leicht aufgeben würden – ich hätte wissen müssen, dass ihre Entschlossenheit, diese Bindung zu verhindern, ihre Angst vor den Sirenen überwiegt. Wir haben es zu weit getrieben. Ich nehme Lila in Schutzgewahrsam.«

»Es ist deine Aufgabe, zu verhindern, dass Lila und ich zusammenkommen«, erwidert Cupid, »aber bis wir den *Finis* haben, gehe ich nirgendwohin.«

»Ihr dürft nicht zusammenkommen. Du weißt, was das auslösen würde …«

»Dann hilf mir! Hilf mir, den *Finis* zu beschaffen, und ich verschwinde.«

Ich sehe von einem Bruder zum anderen. Cals Kiefer ist angespannt, sein Gesicht fest entschlossen, während in Cupids Augen das Feuer der Leidenschaft lodert.

»Wenn du den *Finis* bekommst, wirst du gehen?«, frage ich. »Und das bedeutet, dass wir nicht zusammenkommen können, so dass die Arrows die Stadt verlassen? Alles wird wieder ganz normal werden?«

Cupid sieht mich an, und auf seinem Gesicht zeigt sich kurz, aber unverkennbar Bedauern. Er nickt.

Mich durchströmt eine unerwartete Enttäuschung, aber nach allem, was passiert ist, ist es wahrscheinlich besser, wenn er geht. Bestimmt ist es besser, wenn er verschwindet, bevor diese Gefühle, die mich beschlichen haben, noch inniger werden. Wir dürfen niemals zusammenkommen. So viel ist offensichtlich.

Cupid reißt seinen Blick von mir los und wendet sich wieder Cal zu. »Ich weiß, ich habe dir viel Ärger bereitet, Bruderherz«, sagt er. »Ich hätte nicht herkommen sollen. Aber ich musste sie finden, ich musste wissen, ob es wirklich wahr ist; ich musste mein Match sehen. Das solltest du doch besser verstehen als jeder andere. Du hast dich in einen Menschen verliebt ...«

»Hör auf.«

Cals Ton macht deutlich, dass er kein weiteres Wort dulden wird. Cupid verstummt abrupt, und ich sehe Cal verwundert an.

»Ich will einfach nur den *Finis*«, sagt Cupid, »dann verschwinde ich.«

Mit einem Mal wird Cal misstrauisch. »Warum willst du ihn so dringend?«

Cupid schweigt einen Moment. »Ich will nicht sterben, Bruderherz. Wenn ich den *Finis* vor ihnen finde, habe ich wenigstens eine Chance.«

Während er spricht, flackert etwas in seinen Augen auf – etwas, was in mir den Verdacht weckt, dass er noch ein anderes Motiv hat. Doch im nächsten Moment ist es spurlos verschwunden – bestimmt habe ich es mir nur eingebildet.

Eine Weile herrscht Schweigen.

Schließlich fragt Cal mit grimmigem Gesicht: »Und das ist die einzige Möglichkeit, dich loszuwerden?«

Cupid grinst. »Japp.«

Cal stößt ein tiefes Seufzen aus. »Also gut. Ich werde dir helfen. Aber dann verschwindest du aus der Stadt.« Er mustert seinen Bruder im dämmrigen Licht misstrauisch. »Und Lila kommt mit mir zur Agentur, um das Buch zu holen. Ich lasse sie nicht mit dir allein.«

27. Kapitel

Crystal folgt uns in ihrem Bentley, als wir mit Cupids Auto zurück zu seinem Haus fahren. Auf dem Weg geht mir unser Gespräch von vorhin in Dauerschleife durch den Kopf. Wenn wir den *Finis* finden, wird Cupid die Stadt verlassen, und die Arrows, die auf meine beste Freundin geschossen haben, werden ihm folgen. Durch meine Adern rauscht immer noch Adrenalin, und ich klopfe unruhig mit dem Fuß auf den Boden des Autos.

Ich denke an Cupids Gesicht, als er gesagt hat, er wolle nicht sterben, und Cals unbändige Wut, als er ihn anfuhr, er dürfe niemals mit mir zusammenkommen. Zwischen den beiden geht irgendetwas vor, von dem ich nichts weiß, aber im Moment habe ich zu viel anderes im Kopf, um mich deswegen verrückt zu machen. Ich sehe durch das Heckfenster zu Crystals Bentley. Ein unbeschreibliches Grauen, gemischt mit Schuldgefühlen, steigt in mir auf, als ich an die Gefangene in dem anderen Auto denke. *Was wird mit Charlie geschehen?*

Etwa zehn Minuten später erreichen wir unser Ziel und versammeln uns in Cupids Küche. Selena und Crystal bringen Charlie ins Wohnzimmer, während Cal Kaffee macht. Draußen ist es inzwischen stockdunkel, und Cupid blickt wachsam durch die Glasfront auf das Gelände hinaus.

Ich hocke an der Küchentheke und umklammere nervös die Tasse, die Cal mir gebracht hat. Erst als ich einen kleinen Schluck von dem starken Kaffee trinke, wird mir klar, wie müde ich bin. Ich sehe zu Cal, der leicht ungelenk an der Küchenzeile lehnt.

»Was passiert mit Charlie?«, frage ich. »Sie werden ihr doch nicht weh tun, oder?«

Die beiden Brüder wechseln einen Blick.

»So weit wird es nicht kommen«, sagt Cal steif, aber er sieht alles andere als überzeugt aus.

Cupid setzt sich auf den Stuhl neben mir, das Licht in seiner Küche wirft weiche Schatten auf seine leicht gebräunte Haut. Er riecht nach Leder, gemischt mit Aftershave und nach dem Kampf auch ein wenig nach Schweiß.

»Natürlich wird es das nicht. Wir müssen nur herausfinden, was sie weiß, und sicherstellen, dass sie uns keine Schwierigkeiten macht. Deshalb haben wir Selena mitgebracht.«

Ich sehe ihn fragend an.

»Sie ist sehr mächtig, Lila. Sie kann schnell die Wahrheit herausbekommen, und sie kann deine Freundin beruhigen.«

»Kann ich sie sehen?«

Ein besorgter Ausdruck huscht über Cals Gesicht, aber Cupid nickt. »Gib Selena nur fünf Minuten.«

Ich stelle meine Tasse ab und gehe in den Flur, um Dad anzurufen und ihm zu sagen, dass bei mir alles okay ist. Er ist gerade im Love Shack – anscheinend lässt Eric ihn heute Abend eine Probeschicht machen. Ich bemühe mich um einen fröhlichen Ton und versuche angestrengt, nicht an Charlie zu denken.

»Das ist toll, Dad!«

»Danke, Schatz«, sagt er, und ich kann ihm deutlich anhören, wie glücklich und stolz er ist. »Ich schätze, ich sollte wohl meine ›Dad-Dance-Moves‹ auf Vordermann bringen. Wir sehen uns morgen, ja?«

Ich verabschiede mich und stopfe mein Handy zurück in meine Hosentasche. Einen Moment stehe ich zögerlich vor der Tür zum Wohnzimmer, dann atme ich tief durch und gehe hinein.

Als Erstes fällt mir der Kamin ins Auge, vor dem ein kastanienbrauner Teppich liegt. Darin prasselt ein heimeliges Feuer, und die Lampen in den Ecken tauchen das Zimmer in einen sanften Schein. Es gibt zwei Ledersofas und einen uralt aussehenden Sessel, der am Kamin steht. Eine Wand wird vollständig von einem riesigen Bücherregal eingenommen, die Einbände der darin gesammelten Werke sehen allesamt alt und abgegriffen aus.

Plötzlich erinnere ich mich an den Stapel Bücher auf Cupids Nachttisch, von denen er nicht weiß, dass ich sie gesehen habe. Ist das alles nur Show, oder liest Cupid tatsächlich gerne?

Doch meine Aufmerksamkeit gilt in erster Linie Charlie, die auf einem Stuhl in der Mitte des Raumes sitzt, ihre Hände hinter dem Rücken gefesselt. Selena kniet neben ihr.

»Was macht *sie* hier?«, faucht Charlie, als sie mich sieht. Sie reißt ihren Kopf ruckartig herum und starrt Crystal, die auf der Armlehne des Sessels hockt, zornig an. »Solltest du nicht etwas dagegen unternehmen? Du bist Agentin. Du solltest es doch besser wissen!«

Crystal steht auf. »Ich bin schon länger Agentin als du, und wir greifen keine unschuldigen Menschen an.« Sie durchquert den Raum, während Charlie gegen ihre Fesseln ankämpft.

»Sie dürfen nicht zusammenkommen«, keift Charlie. Sie klingt wie ein störrisches Kind.

Crystal bleibt direkt vor mir stehen und taxiert mich mit bohrendem Blick. »Das werden sie nicht.«

Ich weiche nicht zurück, obwohl in ihrer schneidenden Stimme und ihrem Verhalten eine unverkennbare Drohung mitschwingt.

Ein unechtes Lächeln erscheint auf ihrem Gesicht. »Ich werde mich frisch machen.«

Mit diesen Worten rauscht sie aus dem Zimmer, und ich höre, wie sie in ihren Stöckelschuhen die Treppe hinauftrippelt.

»LASS MICH NICHT HIER ALLEIN!«, schreit Charlie ihr nach. »LASS MICH NICHT MIT *IHR* ALLEIN!«

Mir wird übel.

Wie kann Charlie mich so sehr hassen?

Selena beugt sich über sie, und Charlies wildes Kreischen wird von einer sanften Melodie durchdrungen. Und so plötzlich, wie das Geschrei angefangen hat, hört es wieder auf. Charlie ist eingeschlafen. Ich fühle, wie auch meine Lider schwer werden, und sinke auf die Couch hinter mir. Selena wendet sich mir zu, während ich versuche, ein Gähnen zu unterdrücken.

»Was ist los?«, frage ich. »Warum schläft sie plötzlich?«

Selena lächelt sanft. »Keine Sorge«, sagt sie. »Deine Freundin kommt wieder in Ordnung. Ich habe sie in Schlaf versetzt, weil sie sich zu sehr aufgeregt hat. Im Moment ist es nicht sicher, wenn sie in deiner Gegenwart wach ist.«

»Wird sie mich jetzt ewig hassen?« Eine tiefe Traurigkeit durchströmt mich. Charlie war schon immer meine beste Freundin. Auch wenn sie James geküsst hat, bin ich mir sicher, dass wir uns irgendwie wieder zusammengerauft hätten.

Selena sieht mich mitfühlend an. »Mit einem Cupid-Pfeil auf dich loszugehen war, auch wenn das wahrscheinlich schwer zu glauben ist, ein Akt der Barmherzigkeit. Aber jetzt ... fürchte ich, sie würde tatsächlich versuchen, dich zu töten.«

»Kann ich irgendetwas tun, damit sie mich nicht mehr so sehr hasst?«

»Die Macht des Cupid-Pfeils pulsiert noch immer durch ihre Adern. Es ist wie ein Gift, das von ihr Besitz ergreift. Wenn sich ihr Körper daran gewöhnt, wird sie zugänglicher werden. Sie wird allerdings immer noch verhindern wollen, dass du mit Cupid zusammenkommst.«

»Aber *warum*?«

»Sie wurde über die Firmenvorschrift informiert.«

Ich starre sie verständnislos an.

»Sie haben es dir nicht gesagt?«, fragt Selena sichtlich verwundert.

Als ich den Kopf schüttele, seufzt sie tief. »Weißt du, wer Everlasting Love gegründet hat?«

»Darüber habe ich nie wirklich nachgedacht«, antworte ich. »Ich schätze, ich dachte, es war Cupid – bevor er verbannt wurde.«

Sie schüttelt langsam den Kopf. »Nein, Süße, es war nicht Cupid.«

»Okay, wer war es dann? Und warum ist es überhaupt so wichtig, wem die Agentur gehört?«

Selena schweigt einen Moment. Sie sieht aus, als überlege sie, wie sie es mir am besten erklären kann. Die Flammen im Kamin flackern und werfen ein tanzendes Muster aus Licht und Schatten auf ihre makellose Haut.

»In der Firmenvorschrift steht, dass kein Cupid die Bindung mit einem Match eingehen darf«, sagt sie schließlich. »An dieses Gesetz muss sich jeder Agent halten. Die Gründerin der Agentur ist schon lange fort, aber wenn die Regeln gebrochen werden, wird sie wieder die Kontrolle übernehmen.«

»Das klingt nicht besonders schlimm.«

Der Hauch eines Lächelns umspielt Selenas Lippen. »Du weißt ja nicht, wer das ist, Süße«, sagt sie und beugt sich vor, bis ihr Gesicht nur noch wenige Zentimeter von meinem entfernt ist. »Hör zu.«

Sie summt eine leise Melodie, und ich fühle, wie ich mich noch näher zu ihr neige. Wie gebannt starre ich in ihre Augen – sie sind wunderschön, dunkel und wild.

»Es gibt da etwas, was du für mich tun musst«, raunt sie.

Ich nicke benommen. Ich weiß, dass ich alles tun werde, was sie sagt.

»Unten in Cupids Trainingsraum sind einige Pfeile. Weißt du, welche ich meine?«

Ich nicke und sehe unwillkürlich die Reihe von Pfeilen an der Wand vor mir.

»Du musst dort hinuntergehen, einen schwarzen Pfeil holen, ihn auf dich selbst richten und –«

Plötzlich packt eine Hand Selena an der Kehle und schleudert sie vom Sofa. Sie rollt sich ab und kommt sofort wieder auf die Beine, ihre Augen blitzen bedrohlich. Ich blinzle, und es ist, als hätte sich ein Schleier vor meinen Augen gelüftet.

Hastig springe ich von der Couch auf. »Hey! Du hast versucht mich zu ... zu ... hypnotisieren!«

Selenas Aufmerksamkeit gilt nicht mehr mir. Cupid steht an der Tür, der flackernde Feuerschein tanzt in seinen wutentbrannten Augen. Sein Kiefer ist angespannt, und die Muskeln unter seinem T-Shirt treten deutlich hervor.

»Du hast mich verraten«, stößt er zwischen zusammengebissenen Zähnen hervor. »Erklär mir das!«

Er tritt einen Schritt auf sie zu, doch Selena weicht nicht von der Stelle.

Sie streckt die Hände in einer beschwichtigenden Geste vor sich aus. »Kein Grund, sich aufzuregen, Liebling, ich will keinen Kampf. Ich habe nur darüber nachgedacht, was du mir im Elysium erzählt hast, und … auch wenn ich das Geheimnis nicht ausplaudern werde, glaube ich, es ist besser, wenn Lila …«

Cupids Augen werden schmal. »Raus hier.«

Sie nickt. »Wie ich schon sagte, ich bin nicht auf einen Kampf aus. Aber du spielst mit dem Feuer.«

Sie geht an Cupid vorbei, der eisern geradeaus starrt, und erhascht meinen Blick.

»Tut mir leid, Süße«, sagt sie. »Es war wirklich ein Akt der Barmherzigkeit. Das wirst du schon bald herausfinden …«

Ich funkele sie wütend an, als sie an Cal vorbeikommt, der gerade in der Tür erschienen ist. Verwirrung zeichnet sich auf seinem Gesicht ab.

»Warte!«, rufe ich.

Selena wirft einen Blick über die Schulter und hebt fragend ihre perfekt geformte Augenbraue.

»Was ist mit Charlie?«, will ich wissen. »Du hast mit ihr gesprochen – was hat sie gesagt?«

Selena seufzt, und ihr Blick wandert zu Cupid, der reglos

wie eine Statue mitten im Raum steht. Sein Gesicht erinnert an ein aufziehendes Unwetter, und er sieht sie nicht an.

»Sie weiß nicht viel«, antwortet sie. »Die Arrows haben ihr offensichtlich von der Firmenvorschrift erzählt. Sie suchen nach dem *Finis* und denken, dass er irgendwo in der Nähe ist. Und noch mehr von ihnen sind auf dem Weg hierher.«

Bevor sie geht, wendet sie sich noch einmal an Cal: »Pass auf deinen Bruder auf. Ihr könnt ihm nicht trauen.«

28. Kapitel

Kurze Zeit später sitzen Cal, Cupid und ich wieder im Auto und fahren zur Matchmaking-Agentur, um *Die Geschichte des Finis* zu besorgen. Charlie ist aufgewacht, bevor wir uns auf den Weg gemacht haben; Crystal ist bei ihr geblieben, um auf sie aufzupassen. Sie wirkte etwas ruhiger, als wir aufgebrochen sind, und ich ringe auf dem Rücksitz des Aston Martin unruhig die Hände, so sehr hoffe ich, dass die Wirkung des Pfeils endlich nachlässt.

Crystal meinte, der Einfluss, den der Pfeil auf sie hat, habe so weit abgenommen, dass sie vernünftig mit Charlie reden könne, aber ich habe gehört, wie sie Cal gesagt hat, um das zu ermöglichen, müsse sie Charlie bezüglich Cupid und mir anlügen. *Was für Lügen erzählt sie ihr?*

Ich denke daran, was Selena gesagt hat: dass die Gründerin zurückkommen würde. Das ergibt doch alles keinen Sinn ...

»Ich weiß wirklich nicht, warum du unbedingt mitkommen willst«, sagt Cal und wirft seinem Bruder einen gereizten Blick zu.

»Ich fahre den Fluchtwagen«, erklärt Cupid grinsend. Seine düstere Stimmung ist offenbar verflogen. »Außerdem vertraue ich der Agentur nicht. Ich lasse Lila nicht mit dir und *denen* allein.«

Ich sehe Cals finsteres Gesicht im Rückspiegel, während ich wieder in Gedanken versinke.

Cupid traut der Agentur nicht. Selena traut Cupid nicht. Und nachdem Selena mich mit Hypnose dazu bringen wollte, mich selbst mit einem Pfeil aufzuspießen, traue ich ihr auch nicht mehr ...

Mir schwirrt der Kopf.

»Also, was ist noch mal unser Plan?«, frage ich, mehr, um mich abzulenken als sonst irgendetwas.

»Du kommst mit mir rein«, sagt Cal. »So spät am Abend sollte nicht viel los sein, also müssen wir hoffentlich auch nicht so viele Fragen beantworten. Wir sagen, dass du einen Termin bei mir in meinem Büro hast, und schleichen uns dann heimlich in die Bibliothek. Wir holen das Buch und verschwinden schnell wieder.« Er wirft Cupid einen warnenden Blick zu. »Und währenddessen wird Cupid im Auto bleiben.«

Cupid grinst. »Natürlich, Bruderherz. Wenn ich da reingehe, wandere ich direkt in den Kerker. Und da will ich wirklich nicht landen ... nicht schon wieder ...«

Cal erwidert sein Lächeln nicht. »Weißt du überhaupt, wie viel ich für dich riskiere? Wenn sie uns mit der *Geschichte des Finis* erwischen, werden sie wissen, dass wir dir helfen. Ich werde verbannt werden oder Schlimmeres.«

Cupids Augen glänzen wissend im Licht der Straßenlaternen. »Ja, du riskierst Kopf und Kragen, aber nicht für mich«, sagt er leise.

Ich frage mich, was er damit meint, als wir nur ein kleines Stück von der Agentur entfernt am Straßenrand halten.

Cal sagt nichts und blickt starr geradeaus. »Ich habe kein gutes Gefühl dabei.«

»Natürlich nicht«, erwidert Cupid lachend. »Du hast bei nichts ein gutes Gefühl.« Er dreht sich zu mir um und sieht mich fragend an. »Bereit?«

Ich nicke, und Cal wendet sich mit grimmigem Gesicht zu mir um.
»Na, dann los. Bringen wir es hinter uns.« Er wirft seinem Bruder einen strengen Blick zu. »Und du ... bleib im Auto. Ich mein's ernst.«
Cupid steigt wortlos aus.
Mit wütend blitzenden Augen folgt Cal ihm und schlägt die Tür hinter sich zu.
Plötzlich erscheint Cupids Gesicht an meinem Fenster. »Bist du sicher, dass du das tun willst?«, fragt er und sieht mich durchdringend an.
»Ja«, antworte ich. »Die Arrows haben auf mich geschossen, sie haben meine beste Freundin in eine von ihnen verwandelt, noch mehr von ihnen sind hinter uns her, und dieser mystische Pfeil ist der einzige Weg, dich loszuwerden, oder? Ich bin dabei. Holen wir uns dieses Buch, bevor sie es tun.«
Er grinst, während Cal mit wutverzerrtem Gesicht um die Motorhaube herum auf ihn zumarschiert.
»Ich hab dir doch gesagt, du sollst im Auto bleiben.«
Cupid hebt wie zur Kapitulation die Hände, während ich ebenfalls aussteige.
»Hör zu, ich bringe euch nur zur Tür. Wenn ihr gefasst werdet, muss ich euch rausholen. Ich will nur wissen, was vor sich geht.«
Er setzt sein charmantestes Lächeln auf, das Cal mit einem finsteren Stirnrunzeln erwidert.
»Also gut«, sagt er, »bleib einfach außer Sichtweite.«
Damit stapft er davon. Ich schaue ihm nach, im fahlen Mondlicht sehen seine Haare fast weiß aus. Unwillkürlich

muss ich daran denken, dass er seine Position in der Agentur und vielleicht noch viel mehr aufs Spiel setzt.

»Du bist echt unmöglich, weißt du das?«, fahre ich Cupid wütend an. »Er hat dir gesagt, du sollst im Auto bleiben. Hättest du nicht einfach auf ihn hören können?«

Ein Schmunzeln umspielt seine Lippen. »Ich weiß, ich weiß, tut mir leid. Ich hab dich zu einer halben Stunde mit Miesepeter-Cal verdammt – der noch schlimmeren Version des gewöhnlichen griesgrämigen Cal.«

Ich schüttele nur verächtlich den Kopf und mache mich auf den Weg.

»Ich muss dafür sorgen, dass euch beiden nichts passiert!«, ruft Cupid und holt mich ein.

In seinem Blick liegt eine Aufrichtigkeit, die ich von ihm gar nicht kenne. Er holt tief Luft und sieht einen Moment richtig nervös aus.

»Nichts ist so, wie ich es erwartet habe«, sagt er. »Als ich nach Forever Falls gekommen bin, meine ich. Ich dachte … Ich weiß nicht, was ich dachte …«

Er unterbricht sich, und ich sehe wieder diese Traurigkeit in seinen Augen – die gleiche Traurigkeit, die mir bei unserem Gespräch auf dem Balkon aufgefallen ist. Das Mondlicht lässt sein Gesicht einsam erscheinen, voller Kummer und Bedauern.

»Was ist los?«, erkundige ich mich.

Er schüttelt den Kopf und sieht mich an, seine Augen erfüllt von Stürmen und Geheimnissen. »Warst du dir je sicher, dass etwas eine gute Idee ist, dass du das *Richtige* tust, aber dann, als das Ganze anfing, Gestalt anzunehmen, wusstest du nicht mehr, ob es das wirklich wert war?«

»Ich hab mit vierzehn bei einem Hotdog-Wettessen mitgemacht«, sage ich. »Danach hab ich den ganzen Abend gekotzt.«

Er lacht herzhaft, als habe er selbst nicht damit gerechnet. »Na, dann weißt du ja genau, wie es mir geht.«

Ich werde wieder ernst. Ich nehme an, seine Frage bezog sich darauf, dass er nach Forever Falls gekommen ist, um mich ausfindig zu machen.

»Wer hat die Agentur gegründet?«, frage ich unvermittelt.

»Selena meinte, die Gründerin würde wieder die Kontrolle übernehmen, wenn wir ... du weißt schon ...«

»Zusammenkommen?«

Ich nicke und fühle, wie mir die Hitze ins Gesicht steigt. Cupid mustert mich einen Moment mit eindringlichem Blick, sagt aber nichts. Hinter seinen Augen tobt ein innerer Aufruhr. Dann macht er eine wegwerfende Handbewegung und reißt den Blick von mir los.

»Das wird nie passieren«, sagt er, »die Gründerin ist tot. Die Leute müssen aufhören, sich deswegen Sorgen zu machen.«

Plötzlich wirbelt Cal zu uns herum und packt seinen Bruder am Arm.

Auf dem Gesicht meines Seelenverwandten macht sich eine Mischung aus Belustigung und Entsetzen breit. »Was ist los, Bruderherz?«

»Kein Cupid darf je die Bindung mit einem Match eingehen«, knurrt Cal. »Ich vertraue darauf, dass dir das klar ist. Ich mache bei diesem Unterfangen mit, weil ich Lila beschützen muss und weil ich – so ungern ich das auch zugebe – nicht will, dass du getötet wirst. Aber merk dir eins:

Wenn wir den *Finis* haben, will ich, dass du aus Forever Falls verschwindest. Ich will dich nie wiedersehen.«

Seine silbrigen Augen blitzen zornig. Ein seltsamer Ausdruck huscht über Cupids markantes Gesicht, während sie sich Auge in Auge gegenüberstehen. Die Luft zwischen ihnen knistert vor Anspannung, und nicht zum ersten Mal frage ich mich, ob es zum Kampf kommen wird.

Dann tritt Cupid einen Schritt zurück und zuckt die Achseln. »Holen wir einfach den *Finis*. Um alles Weitere kümmern wir uns später.«

»Ja, das werden wir«, antwortet Cal leise.

Wir gehen schweigend weiter, bis wir die Glasfront von Everlasting Love fast erreicht haben. Cupid bleibt an der Wand der Boutique nebenan stehen, während Cal und ich nervös zu dem großen Gebäude aufblicken. Die Luft zwischen uns fühlt sich seltsam schwer an. Ich kann spüren, wie uns Cupid beobachtet.

Kaum zu glauben, wie viel sich seit meinem letzten Besuch hier geändert hat.

Cal sieht mich an. »Wir holen das Buch und verschwinden sofort wieder. Bereit?«

»Bereit.«

29. Kapitel

Das Glöckchen über der Tür klingelt, als wir hineingehen. Alles sieht noch genauso aus wie beim letzten Mal, nur dass anstelle von Crystal ein Mann unter dem langen goldenen Pfeil an der Rezeption sitzt. Er starrt mich argwöhnisch an, als wir uns nähern.

»Wir nehmen im Moment keine –«

»Keine neuen Kunden auf, ja, ich weiß ...«

Cal bringt mich mit einem strengen Blick zum Schweigen und wendet sich dann an den Rezeptionisten. »Sie ist Cupids Match, Chad«, erklärt er, »und sie erweist sich als schwieriger, als ich dachte.«

Das klang ein bisschen zu aufrichtig.

»Ich will ihr Cupids Akte zeigen, damit sie das Ganze vielleicht etwas ernster nimmt.«

Entsetzen macht sich auf Chads Gesicht breit, und er mustert mich misstrauisch von Kopf bis Fuß. Dann hält er mir ein Klemmbrett hin. »Pass auf, dass du ihr nicht zu viel verrätst«, sagt er. »Sie ist ein Mensch.«

Cal bedenkt ihn nur mit einem abfälligen Blick. »Das ist mir klar.«

Chad zuckt die Achseln. »Nun, sie muss sich eintragen.«

Ich sehe zu Cal, der nickt. Das Anmeldeformular ist kaum mehr als ein leeres Blatt, auf das zwei italienische Namen geschrieben wurden. Daneben steht das heutige Datum. Mir stockt vor Schreck der Atem. *Sind die Arrows schon hier?*

»Wir bekommen nicht oft Besuch«, erklärt Chad barsch die kurze Liste.

»Ich kann mir gar nicht vorstellen, wieso. Ihr seid alle so freundlich.« Ich trage meinen Namen ein. »Heute hattet ihr allerdings schon zwei Besucher.«

Ich spüre, wie sich Cal neben mir anspannt. Er taxiert Chad mit stechendem Blick. »Besucher?«

Chad zuckt erneut die Achseln, während er das Klemmbrett wieder entgegennimmt. »Ein paar Agenten von unserer italienischen Zweigstelle waren vorhin hier und wollten etwas in unseren Archiven nachsehen.«

Cals Gesicht verrät nichts, als er schroff nickt und ohne ein weiteres Wort durch die Glastür hinter der Rezeption marschiert. Ich eile ihm nach.

»Die Arrows?«, flüstere ich ihm zu.

Cal nickt. »Wir hatten wohl nicht als Einzige die Idee, in den Archiven über den *Finis* nachzuforschen. Wir müssen uns beeilen.«

Ein paar der Agenten, die auf dem Weg durch das Großraumbüro an uns vorbeihasten, sehen uns neugierig nach, aber niemand hält uns auf.

Als wir den Innenhof betreten, fällt mit erneut die imposante Steinstatue der Frau auf, die wie ein stummer Wächter über dem nachtschwarzen Teich aufragt. Cal scheint einen großen Bogen um sie zu machen, als wir durch eine Tür zur Rechten in einen deutlich moderner wirkenden Korridor abbiegen. An seinem anderen Ende erwartet uns ein bogenförmiger Durchgang, und als wir dort hindurchtreten, weiten sich meine Augen vor Erstaunen.

Wir befinden uns in einer gigantischen Bibliothek. Die Decke wölbt sich hoch über uns, und feingeschwungene Treppen führen zu Bücherregalen, die den Hauptraum sowohl über als auch unter uns umringen. In der Luft liegt der Geruch alter Bücher. Fasziniert schaue ich mich um, während Cal geradewegs zu dem Computer in der Mitte marschiert. Wenig später kommt er mit einem Zettel zurück.

»Dort müsste es sein. Eine Etage tiefer bei den Aufzeichnungen über Waffen«, sagt er. »Jemand hat vorhin nach genau demselben Buch gesucht. Die Arrows waren definitiv hier.«

Ich folge Cal eilig die Treppe hinunter.

»Was, wenn sie es mitgenommen haben?«

Cal schüttelt den Kopf. »Es ist verboten, Bücher aus der Bibliothek mitzunehmen, und diese Agenten halten sich sehr strikt an die Regeln. Aber inzwischen wissen sie mit Sicherheit, wer den *Finis* als Letztes hatte. Wir müssen diese Person unbedingt vor ihnen finden. Ich fürchte, die Arrows würden sie ohne zu zögern umbringen, damit wir nicht an die Informationen gelangen.«

Die untere Ebene der Bibliothek ist schwach beleuchtet, und ich sehe zu, wie Cal noch einmal seinen Zettel zu Rate zieht, bevor er mich zielstrebig zwischen den Regalen hindurchführt.

»Hier«, sagt er schließlich und bleibt zwischen zwei Gängen stehen. »Hier müsste es irgendwo sein.«

Er sieht sich die schweren, ledergebundenen Wälzer einen nach dem anderen an und verschwindet dann hinter einem hohen Stapel Bücher. Ich gehe zu dem Regal, das mir am nächsten ist, und streiche mit den Fingern sachte über die Buchrücken. Sie sehen alle uralt aus, und als ich die Hand zurückziehe, ist sie mit Staub bedeckt. Da fällt mir plötzlich ein heller Schimmer ins Auge. Auf dem Einband eines schwarzen Buches ist in goldener Schrift *Die Geschichte des Finis* eingraviert.

»Ich hab's!«

Sofort taucht Cal aus den Schatten auf und nimmt mir das Buch aus der Hand. Er schlägt es auf und beginnt die spröden Seiten zu überfliegen. Dabei wird sein Gesicht immer finsterer. Plötzlich sieht er mit bangem Blick zu mir auf, und seine sonst so ruhigen Hände fangen an zu zittern.

»Wir müssen schnell zurück«, sagt er eindringlich. »Die Arrows sind womöglich schon dort. Sobald sie herausfinden, wo sie den *Finis* versteckt hat, werden sie sie umbringen.«

Ich ziehe verwirrt die Stirn kraus. »Was meinst du damit? Wer hatte den *Finis* als Letztes?«

Cal sieht mich an, im Gesicht einen Ausdruck blanker Panik. »Crystal«, sagt er. »Es war Crystal.«

Teil 3:
Der *Finis*

30. Kapitel

Auszug aus Die Geschichte des Finis
Whitechapel, London, 1888
Crystal

Meine Suche nach dem Finis *führte mich ins viktorianische London.*

Es hieß, hier in der Gegend sei eine Bestie gesichtet worden – teils Mensch, teils etwas vollkommen anderes. Er hatte den finalen Pfeil gestohlen und in seinem Unterschlupf versteckt.

Ich erreichte die Stadt tief in der Nacht. In der Luft lag ein dichter Nebel, durchdrungen von lastender Stille.

Ich hatte mich meiner Rolle entsprechend kleiden müssen, und meine langen blauen Röcke schleiften raschelnd über den Boden. In diesem Aufzug zu kämpfen würde sicher nicht leicht werden, dennoch umfasste ich zur Beruhigung das spezielle Schwert, das ich unter meinem Umhang trug.

Während ich mich durch die Straßen schlängelte, fragte ich mich, ob die Menschen, die sie erbaut hatten, wussten, dass sie ein Labyrinth für ihn anlegten. Seine Macht faszinierte mich – er hatte sich von ihnen ein gigantisches Labyrinth aus Reihenhäusern, dunklen Gässchen und Sackgassen erschaffen lassen, in dem er residierte.

An diesem Ort konnte man sich leicht verirren, und es war unmöglich zu entkommen.

Die Bestie hatte schon immer eine besondere Vorliebe für Labyrinthe gehabt.

Ich lief zügig weiter. Ich wusste, dass sein Heim genau im

Zentrum der Stadt lag. Dort bewahrte er die Waffe auf, die alle, in deren Adern Cupids Blut floss, töten konnte. Als mir zwei Wachtmeister mit ihren hohen Helmen entgegenkamen, versteckte ich mich rasch hinter einer Hauswand.

»Der Ripper ist immer noch auf freiem Fuß«, sagte einer von ihnen in gedämpftem Ton, »schon vier Morde, und es nimmt kein Ende.«

Ich eilte weiter und umklammerte das Schwert noch fester. Die Menschen dachten, ein Mann hätte die grauenhaften Morde begangen, aber da täuschten sie sich.

Es war eine Bestie.

Das Scheusal, das wir als Minotaurus kannten.

Es dauerte über eine Stunde, bis ich den Eindruck bekam, dass ich mich meinem Ziel näherte. Die Gassen verdichteten sich, und kurze Zeit später stieß ich auf einen hohen Holzzaun. Darunter hatte sich eine dunkle Lache gebildet. Ich ging in die Hocke, um sie mir genauer anzusehen.

Blut. Das muss es sein.

Ich schwang mich über den morschen Zaun und landete auf einem Teppich aus getrockneten Blättern, der zu einem großen Herrenhaus führte. Es wirkte imposant und unheilvoll, das Dach war teilweise eingestürzt. Vermutlich hatte es nie ein Mensch zu Gesicht bekommen, es war zu tief im Labyrinth versteckt.

Ich holte tief Luft und ging auf die große hölzerne Flügeltür zu. Gerade schlossen sich meine Finger um den kalten Metalltürklopfer, da öffnete sich die Tür von allein. Ich betrat die von Öllampen schwach beleuchtete Eingangshalle. Die Luft roch feucht und muffig. Ich ging weiter durch die Tür auf der anderen Seite.

Und blieb wie angewurzelt stehen.

Ein langer Tisch zog sich quer durch den Raum bis zu einem prasselnden Kaminfeuer. Darauf war ein Festmahl angerichtet. Am hinteren Ende saß eine Gestalt auf einem Stuhl, die Stiefel lässig auf die Tischplatte gelegt. Ihr Gesicht lag im Schatten.

Der Minotaurus.

»Crystal«, sagte er mit seidenweicher Stimme, »wie schön, dass du dich zu mir gesellst.«

Dann beugte er sich vor und zeigte mir ein Gesicht, das ich nicht erwartet hatte.

Das Gesicht eines Mannes.

Seine Haut war dunkel und makellos, und seine braunen Augen zogen mich in ihren Bann. Ich spürte, wie sie meinen Körper begierig musterten, und fühlte mich trotz der Kleiderschichten, in die ich mich gehüllt hatte, plötzlich nackt. Ich starrte mit ebenso durchdringendem Blick zurück.

Er trug ein Hemd mit abgerissenen Ärmeln, und seine bloßen, muskulösen Arme waren mit schwarzen Tätowierungen bedeckt. Seine Haare waren kurzgeschoren, und über seine linke Wange und sein linkes Auge zog sich eine lange, hässliche Narbe, die seiner Schönheit jedoch keinen Abbruch tat.

Mit einer raschen Bewegung schwang er seine Beine von der Tischplatte herunter und griff sich einen Krug.

»Wein?«, fragte er mich schmunzelnd.

Ohne eine Antwort abzuwarten, goss er etwas von der roten Flüssigkeit in einen Kelch.

Ich ging zum Tisch und setzte mich neben ihn. »Woher wusstest du, dass ich komme?«

Er deutete mit dem Kopf zur Seite, und da erblickte ich die

Monitore an der Wand, auf denen Bereiche seines Londoner Labyrinths zu sehen waren. Ich nickte.

Genau wie die Agentur verfügt er über Technologien, die unserer Zeit weit voraus sind.

»*Du bist gekommen, um mich zu töten*«, *sagte er mit einem Grinsen, das seine strahlend weißen Zähne entblößte,* »*aber lass uns vorher zu Abend essen.*«

Mit ausladender Geste deutete er auf den reichgedeckten Tisch vor uns.

Ich musterte ihn mit neugierigem Blick. Er hatte etwas Exzentrisches an sich, und aus der Nähe konnte ich den schwarzen Lidstrich sehen, der seine Augen umrahmte.

»*Du bist nicht, was ich erwartet hatte*«, *sagte ich.*

Wieder grinste er. »*Du hast jemanden erwartet, der teils Mensch, teils Bestie ist, nicht wahr?*« *Er wedelte tadelnd mit dem Finger.* »*Na, na, Crystal, du solltest doch wissen, dass es so etwas nur im Märchen gibt.*« *Plötzlich verfinsterte sich sein Gesicht.* »*Aber dies ist kein Märchen. Und mir wohnt eine Bestie inne*«, *sagte er leise.* »*Eine Bestie, die ich nicht kontrollieren kann.*«

Einen Moment wurden seine Augen glasig, dann schob er mir mit einer ruckartigen Bewegung den Kelch zu. »*Aber darum können wir uns später sorgen*«, *sagte er.* »*Trink.*«

Bedächtig nahm ich den Kelch in die Hand und schnupperte daran. Und dann, aus unerfindlichen Gründen, die nicht einmal ich selbst zu erklären vermag, trank ich.

Das war meine erste Begegnung mit dem Minotaurus.

Ich aß an jenem Abend und auch an den drei darauffolgenden Abenden mit ihm. Auch wenn ich wusste, dass er gefährlich war, sehnte ich mich nach seiner Gesellschaft. Wir sprachen über das Leben, den Tod, über Politik und Götter, und in der kurzen Zeit, die wir miteinander verbrachten, lernte ich mehr über ihn, als ich je über irgendjemand anderen erfahren hatte.

Am vierten Abend wurde uns klar, dass diese ... Scharade auf die eine oder andere Art enden musste.

»Also, wirst du mich töten?«, fragte er mich an jenem Abend bei unserem Festmahl. »Du weißt, dass ich es verdiene.«

Ehe ich antworten konnte, hob er einen Finger, als hätte er gerade eine glänzende Idee gehabt. Seine Augen funkelten vor Aufregung.

»Aber vielleicht könnten wir zu einer ... Übereinkunft kommen.«

Ich wartete schweigend, dass er das näher ausführte.

»Ich habe etwas, das du begehrst«, sagte er, »und du hast etwas, das ich begehre.« Er sah mich unverwandt an. »Ich weiß, was du unter deinem Umhang verbirgst«, raunte er und neigte den Kopf in meine Richtung. »Ich vermute, du hast es von den Orakeln bekommen. Das Schwert des Aigeus. Das einzige Schwert, das mich töten kann.«

Mir blieb vor Überraschung die Luft weg. »Du würdest den Finis gegen das Schwert eintauschen?«

»Ja.«

Ich nickte entschlossen. »Dann haben wir eine Abmachung.«

Noch in derselben Nacht vollzogen wir den Tauschhandel, und ich brachte den Finis aus London fort.

Ich versteckte ihn an einem Ort, an dem ihn niemand vermuten würde.

An einem Ort, an dem ich ihn im Auge behalten konnte.

Einem Ort, wo die Arrows ihn niemals finden würden.

»Wir müssen sofort zurück«, sagt Cal erneut. »Sie werden sie töten!«

Ohne ein weiteres Wort rennt er los, und ich folge ihm hastig in den Hauptbereich des Archivs. Wir durchqueren das Großraumbüro und stürmen in die Eingangshalle. Dort bleiben wir wie angewurzelt stehen.

Der Mann, der Crystals Posten an der Rezeption übernommen hat, sitzt nicht mehr an dem hohen Steintisch. Er blockiert unseren einzigen Ausweg – und zielt mit einem schwarzen Pfeil auf uns.

»Habt ihr alles gefunden, was ihr braucht?«

31. Kapitel

Chad lässt seinen Blick über die *Geschichte des Finis* schweifen, die Cal sich unter den Arm geklemmt hat, während er mit seinem Bogen direkt auf uns zielt. Über seiner Schulter hängt ein Köcher voller Pfeile.

»Ich hab dich die letzten Tage vom Überwachungsraum aus beobachtet, Cal«, sagt er. »Die anderen mögen dir diese Aufgabe anvertraut haben, aber ich wusste, dass du uns früher oder später für deinen Bruder verraten würdest. Ich habe gesehen, wie du ihm geholfen hast, wie ihr zusammen im Elysium wart und euch bei ihm zu Hause herumgetrieben habt.«

Cal stellt sich schützend vor mich. »Chad, tu das nicht.«

»Ihr wollt also den *Finis* finden«, sagt er. »Aber warum? Damit wir Cupid nicht töten können? Der Pfeil ist verschwunden, und selbst wenn er es nicht wäre … wäre Cupids Tod wirklich so ein großer Verlust?«

Cal steht stocksteif da. Ich kann sehen, wie sich seine Muskeln unter seinem schwarzen Pullover anspannen.

»Die Arrows sind hier«, sagt er leise. »Sie suchen ebenfalls danach, und es könnte gut sein, dass sie ihn finden. Ganz gleich, was er verbrochen hat, den Tod hat Cupid nicht verdient.«

Chad umklammert den Bogen so fest, dass seine Knöchel weiß hervortreten. »Kein Cupid darf je die Bindung mit einem Match eingehen!«, stößt er zornig hervor. »Verstärkung ist bereits auf dem Weg. Ich nehme dich fest, Cal. Du hast uns verraten.«

Als er sich mir zuwendet, sehe ich deutlich seinen inneren Aufruhr. »Und was Cupids Match angeht, die Agenten werden sie in Schutzgewahrsam nehmen wollen. Wir schießen nicht mehr auf Menschen … aber ich bin sicher, unter diesen speziellen Umständen werden sie mir verzeihen.«

Cal versteift sich und schiebt mich noch weiter hinter sich.

»Zwei schwarze Pfeile, und sie wird sterben«, sagt Chad. »Dann kann sie nie mit Cupid zusammenkommen.« Mit einem traurigen Ausdruck im Gesicht begegnet er meinem Blick. Dann hebt er seinen Bogen höher. »Vergebt mir.«

Mein Herz hämmert, und meine Augen suchen fieberhaft nach irgendeinem Ausweg.

»Das kann ich nicht zulassen«, sagt Cal. »Was denkst du, was Cupid mit dir machen wird, wenn er herausfindet, dass du sein Match umgebracht hast?«

Chad schüttelt niedergeschlagen den Kopf und spannt seinen Bogen. »Ich muss …«

Doch genau in diesem Moment erklingt Cupids Stimme von der Tür her. »Ausgezeichnete Frage, Bruderherz.«

Entschlossenen Schrittes marschiert er zwischen uns und baut sich bedrohlich vor Chad auf, dem das Entsetzen deutlich ins Gesicht geschrieben steht.

»Was denkst du, was ich mit dir machen werde?«

Chads Augen weiten sich vor Angst, und er lässt den schwarzen Pfeil von der Sehne schnellen. Er bohrt sich in Cupids Brust.

»Cupid«, sagt er, »bleib zurück. Bleib zurück!«

Cupid zieht den Pfeil mit einem leisen Ächzen heraus und starrt den Rezeptionisten grimmig an, während der Pfeil in seiner Hand zu Asche zerfällt. Sichtlich unbeeindruckt zieht er die Augenbrauen hoch. »Du weißt, dass du mich damit nicht töten kannst.«

Er tritt noch einen Schritt vor, während der Rezeptionist hastig erneut seinen Bogen spannt und schießt. Der zweite Pfeil trifft Cupid in den Bauch. Wieder stößt er ein leises Ächzen aus, geht aber unbeirrt weiter.

»Du kannst nicht entkommen«, sagt Chad, doch in seiner Stimme liegt nun mehr als ein Anflug von Angst. »Von uns gibt es zu viele, du kannst uns nicht alle besiegen.«

Sein Blick richtet sich auf irgendetwas hinter mir, und ich wirbele erschrocken herum. Bei dem Anblick, der sich mir bietet, krampft sich mein Magen zusammen. Hektisch packe ich Cal am Arm, und auch er dreht sich um. Am Eingang des Büros stehen drei weitere Agenten mit gespannten Bogen. Mein Herz schlägt schneller.

»Cupid!«, ruft Cal, um seinen Bruder zu warnen.

Einen Moment herrscht Schweigen, dann höre ich Cupid tief seufzen. »Wollen wir das wirklich machen?«

»Du könntest auch freiwillig mit uns kommen«, sagt Chad unsicher. »Wir werden dich vor Gericht stellen. Du bekommst einen fairen Prozess.«

»So toll und überzeugend das auch klingt, ich fürchte, ich habe andere Pläne ...«

Blitzschnell eilt Cupid zu dem Agenten, der den Ausgang versperrt, und wirbelt ihn wie einen Schutzschild vor sich. Gleichzeitig legt mir Cal eine Hand in den Nacken und drückt mich zu Boden, kurz bevor eine Salve Pfeile über unsere Köpfe auf Cupid zuschießt.

Zwei Ardor bohren sich in die Brust des Rezeptionisten, der vor Schmerz aufschreit.

Ich sehe panisch zurück zu Cal, der mich hochzieht, während Cupid den Rezeptionisten den drei Agenten hinter uns entgegenwirft. Dann, als der Weg endlich frei ist, rennt er durch die Tür auf die Straße hinaus. Cal und ich eilen ihm nach und ducken uns, als ein weiterer Pfeil über unsere Köpfe hinwegfliegt.

So schnell wie möglich haste ich zum Aston Martin, obwohl meine Beine fast unter der Anstrengung nachgeben. Als wir ankommen, sitzt Cupid bereits am Steuer und wirft den Motor an. Völlig außer Atem lasse ich mich auf den Rücksitz fallen, während Cal auf der Beifahrerseite einsteigt. Das Auto rast los, und ich werfe durch die Heckscheibe einen Blick zurück, als wir die Straße hinunterbrettern. Eine einzige Agentin steht dort und sieht uns mit verdrossenem Gesicht nach.

»Alles okay, Lila?«, erkundigt Cal sich besorgt.

Ich sehe mich noch einmal um. Die Straße hinter uns ist immer noch leer.

»Ja«, antworte ich. »Warum verfolgen sie uns nicht?«

Cupid sucht meinen Blick im Rückspiegel. »Ich weiß nicht, ob es dir aufgefallen ist«, sagt er, »aber sie haben echt Angst vor mir. Sie ziehen sich wahrscheinlich erst mal zurück und arbeiten eine bessere Angriffsstrategie aus. Allerdings hatte ich wohl recht, Lila ist in der Agentur nicht sicher.«

Er wirft seinem Bruder einen leicht spöttischen Ich-hab's-dir-doch-gesagt-Blick zu, wird aber sofort wieder ernst, als er Cals Gesicht sieht. »Was ist los? Was habt ihr da drinnen gefunden? Bitte sagt mir, dass ihr das Buch habt.«

»Crystal«, sagt Cal leise. »Es war Crystal, die den *Finis* als Letzte hatte.«

Ich sehe im Rückspiegel, wie sich Cupids Augen vor Schreck weiten, und er tritt aufs Gas. Ich werde auf dem Ledersitz zurückgeworfen.

»Was wird mit ihr passieren?«, frage ich. »Wenn wir es nicht rechtzeitig zurückschaffen.«

Ich beobachte Cals Gesicht im Spiegel; er ist noch blasser als sonst, und sein Kiefer verkrampft sich.

»Sie werden mit dem Capax anfangen«, erklärt Cupid, »um sie dazu zu bringen, ihnen zu verraten, wo sie den *Finis* versteckt hat.«

»Aber sie ist eine ausgebildete Agentin«, sagt Cal. »Das wird nicht funktionieren. Sie wird sich widersetzen. Und dann ...« Er wirkt richtig krank vor Sorge.

»Der Ardor«, sagt Cupid leise. »Sie werden sie foltern, um sie zum Reden zu bringen.«

Mir wird schlecht, als ich an Cals Reaktion in der Sim und die gellenden Schmerzensschreie des Rezeptionisten vor wenigen Minuten denke.

»Und wenn sie haben, was sie brauchen, werden sie sie töten, damit sie uns nichts verraten kann.«

Cupid drückt noch fester aufs Gas. Die Straßenlaternen verschwimmen zu diffusem weißem Licht, als wir über den Marktplatz auf sein Haus zurasen. Plötzlich kommt mir ein furchtbarer Gedanke.

Was ist mit Charlie? Ist sie in Sicherheit? Werden die Arrows auch sie mitnehmen?

Mein Herz hämmert wild. Cupid hält mit quietschenden Reifen vor seinem Haus, und wir springen heraus. In der Küche brennt Licht, und alles sieht noch aus wie vorhin, als wir durch den Flur rennen.

»Crystal!«, schreit Cal. »Crystal, bist du da?«

Cupid erreicht die Tür zum Wohnzimmer als Erster, reißt sie auf und stürmt hinein. Doch im nächsten Moment bleibt er abrupt stehen, den Blick starr geradeaus gerichtet. Mein Magen krampft sich zusammen. Hier hat eindeutig ein Kampf stattgefunden. Der Sessel ist umgestürzt, und überall auf dem Boden liegen Bücher. An der hinteren Wand ist im Feuerschein ein dunkler Fleck zu erkennen – Blut. Ich drehe mich zu Cal um, der mit undurchdringlicher Miene auf das Chaos starrt. Seine silbrigen Augen lodern vor Wut.

Da fällt mir aus dem Augenwinkel eine Bewegung auf. Rasch drehe ich mich um. Hinter dem Bücherregal kommt Charlie hervor, ihre dunklen Augen begegnen meinem Blick. Sie hat einen grimmigen Ausdruck im Gesicht, und ich fühle, wie sich die Brüder zu beiden Seiten von mir anspannen.

»Sie haben sie entführt«, sagt sie. »Sie haben Crystal entführt.«

32. Kapitel

Cupid marschiert zu dem umgestürzten Sessel, richtet ihn auf und setzt sich. Mit argwöhnisch zusammengekniffenen Augen blickt er zu Charlie auf. Der flackernde Feuerschein wirft dunkle, bedrohliche Schatten auf sein Gesicht. »Warum haben sie dich nicht auch mitgenommen?«

Cal tritt einen Schritt vor, so dass er zwischen mir und Charlie steht. Seine Hände ballen sich zu Fäusten. »Das würde ich auch gerne wissen.«

Charlie schüttelt den Kopf. »Ich ... ich weiß es nicht. Sie haben mir die Fesseln abgenommen und gesagt, sie würden in Kontakt bleiben.«

»Sie lügt«, knurrt Cal. »Sie weiß, wo Crystal ist.«

Plötzlich geht er auf sie los, doch Cupid packt seinen Bruder am Arm. Charlie macht ein erschrockenes Gesicht, weicht aber nicht zurück. Hinter ihrer eisernen Miene meine ich etwas von meiner früheren Freundin zu erkennen, dort lauert jedoch auch eine unbekannte Macht; eine Distanz, die vorher nicht da war. Ich möchte unbedingt daran glauben, dass wir meine Freundin zurückbringen können.

»Beruhigen wir uns alle erst mal«, sage ich. »Wenn Charlie etwas mit der Entführung zu tun hätte, wäre sie bestimmt nicht hiergeblieben. Warum hätte sie nicht von hier verschwinden sollen, wenn sie mit den Arrows zusammenarbeitet?«

Als Charlie meinem Blick begegnet, verfinstert sich ihr Gesicht. Einen Moment starren wir einander an, dann stürzt sie sich plötzlich auf mich, packt mich an der Kehle und schmettert mich so fest gegen die Wand, dass mir die Luft wegbleibt. Cupid lässt Cal los und springt auf, doch da habe ich Charlie schon eine Kopfnuss verpasst und werfe mich auf sie, so dass wir beide zu Boden gehen. Ich halte ihre Arme auf dem kastanienbraunen Teppich fest, während sie rasend vor Wut gegen meinen Griff ankämpft.

»Charlie, hör auf! HÖR AUF!«

Sie blickt hoch, ihre Augen plötzlich angsterfüllt, und die Anspannung weicht aus ihrem Körper. Ich drehe mich um, Cal zielt mit einem schwarzen Pfeil auf ihre Kehle. Ich lockere meinen Griff etwas, drücke sie aber weiter mit den Beinen zu Boden.

Cupid geht neben mir in die Hocke. »Hör zu, Charlie«, sagt er langsam, als würde er einem Kind etwas erklären. »Wenn man von einem schwarzen Pfeil getroffen wird, übernimmt seine Macht die Kontrolle. Du bist sicher verwirrt und wütend. Aber die Arrows sind nicht die Guten. Sie haben dir das angetan. Sie haben euch angegriffen und Crystal entführt. Wir werden sie zurückholen, aber dafür benötigen wir deine Hilfe.«

Sie sieht Cupid mit argwöhnischem Blick an. Die Flammen, die aus dem Kaminrost hervorlodern, tauchen ihr verwirrtes Gesicht in einen rötlichen Schein. Sie atmet keuchend.

»Du darfst dein Match nicht finden.«

Cupid schüttelt vehement den Kopf. »Das haben sie sich ausgedacht, Charlie. Sie versuchen schon seit Jahren, mich umzubringen. Und jetzt sind sie auch hinter Lila her, weil sie wissen, dass es mir weh tut, wenn sie ihr weh tun.«

Als er sich mir zuwendet, lodert eine heiße Leidenschaft

in seinen Augen. »Ich suche schon sehr lange nach meiner Seelenverwandten.«

Einen Moment fühle ich mich in seinem Blick gefangen, doch was er da sagt ... ist nicht wahr, das weiß ich. Die Arrows wollen mich und Cupid töten, weil wir gegen irgendeine Regel verstoßen würden, wenn wir zusammenkämen. Aber ich verstehe immer noch nicht, warum.

»Das hat Crystal auch gesagt«, murmelt Charlie. Sie sieht mich an, und das Feuer in ihren Augen erlischt langsam. »Ich fühle mich ... nur so ...«

»Bruderherz, komm her und hilf mir«, sagt Cupid und schnippt ungeduldig mit den Fingern, um Cal, der immer noch den Pfeil in der Hand hält, aber geistesabwesend vor sich hin starrt, auf sich aufmerksam zu machen.

Cal blinzelt und erwacht aus seiner Starre. Er wendet sich an Charlie: »Du hast das Gefühl, als würde das Blut in deinen Adern kochen, als müsstest du kämpfen – um die Agentur zu schützen, um die Katastrophe abzuwenden, die sich den Arrows zufolge ereignen wird. Das ist bei frisch verwandelten Cupids ganz normal. Aber wir sind nicht deine Feinde. Genauso wenig wie Lila. In den nächsten vierundzwanzig Stunden oder so wirst du wieder ganz du selbst sein.«

Cupid wackelt mit den Augenbrauen. »Nur cupidhafter.«

Charlie sieht misstrauisch von dem schwarzen Pfeil zu uns dreien.

»Warum bist du hiergeblieben und hast auf uns gewartet?«, frage ich unvermittelt. »Wenn du mich doch so sehr hasst?«

»Crystal ist meine Freundin«, sagt sie. »Wir haben uns in

den Sommerferien angefreundet, als sie im Diner gearbeitet hat.«

Während du dich mit meinem Freund rumgetrieben hast.

»Und ich hasse dich nicht«, fügt sie hinzu und sieht mir fest in die Augen. »Was ich getan habe – mit Hass hatte das nichts zu tun.«

Cupid nickt und setzt ein Lächeln auf, von dem er offensichtlich hofft, dass es ermutigend wirkt. »Nun, das ist doch zumindest ein Anfang ... Warum setzt du dich nicht und erzählst uns, was passiert ist?«

Im ersten Moment regt sich keiner von uns; wir sind im Feuerschein erstarrt, ich rittlings auf Charlie sitzend. Dann nickt sie. Ich atme tief durch und stehe langsam auf. Cupid wendet sich mir zu, und ich sehe die besorgte Frage in seinen Augen: *Alles in Ordnung?*

Ich nicke, obwohl mir von der harten Kopfnuss, die ich Charlie verpasst habe, der Schädel dröhnt und mir die Verachtung, die ich immer noch in ihren Augen sehe, im Herzen weh tut. Ich steige über die Bücher hinweg, die auf dem Boden verstreut liegen, und setze mich auf eins von Cupids Ledersofas.

Cal lässt den Pfeil sinken, und Cupid hilft Charlie hoch. »Wir müssen dich nicht wieder fesseln, oder?«, fragt er.

Charlie wirft ihm einen bösen Blick zu, schüttelt aber den Kopf.

»Noch mal so was zu versuchen wie diesen waghalsigen Angriff auf Lila wäre sehr ... unklug.« Er deutet mit dem Kopf auf den Sessel, und Charlie setzt sich zögerlich.

Cupid und Cal nehmen rechts und links von mir Platz; Cupid lässt sich in die Polster zurücksinken, während Cal aufrecht auf der Sofakante hocken bleibt. Er dreht den schwarzen Pfeil gedankenverloren in den Händen und starrt mit grimmigem Blick auf den Blutfleck an der Wand.

»Cal«, sage ich laut, um ihn aus seiner Apathie zu reißen.

Er zuckt leicht zusammen. »Ich hätte es ihr sagen sollen«, murmelt er, den Blick auf seine Füße gesenkt. »Ich hätte Crystal sagen sollen, dass wir den *Finis* suchen.«

Cupid sieht ihn an und hebt eine Augenbraue. »Ja, Bruderherz«, sagt er leicht gereizt, »das hätte einiges leichter gemacht.«

Dann wendet er sich an Charlie: »Nun, ich könnte dich mit einem Capax zwingen, die Wahrheit zu sagen, aber ich nehme an, du hattest für heute genug davon, wie ein menschliches Nadelkissen behandelt zu werden. Wenn ich jedoch auch nur einen Moment denke, dass du lügst –«

»Okay, schon verstanden«, unterbricht sie ihn mit zittriger Stimme. »Soll ich euch jetzt sagen, was ich weiß, oder nicht? Ich glaube nämlich, dass sie Crystal weh tun werden, darum müssen wir sie so schnell wie möglich zurückholen.«

Cals Bein, das meins auf dem Sofa leicht berührt, versteift sich bei ihren Worten.

Cupid nickt. »Schieß los.«

»Wir haben geredet, Crystal hatte mich gefesselt – vielen Dank dafür übrigens –«

»Kein Problem«, sagt Cupid trocken.

»Da hörten wir plötzlich ein Geräusch von draußen. Crystal wollte nachsehen, was los ist. Als sie wieder hereingerannt kam, sah sie ängstlich aus und schlug die Tür hinter sich zu. Dann schaute sie mich an und sagte etwas … Seltsames …«

Cal beugt sich vor, plötzlich hellhörig. »Was hat sie gesagt?«

»Sie sagte: ›Ich war nicht immer eine Rezeptionistin.‹«

Charlie zuckt die Achseln, und auch Cal wirkt irritiert.

»Sagt dir das irgendwas?«, frage ich.

Er schüttelt den Kopf. »Ich glaube nicht«, murmelt er nachdenklich. Dann wendet er sich wieder an Charlie: »Was geschah dann? Hat sie noch irgendetwas gesagt?«

»Nein«, antwortet Charlie. »Drei Leute stürmten durch die Tür – zwei Frauen und ein Mann. Einer hat Crystal gepackt, und sie hat mit ihm gekämpft. Sie hat ihn gegen die Wand geworfen …«

Charlie deutet mit dem Kopf auf den Blutfleck an der Wand, und auf Cals Gesicht erscheint ein kleines Lächeln; offenbar erfüllt es ihn mit einer grimmigen Zufriedenheit, dass Crystal den Leuten, die sie entführt haben, wenigstens auch schaden konnte.

»Ich dachte, sie würden mich auch angreifen, aber sie haben mich gar nicht beachtet. Die anderen beiden sind ebenfalls auf Crystal losgegangen. Sie hat sich mit aller Kraft gewehrt, aber schließlich haben sie sie aus dem Zimmer geschleift. Eine von ihnen hat meine Fesseln durchgeschnitten. Sie sagte, ich solle verschwinden und dass sie sich bei mir melden würden, wenn sie mich brauchen.«

Sie hält inne, und ich kann den Tumult in ihrem Innern deutlich in ihrem herzförmigen Gesicht sehen.

Sie wirft mir einen flüchtigen Blick zu. »Ich glaube, sie werden irgendwann von mir verlangen, dass ich ihnen Lila bringe.«

Auf Cupids Gesicht breitet sich ein triumphierendes Lä-

cheln aus. Er schweigt einen Moment und sieht dann meine Freundin an. »Charlie«, sagt er, »möchtest du einen Kaffee?«
Ich ziehe verwirrt die Stirn kraus, und auch Charlie wirkt überrascht, nickt aber. »Klar, gern.«
»Lila, Cal – kommt mit«, sagt Cupid, steht auf und spaziert aus dem Zimmer. Cal und ich wechseln einen Blick und folgen ihm dann in die Küche.
»Unauffällig …«, murmele ich.
Ein Lächeln zeigt sich auf Cals Gesicht, während Cupid nur die Achseln zuckt.
»Unauffällig zu sein war noch nie meine Stärke.« Er lehnt lässig an der Küchentheke, die Ellbogen auf den Tresen gestützt; mein Blick schweift wie von selbst zu seinen muskulösen Schultern, die unter seinem engen Baumwollshirt deutlich hervortreten. Natürlich bemerkt er sofort, wie ich ihn anstarre.
»Also …«, sage ich, bevor er irgendeine anzügliche Bemerkung machen kann, »du glaubst also, dass die Arrows Charlie kontaktieren werden?«
Cupid blickt mir einen Moment länger in die Augen, als mir lieb ist, und nickt. »Ja. Und wir können sie benutzen, um Crystal zu finden. Wir müssen sie nur im Auge behalten und dafür sorgen, dass sie nicht wieder ihren … mörderischen Neigungen verfällt.« Er wackelt dramatisch mit den Augenbrauen. »Sie sollte hierbleiben.«
»Auf keinen Fall.« Charlie steht plötzlich in der Tür. »Ich gehe nach Hause. Ich hatte einen *echt miesen* Tag.«
Cupid schüttelt den Kopf. »Sorry, Charlie, aber das geht nicht … Ich kann nicht riskieren, dass du irgendwelche Dummheiten machst.« Er wendet sich wieder mir zu. »Du

ebenfalls, Lila«, sagt er. »Die Agentur hat ihr wahres Gesicht gezeigt, die Arrows sind dort draußen, und Selena hat versucht, dir weh zu tun. Du gehst auch nicht nach Hause. Du bleibst hier bei mir.«

Die Nacht über bei Cupid bleiben? Bei dem Gedanken wird mir mulmig.

Bevor ich irgendetwas erwidern kann, schlägt Cal mit der flachen Hand auf den Tisch. »Wir können nicht darauf warten, dass die Arrows Kontakt mit Charlie aufnehmen!«

Cupid zuckt die Achseln und geht zur Kaffeemaschine. »Was haben wir denn für eine Wahl?«, erwidert er. »Keiner von uns kann unbemerkt in die Agentur eindringen. Wir sind beide gesuchte Männer.«

Cal funkelt ihn wütend an. »Ich bin nicht sicher, ob dich jemand finden will.«

33. Kapitel

Ich sitze mit einer Tasse Kaffee allein in der Küche. Charlie, die schließlich einsehen musste, dass ihr keine andere Wahl bleibt, hat sich widerwillig in einem der Gästezimmer einquartiert und ist schon im Bett. Cal hat sich vor einer halben Stunde in den Trainingsraum verzogen, wahrscheinlich um seinen Frust abzulassen, während Cupid das verwüstete Wohnzimmer aufräumt.

In meinem Kopf spiele ich den heutigen Tag noch einmal ab: wie meine beste Freundin zu einem Cupid geworden ist, wie Crystal von den Arrows entführt wurde und wie Cupid darauf beharrt hat, dass ich die Nacht hier verbringe. Ich bin mir nicht sicher, welches dieser Ereignisse mich am meisten aufwühlt. Es sollten die ersten beiden sein, aber irgendetwas an Cupid bringt meine Gefühle vollkommen durcheinander; seine knisternde Energie, sein Geruch nach Sommer und Weichspüler und dieser traurige, sehnsüchtige Ausdruck, der über sein Gesicht huscht, wenn er denkt, niemand würde es sehen. Ich weiß nicht, was ich von ihm halten soll. Ich glaube nicht, dass ich ihm vertrauen kann, und dennoch verlangt alles in mir danach, genau das zu tun.

Warum dürfen wir nicht zusammenkommen?

Plötzlich erscheint Cupid in der Tür und reißt mich aus meinen Gedanken. Er bedeutet mir, ihm zu folgen, und führt mich ins Wohnzimmer, das wieder genauso prachtvoll aussieht wie vor dem Angriff. Wenn der Fleck an der Wand nicht wäre, könnte man sich kaum vorstellen, dass hier ein wilder Kampf stattgefunden hat.

Cal sitzt bereits auf einem der Sofas, seine blasse Haut ist leicht gerötet, und seine Haare sind feucht. Als ich an ihm vorbeigehe und mich auf den Sessel setze, strömt mir der Geruch von fruchtigem Shampoo in die Nase.

»Dann werden wir also hier übernachten?«, fragt er, an Cupid gewandt. »*Wir alle?*«

Cupid grinst und sieht gezielt mich an. »Nun, ich habe oben ein schönes, großes, sehr gemütliches Bett, wenn ...«

Er verstummt, als Cal und ich ihm beide vernichtende Blicke zuwerfen.

»War nur ein Witz«, sagt er lachend. »Ich wollte sowieso hier unten bleiben, für den Fall, dass Charlie beschließt, auf Wanderschaft zu gehen. Wenn du unbedingt den Aufpasser spielen willst, bitte. Ich würde dir ja anbieten, in einem der Gästezimmer zu übernachten, Lila, aber solange die Macht des Cupid-Pfeils noch durch Charlies Adern fließt, solltest du wohl besser bei mir bleiben.«

Bei der Vorstellung, ganz in seiner Nähe zu schlafen, bekomme ich Herzklopfen.

»Nimm du das Sofa, Lila«, bietet er mir an. »Das ist bequemer. Ich kann auf dem Sessel schlafen.«

Ich schüttele den Kopf. »Nein, ist schon in Ordnung.«

Ich glaube sowieso nicht, dass ich viel schlafen werde. Cupid zuckt die Achseln und streckt sich auf der Couch aus, wobei sein Hemd hochrutscht und den Blick auf seine Hüfte und seinen Bauch freigibt. Als er merkt, wie ich ihn anstarre, grinst er breit; die Hände hinter dem Kopf verschränkt, wendet er sich mir zu. »Also«, sagt er. »Zeit für Bettgeflüster.«

Cal seufzt laut und legt sich mit dem Rücken zu uns auf

das zweite Sofa. »Zeit zu schlafen«, entgegnet er. »Wir haben morgen einen anstrengenden Tag vor uns.«

Cupid blickt mich durchdringend an, der flackernde Feuerschein tanzt in seinen meergrünen Augen. Ich weiß genau, was er mir stillschweigend mitteilt. Wieder zieht sich vor Nervosität mein Innerstes zusammen.

Schlaf ist das Letzte, woran Cupid heute Nacht denkt.

Es dauert nicht lange, bis Cals leises Schnarchen den Raum erfüllt. Fest entschlossen, mich nicht zu Cupid umzuwenden, igele ich mich auf dem Sessel ein und starre ins prasselnde Kaminfeuer. Es ist seltsam, wie mein Körper auf seinen eingestimmt ist; ich kann seinen Atem hören, spüre seine Hitze, seine Energie. Auch ohne hinzusehen, weiß ich, dass er mich nicht aus den Augen lässt.

Nach einer Weile seufzt er, und ich höre, wie er aufsteht. Aus dem Augenwinkel beobachte ich, wie er zu einer Seite des Zimmers geht, sich bückt und ein paar zusammengelegte Decken aufhebt. Eine davon breitet er wie beiläufig über seinen schlafenden Bruder. Überrascht starre ich ihn an. Ich dachte, die beiden würden sich hassen.

Cupid bemerkt meinen Blick. »Willst du eine?«, fragt er und hält mir eine der cremefarbenen, flauschigen Decken hin.

Ich strecke die Hand aus, und er reicht sie mir. Voller Verwunderung sehe ich zu, wie er seinen Platz auf dem Sofa wieder einnimmt, die Arme hinter dem Kopf verschränkt und seine nackten Füße auf die Armlehne legt. Dabei wendet er den Blick keine Sekunde von mir ab.

»Ich glaube, du bist gar nicht so schlimm, wie du dich

darstellst«, sage ich nach einem Moment angespannter Stille leise.

Das bringt Cupid zum Schmunzeln. »*Ich* stelle mich überhaupt nicht schlimm dar. Mein lieber Bruder macht das allerdings sehr gern.«

»Aber er liegt dir am Herzen.«

Cupid zuckt die Achseln. »Er ist mein Bruder. Er kann manchmal eine Nervensäge sein. Aber er ist mein Bruder.«

»Er denkt, du hättest nicht herkommen sollen.«

Cupid setzt sich langsam wieder auf und beugt sich vor. Erneut fällt mir auf, wie breit seine Schultern sind, während mein Blick über sein zerknittertes Hemd wandert.

Er sieht mich eindringlich an. »Und denkst du das auch?«

»Ja«, antworte ich leise, doch noch während ich das sage, weiß ich, dass es nicht die Wahrheit ist. »Du hast eine Menge Schaden angerichtet, seit du hier bist. Warum bist du hergekommen?«

Er blickt mich unverwandt an. »Um dich zu finden.«

Mein Gesicht fühlt sich plötzlich heiß an, und ich weiß nicht, ob das am Kaminfeuer liegt oder an der prickelnden Energie, die auf einmal in der Luft liegt. Ich rutsche unruhig auf meinem Sessel herum, halte seinem Blick jedoch stand.

»Cal hat gesagt, du wärst aus der Agentur verbannt worden. Er meinte, du wärst auf Frauen versessen gewesen. Dass du radikale Ansichten hattest.«

Cupids ernster Gesichtsausdruck verschwindet, und er stößt ein leises Lachen aus. »Das hat Cal gesagt? Er war schon immer so dramatisch ...«

Verwirrt ziehe ich die Stirn kraus. »Dann haben sie dich nicht verbannt?«

Cupid grinst. »O doch, das haben sie«, sagt er und hält einen Moment nachdenklich inne. »Sie fanden meine Ansichten wohl ziemlich extrem.«

»Was für Ansichten? Hattest du zu viele Dates?«

Er lacht, schüttelt dann aber den Kopf. Wortlos lässt er sich aufs Sofa zurücksinken und mustert mich eingehend.

Nach einer Weile breche ich das Schweigen. »Ich denke nicht, dass du mein Seelenverwandter bist. An so etwas glaube ich nicht.«

Cupids Lippen verziehen sich zu einem kleinen Lächeln. Er zuckt die Achseln. »Ich auch nicht wirklich – nicht wie mein Bruder.«

»Warum bist du dann hergekommen?«, frage ich überrascht.

Er wirkt amüsiert. »Aus Neugier.«

Ich antworte nicht, und während er mir forschend ins Gesicht blickt, verdunkeln sich seine Augen.

»Ich habe gesehen, wie Matches zusammengekommen sind. Ich habe Matches zusammengebracht. Also kann ich wohl nicht behaupten, dass ich nicht daran glaube«, sagt er. »Es ist nur … na ja … ein bisschen deprimierend, findest du nicht? Jeder hat nur eine einzige Chance mit einer einzigen Person, und wenn die nicht mehr da ist … dann ist sie einfach weg, und du bleibst für immer allein?«

Meine Gedanken schweifen zu Dad, der ohne Mom tatsächlich verloren scheint. Cal hat die beiden zusammengebracht, also waren sie wohl Seelenverwandte. Das macht mich traurig.

Cupid zuckt die Achseln. »Manchmal denke ich, die Menschen sollten sich selbst überlassen werden. Diese ganze

Kuppelei ... Das wirkt, als wäre alles schon geplant. Ich denke nicht, dass Liebe geplant sein sollte. Du etwa?« Er mustert mich mit loderndem Blick.

»Du bist ein Liebesagent«, sage ich, »und du denkst nicht, dass Liebende zusammengebracht werden sollten?«

Er lächelt. »Da haben wir die extremen Ansichten.«

»Wenn du das wirklich so siehst, verstehe ich erst recht nicht, warum du hergekommen bist.«

Schatten flackern über sein Gesicht und lassen es noch finsterer erscheinen. »Ob es mir gefällt oder nicht – und ob du daran glaubst oder nicht –, ein komplexes System, in dem Daten über *jede einzelne Person auf der ganzen Welt* eingespeichert sind, hat entschieden, dass du und ich zusammengehören. Mag sein, dass ich das Ganze nicht so vorbehaltlos glaube wie mein Bruder. Mag sein, dass ich es nicht für möglich halte, dass die Liebe so einfach ist. Aber trotzdem bist du dem System zufolge mein Match. Und deshalb musste ich dich finden, Lila. Ich musste dich mit eigenen Augen sehen.«

Eine Weile herrscht Schweigen. Nichts ist zu hören außer Cals gedämpftem Schnarchen und dem Prasseln des Kaminfeuers. Ich zupfe nervös an den Troddeln an meiner Decke herum.

»Warum hat Cal gesagt, du wärst gefährlich? Weil er wusste, dass die Arrows kommen würden?«

Cupid sucht meinen Blick. »Zum Teil«, sagt er, »aber es gibt noch einen anderen Grund.«

Ich sehe ihn fragend an.

»Er denkt, dass etwas Schreckliches passieren wird, wenn wir zusammenkommen, und dass mich das zu einer Gefahr für dich und alle anderen macht.«

»Was denkt er, was passieren wird? Geht es um die Gründerin?«

»In der Firmenvorschrift steht –«

Vom Sofa ertönt ein lautes Räuspern. Erschrocken drehe ich mich um.

Cal hat sich auf die Seite gewälzt und funkelt uns beide bitterböse an. »Könnt ihr *bitte* etwas leiser sein?!«

Grummelnd wendet er sich wieder zur Rückenlehne des Sofas um, und Cupid wirft mir einen amüsierten Blick zu. Auch ich muss grinsen – ich kann mir einfach nicht helfen.

»Gute Nacht, Bruderherz«, sagt Cupid lächelnd.

Dann legt er sich wieder hin und deckt sich zu. Er dreht sich zu mir um, und einen Moment wird sein Gesicht viel sanfter.

»Du hast irgendetwas an dir, Lila«, sagt er leise. »Ich weiß nicht, was es ist. Aber als wir uns zum ersten Mal getroffen haben, da ... habe ich etwas gefühlt. Und ich glaube, du hast es auch gefühlt.«

Ich denke an den Moment zurück, als ich ihm einen Stift gab und sich unsere Finger berührten; an das aufregende Kribbeln, das meinen gesamten Körper durchlief. Ich will den Blick von ihm abwenden, aber seine Augen halten mich in Bann.

»Die Vorstellung, dass Leute zusammengehören, gefällt dir nicht«, erinnere ich ihn leise.

Cupid lächelt und rollt sich auf den Rücken. Er zuckt die Achseln. »Vielleicht ändert sich das gerade.«

34. Kapitel

Ich weiß nicht, wie ich es schaffe zu schlafen, aber das tue ich. Als ich die Augen öffne, glühen die Kohlen im Kamin orangerot, und die ersten Sonnenstrahlen stehlen sich durch die schweren roten Vorhänge. Ich fahre hoch und ziehe die Decke an meine Brust, als ich merke, dass mich jemand beobachtet. Cupid sitzt mit einem strahlenden Lächeln auf den Lippen aufrecht auf dem Sofa.

»Himmel, Cupid«, sage ich, »du hast mich fast zu Tode erschreckt. Beobachtest du mich jetzt schon im Schlaf? Das ist überhaupt nicht gruselig …«

Mein Blick schweift durch den Raum. Die andere Couch ist leer.

»Wo ist Cal?«

»Er ist nach unten gegangen, um zu trainieren«, erklärt Cupid. »Und zu meiner Verteidigung: So wie du da drüben vor dich hin gemurmelt, gesabbert und geschnarcht hast, war es schwer wegzusehen!«

Ich werfe ihm einen bösen Blick zu. »Hab ich gar nicht!«

»Na schön, hast du nicht«, gesteht er grinsend. »Du sahst total süß aus, okay? Also – wollen wir dann mal unsere kleine wütende Agentin aufwecken? Vielleicht hat der Pfeil ja endlich seine Wirkung verloren.«

Als wir die schwarze Wendeltreppe zu den Gästezimmern hinaufgehen, muss ich an das letzte Mal denken, als ich hier oben war. Wenn ich Cupid nicht auf den Balkon gefolgt wäre, hätte sich dann alles anders entwickelt? Oder wäre ich jetzt dennoch auf dem Weg zu meiner besten Freundin, die in einen Cupid verwandelt wurde, nachdem ich die Nacht mit einem Liebesgott verbracht habe?

Bevor wir den Balkon erreichen, bleibt Cupid stehen und klopft an eine der Türen. Mir wird flau im Magen, als ich mich daran erinnere, wie Charlie mich gestern Abend angesehen hat.

»Komm rein«, ruft Charlie mürrisch.

Wir betreten ein schlichtes, aber dennoch elegantes Schlafzimmer. Der Teppich und die Vorhänge sind pastellweiß, und an der Wand steht ein hübscher Frisiertisch mit Spiegel. Charlie sitzt im Schneidersitz mitten auf dem großen Bett, noch immer in der Jeans und dem schwarzen Top, die sie gestern anhatte. Sie hält ihr Handy in der Hand und wirkt irgendwie unsicher.

Sie blickt auf, als wir hereinkommen, und als sich unsere Blicke begegnen, sehe ich etwas von der alten Charlie in ihren Augen aufblitzen: unsere Pyjamapartys, das gemeinsame Nachsitzen in der Schule und der Tratsch, den wir in der Mittagspause ausgetauscht haben, flackern über ihr Gesicht.

Sie sieht mich verlegen an. »Habe ich gestern wirklich versucht, dich umzubringen?«

Eine Woge der Erleichterung durchströmt mich, während ich nicke. Sie vergräbt das Gesicht in den Händen.

»Dann fühlst du dich besser?«, erkundige ich mich.

»Nun … ›besser‹ ist ein relativer Begriff. Ich fühle mich anders. Und ich bin völlig durcheinander. Mein Schädel dröhnt wie Sau – wahrscheinlich weil du mir eine Kopfnuss verpasst hast …« Stöhnend blickt sie zu uns auf. »Es fühlt sich an, als hätte ich einen Mordskater, aber ohne den Spaß am Abend vorher.«

»Ätzend, ich weiß, aber das passiert oft nach der Verwandlung«, sagt Cupid. Da fällt sein Blick auf Charlies Handy auf ihrem Schoß, und seine Augen werden schmal. »Jemand hat dich kontaktiert?«

Sie seufzt und winkt uns herüber. Cupid und ich setzen uns neben sie aufs Bett. Sie hat eine Nachricht von einer unbekannten Nummer erhalten.

»Nun, das ist ... interessant«, sagt Cupid.

Mein Magen krampft sich zusammen, als ich die Nachricht lese. Sie ist von den Arrows.

> Behalte Cupids Match im Auge.
> Wir werden sie bald holen.
> Halt dich bereit.

Charlie sieht uns fragend an. »Soll ich ihnen antworten?«

Eine halbe Stunde später stehen wir alle gemeinsam um die Küchentheke herum. Charlies Handy liegt auf dem Tresen vor uns. Cal trägt schwarze Jogginghosen und ein weißes T-Shirt, das ein bisschen zu groß für ihn aussieht – ich frage mich, ob er es sich von Cupid geliehen hat. Charlie scheint größtenteils wieder sie selbst zu sein, auch wenn sie mir gegenüber immer noch distanziert wirkt.

»Frag sie, ob es Crystal gutgeht«, verlangt Cal barsch.

Charlie wirft ihm einen argwöhnischen Blick zu, nickt dann aber und tippt eine Nachricht ein. Wenig später piepst ihr Handy.

> Sie hat noch nicht geredet.
> Das könnte eine Weile dauern.
> Halt dich bereit.

Cupid sieht erleichtert aus, doch Cals Gesicht nimmt einen bestürzten Ausdruck an. Ich verstehe beide Reaktionen. Die Arrows wissen noch nicht, wo der *Finis* ist – was gut ist –, aber das bedeutet, dass Crystal noch immer gefoltert wird.

»Frag sie, was sie mit Lila vorhaben«, sagt Cupid.

Charlie tippt noch eine Nachricht ein, und ein paar Minuten später piepst ihr Handy erneut.

> Sorg dafür, dass sie nächsten Freitag
> zum Forever-Falls-Ball kommt.
> Weitere Anweisungen folgen.

»Schreib ihnen, du könntest sie ihnen jetzt sofort bringen«, sagt Cupid. »Aber nur, wenn sie dir verraten, wie viele sie sind, was für Waffen sie haben und wo sie sich verstecken …«

Cal und ich sehen ihn beide skeptisch an.

»Natürlich etwas subtiler …«

Charlie schreibt noch eine Nachricht. Diesmal müssen wir gut fünf Minuten auf eine Antwort warten.

> Zu gefährlich.
> Cupid wird ein Auge auf sie haben.
> Sorg dafür, dass sie zum Ball kommt.
> Weitere Anweisungen folgen.

Wir frühstücken alle zusammen bei Cupid zu Hause. Die Brüder denken beide, die Nachricht bedeute, dass uns die Arrows bis Freitag nicht noch einmal angreifen werden.

»Sie wollen offensichtlich erst auf dem Ball zuschlagen, weil er genug Ablenkung bietet«, sagt Cupid, während er seine Müslischüssel in die Spüle stellt. Das Morgenlicht, das durch die Glasfront hereinscheint, lässt sein Haar golden erstrahlen und umrahmt sein markantes Gesicht. »Mit so vielen Leuten am selben Ort ist es für sie ein Leichtes, sich unbemerkt einzuschleichen und Lila zu verschleppen.«

Ich nippe an meinem Kaffee. »Ich verstehe das nicht«, sage ich. »Warum befehlen sie Charlie nicht einfach noch mal, mich umzubringen?«

Meine Freundin starrt sichtlich betreten in ihre Schüssel. Einen Moment sagt niemand etwas, und die vom Geruch nach Kaffee durchdrungene Luft fühlt sich seltsam schwer an.

»Sie denken, sie hätten den *Finis* so gut wie gefunden«, sagt Cal, der den ganzen Morgen über ungewöhnlich still war. »Ich vermute, sie wollen dich als Geisel nehmen, damit Cupid freiwillig zu ihnen kommt. Du wärst leichter zu töten, aber er ist es, den sie wirklich wollen. Dieser ganze Schlamassel ist für sie ein perfekter Vorwand, Jagd auf ihn zu machen.«

Cupid sieht mich an und verzieht das Gesicht.

Ich werfe ihm einen grimmigen Blick zu, mein Herz hämmert. »Aber wenn Cupid die Stadt verlässt, werden sie ihm folgen und uns in Ruhe lassen.«

»Nur wenn ich den *Finis* habe, Lila«, sagt Cupid ernst. »Wenn sie ihn haben, könnten sie dich immer noch als Geisel nehmen. Und ich würde zurückkommen, um dich zu retten. Ich würde immer zurückkommen, um dich zu retten.«

Sein lodernder Blick brennt sich in mein Innerstes, doch ich wende mich ab. Ich darf nicht zulassen, dass er mich in seinen Bann zieht. Die Arrows sind hinter uns her, weil er hergekommen ist, um mich zu finden. Wir sind in Gefahr, und wir müssen uns so schnell wie möglich daraus befreien.

Ich begegne Cals Blick. Er beobachtet uns mit unverhohlenem Missfallen.

»Wie sollen wir den *Finis* finden, wenn die einzige Person, die weiß, wo er ist, von den Arrows entführt wurde?«, frage ich.

Eine Weile herrscht Schweigen, dann blickt Charlie plötzlich auf. »Ich hab eine Idee.«

Sie erzählt uns, was ihr durch den Kopf geht, und sofort verlässt Cupid das Zimmer und kommt mit einem Capax zurück, den er auf die Küchentheke legt. Er sieht Charlie streng an, und ein unsicherer Ausdruck huscht über ihr Gesicht.

»Wir müssen sicherstellen, dass du uns nicht anlügst, Charlie«, sagt er.

Sie schweigt eine Zeitlang, doch schließlich nickt sie. »Also gut ...«

Sie nimmt den Pfeil, betrachtet ihn einen Moment zögerlich und sticht sich dann damit in die Fingerspitze. Ein leiser Schreckenslaut kommt ihr über die Lippen, als er in ihren Händen zu Asche zerfällt.

»Wirst du Lila betrügen?«, fragt Cupid.

»Wirst du die Stadt verlassen, wenn wir den *Finis* finden?«, entgegnet sie.

Cupid blickt sie argwöhnisch an und nickt dann.

Sie wendet sich an mich. »Sie haben zweimal auf mich geschossen, versucht, eine Mörderin aus mir zu machen, und meine Freundin entführt. Ich werde dich nicht betrügen, Lila. Machen wir diese Dreckskerle fertig. Holen wir Crystal zurück.«

35. Kapitel

Nach dem Frühstück setzt Cal mich und Charlie mit einem von Cupids Autos am Marktplatz ab. Er hat wieder den Anzug eines Liebesagenten an, das Weiß betont sein blasses Gesicht und die dunklen Schatten unter seinen Augen. Er ist auf dem Weg zum Elysium, weil er hofft, er könne einen der süchtigen Agenten erpressen, damit er uns mehr Informationen über den *Finis* beschafft. Kaum haben wir die Türen geschlossen, da heizt er auch schon die Straße hinunter in Richtung Los Angeles.

»Tschüs, Cal«, murmele ich in die Staubwolke, die er hinterlässt.

Charlie schenkt mir ein unsicheres Lächeln, als wir zu dem kleinen, etwas altmodischen Kleidergeschäft in einer der Seitenstraßen gehen. Wir haben beschlossen, uns zusammen etwas Schönes für den Ball am Freitag zu besorgen, da Charlies Plan vorsieht, dass wir beide hingehen. Zwischen uns herrscht immer noch eine angespannte Stimmung. Doch während wir den Laden nach hübschen Kleidern durchstöbern, stelle ich ihr endlich die Frage, die mich schon beschäftigt, seit sie sich in einen Cupid verwandelt hat.

»Als du versucht hast, mich umzubringen«, setze ich an, »hast du gesagt, ich sei gefährlich. Du meintest, Cupid und ich dürften nicht zusammenkommen – warum?«

Sie erwidert meinen Blick, ihre dunklen Augen strahlend klar. »Sie haben mir gesagt, das würde gegen die Firmenvorschriften verstoßen und dass die Gründerin zurückkommen würde«, erklärt sie mit einem Achselzucken. »Zu der Zeit erschien mir das sehr wichtig.«

»Wer ist die Gründerin?«

Sie schüttelt den Kopf. »Ich weiß es nicht. Ich weiß nur, dass ich bis gestern dachte, es wäre fatal, wenn sie zurückkommt.« Sie taxiert mich mit durchdringendem Blick. »Dieser Cupid ... du magst ihn, oder?«

»Nein«, antworte ich ein bisschen zu schnell.

Sie zieht eine Augenbraue hoch – verdammt, sie kennt mich einfach zu gut.

»Ja, ja ... natürlich nicht.« Kurz erscheint ein Lächeln auf ihrem Gesicht, doch sie wird sofort wieder ernst. »Sei vorsichtig, Lila. Ich hab ein ungutes Gefühl dabei, und ich kann es nicht abschütteln. Ich weiß auch nicht ... Kann sein, dass das nur an dem Pfeilgift liegt, das durch meine Adern fließt, aber ich spüre eine drohende Gefahr. Etwas kommt auf uns zu ...«

Eine Weile sagen wir nichts, während wir die Klamotten durchsehen.

Charlie nimmt ein Kleid vom Ständer und wirft mir einen leicht verlegenen Blick zu. »Hast du mit James geredet?«

Ich schüttele den Kopf. »Ich muss mit ihm Schluss machen, aber mir graut davor. Um ehrlich zu sein«, sage ich und gestehe sowohl Charlie als auch mir selbst endlich die Wahrheit ein, »glaube ich, ein Teil von mir wollte schon seit einer Weile mit ihm Schluss machen.«

Ich denke an die knisternde Spannung zwischen Cupid und mir, wie mich seine Augen unwiderstehlich anzuziehen scheinen. Ich weiß, dass Charlie recht hat, ich muss vorsichtig sein, aber er hat etwas so Aufregendes, so Faszinierendes an sich. Er ist ein Mysterium, ein Rätsel, das ich lösen muss. Bei James wusste ich von Anfang an, wie die Puzzleteile zusammenpassen – und sie fühlten sich irgendwie nie ganz richtig an.

»Hast du immer noch … Gefühle für ihn?«, frage ich. »Crystal hat gesagt, er wäre dein Match, genau wie Cupid angeblich meines ist.«

Sie schüttelt den Kopf und sieht mich ernst an. »Es ist seltsam, aber ich fühle mich anders, seit ich mit den Pfeilen getroffen wurde. Wenn ich die Zeit zurückdrehen könnte, hätte ich ihn nie …«

Ich nicke. Ich frage mich, ob ich etwas anders machen würde, wenn ich die letzten Tage noch einmal erleben könnte.

»Ist zwischen uns alles in Ordnung?«, fragt sie zaghaft.

Ich blicke in ihre dunklen Augen und sehe ihre Zweifel darin. Sie hat meinen Freund geküsst, und ich bin meinerseits schuld daran, dass sie von einem Cupid-Pfeil getroffen wurde. Sie hat versucht, mich umzubringen, aber ich habe sie überhaupt erst in diesen ganzen Schlamassel hineingezogen.

»Ich hoffe es«, antworte ich lächelnd.

Sie grinst zurück, sichtlich erleichtert, und reicht mir ein schwarzes, ärmelloses Kleid. »Hier, probier das mal an«, sagt sie mit schelmisch glitzernden Augen. »Ich wette, das würde Cupid gefallen …«

»Hattest du einen guten Arbeitstag, Dad?«, frage ich, als ich in die Küche komme.

Er dreht sich zu mir um und zieht die Augenbrauen hoch, als er die Einkaufstüte in meiner Hand sieht.

»Ja, danke, Schatz«, sagt er und deutet mit einem verschmitzten Funkeln in den Augen in Richtung Wohnzimmer. »Da ist jemand, der dich sehen möchte ...«

Mein Herz macht einen Satz.

Cupid?

Bestimmt nicht.

Ich trete auf den Flur hinaus. Die Tür zum Wohnzimmer ist geschlossen, und ich bleibe einen Moment zögerlich davor stehen, meine Hand verharrt über der Klinke. Dann hole ich tief Luft und gehe hinein.

James, der nervös auf dem Sofa sitzt, dreht sich zu mir um. Er hat einen niedergeschlagenen Ausdruck im Gesicht und dunkle Augenringe, und seine Haut sieht blasser aus als gewöhnlich.

»Was machst du denn hier?«, frage ich. »Solltest du nicht bei der Arbeit sein?«

Er schüttelt den Kopf. »Der Diner ist die nächsten paar Wochen geschlossen«, sagt er. »Irgendwelche Renovierungsarbeiten.« Er atmet tief durch. »Hör zu ... wir müssen reden.«

Ich nicke. »Ja, das müssen wir.«

Die nächsten paar Tage gehen ohne größere Zwischenfälle vorüber. Dad genießt seinen neuen Job, auch wenn er dadurch seltener zu Hause ist, Charlie versucht nicht noch einmal, mich umzubringen, und James geht mir aus dem Weg, seit ich mit ihm Schluss gemacht habe.

Ich habe kaum eine Gelegenheit, mit Cupid zu reden; Cal folgt ihm auf Schritt und Tritt wie ein schlechtgelaunter Schatten und zieht ihn jedes Mal schnell weg, wenn er mich in einem der mit Spinden gesäumten Korridore erspäht. Mir war schleierhaft, warum die beiden überhaupt noch zur Schule kommen, aber bei einer der wenigen Gelegenheiten, bei denen ich mich kurz mit Cupid unterhalten konnte, erklärte er mir, dass sie sonst nicht zum Ball kommen könnten. Und das würde unseren Plan, Crystal zurückzuholen, zunichtemachen.

Am Mittwoch verlangte Cal, dass Cupid, Charlie und ich uns in der Mittagspause mit ihm in der Bibliothek treffen, und lud einen Stapel Bücher und andere Dokumente vor uns auf dem Tisch ab. Anscheinend war seine Erpressung gut gelaufen, er hatte Aufzeichnungen über die Belegschaft von Everlasting Love, alte Fotos und sogar ein paar Waffen aufgetrieben. Wir sahen die Unterlagen die ganze Stunde lang durch, konnten uns aber keinen Reim darauf machen, und am nächsten Tag bat er uns nicht noch einmal um Hilfe – er stahl sich einfach in der Mittagspause davon und ging die Notizen und vergilbten Akten allein durch.

Als der große Tag endlich kommt, liegt eine fast greifbare Anspannung in der Luft. Am Nachmittag finden wir uns alle in der Turnhalle ein. Cal, Cupid und ich haben angeboten, Charlie und dem Rest des Sozialausschusses bei den Vorbereitungen für den Ball zu helfen, um ein paar Waffen zu verstecken.

Cal malt widerwillig ein Transparent mit mir, er spritzt mürrisch mit rosaroter Farbe und starrt die Pinsel voller Verachtung an. Ich stupse ihn an, als Charlie einen Stapel Lautsprecher hochhebt und ihn mühelos an einem muskulösen Jungen aus dem Footballteam vorbeiträgt, der mit seinem

Stapel sehr viel Mühe hat. Cupid, der am anderen Ende der Halle steht, beobachtet sie auch.

Charlie will mich zwar nicht mehr umbringen, aber seit sie von dem Pfeil getroffen wurde, sind mir ein paar andere Veränderungen an ihr aufgefallen – unter anderem ihre unmenschliche Stärke.

»Wird sie wieder?«, frage ich Cal.

Er sieht einen Moment unsicher aus. »Das ist eine große Veränderung, und es kann eine Weile dauern, bis die betroffene Person das ganze Ausmaß der Verwandlung begreift. Normalerweise hätte sie inzwischen ein Agent zu Everlasting Love mitgenommen, um sie richtig aufzuklären und zu trainieren. Aber das können Cupid und ich natürlich nicht.«

Ich beobachte meine beste Freundin besorgt. »Könnt ihr das nicht irgendjemand anderen machen lassen? Was ist mit dem Typen, der dir die ganzen Unterlagen beschafft hat?«

»Das kommt nicht in Frage. Sie ist unsere einzige Chance, Crystal zu retten. Und auch unsere einzige Chance, meinen Bruder loszuwerden.« Sein Gesicht verfinstert sich. »Du musst wirklich vorsichtiger sein. Er ist nicht gut für dich, Lila.«

Als er mich ansieht, ändert sich sein Gesichtsausdruck auf einmal; er wird offener, sanfter, und in seinen Augen liegt eine unerwartete Verletzlichkeit. Einen Moment sagt niemand etwas, und ich spüre die Einsamkeit hinter seinem steifen Auftreten, genau wie ich sie auch in Cupids draufgängerischer Art spüre.

Plötzlich steht er auf, und sein Gesicht versteinert wieder. Er wendet hastig den Blick ab. »Ich werde ein paar Waffen verstecken. Pass auf, dass niemand merkt, was ich tue.«

Ich nicke, als er davonrauscht, irritiert von seinem plötzlichen Stimmungsumschwung. Ich sehe ihm einen Moment nach, wie er mit großen Schritten durch die Halle marschiert, dann wende ich meine Aufmerksamkeit wieder dem Rest des Raums zu. Ein paar Mädchen aus meiner Klasse hängen ein Transparent auf, Charlie gibt dem Typen, der für die Beleuchtung zuständig ist, Anweisungen, und Jane aus der Jahrgangsstufe unter uns schließt die Lautsprecher an. Niemand achtet auf Cal.

Cupid merkt sofort, dass ich allein bin, und kommt zu mir herüber. Als er mich erreicht, drückt er mir ein Plastiktütchen in die Hand. »Ballons«, sagt er ohne jede Begeisterung. »Charlie sagt, wir sollen Ballons aufblasen.«

Wir setzen uns auf den Boden und machen uns an die Arbeit. Schon bald lachen wir ausgelassen, machen einen Wettbewerb, wer die Ballons schneller aufblasen kann, und haben allgemein sehr viel mehr Spaß, als ich erwartet hätte.

Ein- oder zweimal erwische ich Cal dabei, wie er uns vom anderen Ende der Halle aus missbilligend beobachtet, aber er meidet meinen Blick.

Als der Gong zum Schulschluss ertönt, verabschiede ich mich mit einem kurzen Winken von Cal und Charlie, die gerade heftig über den heutigen Abend diskutieren. Sie scheinen meine Meinung nicht hören zu wollen, und ich will sowieso nach Hause und mich fertigmachen. Ich bin gerade auf halbem Weg nach draußen, als ich hinter mir Schritte höre.

»Lila?«

Als ich mich umdrehe, sehe ich Cupid direkt vor mir stehen. Mir stockt der Atem. Er ist mir so nahe, *zu* nahe, aber ich weiche nicht zurück.

»Ja?«, frage ich und blicke zu ihm auf.

Er hält einen Moment inne und sieht doch tatsächlich leicht verlegen aus. »Das ist wahrscheinlich eine komische Frage nach allem, was passiert ist … aber …«

Mein Magen zieht sich vor Nervosität zusammen.

Er grinst mich schelmisch an. »Willst du mit mir zum Ball gehen?«

36. Kapitel

Einen Moment bin ich zu schockiert, um zu antworten. Die Vorstellung, ein Date für den Ball zu haben, wenn ein Haufen Arrows versuchen wird, uns umzubringen, erscheint mir so belanglos.

»Wir werden gejagt werden, egal, ob wir Spaß haben oder nicht«, sagt Cupid. »Ich meine, was kann denn jetzt noch schiefgehen?«

Ich stöhne und versetze ihm einen spielerischen Klaps auf den Arm, wobei ich seine harten Muskeln und die Wärme seiner Haut spüre.

»Sag das nicht ... Willst du etwa das Schicksal herausfordern?«

Er lacht, dann legt er mir sanft die Hände auf die Schultern und hält mich fest. Meine Haut fühlt sich heiß an, wo er mich berührt. Seine Augen fixieren mich mit stechendem Blick, und das Lächeln verschwindet aus seinem Gesicht.

»Komm schon, geh mit mir zum Ball.«

Ich sehe zu ihm auf. Alles in mir sehnt sich danach, ja zu sagen, aber die anderen scheinen sich alle so sicher zu sein, dass es eine schlechte Idee wäre, Zeit mit Cupid zu verbringen. Was ist mit den Arrows? Und unserem Plan? Und Cals eindringlicher Warnung, dass Cupid gefährlich ist?

»Wenn alles nach Plan läuft, haben wir den *Finis* bald, und dann werde ich die Stadt verlassen«, sagt Cupid. »Wir sind füreinander bestimmt, Lila. Wir sind seelenverwandt. Lass uns wenigstens dieses eine Mal zusammen tanzen, bevor es endgültig vorbei ist.«

Er streicht mit dem Daumen zärtlich über meinen Arm, und mich durchläuft ein Prickeln, wie ich es noch nie zuvor erlebt habe. Wie würde es sich wohl anfühlen, mit den Fingern durch seine Haare zu fahren? Wie würde es sich anfühlen, seine Lippen auf meinen zu spüren?

Er hebt mein Kinn an, so dass ich gezwungen bin, ihm in die Augen zu blicken. Dahinter lodert ein Feuer.

»Ich dachte, du glaubst nicht an Seelenverwandtschaft«, murmele ich leise.

»Ich hab dir doch gesagt, dass sich das gerade ändert ...«

Ich hole tief Luft und reiße mich von ihm los. Ich muss nachdenken. Ich muss mich beruhigen.

Er wackelt mit den Augenbrauen, und seine Lippen verziehen sich zu einem verschmitzten Grinsen.

Ich seufze tief. »Na schön ... ich gehe mit dir hin«, sage ich. »Unter einer Bedingung.«

Er lächelt mich strahlend an. »Was immer du willst.«

»Sag mir ... wer die Agentur gegründet hat.«

Überrascht tritt er einen Schritt zurück. »Wenn du mit mir zum Ball gehst, erzähle ich es dir danach«, sagt er. »Ich werde dir alles erzählen.«

»Sag es mir jetzt.«

Er schüttelt entschieden den Kopf, und ein dunkler Schatten legt sich über sein Gesicht. »Das kann ich nicht. Ich brauche mehr Zeit.«

»Was meinst du damit?«, frage ich argwöhnisch.

Er atmet tief durch, und dann breitet sich wieder ein Grinsen auf seinem Gesicht aus. »Komm heute Abend mit mir zum Ball; morgen erzähle ich dir alles, was du wissen willst. *Alles.* Das verspreche ich dir. Abgemacht?«

Er hält mir seine Hand hin, doch ich kann sie einen Moment nur reglos anstarren. Was habe ich schon für eine Wahl? Niemand sagt mir irgendetwas, und bis Cupid den *Finis* hat, werde ich ihn ohnehin nicht los.

Mit einem frustrierten Stöhnen nehme ich seine Hand und schüttele sie. Seine Finger umschließen meine.

»Also gut, abgemacht«, sage ich. »Aber morgen will ich Antworten.«

Ein paar Stunden später stehe ich nervös vor dem Spiegel in meinem Schlafzimmer. Ich sollte mir mehr Sorgen darum machen, was die Arrows vorhaben, aber meine Gedanken wandern immer wieder zu Cupid. Ich werfe einen Blick auf die Uhr. Es ist zehn nach sieben; er sollte jeden Moment hier sein, um mich abzuholen.

Ich wende mich wieder meinem Spiegelbild zu. Ich trage das schwarze ärmellose Kleid, das Charlie für mich ausgesucht hat, und meine Haare sind hochgesteckt, so dass nichts mein Schlüsselbein und meine bloßen Schultern verdeckt. So kleide ich mich sonst nie, und ohne meine Jeans und Converse fühle ich mich seltsam verletzlich. Während ich mich noch mit prüfendem Blick betrachte, klingelt es, und ich zucke heftig zusammen.

Cupid. Er ist hier.

Mir wird richtig mulmig vor Nervosität.

»Ich gehe schon!«, rufe ich.

Ich begutachte mich noch einmal im Spiegel, dann hole ich tief Luft und gehe nach unten. Meine Hand verharrt einen Moment über der Türklinke, bevor ich aufmache.

Cupid sieht ganz anders aus als sonst. Er trägt einen dunkelblauen Anzug mit einer hellblauen Krawatte über einem blütenweißen Hemd. Das matte Licht auf der Veranda umschmeichelt die harten Kanten seines Gesichts und verleiht seinen dunkelblonden Haaren noch hellere Nuancen. Seine Augen mustern mich begierig.

»Lila«, sagt er leise. »Du siehst ... Ich meine ... wow. Du siehst umwerfend aus.«

Ich trete verlegen von einem Fuß auf den anderen. »Ich ... äh ... danke.«

»Nervös?«

»Ich ... äh ...«

Er grinst schelmisch. »Wegen der Arrows, meine ich.«

Ich sehe zu ihm auf. »Nun, da sie planen, mich heute Abend zu entführen, schon ein bisschen, ja ...«

»Ich hab etwas für dich«, sagt er, streckt seinen Arm aus, den er bisher hinter dem Rücken verborgen hat, und reicht mir eine rosarote Rose. Behutsam nehme ich sie entgegen.

»Danke«, sage ich. »Die ist wunderschön.«

»Wer ist das?«, fragt Dad, der in diesem Moment hinter mir auftaucht, und legt mir sanft eine Hand auf die Schulter.

Ich stöhne innerlich; ich wollte wirklich nicht, dass die beiden sich begegnen.

Cupid grinst erneut und streckt die Hand aus. »Freut mich, Sie kennenzulernen, Sir«, sagt er. »Ich bin Cupid.«

Mein Dad schweigt einen Moment, und in der Luft liegt eine deutlich spürbare Anspannung. Warum hat Cupid keinen normalen Namen?! Ich beiße in Erwartung seines vernichtenden Urteils die Zähne zusammen, doch stattdessen lacht Dad nur leise und schüttelt ihm die Hand.

»Ein Witzbold, was?«, sagt er. »Tja, ich schätze, einen

Liebesengel können wir hier gut gebrauchen.« Mit amüsiert funkelnden Augen sieht er zu mir herunter und küsst mich auf die Stirn. »Viel Spaß, Süße.«

Mich durchflutet eine Welle der Erleichterung. »Danke, Dad«, sage ich lächelnd.

Cupid bietet mir seinen Arm. »Nun, wollen wir?«

Zaghaft hake ich mich bei ihm unter. Trotz der kalten Abendluft fühlt er sich warm an. Er sieht mich an und lächelt, während er mich zu seinem Auto am Ende der Einfahrt führt. Er öffnet die Beifahrertür für mich und geht um die Motorhaube herum zur Fahrerseite. Ich winke meinem Dad zum Abschied, und kurz darauf fahren wir los. Eine Weile herrscht Schweigen, und mich überkommt ein leicht unbehagliches Gefühl.

»Die Waffen sind alle gut versteckt, oder?«, frage ich schließlich. »Alle wissen, was sie zu tun haben? Charlie ist immer noch bereit, das alles zu machen?«

»Ja, keine Sorge«, versichert Cupid mir. »Charlie wird ihre Kontaktperson bei den Arrows benachrichtigen, sobald der Ball losgeht, und unter dem Vorwand, dass es ein Problem gibt, ein Treffen mit ihnen vereinbaren. Dann schnappen wir sie uns, finden heraus, wo Crystal gefangen gehalten wird, und arrangieren einen Geiselaustausch.«

Beim Gedanken an Charlies Plan wird mir flau im Magen. Sie wird das ganze Risiko auf sich nehmen, und das erscheint mir nicht richtig.

»Ich werde sie die ganze Zeit im Auge behalten«, sagt Cupid, der meinen besorgten Gesichtsausdruck anscheinend bemerkt hat. »Ich lasse nicht zu, dass sie in Gefahr gerät.«

»Gibt es denn nichts, was ich tun kann?«

Er schüttelt den Kopf. »So schade ich das auch finde und so öde der zweite Teil des Abends dadurch werden wird, es ist besser, wenn du bei meinem Bruder bleibst. Die Arrows wollen mindestens einen von uns; es ist besser, wenn wir es ihnen nicht zu leicht machen. Keine Sorge – wir werden den Ball in vollen Zügen genießen, bis sie aufkreuzen«, fügt er hinzu, als wäre meine größte Sorge, dass ich einen Teil des Abends mit Cal verbringen muss. »Ich werde mich um die Arrows kümmern, Cal wird auf dich aufpassen, während ich weg bin, und zum letzten Tanz bin ich auf jeden Fall wieder da. Versprochen.«

Er schenkt mir ein gewinnendes Lächeln, seine Augen glitzern im Licht der Straßenlaternen.

»Nun«, sage ich trocken, »ich denke, das geht in Ordnung … solange du zum letzten Tanz wieder da bist.«

Er sieht mich einen Moment länger, als mir lieb ist, eindringlich an, sein Gesicht plötzlich wieder ernst. »Ich würde eine ganze Armee bekämpfen, um mit dir zu tanzen.«

37. Kapitel

Wir laufen durch die leeren Schulflure. An der geschlossenen Tür zur Turnhalle, durch die Musik hervordringt, bleiben wir stehen. Cupid wendet sich mir zu und reicht mir den Arm. Ich hake mich bei ihm unter, und gemeinsam betreten wir den Ballsaal.

Der sonst so graue, triste Raum erstrahlt jetzt in leuchtenden Rosatönen. An der hinteren Wand hängt ein riesiges Transparent mit der Aufschrift *Willkommen beim Forever-Falls-Ball*, und die rosaroten, schwarzen und weißen Ballons, die Cupid und ich vorhin aufgeblasen haben, sind zu Bündeln zusammengefasst und überall im Raum aufgehängt worden. Eine blitzende, fuchsienfarbene Discokugel beleuchtet Hunderte Schüler, und eine Wand und das DJ-Pult in der Ecke sind mit weißen Feenlichtern geschmückt.

Sofort entdecken wir Cal, der alleine auf einer der Bänke sitzt. Wir gehen zu ihm, und er blickt auf, als wir uns nähern. Meine Augen werden groß, als ich ihn von nahem sehe. Er sieht anders aus als sonst – irgendwie ... erwachsener. Er trägt einen dunkelgrauen Anzug und darunter ein schwarzes Hemd, das seine blonden Haare, die er sich aus dem Gesicht gekämmt hat, noch heller erscheinen lässt.

»Charlie ist dort drüben«, sagt er und deutet mit einer Kopfbewegung auf die andere Seite des Saals.

Als ich seinem Blick folge, sehe ich meine Freundin in einem wallenden, magentaroten Kleid in der Menge tanzen.

Cupid zieht eine Augenbraue hoch. »Also, als ich gesagt habe, du sollst sie im Auge behalten, meinte ich nicht, dass du den ganzen Abend auf einer Bank sitzen und sie wie ein Spanner begaffen sollst ... Geh tanzen! Hab zur Abwechslung mal ein bisschen Spaß.«

Cal macht ein mürrisches Gesicht und trinkt einen Schluck von seinem rosafarbenen Fruchtpunsch. »Ich glaube, du hast für uns beide mehr als genug Spaß.« Er hält einen Moment inne und wendet sich dann an mich. »Du siehst hübsch aus, Lila«, sagt er förmlich.

Das Kompliment bringt mich einen Moment aus der Fassung. »Ähm ... danke. Du siehst auch nicht schlecht aus.«

»Ja ... also ...« Er dreht sich hastig wieder zur Tanzfläche um, und ich sehe zu Cupid auf, der die Achseln zuckt.

»Komm«, sagt er. »Gehen wir tanzen.«

Ich will ihm gerade folgen, da spüre ich einen stechenden Blick im Nacken. Als ich mich umdrehe, sehe ich James in einem schwarzen Anzug am anderen Ende der Halle stehen; er beobachtet uns mit missmutigem Gesicht. Ich ergreife Cupids Hand, als er mich auf die Tanzfläche führt. Heute Abend wird es schon genügend Drama geben, ohne dass James auch noch darin verwickelt wird.

Cupid grinst. »Ich glaube, jemand ist eifersüchtig«, flüstert er mir ins Ohr.

Ich spüre seinen warmen Atem auf meinem Gesicht, und meine Haut kribbelt.

»Tja, dann hätte er wohl nicht meine beste Freundin küssen sollen, oder?«

Cupids Augen funkeln. »Mir hat er damit einen großen Gefallen getan.«

Als wir uns Charlie nähern, sehe ich, wie sie ihr Handy hervorkramt und einen nervösen Blick darauf wirft. Lächelnd fasse ich sie am Arm, doch sie dreht sich mit schreckgeweiteten Augen zu mir um. Sie will gerade etwas sagen, als vom Rand der Tanzfläche plötzlich panische Schreie ertönen. Ich fühle, wie Cupid sich neben mir anspannt, und aus dem Augenwinkel sehe ich Cal erschrocken aufspringen.

Charlie begegnet meinem Blick. »Das sind sie. Sie haben mir befohlen, dich *jetzt sofort* zu ihnen zu bringen; sie sorgen für Ablenkung, damit ich dich unbemerkt von Cupid wegschleusen kann.«

Im nächsten Moment höre ich Hunderte Pfeile durch die Luft sausen. Die Schüler stolpern in ihrer Hast zu fliehen übereinander; auch wenn sie die Capax nicht sehen können, spüren sie, dass etwas Schlimmes vor sich geht. Cal rennt durch die panische Menschenmenge auf uns zu. Er wechselt einen Blick mit seinem Bruder.

»Nun, das gehört nicht zu unserem Plan«, sagt Cupid. »Bruderherz, pass auf Lila auf. Charlie, sag ihnen, dass du auf dem Weg bist, und komm mit.«

Er hält einen Moment inne und blickt mir in die Augen. Er sieht aus, als wolle er etwas sagen.

»Ich komme schon klar«, versichere ich ihm entschieden.

»Sei vorsichtig.«

Er nickt und drängt sich durch die Menge zum Ursprung des Aufruhrs. Ich ergreife Charlies Hand und drücke sie. Sie sieht mich mit fest entschlossenem Blick an. »Wir schaffen das.«

Damit dreht sie sich um und folgt Cupid zum Ausgang der Turnhalle.

Cal packt mich am Arm. »Wir müssen hier weg!«

Wir eilen los, Cal direkt vor mir. Unterwegs werde ich

immer wieder von Leuten angerempelt, die panisch versuchen zu entkommen, und ich kann kaum sehen, wo ich hintrete. Da höre ich plötzlich ein Surren und spüre einen heißen Schmerz in meiner Schulter. Wie angewurzelt bleibe ich stehen.

»Cal?«

Erschrocken wirbelt er herum, und seine silbrigen Augen werden groß. »Lila!«

Auf einmal durchströmt mich eine seltsame Euphorie. Ich sehe an mir hinunter, und mein Blick verschwimmt einen Moment. Aus meiner Brust ragt ein Pfeil.

Huch?

Ich ziehe ihn mit einem Ruck heraus und sehe zu, wie er in meiner Hand zu Asche zerfällt. Cal springt vor und fängt mich auf, als ich zu Boden sinke.

Cals Gesicht ist dicht vor mir. Überall um uns herum tanzen Leute zu lauter Dance-Music, die aus den Lautsprechern dröhnt. Das rosarote Licht flackert im Takt zur Musik. Ich blinzle ein paarmal und versuche zu begreifen, was hier vor sich geht. Ich muss in Ohnmacht gefallen sein oder so.

»Lila?«, fragt Cal sanft. »Lila, ist alles in Ordnung?«

»Ich … äh …«

Plötzlich wird mir klar, dass ich in Cals Armen liege. Trotz seiner schlanken Statur kann ich die Kraft in seinen angespannten Muskeln spüren. Ich mustere ihn einen Moment verwundert, und er zieht mich schnell hoch. Sein Gesicht ist nur wenige Zentimeter von meinem entfernt, und ich sehe etwas Seltsames darin aufblitzen, ehe er mich hastig loslässt und einen Schritt zurücktritt.

»Alles in Ordnung?«, erkundigt er sich erneut. Seine silbrigen Augen sind von Sorge erfüllt.

»Ja«, antworte ich, »mir geht's gut ... Was ist passiert? Bin ich in Ohnmacht gefallen? Wo ist Cupid? Wo ist Charlie?«

»Sie sind hinter den Arrows her«, antwortet er zögerlich. »Ich weiß, du kannst dich nicht daran erinnern, aber du wurdest gerade von einem Capax getroffen, Lila.«

Verwirrt starre ich ihn an. »Bist du sicher? Ich kann die Pfeile sehen ... Du hast sie mir gezeigt, weißt du noch?«

Cal nickt langsam. »Ja, du kannst sie sehen«, sagt er, »aber du bist immer noch ein Mensch. Denk dran, was ich dir gesagt habe. Wenn ein Mensch von einem Pfeil getroffen wird, vergisst er es sofort.«

Ich ziehe die Stirn kraus.

Ein Capax? Aber mir geht's gut.

Um uns herum verblasst das grelle rosarote Discolicht allmählich, und sanftere Töne verwischen die harten Kanten von Cals Gesicht, als ein langsames Lied beginnt. Die Leute in der Turnhalle finden sich zu Pärchen zusammen und tanzen engumschlungen miteinander. Ich sehe Cal an. Etwas an ihm ist anders als sonst. Irgendwie klarer. Ich verspüre den heftigen Drang, ihm nahe zu sein. Er hält Blickkontakt, aber er scheint sich unbehaglich zu fühlen.

Ich trete näher an ihn heran. »Tanz mit mir.«

Seine Augen werden groß. »Ich ... äh ... Lila, wir sollten wahrscheinlich von hier verschwinden ... uns irgendwo verstecken und auf Cupid und Charlie warten ...«

Ich schüttele den Kopf. »Wir sind jetzt hier. Die Arrows sind offenbar weg, und Cupid weiß, wo er uns findet.«

Ich trete noch einen Schritt auf ihn zu. Er weicht nicht zurück, aber ich kann ihm ansehen, wie aufgewühlt er ist.

»Lila … Das ist keine gute Idee. Du kannst gerade nicht klar denken. Das ist der Capax.«

Ich sehe ihm in die Augen. »Es ist nur ein Tanz.«

Ich hebe meine Hand mit der Handfläche nach oben. Er starrt sie einen Moment mit fassungslosem Gesicht an, dann ergreift er sie zögerlich. Einen kurzen Augenblick verschränken sich unsere Finger ineinander, doch dann zieht er die Hand hastig zurück. Ich sehe ihn durchdringend an und lege ihm meine andere Hand in den Nacken. Sofort versteift er sich. Ich kann hören, wie sich sein Atem beschleunigt, als er behutsam meine Taille umfasst. Ich schmiege mich noch näher an ihn, während wir uns im Takt der Musik wiegen.

»Als wir uns in der Agentur zum ersten Mal begegnet sind, hast du mir eine Tasse gezeigt«, sage ich. »Darauf stand: *Der beste feste Freund der Welt*. Warst du mal verliebt?«

Er zögert, nickt dann aber. »Ja.«

»Was ist passiert?«

Auf einmal hat er einen tieftraurigen, verlorenen Ausdruck in den Augen. »Lila … ich glaube wirklich nicht …«

»Erzähl es mir.«

Cal seufzt. »Das ist lange her. Ich hatte Gefühle für einen Menschen. Das war nicht erlaubt, und man machte Jagd auf uns, um uns zu bestrafen.« Er sieht mich niedergeschlagen an. »Ich konnte sie nur retten, indem ich sie in einen Cupid verwandelte«, sagt er, und die Verbitterung ist ihm deutlich anzuhören. »Also habe ich es getan.«

Ich spüre die angespannten Muskeln in seinen Schultern unter meinen Fingerspitzen.

»Danach hat sie mich nicht mehr geliebt – nicht wie vorher. Ich habe es beendet und bin zur Agentur zurückgekehrt, als die Gefahr vorüber war. Sie hat sich der Niederlassung in London angeschlossen.« Er wendet den Blick ab, als würde er sich schämen. »Zum Jahrestag ihrer Verwandlung hat sie mir immer ein Geschenk geschickt. Die Tasse war eines davon.«

Ich ziehe sein Gesicht zärtlich näher zu mir. Seine Augen glänzen.

»Liebst du sie immer noch?«

Er schüttelt den Kopf. »Nein, nicht mehr. Nicht wie früher.«

Eine Weile sehen wir einander schweigend an. Irgendjemand anderem so nahe zu sein wäre mir wahrscheinlich unangenehm, aber mit Cal fühlt sich das irgendwie völlig okay an.

»Lila, das ist nicht richtig ... Wir sollten nicht ... Du wurdest von dem Capax getroffen ...«

Ich schmiege mich noch näher an ihn und umfasse sanft seine Wange. Er beugt sich zu mir vor, bis seine Stirn ganz leicht an meiner ruht. Dann springt er plötzlich zurück. Mit einem entsetzten Ausdruck im Gesicht blickt er über meine Schulter.

Ich drehe mich um.

Cupid.

Mir stockt der Atem. Er trägt kein Jackett mehr, und die Ärmel seines Hemdes sind hochgekrempelt, so dass man seine muskulösen Arme sehen kann. Seine Haare sind leicht zerzaust, und über seinem linken Auge prangt ein Bluterguss, als hätte er sich geprügelt. Sobald ich ihn erblicke, überkommt mich das unwiderstehliche Bedürfnis, ihm nahe zu sein; meine Finger seinen muskulösen Rücken hinuntergleiten zu lassen, seinen Kuss zu schmecken, seine Lippen auf meinen zu spüren …

»Cupid.«

Ich werde von einer heißen Leidenschaft verzehrt, meine Haut scheint in Flammen zu stehen. Mein Herz pocht so heftig, als würde es jeden Moment aus meiner Brust auf ihn zuspringen. Er sieht erst mich, dann seinen Bruder irritiert an.

»Sie wurde von einem Capax getroffen«, erklärt Cal.

Ich gehe auf Cupid zu, den Blick starr auf sein markantes Gesicht gerichtet. Ich wollte nie etwas mehr, als dass er mich küsst. Einen Moment scheint ihn mein eindringlicher Blick in Bann zu schlagen. Dann schluckt er schwer und zwingt sich zu einem Lächeln.

»Komm schon, Sonnenschein«, sagt er und legt mir eine Hand auf den Rücken. »Bringen wir dich zurück. Du musst deinen Rausch ausschlafen.«

Er wirft seinem Bruder über die Schulter einen vorwurfsvollen Blick zu.

»Ich habe ein paar Arrows ausgeschaltet, aber hier könnten noch mehr sein. Wir müssen zurück. Unser Plan hat sich geändert, und ich fürchte, das wird keinem von euch gefallen.«

»Wo ist Charlie?«, frage ich plötzlich, obwohl alle Gedanken an meine Freundin vernebelt und weit weg sind. Meine Haut fühlt sich glühend heiß an, wo Cupid mich berührt.

»Ja … deswegen die Planänderung … Ich erkläre es euch im Auto.«

Er führt mich durch die Menge auf der Tanzfläche und aus der Turnhalle. Cal folgt uns, den Blick betreten zu Boden gerichtet.

38. Kapitel

Ich schrecke mitten in der Nacht aus dem Schlaf auf. Desorientiert blicke ich mich um. Ich liege in einem großen Himmelbett, die Laken fühlen sich auf meiner Haut seidenweich an. Es ist noch dunkel, aber durch das vorhanglose Fenster auf der anderen Seite des Zimmers scheint der Mond herein. Er beleuchtet einen Stapel ramponierter Bücher auf dem Nachttisch. *Ich bin in Cupids Bett.*

Ich zwinge mich, die Ereignisse der letzten Stunden noch einmal im Kopf durchzugehen: die Arrows, die unglaublich starke Anziehung, die Cupid auf mich ausübte, und dass ich ins Bett gebracht wurde, um die Wirkung des Capax auszuschlafen. Beschämt vergrabe ich das Gesicht in den Händen.

O Gott, habe ich mit Cal getanzt?

Mir stockt der Atem, als ich mich plötzlich erinnere, was mit Charlie geschehen ist. Cupid hat es uns im Auto erzählt. Als mehr Arrows als erwartet auftauchten, hatten die beiden improvisieren müssen. Sie hatten einen Streit vorgetäuscht, und als den Arrows klarwurde, dass ihre Chance, mich zu entführen, vertan war, hatten sie Charlie angeboten, mitzukommen. Und sie hatte sich darauf eingelassen.

Ich fasse es nicht, dass Cupid sie nicht aufgehalten hat. Er hat gesagt, ihr würde nichts passieren – dass wir das GPS-Signal auf ihrem Handy verfolgen und so sowohl Charlie als auch Crystal finden könnten. Aber das Ganze gefällt mir überhaupt nicht. Ich wollte nicht, dass sie sich in derart große Gefahr stürzt.

Ich wälze mich aus dem Bett. Ich muss wissen, ob Cupid und Cal sie schon gefunden haben; ich muss wissen, ob meine Freundin in Sicherheit ist. Schnell checke ich mein Handy, um zu sehen, ob sie mir vielleicht geschrieben hat, und tappe dann zur Tür. Ich trage immer noch mein Kleid, und meine Haare sind vollkommen zerzaust. Ich muss schlimm aussehen.

Als ich die Tür öffne, höre ich laute, wütende Stimmen von unten. Ich schleiche durch den Flur und eile auf leisen Sohlen die Wendeltreppe hinunter.

»Ich habe Crystals Bericht über den *Finis* noch einmal gelesen«, höre ich Cal aufgebracht rufen. »Der *Finis* kann *alle* töten, durch deren Adern Cupids Blut fließt! Genau so steht es da.«

Dann ertönt ein lautes Krachen, als Cal, wie ich vermute, das Buch auf die Küchentheke donnert.

»Was willst du mir damit sagen, Bruderherz?«, fragt Cupid.

»Ich bin nicht dein einziger Blutsverwandter, oder? Wenn du tust, was ich vermute …«

»Und was genau vermutest du?«

Einen Moment herrscht Schweigen.

»Du *willst* die Bindung mit deinem Match eingehen.« Cal senkt seine Stimme zu einem wütenden Flüstern. »Du willst das Böse zurückholen. Und du willst den *Finis*.«

Ich schleiche näher zur Tür, um besser hören zu können.

»Du willst ihn nicht, um dich zu verteidigen, du willst sie töten …«

»Und was, wenn du recht hast?«, erwidert Cupid. »Wäre das nicht besser? Wenn wir nicht mehr in ständiger Angst leben müssten? Du und Amena, ihr könntet wieder zusammen sein ...«

»Ich liebe sie nicht mehr!«, braust Cal auf.

Wieder ist es eine Zeitlang still.

»Nun, nach der Vorstellung auf dem Ball ... sieht wirklich ganz danach aus, als hättest du damit abgeschlossen.« In Cupids Stimme schwingt ein Hauch Eifersucht mit.

Cal schweigt einen Moment. »Du solltest nicht so viele Leben in Gefahr bringen«, sagt er schließlich leise.

Schritte nähern sich der Tür, und ich husche hastig, mit wild hämmerndem Herzen, zurück durch den Flur. Die beiden sollen nicht erfahren, dass ich sie gehört habe. Ich muss das alles erst einmal verdauen.

»Und vor allem solltest du Lilas Leben nicht aufs Spiel setzen«, höre ich Cal gerade noch sagen, bevor ich die Schlafzimmertür zuziehe.

Das Herz schlägt mir bis zum Hals, als ich wieder unter die Decke krieche. Ich fürchte, ich kann Cupid nicht mehr trauen.

Ich liege stocksteif in Cupids Himmelbett und starre zur Decke hoch. Mein Herz rast immer noch. Cal hat gesagt, Cupid wolle die Bindung mit seinem Match eingehen. Er meinte, er habe vor, jemanden umzubringen. *Aber wen? Benutzt er mich nur?*

Ich will hier weg – aber ich kann nicht gehen, solange Charlie in Gefahr ist. Mir schwirrt der Kopf. Plötzlich höre ich Schritte den Flur herunterkommen. Ich kneife die Augen zu und liege ganz still. Ein leises Klopfen an der Tür lässt mich erschrocken zusammenfahren, und mein gesamter

Körper versteift sich. Ich will nicht, dass die Brüder erfahren, dass ich sie gehört habe. Besonders nicht Cupid. Noch nicht – nicht bis ich weiß, was ich tun soll.

Wieder klopft es leise.

»Lila?«, erklingt Cupids Stimme. »Bist du wach?«

Ich antworte nicht. Er klopft erneut.

»Lila?«

Ich atme tief durch und setze mich auf, lehne mich ans Kopfende des Bettes und ziehe die Seidendecke bis zum Kinn hoch.

»Ja.«

Cupid öffnet die Tür, und durch den Spalt fällt ein schmaler Streifen Licht herein. Er betritt das Zimmer und kommt zu mir. Er hat seinen Anzug ausgezogen und trägt jetzt graue, schlabbrige Jogginghosen und ein weißes T-Shirt. Er setzt sich zu mir auf die Bettkante und legt einen Stapel zusammengefalteter Klamotten neben sich ab.

Der Mond, der zum Fenster hereinscheint, malt dunkle Schatten auf sein Gesicht. Sein Kiefer ist angespannt, und er atmet schwer. Hat ihm das Gespräch, das er gerade mit Cal geführt hat, so sehr zu schaffen gemacht?

»Habt ihr Charlie schon gefunden?«, frage ich so gelassen wie möglich.

Er sieht mich einen Moment argwöhnisch an, als wisse er, dass etwas nicht stimmt. Ich verfluche mich innerlich und versuche, ruhiger zu atmen und das leichte Zittern meiner Hände zu unterdrücken. Adrenalin rauscht durch meine Adern.

»Irgendetwas stört das Signal«, sagt er, »aber sie wird uns eine Nachricht schicken, wenn sie kann. Sie ist in Sicherheit, keine Sorge; die Arrows denken, sie wäre eine von ihnen.«

Mein Herz wird schwer. Ich will sie unbedingt finden – ich will meine beste Freundin zurück. Cupid schweigt einen Moment.

»Ich wollte nur sehen, ob bei dir alles okay ist«, sagt er schließlich.

»Mir geht's gut.«

Er sieht mich prüfend an. »Bist du sicher?«

Ich setze ein Lächeln auf und nicke entschieden.

»Ich hab dir was zum Anziehen gebracht«, sagt er. »Nur ein altes T-Shirt und Shorts von mir. Ich dachte, das wäre bequemer.«

Ich nicke erneut.

Er mustert mich einen Moment nachdenklich. »Ich weiß, du machst dir Sorgen um deine Freundin, aber ihr wird nichts passieren. Wir holen sie und Crystal im Handumdrehen da raus. Vertrau mir.«

Ich ringe mir ein Lächeln ab, aber mein Herz pocht wild.

Cupid taxiert mich mit durchdringendem Blick.

»Du hast mit meinem Bruder getanzt«, sagt er nach längerem unangenehmem Schweigen. Seine Stimme klingt leicht gepresst, als koste es ihn Überwindung, mich darauf anzusprechen.

Sein Blick brennt sich in mich hinein. Ich zucke die Achseln, unsicher, was ich darauf antworten soll.

»Das war nur der Capax«, sagt er, steht auf und marschiert ohne ein weiteres Wort zur Tür.

Ist er etwa eifersüchtig?

»Cupid?«

Er sieht über die Schulter zu mir zurück.

»Wer hat die Matchmaking-Agentur gegründet?«

Er sagt nichts, aber ich sehe den Argwohn in seinen Augen. Ahnt er etwa, dass ich sein Gespräch mit Cal belauscht habe? Sein Gesicht verfinstert sich, und plötzlich fühlt sich die Luft zwischen uns bleischwer an.

»Wir haben eine Vereinbarung, Cupid.«

Er nickt schroff. »Morgen«, sagt er. »Wir gehen gleich morgen früh ins Love Shack, und dann erzähle ich dir alles.« Sein Lächeln erreicht nicht seine Augen.

»Morgen«, wiederhole ich.

»Schlaf noch ein wenig.«

Er schließt leise die Tür hinter sich, und ich höre, wie sich seine Schritte den Flur hinunter entfernen. Mit einem leisen Seufzen kuschele ich mich wieder unter die Decke und atme tief durch.

Morgen werde ich endlich Antworten bekommen.

Ich wache auf, als sich die ersten Sonnenstrahlen durchs Fenster stehlen, und greife sofort nach meinem Handy. Ich hatte gehofft, Charlie hätte vielleicht eine Nachricht geschickt, aber sie hat sich noch nicht gemeldet. Stöhnend wälze ich mich aus dem Bett und mache mich auf den Weg nach unten. Ich trage das T-Shirt und die Shorts, die Cupid mir gegeben hat, und ich will mich noch schnell umziehen, bevor wir ins Love Shack gehen.

Cal sitzt mit einer Tasse Kaffee an der Küchentheke, als ich hereinkomme, und starrt gedankenverloren ins Leere. Er sieht aus, als hätte er die ganze Nacht kein Auge zugetan.

Die Geschichte des Finis liegt aufgeschlagen vor ihm. Als ich auf ihn zukomme, zuckt er erschrocken zusammen.

»Hi, Cal.«

Ich erröte, als er zu mir aufblickt. Plötzlich liegt eine deutlich spürbare Anspannung in der Luft; ich weiß, dass wir beide an unseren Tanz gestern Abend denken.

»Lila«, sagt er und nickt mir zur Begrüßung kurz zu. Dann senkt er hastig den Blick.

»Gibt's was Neues?«, frage ich.

Er schüttelt den Kopf. »Anscheinend hat Charlie, wo immer sie ist, keinen Empfang. Wir können nur abwarten und hoffen, dass sie es schafft, uns heute eine Nachricht zu schicken.«

Er widmet sich wieder seiner Lektüre.

»Was machst du da?«, erkundige ich mich.

Er sieht auf das ledergebundene Buch hinunter und seufzt tief. »Ich suche nach einem Hinweis, wo Crystal den *Finis* versteckt haben könnte. Als sie verschleppt wurde, hat sie gesagt: ›Ich war nicht immer eine Rezeptionistin.‹ Was meinte sie damit?« Sichtlich aufgewühlt, fährt er sich mit der Hand durch die Haare.

»Was war sie, bevor sie Rezeptionistin wurde?«, frage ich.

Er zuckt die Achseln. »Eine normale Agentin«, sagt er. »Genau wie ich. Und davor war sie ein Mensch. Aber das hilft uns nicht weiter.«

Ich denke einen Moment nach. »Wann hat sie als Rezeptionistin angefangen?«

»Ich weiß nicht genau. Irgendwo müsste das jedoch verzeichnet sein.«

Er sieht zu mir auf, schon ein bisschen munterer. »Hey. Das könnte tatsächlich helfen!«

»Kling nicht so überrascht«, sage ich mit einem schiefen Grinsen und gehe zur Tür. »Ich schaue schnell zu Hause vorbei. Ich will mich umziehen und nach meinem Dad sehen.«

Cal zieht eine Augenbraue hoch. »In dem Aufzug?«, fragt er. »Wird er sich nicht fragen, wo du warst?«

Ich sehe auf das riesige T-Shirt, die schlabbrigen Shorts und Absatzschuhe hinunter und zucke die Achseln.

Cal seufzt und steht auf. »Komm, ich fahre dich.«

Ich folge ihm nach draußen zu seinem Lamborghini. Auf der Fahrt herrscht angespanntes, betretenes Schweigen. Vor meinem inneren Auge sehe ich unsere ineinander verschränkten Finger und wie er seine Stirn an meine legt. Hitze steigt mir ins Gesicht, und ich versuche mich abzulenken, indem ich aus dem Fenster starre.

»Du triffst dich heute mit Cupid, oder?«, fragt er unvermittelt.

Ich nicke.

»Er wird dir deine Fragen beantworten?«

Erneut nicke ich. Cal seufzt schwer, während er vor meinem Haus hält. Er sieht aus, als würde er die ganze Welt auf seinen schmalen Schultern tragen.

»Ich werde nicht versuchen, dich aufzuhalten«, sagt er. »Es verstößt gegen unsere Firmenvorschriften, Menschen in unsere Geheimnisse einzuweihen. Aber nichts ist schlimmer als das, was passieren wird, wenn ihr beide eine feste Bindung eingeht. Es wird Zeit, dass du die Wahrheit erfährst.«

Ich frage mich, ob seine hitzige Diskussion mit Cupid letzte Nacht für diesen Sinneswandel verantwortlich ist.

Ich steige aus und mustere ihn mit ernstem Blick. »Ja, das finde ich auch.«

39. Kapitel

Eine halbe Stunde später laufe ich die Gasse zum Love Shack hinunter. Cupid wartet schon auf mich. Die Luft riecht nach Blumen vom Floristen, und der übermäßig süße Duft, gemischt mit meiner Nervosität, dreht mir den Magen um. Ich habe so ein Gefühl, dass mir nicht gefallen wird, was Cupid mir zu sagen hat.

Eric drückt mir einen Stempel auf die Hand, und ich gehe hinein. Tagsüber sieht der Schuppen sogar noch schäbiger aus. Ein paar Sonnenstrahlen kämpfen sich durch die verhängten Fenster und beleuchten das Stroh und die klebrigen Flecken überall am Boden. Um diese Uhrzeit ist kaum jemand hier, und ich sehe Cupid sofort. Er sitzt an einem rosafarbenen Tisch am anderen Ende des Raums, den Blick auf mich gerichtet.

Ich hole tief Luft und gehe zu ihm. Er trägt Jeans und ein Baumwoll-T-Shirt, das seine angespannten Muskeln noch betont. Er sitzt aufrechter als gewöhnlich und hat einen harten Zug um den Mund. Sein Gesicht ist ungewohnt finster, als ich mich ihm gegenübersetze. Er schenkt mir ein Lächeln, doch es wirkt gezwungen.

Eine Kellnerin mit einer Kette aus Papierblumen um den Hals stellt eine Kanne Kaffee vor uns ab. Cupid gießt das dunkle Gebräu in zwei Tassen und sieht mich dann eindringlich an.

»Also, Lila«, sagt er. »Was willst du wissen?«

Sein Blick ist unglaublich intensiv. Ich denke an all die

Dinge, die ich ihn fragen will – wo soll ich bloß anfangen? Ich trinke einen Schluck Kaffee, um Zeit zu gewinnen.

»Warum wäre es so schlimm, wenn die Gründerin zurückkäme?«, frage ich dann. »Warum hat Cal solche Angst davor?«

»Er denkt, das wäre das Ende der Welt.«

Verblüfft ziehe ich die Augenbrauen hoch. »Und wäre es das?«

Cupid erwidert meinen Blick, ohne mit der Wimper zu zucken. »Vielleicht.«

»Ist es das, was du willst? Willst du, dass die Gründerin zurückkommt? Dass die Welt untergeht?«

Cupid holt tief Luft, sichtlich enttäuscht. »Du hast uns letzte Nacht gehört. Ja, ich wollte, dass die Gründerin zurückkommt, aber nicht, dass die Welt untergeht. Ich wollte die Welt *retten*. Aber jetzt ...« Er sieht mich traurig an. »Ich hätte nie erwartet, dass mir das so nahegehen würde ... das mit dir, das mit uns, das *alles*. Ich will dich nicht in Gefahr bringen, Lila. Aber ich fürchte, es ist bereits zu spät.«

Mein Herz schlägt schneller. Die Antwort auf meine nächste Frage sollte mir alles sagen, was ich wissen muss.

»Wer hat die Agentur gegründet?«

Cupid sieht mich an und fährt sich unruhig mit der Hand durch die Haare. »Sie ist unsäglich mächtig, gefährlich, unaufhaltsam. Sie hat viele Namen«, sagt er. »Aphrodite, Hathor, Venus ... sie ist die ursprüngliche Göttin der Liebe.« Sein Gesicht wird noch finsterer. »Oder wie Cal und ich sie nennen: Mutter.«

Einen Moment herrscht bedrücktes Schweigen. Ich starre Cupid über den Tisch hinweg ungläubig an.

»Venus? Wie die Göttin?«

Er nickt und behält mich dabei wachsam im Auge.

»Und sie ist ... deine Mutter?« Ich hätte besser aufpassen sollen, als wir in der Schule die klassische Mythologie durchgenommen haben.

Cupid seufzt. »Hör zu«, sagt er. »Ich weiß, das klingt verrückt ...«

»Und sie kommt zurück? Wenn wir eine Bindung eingehen? Was ... Ich meine ... Wie? Was? *Warum?*«

»Lila, hol erst mal tief Luft«, sagt er. »Ich kann es dir erklären.« Ohne zu fragen, schenkt er mir Kaffee nach. »Also, eins nach dem anderen. Was möchtest du zuerst wissen?«

»Oh, ich weiß nicht ...«, sage ich, »das Ende der Welt wäre ein guter Anfang.«

Cupid hält einen Moment inne und trinkt einen Schluck. Wieder fährt er sich nervös mit der Hand durch die Haare. »Dazu muss es nicht kommen. Aber wenn wir eine feste Bindung eingehen, wird sie zurückkommen.«

»Und ... warum wäre das so schlimm?«

»Das ist schwer zu erklären«, sagt er, »aber die Götter gehören nicht in diese Welt. Einst wandelten sie auf Erden und herrschten über alles. Sie kümmerten sich nicht im Geringsten um die Menschen – sie verlangten zahllose Opfer, Massaker, Kriege ... Venus war eine der mächtigsten und grausamsten von allen. Die Göttin der Liebe.« Er taxiert mich mit stechendem Blick. »Es gibt nichts Mächtigeres oder Grausameres als die Liebe.«

Ich brauche einen Moment, um das zu verdauen, presche dann aber mit meiner nächsten Frage weiter vor. »Warum wird sie zurückkommen, wenn wir eine Bindung eingehen?«

Er reibt sich nachdenklich das Kinn. »Vor etwa zweitausend Jahren hat sich etwas verändert. Die alten Götter zogen sich zurück, verfielen in Untätigkeit. Der Grund dafür war nie wirklich klar – vielleicht hatten die Menschen aufgehört, sie anzubeten, oder vielleicht waren sie dieses Leben einfach leid. Aber sie wachen noch immer über uns. Sie haben ihre Augen überall – in ihren Statuen, ihren verbliebenen Tempeln, und sie sehen auch durch jene, die ihnen noch immer dienen. Sie liegen auf der Lauer und warten nur auf eine Gelegenheit zurückzukommen.«

Er hält kurz inne und gibt mir etwas Zeit, seine Worte zu verarbeiten, dann fährt er fort: »Etwa tausend Jahre bevor die Götter von dieser Welt verschwanden hat Venus Everlasting Love gegründet. Das war die effizienteste Art, ihre Macht zu festigen. Jedes Mal, wenn ein Paar zusammengebracht wurde, gab ihr das mehr Kraft, und jeder Agent ging, sobald er sich verwandelt hatte, einen Vertrag mit ihr ein. Sie waren dazu verpflichtet, ihr zu dienen, indem sie Matches zusammenbrachten, und als Gegenleistung gewährte sie ihnen unmenschliche Stärke, ewige Jugend und Schönheit. Und an diesen Vertrag sind sie noch immer gebunden.«

Die Verwirrung ist mir mit Sicherheit deutlich anzusehen. »Aber was hat das alles mit mir zu tun?«, frage ich. »Warum wird sie zurückkommen, wenn wir eine Bindung eingehen?«

»Agenten ist es verboten, sich zu verlieben. Sie würde das nicht zulassen – diese Regel hat sie am strengsten durchgesetzt, indem sie jeden, der dagegen verstieß, schwer bestrafte und folterte.«

Ich sehe ihn irritiert an. »Warum?«

Er zuckt die Achseln. »Sie meinte, das wäre eine zu große

Ablenkung – dass es die Agenten davon abhalten würde, ihr bedingungslos zu dienen. Aber ich habe mich immer gefragt, ob nicht doch mehr dahintersteckt – irgendeine Macht, die freigesetzt würde, wenn ein Agent mit seiner Seelenverwandten zusammenkommt, und die gegen sie verwendet werden könnte.«

»Aber jetzt ist sie weg.«

Cupids Gesicht ist ungewöhnlich ernst. »Ja«, sagt er langsam, »aber bevor sie verschwunden ist, hat sie die Firmenvorschriften geschrieben. Darin hat sie Regeln aufgelistet, die, wenn jemand dagegen verstößt, dazu führen, dass sie zurückkommt und bei der Agentur für Ordnung sorgt. Und eine dieser Regeln war ...«

»*Kein Cupid darf je die Bindung mit einem Match eingehen*«, wiederhole ich die Worte, die an der Steinstatue im Hof der Agentur geschrieben stehen.

Diese Statue stellt Venus dar. Deshalb hat sie Cal immer so unruhig gemacht.

»Aber würde das wirklich das Ende der Welt bedeuten?«, frage ich.

Cupid schüttelt den Kopf. »Du kennst Venus nicht – du weißt nicht, wie es damals war. Denkst du wirklich, ein Gott würde sich damit zufriedengeben, nur über eine Organisation zu herrschen? Sie wird die Agentur wieder übernehmen ... und dann wird sie die ganze Welt übernehmen.«

Ich starre ihn fassungslos an, meine Gedanken überschlagen sich. Ich bemühe mich, aus dem, was er mir erzählt, schlau zu werden, aber es passt immer noch nicht alles zusammen.

»Vorhin sagtest du, du *willst*, dass sie zurückkommt.

Wenn sie wirklich so schrecklich ist ... warum solltest du das dann wollen?«

Sein Gesicht verfinstert sich. »Ich will sie beseitigen«, antwortet er, »ein für alle Mal. Wir leben schon seit Tausenden Jahren in Angst, ihren Regeln unterworfen. In dem Wissen, dass sie jederzeit zurückkommen und unser Leben zerstören könnte.« Er zuckt die Achseln. »Ich habe schon öfter ihre Regeln gebrochen ... sie lässt mir mehr durchgehen, weil ich bin, wer ich bin. Aber das könnte sie nicht ignorieren. Cupid höchstpersönlich mit seinem Match!« Er schüttelt reumütig den Kopf. »Was würden die anderen denken, wenn sie ihre wichtigste Vorschrift nicht mit aller Härte durchsetzt? Wenn ich diese Regel breche, wird sie zurückkommen.«

»Du willst sie herlocken und mit dem *Finis* töten.«

Er nickt.

»Das ist furchtbar«, sage ich. »Sie ist deine Mutter.«

Er presst die Lippen fest aufeinander, seine Augen lodern. »Du hast keine Ahnung, wovon du redest, Lila. Sie ist ein Monster.«

Mein Herz hämmert. Ich weiß nicht, was ich von alldem halten soll. Das Blut rauscht mir in den Ohren, doch ich halte Blickkontakt mit Cupid.

»Okay, das wird also passieren, wenn wir eine Bindung eingehen«, sage ich. »Aber was bedeutet das überhaupt? Was zählt als Bindung? Wir haben schon miteinander getanzt.«

Belustigung flackert in seinem Gesicht auf und vertreibt die Dunkelheit. »Es braucht schon mehr als das, Sonnenschein.«

Sein verschmitztes Grinsen treibt mir die Hitze ins Gesicht.

»Oh …!«

Er lacht. »Nein … nicht das. Eine Bindung entsteht, wenn beide Partner Gefühle füreinander entwickeln – Gefühle, die über bloße Anziehung hinausgehen. Mit anderen Worten: wenn sie sich ineinander verlieben.«

Ich schüttele stirnrunzelnd den Kopf. »Ich will wirklich nicht eine antike Göttin zurückbringen, damit du sie töten kannst …«

Cupid sieht mir ernst in die Augen. »Dann verlieb dich nicht in mich.«

Ich werfe ihm einen ärgerlichen Blick zu, während ich an gestern Abend zurückdenke: das dringliche Verlangen nach ihm, das ich kaum zu zügeln vermochte, das Feuer in meinen Venen. Und plötzlich überkommt mich eine heftige Wut – er hat mich benutzt, mich für seine eigenen Zwecke in Gefahr gebracht. Ich starre ihn zornig an.

»Keine Sorge, das werde ich nicht«, sage ich, bin mir aber selbst nicht sicher, ob ich es wirklich so meine. Trotz allem spüre ich jetzt, da er mir gegenübersitzt und mich mit seinen tiefgründigen Augen anblickt, überdeutlich, dass ich ihn immer noch will. Ich kann mir einfach nicht helfen. *Ich will ihn immer noch.*

Die Dunkelheit kehrt in seine Augen zurück. Er nickt. »Okay, gut«, sagt er, »dann werde ich das Gleiche tun.«

Ich fahre mir aufgebracht durch die Haare. Wenn wir noch mehr Zeit miteinander verbringen, *werden* wir uns ineinander verlieben. Genau das wollte Cal von Anfang an verhindern. Denn wenn das passiert, könnte das womöglich das Ende der Welt bedeuten.

»Mein Gott, Cupid, wie konntest du das tun? Alles, was

passiert ist – die Arrows, Charlie, Crystal –, das ist alles deine Schuld!«

Ich stehe so abrupt auf, dass mein Stuhl rückwärts umkippt und mit einem lauten Poltern auf dem Boden landet. Ein paar Kellner drehen sich zu mir um, aber ich beachte sie gar nicht.

»Mir reicht's«, sage ich. »Ich hab die Schnauze voll!«

Cupid springt auf, im Gesicht einen panischen Ausdruck. Ich sehe die Reue in seinen stürmischen Augen, spüre, wie mich seine Seele verzweifelt zu erreichen versucht.

»Lila, bitte ...«

»Nein, diese Bindung darf niemals zustande kommen. Ich muss mich von dir fernhalten.« Ich schüttele ungläubig den Kopf. »Ich fasse es nicht, dass ich tatsächlich angefangen habe, Gefühle für dich zu entwickeln ...«

Cupid streckt die Hand nach mir aus, lässt sie aber sofort wieder sinken, als er den Ausdruck in meinem Gesicht sieht. Ich habe ihn noch nie so erschüttert gesehen.

»Es tut mir leid«, sagt er und bemüht sich um einen ruhigen Ton. »Ich kannte dich nicht ... Ich hätte nie erwartet, dass ich so fühlen würde. Ich wollte dich nicht in Gefahr bringen. Ich dachte, das wäre der einzige Weg, meine Leute zu befreien und nach Hause zurückzukehren.«

Ich taxiere ihn mit wütendem Blick. »Du hast mich benutzt, um eine uralte Göttin wieder zum Leben zu erwecken!« Da wird mir plötzlich etwas klar. »Das hast du Selena im Elysium über mich erzählt. Das ist dein großes Geheimnis: dass du mich benutzen würdest, um Venus zurückzubringen. Deshalb hat Selena versucht, mich in einen Cupid zu verwandeln.«

Er holt tief Luft und nickt dann. Ich will hier weg – weg von *ihm* –, aber etwas in seinem Blick lässt mich innehalten.

»Wenn ich den *Finis* habe, werde ich gehen, das schwöre ich dir«, sagt er. »Wenn es das ist, was du willst. Aber bitte, bleib bis dahin bei mir. Solange wir keine tiefen Gefühle füreinander entwickeln, kann Venus nicht zurückkommen – aber die Arrows sind immer noch dort draußen. Du bist in Gefahr, Lila.«

Ich schüttele erneut den Kopf – in meinem Innern tobt ein Sturm aus Wut und Kummer. Ich weiche einen Schritt vor ihm zurück. »Ich muss gehen.«

Damit reiße ich den Blick von ihm los, drehe mich um – und pralle gegen Cals harte Brust. Einen Moment scheint es, als wolle er mich dafür zurechtweisen, dass ich nicht aufpasse, wo ich hinlaufe, aber dann sieht er mein Gesicht und beißt sich auf die Lippen. Seine silbrigen Augen richten sich auf Cupid, der sichtlich bestürzt hinter mir steht, und sein Gesicht nimmt einen Ausdruck grimmiger Zufriedenheit an. Dann wendet er sich wieder mir zu.

»Charlie hat sich gemeldet«, sagt er. »Ich weiß, wo sie ist. Ich weiß, wo sie Crystal gefangen halten.«

40. Kapitel

Mich durchströmt eine Welle der Erleichterung – Charlie ist okay!

»Wo sind sie?«

»Im Romeo's«, sagt Cal, »gleich um die Ecke. Kommt, wir müssen los. *Sofort.*«

Ohne ein weiteres Wort dreht er sich um und eilt aus dem Love Shack. Ich haste ihm nach und spüre, wie Cupid zu mir aufschließt. Ich versuche, meine Wut zu unterdrücken; jetzt geht es einzig und allein um Charlie.

»Kommen die beiden wieder in Ordnung?«, frage ich so ruhig wie möglich.

»Charlie geht es gut. Crystal ... da bin ich mir nicht so sicher. Nach so langer Zeit ... schwer zu sagen, in welchem Zustand sie sich befindet.«

Wir holen Cal in der Gasse ein und stürmen auf den Marktplatz. Der heruntergekommene Diner ist ungewöhnlich dunkel.

»Waffen?«, fragt Cupid.

»Drei schwarze Pfeile und ein Capax in meinem Rucksack.«

Cupid nickt, und wir rennen auf den Diner zu. Als wir ihn erreichen, sehen wir das Schild an der Tür: *Wegen Renovierungsarbeiten geschlossen.* Plötzlich fällt mir ein, dass James gesagt hat, er wäre schon die ganze Woche geschlossen. Das wäre der perfekte Ort, um einen Stützpunkt in der Nähe von Cupid und mir einzurichten, ohne dass wir etwas davon mitbekommen. Der Empfang war dort schon immer schlecht, daher ist es kein Wunder, dass Charlie so lange gebraucht hat, um uns zu erreichen. Ich wünschte, ich wäre früher darauf gekommen.

»Du musst nicht mit reinkommen«, sagt Cupid. »Was wir da drinnen sehen … das ist wahrscheinlich nicht schön.« Cal wirft seinem Bruder einen ärgerlichen Blick zu. »Wir können sie nicht allein hier draußen stehen lassen. Was, wenn einer von ihnen rauskommt und sie hier findet? Nein, bei uns ist sie sicherer.«

Cupid sieht mich verlegen an. »Sorry, vergiss, was ich gesagt habe. Du solltest wohl doch lieber mitkommen.«

»Natürlich komme ich mit. Meine beste Freundin ist dadrin.« Ich atme tief durch. Mein Herz hämmert.

Cupid sieht sich schnell um, ob uns auch niemand auflauert, und legt die Hand auf die Türklinke. »Lila«, sagt er und sieht mich eindringlich an, »wegen vorhin … Es tut mir wirklich leid …«

»Das ist nicht der richtige Zeitpunkt«, entgegne ich rasch. »Holen wir einfach Charlie und Crystal zurück.«

Er nickt, dann wirft er sich mit der Schulter gegen die Tür. Mit einem lauten Krachen fliegt sie auf. Wir betreten den Diner. Er ist leer, von nichts als Schatten erfüllt. Als ich diesen Ort zum letzten Mal gesehen habe, waren wir in der Sim. Ich denke an das Training und die Dämonen mit den schwarzen Augen, die uns angegriffen haben. Meine Hände zittern leicht, und ich stecke sie tief in meine Jackentaschen. *Ich habe gegen die simulierten Arrows gekämpft, aber kann ich auch gegen die echten kämpfen?*

Cupid bahnt sich einen Weg zwischen den Sitznischen hindurch zu der Tür hinter dem Tresen. Cal und ich folgen ihm. Dahinter liegt ein schmaler Korridor, in dem es feucht riecht. Eine Holztreppe führt hinauf, und ich höre leise Stimmen von oben.

Crystal und Charlie?

Cupid legt einen Finger an die Lippen und führt uns langsam die morsche Treppe hinauf. Mein Herz bleibt jedes Mal fast stehen, wenn das Holz unter meinen Füßen knarrt.

Schließlich kommen wir in einen weiteren feuchtkalten Korridor, der nur von einer flackernden Glühbirne an der Decke beleuchtet wird. Er führt zu einer geschlossenen Tür. Die Stimmen sind hier lauter.

Cupid schleicht weiter. Trotz seiner kräftigen Statur bewegt er sich flink und leichtfüßig. Vor der Tür bleibt er stehen. Cal öffnet leise den Reißverschluss seines Rucksacks und holt einen schwarzen Pfeil hervor. Als er merkt, dass ich ihn beobachte, wirft er mir einen besorgten Blick zu und zieht fragend die Augenbrauen hoch.

Ich nicke. *Mir geht's gut.*

Er lächelt matt, und gemeinsam schleichen wir zu Cupid. Wir warten draußen vor der Tür und lauschen angestrengt.

»Sie hat ziemlich deutlich gemacht, wo der *Finis* ist«, sagt eine Männerstimme mit starkem Akzent. »Ich habe die anderen Arrows benachrichtigt, sie werden ihn holen. Unsere Aufgabe ist erledigt. Beseitigen wir sie einfach.«

Cupid spannt sich an, und ich sehe, wie Cal den schwarzen Pfeil fester umklammert.

»Nein!«, höre ich Charlie heftig widersprechen, und mein Herz setzt einen Schlag aus. Einen Moment herrscht unbehagliches Schweigen. »Ich meine nur ... na ja ... was, wenn du dich irrst?«

Der Mann murmelt etwas Unverständliches.

»Sie hat recht«, erklingt eine spöttische Frauenstimme. »Unsere Leute können den *Finis* jetzt nicht beschaffen – er wird zu scharf bewacht. Sie werden um Mitternacht gehen, wenn die Wachen abgelöst werden. Wenn er wirklich dort ist, wo sie sagt, werden wir sie umbringen. Wenn nicht, brauchen wir sie noch.«

Cupid wendet sich uns zu, um etwas zu sagen, während das Gespräch auf der anderen Seite der Tür weitergeht. Bei der Bewegung knarrt die Diele unter seinen Füßen. Plötzlich kehrt Stille ein.

»Da draußen ist jemand«, ruft der Mann, den wir zuerst gehört haben, alarmiert. »Bringt Crystal hier weg!«

Cupid tritt die Tür ein. Im selben Moment springt Cal vor und wirft den Pfeil wie einen Speer über die Schulter seines Bruders. Ich höre ein Ächzen und Poltern, als er sein Ziel trifft.

Einer erledigt.

Cupid zieht einen weiteren Pfeil aus Cals Rucksack, während sein Bruder vorwärtsstürmt. Auch ich eile in den Raum. Charlie springt auf und wirft Cupid einen raschen Blick zu, dann greift sie sich einen goldenen Pfeil mit roter Spitze vom Boden und rammt ihn dem Cupid, der ihr am nächsten steht, in die Schulter. Die Agentin stößt einen gellenden Schmerzensschrei aus.

»Lila«, ruft Cupid, »hol Crystal!«

Mein Blick huscht umher. Der Raum ist schwach beleuchtet und spärlich möbliert. Ich sehe fünf Arrows; eine Agentin kämpft mit Charlie, drei stehen um eine ramponierte Couch herum, und ein fünfter – der von Cals Pfeils getroffen wurde – liegt am Boden. Fieberhaft suche ich die Schatten nach Crystal ab, während die Brüder losstürzen und jeder einen der Agenten zu Fall bringen.

Der letzte Arrow wirbelt herum, hechtet über das Sofa und rennt zur hinteren Wand. Mein Herz pocht schneller, als mir klarwird, wo er hinwill. Crystal ist bewusstlos auf einem Stuhl zusammengesunken. Ohne zu zögern, eile ich los und renne, so schnell ich kann, um vor dem schwarzhaarigen Agenten bei ihr zu sein. Er erreicht sie kurz vor mir und dreht sich mit einem höhnischen Grinsen im Gesicht zu mir um.

Er scheint unbewaffnet zu sein, aber er ist gut einen Kopf größer als ich. Seine Armmuskeln treten unter seinem weißen Hemd deutlich hervor.

»Um dich kümmere ich mich später, Lila Black.« Seine Stimme trieft vor Verachtung.

Ohne mich weiter zu beachten, hebt er Crystal hoch und läuft zur Tür. Ich sehe mich hilfesuchend um, aber Cupid, Cal und Charlie kämpfen gegen die andere Agentin. Sie hat sich einen Pfeil geschnappt und hält Charlie am Boden fest.

Einen Moment bleibe ich wie erstarrt stehen – ich weiß nicht, was ich machen soll. Dann fällt mir ein Schimmern an der Wand auf. An der abblätternden Tapete lehnen ein Köcher voller goldener Pfeile mit roter Spitze und ein Bogen.

Ardor.

Damit müssen sie Crystal gefoltert haben. Heftige Übelkeit steigt in mir auf.

Kurz entschlossen greife ich mir den Bogen und einen Pfeil, spanne die Sehne und ziele auf den Rücken des Arrows, der Crystal wegträgt. Er bewegt sich schnell, und ich darf auf keinen Fall danebenschießen. Ich atme tief durch und lasse dann los. Der Pfeil saust durch die Luft und bohrt sich mit einem dumpfen Geräusch in den Rücken des Agenten.

Mich durchströmt eine Woge grimmiger Zufriedenheit, als der Mann mit einem erstickten Schrei auf die Knie sinkt und Crystal fallen lässt. Cupid, der gerade die letzte verbliebene Agentin ausgeschaltet hat, blickt bewundernd zu mir auf.

Zu viert rennen wir zu Crystal und dem schreienden Agenten. Cupid legt einen Finger an Crystals Halsschlagader, um ihren Puls zu fühlen. Er nickt, sichtlich erleichtert. *Sie lebt.*

»Es ist ... zu ... spät. Wir wissen ... wo er ist!«, stößt der Agent, den ich mit dem Ardor getroffen habe, unter Schmerzen hervor.

Cupid greift in Cals Rucksack, holt den Capax hervor und rammt ihn dem gepeinigten Cupid in die Brust. »Wo ist er?!«

Der Agent lacht nur. »Denkst du ... ernsthaft ... der ... Wahrheitspfeil ... könnte mich zum Reden bringen?« Er sieht Cupid mit irrem Blick an. »Ich bin ... ein ausgebildeter ... Arrow. Ich diene *Ihr*. Ich werde euch niemals sagen, wo der *Finis* ist. Mehr ... von uns ... sind auf dem Weg hierher. Ihr könnt ihnen nicht entkommen.«

Cupid stößt ein tiefes Seufzen aus und hebt Crystal hoch. »Ich glaube ihm. Er wird nicht reden. Wir müssen hier weg.«

Cal blickt voller Verachtung auf den Arrow hinunter, der sich immer noch vor Schmerzen windet. Dann, ohne die geringste Vorwarnung, schlägt er ihm mit voller Wucht ins Gesicht.

»Das ist für Crystal«, sagt er, als der Agent hart auf dem Rücken landet.

Cupid zieht die Augenbrauen hoch. »Schöner Schlag, Bruderherz.«

Cal nickt steif, aber ich sehe das Lächeln in seinem Gesicht. »Danke.«

So schnell wie möglich eilen wir aus dem feuchtkalten Zimmer, die Treppe hinunter und aus dem Diner und stoppen erst bei Cupids Auto. Wir steigen ein, und Cupid legt Crystal zu mir und Charlie auf den Rücksitz. Dann wirft er den Motor an, und wir rasen mit Höchstgeschwindigkeit zurück zu seinem Haus.

»Alles in Ordnung?«, frage ich Charlie.

Sie nickt, aber ich sehe das Zittern in ihren Händen und die Wildheit in ihren dunklen Augen. Sie trägt immer noch das magentarote Abendkleid, das sie gestern auf dem Ball anhatte.

»Sie wollten mich nicht gehenlassen, und sie haben mir eindeutig nicht vertraut. Ich konnte nicht erkennen, ob sie wussten, dass ich auf eurer Seite bin. Ich dachte, sie würden mich umbringen.«

Ich drücke ihre Hand, dann sehe ich auf die Rezeptionistin hinunter, die bewusstlos auf unseren Beinen liegt. »Wird sie wieder?«

Cal dreht sich mit besorgtem Gesicht zu uns um. »Ich hoffe es.«

Cupid sucht Charlies Blick im Rückspiegel. »Also, wo ist er? Wo ist der *Finis*?«

Charlie schüttelt den Kopf. »Ich weiß es nicht«, sagt sie sichtlich niedergeschlagen. »Crystal hat nur immer und immer wieder das Gleiche gesagt, als würde sie mir etwas mitteilen wollen, was die anderen nicht verstehen. Aber sie haben es offenbar herausgefunden.«

Cupid zieht die Augenbrauen hoch. »Was hat sie gesagt?«

»Dasselbe, was sie bei dir zu Hause gesagt hat: ›Ich war nicht immer eine Rezeptionistin.‹«

41. Kapitel

In Cupids Wohnzimmer legen wir Crystal auf die Couch gegenüber vom Kamin. Sie atmet tief und gleichmäßig, als würde sie schlafen. Ich sitze mit einer Tasse Kaffee auf dem Sessel, der dem Kamin am nächsten steht. Charlie hat sich nach dem traumatischen Erlebnis letzte Nacht erst einmal nach oben zurückgezogen, um ein Nickerchen zu machen. Cal läuft unruhig im Zimmer auf und ab, und Cupid, der auf dem Sofa mir gegenübersitzt, wirkt ungewohnt gereizt.

»Würdest du dich bitte setzen?«, fährt er seinen Bruder nach längerem Schweigen an.

Cal wirft ihm einen wütenden Blick zu und stürmt dann ohne ein Wort aus dem Zimmer. Cupid sieht ihm einen Moment nach, dann wendet er sich mit traurigem, schuldbewusstem Blick mir zu.

»Was sollen wir jetzt machen?«, frage ich.

Cupid schüttelt den Kopf. »Die Arrows haben gesagt, sie würden jemanden ausschicken, der sich den *Finis* um Mitternacht holt«, sagt er, »aber wir können Crystal nicht fragen, wo er ist, solange sie bewusstlos ist. Wenn sie ihn haben, werden sie direkt hierherkommen. Ich will ja nicht dramatisch sein ... aber sie werden uns alle töten.«

Er sieht mich an und lächelt matt, doch er wirkt verloren. Trotz unseres Streits vorhin möchte ich die Hand ausstrecken und ihn berühren, ihm sagen, dass alles gut werden wird. Aber dann wird mir schlagartig bewusst, was passieren wird, wenn wir noch tiefere Gefühle füreinander entwickeln.

Venus wird zurückkommen. Die Arrows sind hinter uns her. Und nichts ist auch nur ansatzweise gut ...

Ich reiße den Blick von ihm los und checke die Uhrzeit auf meinem Handy. Mein Herz macht einen Satz.

»Wird sie vor Mitternacht aufwachen, so dass wir den *Finis* noch vor ihnen beschaffen können?«

Cupid zuckt die Achseln und fährt sich mit der Hand durch die Haare. »Mag sein ...«

»Aber darauf können wir uns nicht verlassen«, sagt Cal, der unbemerkt im Türrahmen erschienen ist.

Er kommt wieder herein und lädt einen Stapel Bücher, Dokumente und Fotos auf dem Couchtisch ab.

Cupid stöhnt. »Oh, super, dein Haufen nutzloser Informationen ...«

Ich blicke zu dem blonden Agenten auf. Seine silbrigen Augen leuchten im flackernden Feuerschein. Sein Gesicht ist fest entschlossen.

»Hast du eine bessere Idee?«, fragt er. Niemand sagt etwas. »Also, worauf wartet ihr? Wir haben weniger als zwölf Stunden, um den *Finis* zu finden, sonst sind wir alle tot. Machen wir uns an die Arbeit.«

Wir verbringen den ganzen Tag in Cupids Wohnzimmer. Um zehn Uhr abends ist der Raum unter einem heillosen Durcheinander aus Büchern und Dokumenten begraben. Ich sitze vor dem Couchtisch auf dem Boden und überfliege die *Geschichte des Finis*, die Cal und ich aus den Archiven gestohlen haben.

Noch zwei Stunden bis Mitternacht.

Cal hockt neben mir und sieht einen Stapel alter Fotos

durch, Cupid sitzt zusammengesunken auf seinem Sessel. Ich blicke zu ihm hoch; er blättert mit trüben Augen eine besonders dicke Akte durch, auf der *Informationen über Angestellte* steht. Crystal liegt immer noch bewusstlos auf der Couch hinter uns. Auf jeder verfügbaren Fläche stehen benutzte Kaffeetassen.

Nach einer Weile seufzt Cal und lässt das Foto, das er untersucht hat, fallen. »Habt ihr irgendwas gefunden?«, fragt er uns.

Ich schüttele den Kopf.

»Es würde helfen, wenn wir wüssten, wonach wir suchen«, sagt Cupid und wirft die Akte auf den Boden. »Ich schlage vor, wir ändern unsere Taktik. Versuchen wir, Crystal aufzuwecken.« Er stemmt sich mit seinen muskulösen Armen hoch und macht Anstalten aufzustehen.

Cal taxiert ihn mit finsterem Blick. »Und wie sollen wir das deiner Meinung nach anstellen?«

Sie starren einander einen Moment wortlos an, dann zuckt Cupid die Achseln und lässt sich auf den Sessel zurücksinken.

»Na schön«, sagt er, »du hast mich durchschaut. Ich hab keine Ahnung.«

Eine Weile herrscht Schweigen, dann fragt Cupid: »Will jemand Kaffee?«

Ich reiche ihm meine Tasse, und er geht hinaus in den Flur.

Cal macht ein grimmiges Gesicht. »Es *muss* doch irgendetwas geben«, sagt er und widmet sich wieder den Fotos auf dem Tisch.

Ich sehe zu ihm hinüber. Manche der Bilder sind alt und

vergilbt, andere sind hell und neu. Sie scheinen alle gestellte Aufnahmen einer Gruppe von Agenten zu sein.

»Sie hat gesagt, sie wäre nicht immer eine Rezeptionistin gewesen. Das muss doch etwas bedeuten«, murmelt er und greift sich die Akte, die Cupid auf den Boden geworfen hat.

Ich beuge mich an ihm vorbei und nehme das oberste Foto vom Stapel, um es mir genauer anzusehen.

Es zeigt den Empfangsbereich der Agentur. Das Bild ist verblasst, doch ich kann einen Jungen im Teenageralter erkennen, der anstelle von Crystal an der Rezeption steht. Ich schaue mir den Rest des Fotos ganz genau an, aber sie ist nirgends zu sehen. Und an dem Raum ist noch irgendetwas anders, als würde etwas fehlen, aber ich komme beim besten Willen nicht darauf, was es ist.

Mein Blick fällt auf das Datum, das mit schwarzem Filzstift unten in der Ecke notiert ist: *März 1887.*

Warum kommt mir die Jahreszahl so bekannt vor?

Mit einem nachdenklichen Stirnrunzeln ziehe ich die *Geschichte des Finis* zu mir heran und schlage Crystals Bericht über ihr Treffen mit dem Minotaurus auf. *Whitechapel, London, 1888* steht oben auf der Seite.

Plötzlich kommt mir eine Idee.

»Cal«, sage ich, »die Akte, die du gerade durchsiehst – darin stehen Informationen über Angestellte?«

Er blickt ruckartig zu mir auf, sichtlich genervt von der Störung. »Ja?«

»Dann steht da wahrscheinlich auch, wann die Agenten angefangen haben, für die Everlasting Love zu arbeiten?«

Cal zieht irritiert die Stirn kraus. »Ja. Aber was hilft uns das?«

»Steht da, ab wann Crystal als Rezeptionistin arbeitete?«
Er mustert mich einen Moment schweigend, dann sieht er in der Akte nach. »Januar 1889«, sagt er, »aber ich verstehe nicht, warum das wichtig sein sollte.«
1889. Direkt nachdem sie nach Whitechapel gereist ist, um den Finis *zu finden.*
Ich ignoriere Cal und sehe mir das Foto noch einmal an. Dann drehe ich mich zum Couchtisch um und blättere die anderen Bilder durch, bis ich das Gruppenfoto von 1889 finde. Und tatsächlich sitzt Crystal darauf lächelnd an der Rezeption.
Ein Grinsen breitet sich auf meinem Gesicht aus, als mir plötzlich klarwird, was auf dem ersten Bild gefehlt hat.
»Es ist wichtig«, sage ich, »weil ich jetzt weiß, wo der *Finis* ist.«

Cupid parkt sein Auto etwa fünfzig Meter von der Agentur entfernt. Die Straße ist still und nur vom Licht der Straßenlaternen beleuchtet. Die Uhr am Armaturenbrett zeigt Punkt elf an. Wir haben noch eine Stunde, bis die Arrows hier aufkreuzen.

Charlie wendet sich zu mir um, ihr Gesicht in Schatten gehüllt. »Du bist dir wirklich sicher, dass er in der Agentur ist?«

Ich nicke.

»Und ihr wollt, dass ich dort einbreche?«

»Ja. Äh, nein ... na ja, irgendwie schon ...«, stammele ich.

Cal sieht uns durch den Rückspiegel an. »Das ist kein Einbruch. Du bist dort willkommen.«

»Im Gegensatz zu uns …«, fügt Cupid hinzu.

Ich begegne seinem Blick im Spiegel. »Dank deinem genialen Plan, eine Göttin wieder zum Leben zu erwecken …« Cupid stößt nur ein abfälliges Schnauben aus, doch Charlie dreht sich entsetzt zu mir um. »Was?!«

»Wenn ihr endlich fertig seid …«, sagt Cal und wendet sich an Charlie. »Unter normalen Umständen hätte dich schon längst ein Agent in die Geschäftsstelle gebracht. Normalerweise derjenige, der dich verwandelt hat. Aber da es einer der Arrows war, denke ich, dass Crystal deine Mentorin sein sollte … und sie ist momentan nicht in der Lage, dich herzubringen.« Sein Blick senkt sich einen Moment auf seinen Schoß.

»Ihr wollt, dass ich den *Finis* mitnehme?«

»Nein«, sagt Cal, »wenn du ihn mitnimmst, wirst du für immer verbannt. Das können wir nicht von dir verlangen. Du musst den Rezeptionisten nur dazu bringen, den Empfang schon *vor* Mitternacht zu verlassen – vor dem offiziellen Schichtwechsel. Wenn die Bahn frei ist, erledigen wir den Rest.«

Sie seufzt, nickt dann aber.

Ich bin froh, dass sie trotz allem, was sie durchmachen musste, immer noch bereit ist, uns zu helfen. »Sei vorsichtig. Wir haben nur diesen einen Versuch.«

»Also fühl dich nicht unter Druck gesetzt, oder so …«, sagt Cupid und wackelt mit den Augenbrauen.

Charlie öffnet die Autotür und steigt aus.

Unwillkürlich schweifen meine Gedanken wieder zu dem Objekt, das auf dem ersten Foto gefehlt hat, und Crystals Botschaft an Cal, dass sie nicht immer an der Rezeption gearbeitet hat. Ein Lächeln erscheint auf meinem Gesicht, als ich daran denke, wie einfach des Rätsels Lösung letztlich war. Crystal hat uns die Antwort auf die Frage gegeben, wo der *Finis* versteckt ist. Als sie aus London zurückkam, übernahm sie einen Posten, an dem sie ihn stets im Auge behalten konnte.

Der Pfeil, der über der Rezeption hängt. Sie hat ihn an einem Ort versteckt, wo ihn jeder sehen und doch niemand vermuten würde.

»Wünscht mir Glück«, sagt Charlie und macht sich auf den Weg.

Ich sehe zu, wie sie auf die Agentur zuläuft, dann hole ich tief Luft und werfe einen Blick auf den Köcher voller Pfeile neben mir. Mein Herz schlägt schneller, als ich an den Kampf denke, der uns möglicherweise bevorsteht, und an die Gefahr, in der wir alle schweben.

»Viel Glück, Charlie«, sage ich leise.

Eine Weile warten wir in angespannter Stille, dann seufzt Cal schwer, greift sich seinen Bogen, der neben mir auf der Rückbank liegt, und öffnet die Tür.

»Ich gehe ein bisschen näher ran, vielleicht kann ich ja erkennen, was vor sich geht.« Er sieht erst mich, dann Cupid streng an. »Macht keine Dummheiten«, schärft er uns ein, bevor er aussteigt.

Im Auto kehrt wieder Stille ein, während Cal unauffällig zur Agentur läuft. Cupid dreht sich zu mir um. Sein Gesicht ist ungewohnt ernst, sein Kiefer angespannt. Sein Blick ist auf mein Gesicht fixiert, und ich kann nichts dagegen tun, dass meiner wie von selbst zu seinen Lippen wandert. Trotz allem, was passiert ist, frage ich mich immer noch, wie sie schmecken würden.

»Du bist immer noch wütend auf mich«, sagt er.

Ich begegne seinem Blick und nicke. »Das muss ich«, erwidere ich. »Was wäre denn die Alternative?«

Er lächelt, aber in seinen Augen liegt eine tiefe Traurigkeit. »Du verzeihst mir, gibst uns eine Chance, und wir leben glücklich bis ans Ende unserer Tage?«

Ich stoße ein freudloses Lachen aus. »Das ist kein Märchen. Liebe ist kein Märchen. Wenn ich uns eine Chance gebe, wird Venus Jagd auf uns machen, und dann leben wir wahrscheinlich überhaupt nicht mehr.«

In seinen Augen lodert eine unverhohlene Leidenschaft. »Was wäre ein Märchen ohne ein Monster, das man besiegen muss?«

Ich schüttele den Kopf und reiße den Blick von ihm los. »Du hast mich benutzt. Wenn du den *Finis* hast, musst du von hier verschwinden.«

Er seufzt schwer, und sein ganzer Körper scheint in sich zusammenzusinken. Dann nickt er. »Ich verspreche es. Sobald wir den letzten Pfeil haben, werde ich die Stadt verlassen. Die Arrows werden Jagd auf mich machen, Venus wird nicht zurückkommen, und du wirst mich nie wiedersehen.«

Auch wenn es das ist, worum ich ihn gebeten habe, fühlen sich seine Worte an wie ein Schlag in den Magen. Meine Kehle ist plötzlich wie zugeschnürt, und mich durchflutet eine heftige Traurigkeit.

Er muss gehen. Aber ich will, dass er bleibt.

Eine gefühlte Ewigkeit sehen wir einander schweigend an. Ich bin in seinen Augen gefangen und er in meinen. Ungesagte Worte werden zwischen uns ausgetauscht, aber keiner von uns spricht sie laut aus.

Schließlich reiße ich mich los, lasse mich an die Rückenlehne zurücksinken und nicke. »Okay.«

Kummer flackert in seinem Gesicht auf. Er greift nach meiner Hand, aber ich ziehe sie weg. *Ich muss stark sein.*

Ich fühle, wie die Wut wieder in mir aufwallt, und stürze mich bereitwillig hinein. Es spielt keine Rolle, dass er doch ein Gewissen zu haben scheint – er hat mich benutzt, um eine uralte Gottheit zum Leben zu erwecken, er hat mich dazu gebracht, Gefühle für ihn zu entwickeln, und jetzt lässt er mich allein.

»Du hättest nie herkommen sollen«, fahre ich ihn an.

Seine Augen werden groß, und einen Moment sieht er tatsächlich verletzt aus. Dann nimmt sein Gesicht einen ärgerlichen Ausdruck an.

»Zumindest lasse ich dich in guter Gesellschaft zurück«, entgegnet er kalt. »Ich dachte, du würdest ein bisschen Zeit allein mit meinem Bruder zu schätzen wissen.«

Schockiert starre ich ihn an, aber bevor ich irgendetwas erwidern kann, vibriert mein Handy. Es ist Charlie. Sie ist drin.

42. Kapitel

Cupid steigt sofort aus und schlägt die Tür hinter sich zu. Ich ziehe irritiert die Stirn kraus, aber ich werde nicht zulassen, dass er mir ein schlechtes Gewissen macht. Auch ich springe aus dem Auto. Einen langen Moment starren wir einander an. Die Luft ist wie elektrisch aufgeladen, und Cupid tritt einen Schritt auf mich zu. Ich fühle seine Körperwärme durch das T-Shirt, das er trägt. Einen Augenblick scheint es, als wolle er etwas sagen, doch dann schüttelt er den Kopf.

Er greift an mir vorbei und holt sich seinen Bogen und einen Köcher voller Pfeile vom Rücksitz. Wortlos reicht er mir einen zweiten Köcher. Ich schlinge ihn mir über die Schulter, und dabei fällt mir auf, dass sich auffällig wenige schwarze Pfeile darin befinden. Diesmal kämpfen wir nicht gegen die Arrows, und Cal will nicht, dass die Mitarbeiter der Agentur zu schwer verletzt werden.

»Gehen wir«, sagt Cupid. »Wir haben nicht viel Zeit.«

In angespanntem Schweigen laufen wir die Straße hinunter. Ich muss fast rennen, um mit ihm Schritt zu halten, so zügig schreitet er aus. Cal wartet nur wenige Meter vom Eingang der Agentur entfernt. Das Licht, das aus dem Innern hervorströmt, lässt seine Haare noch heller erscheinen. Als er uns auf sich zukommen sieht, nickt er uns zu und schlüpft lautlos durch die Tür.

Cupid und ich eilen ihm nach zur Glasfront des Gebäudes. Drinnen ist niemand. Mein Blick richtet sich sofort auf das Ziel dieser gefährlichen Unternehmung: den langen goldenen Pfeil, der über der Rezeption hängt.

Den *Finis*.

Cal ist schon drinnen und läuft an den neonfarbenen Sesseln vorbei zur Rezeption. Cupid öffnet die Tür, und wir hasten beide hinein.

»Wie viel Zeit haben wir?«, frage ich.

Cal klettert auf den Tisch, richtet sich auf und greift nach dem Pfeil.

»Nicht viel«, antwortet Cupid, ohne mich anzusehen.

Im selben Moment schließen sich Cals Finger um den Pfeil. Er zieht daran, und er löst sich problemlos von der Wand. Mit einem triumphierenden Ausdruck in den Augen wendet sich Cal uns zu. Und da schrillt der Alarm.

Cupids Augen weiten sich vor Schreck.

»Verdammt!«, murmelt Cal mit panischem Gesicht, springt vom Tisch herunter und steckt den *Finis* in den Köcher über seiner Schulter.

»Lauft!«, schreit er. »Schnell!«

Cupid schiebt mich vor sich, und ich haste Cal nach zum Ausgang. Cal wirft sich durch die Tür, und ich bin direkt hinter ihm, als hinter uns plötzlich ein gellender Schmerzensschrei ertönt.

Erschrocken wirbele ich herum und sehe Cupid in der Mitte des Eingangsbereichs auf die Knie sinken. Aus seinem Rücken ragen vier Ardor. Agenten stürmen von hinten auf ihn zu. Selbst als er schon schreiend auf dem Boden kauert, bohren sich noch zwei weitere Pfeile in seinen Rücken.

Er blickt zu uns auf. »Lauft«, stößt er hervor, sein Gesicht gerötet, seine Augen trüb und unfokussiert. »Verschwindet … von … hier …«

Mein Herz wird bleischwer, und das Blut rauscht mir in

den Ohren. Der Ausgang ist direkt hinter mir. Ich wechsele einen Blick mit Cal, der vehement den Kopf schüttelt, als wolle er mich davon abbringen zu tun, was ich tun *muss*. Als wolle er mir sagen, dass ich ihn zurücklassen soll. *Das kann ich nicht.*

Ich eile zurück zu Cupid und schlinge seinen Arm um meine Schulter, während Cal blitzschnell einen Pfeil nach dem anderen auf die Agenten hinter uns abfeuert.

Aber Cupid ist zu schwer. Ich kann ihn nicht tragen. Der Schmerz war anscheinend selbst für ihn zu viel, und er reagiert nicht auf meine verzweifelten Versuche, ihn auf die Beine zu ziehen. Ich werfe einen Blick über seine Schulter. Cals Pfeile verschaffen uns Zeit, aber es rennen immer noch Agenten in weißen Anzügen auf uns zu, im Gesicht einen rasend wütenden Ausdruck. Am anderen Ende des Raums steht Charlie und beobachtet das Ganze voller Entsetzen. Sie schaut mich an, unternimmt jedoch nichts, ihr Gesicht völlig verunsichert.

»Hilf mir!«, schreie ich sie an.

Keine Reaktion.

Ein weiterer Pfeil gräbt sich in Cupids Schulter.

Seine Augen tränen, aber er gibt keinen Laut von sich. Ich umfasse sein Gesicht und zwinge ihn, mich anzusehen. »Cupid! Komm schon. Steh auf!«

Einer der Agenten greift nach Cupids Arm. Er ist hochgewachsen, seine Augen sind strahlend blau. Er sieht stark aus. Und erbarmungslos.

Das war's. Wir sind erledigt.

Doch plötzlich schreit der Agent, der Cupid gepackt hat, vor Schmerz auf, als sich ein Pfeil in seinen Hals bohrt.

Ich blicke auf. Charlie steht über ihm, ihre Augen leuchten wild entschlossen. Sie wirft sich Cupids anderen Arm über die Schulter. Ihre Cupid-Stärke macht den entscheidenden Unterschied, und gemeinsam schaffen wir es, ihn auf die Straße hinauszutragen, während uns Cal Rückendeckung gibt.

»Bringt ihn zum Auto«, ruft uns Cal zu. »Ich halte sie auf!«

Cupid kommt langsam wieder zu sich, und zu dritt eilen wir zu seinem Auto, das ein Stück die Straße hinunter steht. Mir bleibt fast das Herz stehen, als ein Ardor um Haaresbreite an meinem Arm vorbeifliegt und ein Stück aus meiner Lederjacke herausreißt.

Cal ist dicht hinter uns und feuert noch im Laufen Pfeile auf unsere Verfolger ab.

»Legt ihn auf den Rücksitz!«, ruft er. »Ich fahre!«

Charlie hilft mir, Cupid zu mir auf den Rücksitz zu hieven, und steigt auf der Beifahrerseite ein. Erst da dreht sich Cal zu uns um und sprintet los, während unzählige Pfeile auf ihn zuschießen. Er schafft es zum Auto, springt hinein und verriegelt sofort die Türen.

Zwei Agenten hämmern an die Außenseite des Autos. »Ihr seid verhaftet. Steigt sofort aus.«

Cal ignoriert sie und wirft den Motor an, dann drückt er das Gaspedal fast bis zum Anschlag durch.

»Diese Bindung darf nicht zustande kommen!«, schreit einer der Agenten, muss aber aus dem Weg springen, als wir in halsbrecherischem Tempo die Straße hinunterbrettern.

Cupids Kopf fällt auf meine Schulter. Er wimmert leise, und seine Stirn ist schweißbedeckt.

Charlie murmelt auf dem Beifahrersitz leise vor sich hin, das Gesicht in den Händen vergraben. »O Gott ... o Gott ...«, höre ich sie immer und immer wieder sagen.

Ich umfasse ihre Schulter und drücke sie sanft, um sie zu beruhigen. Dann werfe ich einen Blick durch die Heckscheibe. Zunächst ist die dunkle Straße hinter uns vollkommen leer, doch dann sehe ich zwei Autos – einen Porsche und einen Jaguar – hinter uns herrasen.

»Cal«, sage ich, »sie kommen.«

Er tritt aufs Gas. Das Auto schlingert um eine enge Kurve, so dass Cupid auf mir landet. Mein Herz hämmert wild. Ich schiebe ihn wieder in eine aufrechte Position. Er stöhnt, seine Augen rollen blicklos hin und her.

»Wohin fahren wir?«, frage ich.

»Keine Ahnung!«, schreit Cal.

Ich werfe erneut einen Blick über die Schulter. Die Agenten sind uns dicht auf den Fersen, ein weiteres Auto hat sich der Verfolgungsjagd angeschlossen. Die Nacht ist erfüllt vom schrillen Quietschen der Reifen und durchdringendem Hupen. Sie kommen immer näher. Wir können ihnen nicht entkommen.

Doch plötzlich fallen sie zurück. Ich blinzele völlig verwirrt.

Warum sollten sie einfach anhalten?

»Cal ... was ist los?«

Sein Gesicht im Rückspiegel ist genauso verwirrt wie meins. In diesem Moment vibriert sein Handy. Ohne den Blick von der Straße abzuwenden, nimmt er es und wirft es mir auf den Schoß.

»Guck du nach.«

Eine Nachricht. Meine Augen werden groß. Ich lese sie laut vor:

> Habe die Agentur kontaktiert und euch etwas Zeit verschafft. Aber nur unter einer Bedingung – sie wollen eine Gegenleistung dafür, dass sie euch in Ruhe lassen. Ich hab ihnen gesagt, dass ich das regele. Kommt zurück zum Haus, dann erkläre ich euch alles. Crystal

»Gut gemacht, Crystal«, murmelt Cupid, und sein Kopf sinkt zurück auf die Rückenlehne.

Erleichterung breitet sich auf Cals Gesicht aus. Er wendet und fährt zurück nach Forever Falls. Ich sehe stirnrunzelnd auf das Display hinunter und tippe eine Nachricht ein.

> Was wollen sie als Gegenleistung?

Wenig später erhalte ich Crystals Antwort.

> Cupid.

43. Kapitel

Wie betäubt starre ich auf Cals Handy. Ein grauenhaftes Gefühl macht sich in meiner Magengrube breit. Dann schweift mein Blick zu Cupid. Sein Kopf ist auf die Rückenlehne zurückgesunken, seine Augen sind geschlossen, und er atmet schnell und flach.

Ich begegne Cals Blick im Rückspiegel. »Ihre Bedingung ist Cupid«, sage ich leise. »Die Agentur lässt uns laufen, weil Crystal ihnen gesagt hat, sie könnten Cupid haben.«

Charlie verschlägt es den Atem, aber zu meiner Überraschung zuckt Cal nur teilnahmslos die Achseln.

»Das dachte ich mir«, sagt er, während wir am Ortsschild von Forever Falls vorbeifahren.

»Was? Du meinst, das ist okay für dich?«

Sein kantiges Gesicht verfinstert sich. »Du verstehst *gar nichts*, oder? Sie würden uns wohl kaum einfach so gehenlassen. Du weißt inzwischen, was passiert, wenn Cupid mit seinem Match zusammenkommt, nehme ich an? Er steht schon seit Jahren auf ihrer Geächteten-Liste. Du solltest dankbar sein, dass sie nicht hinter *dir* her sind.«

Einen Moment bringe ich kein Wort heraus, sprachlos vor Erschütterung.

Charlie dreht sich mit unsicherem Gesicht zu mir um. »Vielleicht hat er recht, Lila«, sagt sie zaghaft. »Das alles ist noch neu für mich – aber wenn diese Arrow-Typen hinter dir und Cupid her sind, weil sie fürchten, ihr könntet zusammenkommen … na ja, wenn die Agentur ihn in Gewahrsam nimmt, haben sie keinen Grund mehr, euch zu töten.«

Ich setze zu einer Erwiderung an, doch da dreht Cupid neben mir den Kopf zur Seite und sieht mich mit trüben Augen an.

»Schon okay, Lila.«

Ich mustere ihn besorgt. Sein Gesicht ist gerötet, und sein Körper ist heiß wie ein Hochofen.

»Cupid? Alles in Ordnung?«

»Er wird schon wieder«, wirft Cal ein. »Der Ardor muss sich einfach aus seinem System herausarbeiten. Crystal hat sich auch erholt. Er wird wieder.«

Ich blicke zu ihm auf. »Willst du ihn ernsthaft einfach der Agentur ausliefern? In diesem Zustand? Er kann sich nicht mal verteidigen. Was werden sie ihm antun?«

Cal biegt ab, und da wird mir klar, dass wir uns dem Hügel bei Cupids Haus nähern.

»Sie werden ihn vor Gericht stellen. Er hat nichts anderes verdient.«

Wenig später ragt Cupids Haus vor uns auf. Cal fährt die Einfahrt hinunter und parkt direkt vor der Haustür. Drinnen brennt Licht.

»Ich fasse es nicht, dass du das auch nur in Erwägung ziehst«, sage ich wütend. »Was ist nur los mit dir? Er ist dein Bruder! Und er hat gesagt, er würde die Stadt ohnehin verlassen, sobald er den *Finis* hat.«

Cal wirft mir über die Schulter einen ärgerlichen Blick zu. »Mein Bruder sagt viel, wenn der Tag lang ist.«

Ich schüttele den Kopf. »Er hat es mir versprochen. Er wird gehen. Ich habe ihm gesagt, dass es für uns keine Zukunft gibt.«

Ein unsicherer, verletzlicher Ausdruck flackert in Cals

Augen auf, sein Gesicht plötzlich von Zweifeln überschattet. Einen Moment starren wir einander schweigend an.

»Ändert das was?«, frage ich schließlich.

Cal seufzt und steigt aus. »Vielleicht«, antwortet er. »Gehen wir erst mal rein und hören uns an, was Crystal zu sagen hat.«

Er kommt zu uns nach hinten und nimmt seinen Köcher, in dem der goldene *Finis* zwischen einer Menge anderer Pfeile steckt. Dann legt er sich Cupids Arm um die Schultern und hebt ihn aus dem Auto. Wieder fällt mir Cals unerwartete Stärke auf. Cupid ist größer und stämmiger als er, aber Cal hält ihn mühelos aufrecht.

Als wir hereinkommen, sitzt Crystal mit einer Tasse Kaffee an der Küchentheke. Ihre Haut ist ungewöhnlich blass, und sie hat dunkle Ringe unter ihren sonst so strahlend blauen Augen. Vor ihr liegt ein schmaler schwarzer Kasten. Ihr Blick schweift über uns alle, verharrt kurz auf Cupid und richtet sich schließlich auf den Köcher über Cals Schulter.

»Ihr habt ihn gefunden«, sagt sie mit matter Stimme.

Cal nickt, während er immer noch seinen Bruder stützt, dessen Kopf auf seine Brust gesunken ist.

»Was ist passiert?«, fragt er.

»Ich habe der Agentur vom *Finis* erzählt. Und ich habe ihnen gesagt, dass die Arrows ihn an sich reißen wollen – dass sie mich gefoltert haben, um herauszufinden, wo er versteckt ist. Die Agentur hat zugestimmt, euch und Charlie eure Einmischung nachzusehen, und sie haben einen Haftbefehl gegen die Mitglieder der Arrows erlassen, die mich entführt haben. Also sollten sie euch zumindest vorerst in Ruhe lassen.«

»Aber sie wollen Cupid?«, frage ich leise.

Crystal wendet sich mir zu und nickt. »Ja«, sagt sie, »und sie wollen den *Finis*.«

Cals Gesicht verfinstert sich. »Sie werden ihn umbringen.«

Crystal zuckt die Achseln. »Vielleicht«, sagt sie, »vielleicht auch nicht. Ich glaube nicht, dass sie das wollen. Wenn sie sich täuschen, müssten sie mit ernsten Konsequenzen rechnen. Ich fürchte, sie werden etwas noch Schlimmeres tun.«

»Ihn in eine Sim stecken, meinst du«, murmelt Cal, und alle Farbe weicht aus seinem Gesicht.

Ich sehe ihn fragend an, und er versucht, seine Erschütterung nicht ganz so deutlich zu zeigen.

»Manchmal werden Leute dazu verurteilt, ihre Haftstrafe in einer Sim abzusitzen. In ihrem eigenen Verstand gefangen.«

Eine heftige Übelkeit steigt in mir auf. Vielleicht war es egoistisch von ihm herzukommen, aber das hat er nicht verdient.

»Ich habe den *Finis* so lange versteckt gehalten«, sagt Crystal. »Ich wollte nicht, dass die Agentur ihn in die Finger bekommt, weil ich Angst davor hatte, was sie damit anstellen würden. Das ist unsere einzige Chance, *sie* zu vernichten, wenn sie zurückkommt.«

»Venus«, sage ich. »Du machst dir Sorgen, die Agenten könnten den *Finis* zerstören, damit wir Venus nicht töten können.«

»So könnten sie ihr zeigen, dass sie ihr noch immer treu ergeben sind. Und deshalb dürfen wir ihnen den *Finis* nicht geben.« Ein kleines Lächeln schleicht sich auf ihr Gesicht.

Sie öffnet den Kasten, der auf der Küchentheke liegt, und gibt den Blick auf einen goldenen Pfeil frei, der ganz genauso aussieht wie der, der über der Rezeption der Agentur hing. »Wir geben ihnen eine Nachbildung.«

44. Kapitel

Ein paar Stunden später sitze ich am Rand von Cupids riesigem Himmelbett. Der Mond scheint durchs Fenster herein und taucht ihn in ein geisterhaftes Licht. Er schläft tief und fest, und ich sehe zu, wie sich seine Brust unter der Seidendecke sanft auf und ab bewegt.

Vor kurzem ist Crystal mit der Nachbildung vom *Finis* zur Agentur aufgebrochen. Sie hat uns erzählt, dass sie schon vor Jahren eine Kopie hat anfertigen lassen, für den Fall, dass sie die beiden eines Tages austauschen müsste. Von unserer Entscheidung, Cupid nicht auszuliefern, war sie weniger begeistert, erklärte sich aber nach etwas Überzeugungsarbeit damit einverstanden – wenn er gleich am nächsten Morgen verschwinden würde, würde sie in der Agentur erzählen, er wäre geflohen. Zum Abschied schärfte sie uns noch einmal ein: »Diese Bindung darf niemals zustande kommen!«

Ich werde heute mit Charlie im Gästezimmer übernachten, aber erst will ich mich noch von Cupid verabschieden. Während ich ihn beobachte, öffnet er die Augen, und ein Lächeln breitet sich auf seinem Gesicht aus.

»Du solltest nicht hier sein«, sagt er. »Nicht, dass ich was dagegen hätte.«

»Fühlst du dich besser?«

»Mhmmm«, murmelt er schläfrig. »Jetzt ja.«

Ich lächle, dann stehe ich auf und gehe zur Tür.

»Lila.«

Beim Klang seiner Stimme blicke ich noch einmal zu ihm zurück.

»Bleib bei mir.«
Mir stockt der Atem.
»Nur heute Nacht. Nur dieses eine Mal.«
Ich halte inne. Ich weiß, das sollte ich nicht tun, aber die Verletzlichkeit in seiner Stimme macht es mir unmöglich zu gehen.
»Wir werden nichts tun«, sagt er leise. »Nur zusammen hier liegen.«
»Die Bindung darf nicht zustande kommen«, murmele ich, drehe mich aber zu ihm um. Er richtet sich auf einen Ellbogen auf und sieht mich mit seinen lodernden Augen eindringlich an. Er ist mir so nah und doch so weit weg.
»Ich weiß.«
Morgen früh wird er die Stadt verlassen, dann werde ich ihn nie wiedersehen.
Zögerlich gehe ich aufs Bett zu und setze mich neben ihn, ganz verkrampft vor Nervosität. Ich kann seine Wärme spüren. Seinen berauschenden Duft riechen. Alles in mir sehnt sich danach, ihn zu berühren, seine Wange zu streicheln, meine Lippen sanft auf seine zu drücken. Aber das kann ich nicht – niemals.
Ich lege mich neben ihn, und mein Kopf sinkt in das weiche Kissen ein. Einen Moment sehen wir einander wortlos an. Langsam, zögerlich greift er nach meiner Hand und umschließt sie mit seiner. Meine Haut kribbelt, wo er mich berührt.
»Ich wünschte, es wäre anders, Lila.«
Dann schließt er die Augen und versinkt fast sofort wieder in Schlaf.
»Ich auch«, flüstere ich in die Dunkelheit.

Als ich aufwache, ist es noch dunkel, und ich höre Regen ans Fenster prasseln. Schläfrig drehe ich den Kopf zur Seite. Die Laken sind zerknittert, Cupid ist nicht mehr da. Ich wälze mich aus dem Bett und schleiche barfuß aus dem Zimmer. Ein Schatten flackert über den Korridor, der zum Balkon führt. Kurz entschlossen husche ich zu der Glastür.

Cupid läuft im Dunkeln ruhelos auf und ab. Sein graues T-Shirt ist völlig durchnässt und klebt an seinem Körper.

Er hat das Gesicht in den Händen vergraben und rauft sich die Haare, sichtlich aufgewühlt. Als ich auf den Balkon hinaustrete, spüre ich die Kälte auf meinen nackten Armen.

»Cupid?« Ich berühre sanft seine Schulter.

Er zuckt zusammen und macht einen Satz nach hinten.

»Bleib weg!«, schreit er mich an.

Seine Worte versetzen mir einen schmerzhaften Stich.

»Cupid? Was ist los?«

Er hat Tränen in den Augen, sein panisches Gesicht ist nass vom Regen. »Ich hätte nie herkommen dürfen. O Gott … O Gott … nein, bitte nicht«, stammelt er und vergräbt das Gesicht wieder in den Händen.

»Cupid?« Ich gehe zu ihm und ziehe seine Arme sanft herunter, damit er mich ansieht. Im selben Moment fühle ich den Boden unter meinen Füßen erzittern. *Ein Erbeben?* »Cupid? Was ist los?«

»Bleib weg!«, schreit er erneut.

Das Beben wird stärker, ich verliere das Gleichgewicht und pralle gegen ihn. Er sieht mich mit wildem, zornigem Blick an und packt mich an den Armen, seine Finger graben sich in meine Haut. Sein Gesicht ist nur wenige Zentimeter von meinem entfernt.

»Du schienst dir so sicher zu sein. Du hast gesagt, du würdest dich nicht ...«

Regenwasser strömt ihm über das Gesicht, plättet seine Haare und läuft ihm in den Mund. Er lässt mich los und taumelt einen Schritt zurück. Wieder vergräbt er das Gesicht in den Händen.

»Ich dachte, ich hätte es unter Kontrolle«, sagt er. »Ich dachte, ich könnte verhindern, dass ich mich in dich verliebe.«

Das Beben wird immer stärker und stärker, und ich höre ein lautes Poltern unter uns, als die Möbel am Pool umfallen.

»Es ist zu spät ... zu spät ...«

»Cupid, was meinst du damit?«, frage ich. »Was soll das heißen, es ist zu spät?«

Aber ich glaube, ich weiß die Antwort bereits. Blankes Entsetzen packt mich. Der Boden unter uns erzittert noch heftiger, und ein unheilvolles Grollen zerreißt die Stille.

»Ich konnte mich nicht beherrschen«, sagt er. »Ich konnte die Gefühle nicht aufhalten.«

Dann blickt er zu mir auf, und die Panik in seinem Gesicht weicht etwas anderem – einem wilden Hunger. Sein Blick bohrt sich durch den strömenden Regen tief in mich hinein. Der Boden bebt noch immer.

Cupid schüttelt bestürzt den Kopf. »Es ist zu spät«, flüstert er. »Die Bindung wurde eingegangen.«

Dann, ehe ich weiß, wie mir geschieht, zieht er mich an sich, umfasst mein Gesicht und beugt sich zu mir herunter. Mein Herz setzt einen Schlag aus, als ich seinen warmen Atem auf der Haut spüre. Dann küsst er mich, erst zärtlich, dann immer inniger, stürmischer.

Ich fühle, wie sich mein Körper wie von selbst an ihn schmiegt, spüre seine Wärme und schmecke eine Mischung aus ihm und den Regentropfen, die über sein Gesicht rinnen. Um uns herum rumpelt die Erde noch immer, doch ich kann es nicht hören, so laut klopft mein Herz.

Ich weiß, ich sollte ihn nicht küssen – aber ich kann nicht aufhören. Es ist mir egal. Alles andere ist egal.

Undeutlich wird mir bewusst, dass das Erdbeben aufgehört hat, während er mir durch meine durchnässten Haare streicht. Er öffnet meinen Mund mit seiner Zunge, und ich höre, wie sich sein Atem beschleunigt, spüre, wie sein Körper erbebt. Mein Herz macht einen Satz.

In diesem Moment fliegt die Balkontür auf, und wir springen hastig auseinander. Cal steht mit zornigem Gesicht im Türrahmen. In der Hand hält er sein Handy.

»Crystal hat gerade aus der Agentur angerufen. Ich hoffe, ihr seid mit euch zufrieden.« Er starrt mich mit eisigem Blick an und wendet sich dann an Cupid. Seine Stimme trieft vor Verachtung. »Die Bindung wurde eingegangen. Mom ist wieder zu Hause.«

Teil 4:
Venus

45. Kapitel

Auszug aus den Firmenvorschriften

1. Wenn du von einem Cupid-Pfeil getroffen wirst, trittst du auf unbegrenzte Zeit in die Dienste von Everlasting Love. Es ist deine Pflicht, Matches zusammenzubringen, um die Allmacht der Gründerin zu festigen, sowie nach Bedarf einige andere Aufgaben im Auftrag der Gründerin zu übernehmen (u. a. Opferungen, Brandstiftung, Diebstahl, Krieg, Schutz-, Wach- und Fahrdienst, Putzen, allgemeine Wartungsarbeiten).
2. Nach Dienstbeginn hast du genau einen Monat Zeit, alle menschlichen Angelegenheiten zu regeln, dann musst du deine bisherige Identität vollständig aufgeben. Das bedeutet, dass du jegliche Beziehung zu deiner Familie, Freunden und Partnern beendest und dich einzig und allein auf die Aufgaben konzentrierst, die unter Punkt 1 aufgeführt sind. Unter keinen Umständen darfst du Kontakt zu deinen Angehörigen aufnehmen.
3. Du kannst in jede Geschäftsstelle der global tätigen Matchmaking-Agentur versetzt werden, um Punkt 2 zu befolgen. Vor Ort erhältst du unser Wohnortwechselpaket, bestehend aus einem neuen Zuhause und deinem persönlichen Cupid-Mentor.
4. Du wirst den Umgang mit Pfeil und Bogen lernen, um die unter Punkt 1 aufgeführten Pflichten bestmöglich erfüllen zu können.
5. KEIN CUPID DARF JE DIE BINDUNG MIT EINEM MATCH EINGEHEN.

Für treue Dienste im Sinne der Firmenvorschriften wirst du mit vielen Vorzügen belohnt, u. a. ewige Jugend, Schönheit, Stärke, Reichtum und eine Geschäftskutsche.

Bei einem Regelverstoß wird die Gründerin zurückkehren und ihre Position als Geschäftsführerin wieder einnehmen.

Jeder, der sich nicht an die Regeln hält, wird vor Gericht gestellt und schwer bestraft.

Gezeichnet: Venus, Gründerin und Göttin

Cal steht in der Tür und starrt uns durch den strömenden Regen zornig an. Einen Moment sagt niemand etwas. Mir schwirrt der Kopf von dem Kuss, Cupids Worten und Cals Neuigkeiten.

Mom ist wieder zu Hause.

Wir stehen da wie erstarrt.

»Kommt rein«, fordert Cal uns schließlich mit wütend blitzenden Augen auf, dann dreht er sich um und verschwindet im Haus.

Zögerlich sehe ich zu Cupid auf. Seine Haare sind vollkommen durchnässt, und Wasser strömt ihm über das Gesicht. Er begegnet meinem Blick, seine Augen erfüllt von tiefer Sehnsucht und Reue.

Was haben wir getan?

Ich wende mich ab und eile Cal nach, dicht gefolgt von Cupid. Cal telefoniert gerade. Als Cupid die Tür zumacht, dreht er sich abrupt zu uns um. Er hat zwei Handtücher in der Hand. Das eine wirft er seinem Bruder zu, der ihn misstrauisch beobachtet, das andere hält er mir hin. Seine silbrigen Augen funkeln vor Wut, aber dahinter kann ich noch etwas anderes erkennen.

Kummer?

Schuldgefühle wallen in mir auf, als ich an unseren Tanz zurückdenke und daran, wie zärtlich er mich in den Armen gehalten hat. Plötzlich wird mir klar, dass ihm der Tanz womöglich mehr bedeutet hat als mir.

»Danke«, murmele ich und nehme das Handtuch entgegen, den Blick auf meine Füße gesenkt.

Wortlos dreht er sich um und stapft den Flur hinunter davon, das Handy immer noch ans Ohr gedrückt.

»Was ist jetzt dort los, Crystal?«, höre ich ihn noch fragen.

Das Handtuch schlaff in der Hand, blicke ich zu Cupid auf. Offenbar hat er seins benutzt, um sich die Haare trockenzurubbeln, denn sie stehen wild ab.

»Lass mich das machen«, sagt er, nimmt mir das Handtuch behutsam ab, schlingt es mir um die Schultern und zieht mich damit näher zu sich. Sanft streicht er mir eine verirrte Haarsträhne hinters Ohr. Ich erschaudere, allerdings weiß ich nicht, ob das an dem kalten Regenwasser liegt, das meinen Körper hinunterströmt, oder daran, dass Cupid mir so nahe ist.

Wir haben uns geküsst. Ich fasse es nicht, dass wir uns geküsst haben.

Plötzlich ergreift mich Panik.

»Cupid … Was haben wir getan? Ist Venus wirklich zurück?«

Er nickt grimmig. »Ich fürchte ja, Sonnenschein.«

Ich trete einen Schritt zurück, und er lässt mich los. Mir wird flau im Magen.

»Ich hätte dich nie küssen dürfen …«

Langsam geht mir auf, welch ein Grauen wir auf die Welt losgelassen haben. Mein Herzschlag dröhnt mir in den Ohren, und heftige Übelkeit steigt in mir auf.

Cupid schüttelt bekümmert den Kopf. »Es war schon zu spät«, sagt er, »ist dir das denn nicht klar? Ich habe schon seit einiger Zeit Gefühle für dich, aber als du gesagt hast, ich solle verschwinden, bin ich unachtsam geworden – ich dachte, dir liegt nichts an mir.«

Sein lodernder Blick brennt sich in meine Seele.

»Aber du hast mich angelogen – auch deine Gefühle für mich sind immer stärker geworden.«

Einen langen Moment sieht er mich durchdringend an, sein Gesicht immer noch nass vom Regen. Trotz unserer misslichen Lage wirkt er fast zufrieden. Er berührt mit den Fingerspitzen meine Wange, und mich durchläuft ein wohliger Schauer. Ein Teil von mir will sich auf die Zehenspitzen stellen und ihn erneut küssen. Und ich kann spüren, dass es ihm genauso geht.

»Du bist doch ein Liebesgott«, sage ich, »und du konntest nicht mal erkennen, dass ich dich mag?«

»Ich hab's dir doch gesagt: Feingefühl ist nicht meine Stärke«, erwidert er. »Besorg nächstes Mal ein paar leuchtende *Ich-mag-Cupid*-Sticker, schwenk Fahnen oder ... du weißt schon ... sag es mir!«

»Das konnte ich nicht. Ich war wütend auf dich ... Ich *bin* wütend auf dich.«

Auf seinen Lippen erscheint ein kleines wehmütiges Lächeln. »Ich weiß, Sonnenschein«, sagt er, »und ich hab es verdient.« Er senkt den Blick und seufzt. »Ich hätte nie herkommen dürfen.«

»Nein, hättest du nicht«, knurrt Cal, der in diesem Moment die Wendeltreppe heraufkommt.

Er hat den schwarzen Kasten, in dem Crystal die Nachbildung des *Finis* aufbewahrt hat, unter dem Arm. Ich vermute, dass sich jetzt der echte darin befindet.

»Venus schickt Agenten aus, die uns alle verhaften sollen«, sagt er. »Jetzt in diesem Moment.«

Damit läuft er die Treppe wieder hinunter und verschwindet nach rechts um die Ecke. Ich drehe mich zu Cupid um, der einen niedergeschlagenen Ausdruck im Gesicht hat.

»Wir werden sie bekämpfen, Lila.«

Er bedeutet mir mit einer Handbewegung, dass wir seinem Bruder folgen sollten. Ich eile Cal nach, der gerade durch eine der massiven Holztüren im Erdgeschoss schlüpft, Cupid ist dicht hinter mir. Wir betreten ein großes Studierzimmer. In der Mitte steht ein Tisch aus Mahagoni, in den sechs Monitore eingelassen sind. Die Wand dahinter ist, wie es aussieht, aus getöntem Glas und zeigt die nähere Umgebung von Juliet Hill. Die Morgendämmerung färbt den Himmel rötlich.

Cal legt den *Finis* auf den Tisch und schaltet die Monitore ein.

»Ich nehme an, deine Sicherheitssysteme funktionieren noch?«, fragt er an Cupid gewandt. Trotz seiner Wut wirkt er erstaunlich ruhig.

Cupid nickt.

»Dann bleiben wir hier?«, frage ich. »Sollten wir nicht fliehen?«

Cal wirft mir einen ärgerlichen Blick zu. »Verstehst du das denn nicht? Sie sind bereits auf dem Weg hierher. Wir würden nie rechtzeitig hier wegkommen, und selbst wenn wir das könnten – *Venus* ist hinter uns her. Venus mit der gesamten Agentur als Unterstützung, die, wie du dich vielleicht erinnerst, über ein weltweites Überwachungsnetzwerk verfügt. Es gibt keinen Ort, an dem wir uns verstecken könnten.«

Ich erwidere seinen Blick, ohne mit der Wimper zu zucken. »Aber sie wissen, dass wir hier sind«, entgegne ich. »Also entgehen wir ihnen ganz sicher nicht, wenn wir hierbleiben, oder?!«

»Wir halten sie davon ab, ins Haus zu kommen«, sagt er. »Oder versuchen es zumindest.«

Er drückt einen Knopf am Computer, und mit einem mechanischen Surren fahren vor dem Fenster Eisenstangen aus.

»Die habe ich vor allen Fenstern«, erklärt Cupid, als er meinen verblüfften Blick bemerkt. »Heutzutage kann man nicht vorsichtig genug sein.«

»Was passiert, wenn sie trotzdem reinkommen?«, frage ich.

»Ich bin mir nicht sicher«, sagt Cal in eisigem Ton, »aber ich vermute, wir werden alle sterben.«

Bei seinen Worten läuft mir ein kalter Schauer über den Rücken. Da ertönen aus dem Flur plötzlich schlurfende Schritte. Erschrocken wirbeln wir herum, und Cal greift sich rasch den spitzen Brieföffner, der auf dem Tisch liegt. Mein Herz hämmert.

Doch es ist nur Charlie, die hereinkommt und sich verschlafen die Augen reibt.

»Was ist los?«

In der ganzen Aufregung hatte ich fast vergessen, dass sie hier ist. Ich atme erleichtert auf.

»Die Bindung wurde eingegangen«, sagt Cal kalt, »Venus ist zurück – und ihre Agenten sind auf dem Weg hierher, um uns zu verhaften.«

»Oh«, murmelt Charlie. »Scheiße.«

»Ja«, stimmt Cal zu, »das ist wirklich scheiße.« Er wirft mir und Cupid noch einen zornigen Blick zu. »Hast du irgendeine Idee, wie wir wieder aus diesem Schlamassel hinauskommen, den du uns eingebrockt hast?«, fragt er seinen Bruder.

Cupid seufzt. »Vielleicht.«

Er kommt zu mir und nimmt sanft meine Hände in seine. Sie fühlen sich warm an. Seine Augen brennen vor Leidenschaft.

»Alles wird gut, wir kommen hier raus«, versichert er mir.

Charlie räuspert sich.

»Du auch, Charlie«, fügt er grinsend hinzu. Dann wendet er sich an Cal: »Komm mit in den Trainingsraum. Wir müssen uns Waffen holen.«

Einen Moment starren die Brüder einander schweigend an. Dann nickt Cal schroff.

»Lila, Charlie«, sagt Cal auf dem Weg nach draußen und dreht sich noch einmal zu uns um. »Behaltet die Monitore im Auge. Überall um das Haus herum sind Sicherheitskameras installiert. Ruft uns, wenn ihr jemanden kommen seht, okay?«

Damit verschwinden die beiden den Flur hinunter. Charlie und ich eilen zu den Bildschirmen. Darauf sind verschiedene Teile des Hauses und des umliegenden Geländes in Schwarzweiß zu sehen.

»Die Bindung wurde also eingegangen.« Charlie mustert mich voller Erstaunen.

Ich nicke und senke dann hastig den Blick.

»Es tut mir so leid, Charlie«, sage ich, von nagenden Schuldgefühlen geplagt. »Du hättest nie in das alles mit hineingezogen werden dürfen.«

Sie zuckt die Achseln und lässt sich auf den Bürostuhl vor den Monitoren plumpsen.

»Ein Cupid zu sein ist gar nicht so schlimm. Ich bin ewig jung, mächtig, seltsam gut im Bogenschießen ... Die Wiederauferstehung einer uralten Gottheit, die uns alle umbringen will, ist allerdings ziemlich deprimierend ...«

In ihren Augen liegt Angst, aber sie grinst heiter. Ich kann nicht anders, als zurückzugrinsen.

»Habt ihr euch geküsst?«

Ich verdrehe die Augen und muss trotz unserer heiklen Lage lachen.

Die Welt wird bald untergehen, und sie will trotzdem über Jungs tratschen.

Ich nicke.

»Und? War es gut?«

Ich denke an Cupids warme Hände auf meinem Körper, das Gefühl, wie sich seine Zunge zwischen meinen Lippen hindurchschob, den Geschmack seiner Küsse, gemischt mit Regentropfen.

»Das kann man so sagen ...«

Sie legt den Kopf an meine Schulter, und wir versinken in Schweigen, während wir die Monitore im Auge behalten.

Wie sind wir nur in diesen Schlamassel geraten?

Ein paar Minuten später kommen die Brüder zurück. Sie

haben für jeden von uns einen Bogen und Köcher dabei, die mit den drei verschiedenen Pfeilarten gefüllt sind. Cupid reicht mir und Charlie je einen und wechselt einen merkwürdigen Blick mit seinem Bruder. Cal öffnet den Kasten auf dem Tisch und steckt den *Finis* in seinen Köcher – verbirgt ihn zwischen den anderen Pfeilen. Das überrascht mich; ich hätte gedacht, Cupid würde ihn an sich nehmen. Schließlich ist er nach Forever Falls gekommen, um seine Seelenverwandte zu finden und Venus zu töten.

Ich will gerade danach fragen, als mich eine Bewegung am Rande meines Sichtfelds innehalten lässt. Mein Blick richtet sich ruckartig auf den Bildschirm, der den Weg von Juliet Hill zu Cupids Haus zeigt. Mir stockt der Atem. Meine Hände fangen an zu zittern, und mein Körper fühlt sich eiskalt an.

Was ich dort sehe, ist noch viel schlimmer als erwartet. Das ist kein Team von Agenten, das ist eine Armee.

»O Gott«, sage ich, meine Stimme kaum mehr als ein heiseres Flüstern. »Sie kommen.«

46. Kapitel

Auf dem Bildschirm ist eine große Formation bewaffneter Cupids zu sehen, die auf das Haus zumarschieren. Entsetzt drehe ich mich zu dem vergitterten Fenster hinter mir um. Sie kommen – ein stetiger Strom von Männern und Frauen in weißen Anzügen. Ihre Bogen sind angriffsbereit erhoben, ihre donnernden Schritte hallen im Studierzimmer wider, so nahe sind sie bereits.

Cupid und Cal stellen sich rasch rechts und links von mir auf, und einen Moment starren wir schweigend zum Fenster hinaus.

»O mein Gott«, flüstere ich erneut.

»Leute«, sagt Charlie, »da sind noch mehr – sie umstellen das Haus.«

Wir drehen uns zu ihr um. Sie starrt immer noch auf die Monitore, ihre braunen Augen angsterfüllt. Auf zwei weiteren Bildschirmen sind ähnliche Agententrupps aufgetaucht. Als sie das Gelände erreichen, teilen sie sich auf und bilden einen perfekten Kreis um das Haus.

Ich sehe zu Cupid auf, der tief Luft holt; seine Brust hebt und senkt sich unter seinem immer noch feuchten grauen T-Shirt.

Er begegnet meinem Blick. »Nun, das ist der Moment der Wahrheit.«

Er wirft einen Seitenblick auf Cal, der immer noch wachsam die Bildschirme im Auge behält. Draußen holt einer der Cupids an vorderster Front ein Megaphon unter seiner Jacke hervor.

»Auf Befehl von Venus nehmen wir euch hiermit fest«, ertönt eine donnernde Männerstimme. »Ihr seid umzingelt. Verlasst das Gebäude mit erhobenen Händen.«

Ich sehe Cupid und Cal an. »Was jetzt? Sie kommen nicht rein, oder?«

Cupid schüttelt den Kopf und lässt sich wieder auf seinen Ledersessel sinken.

»Jetzt warten wir«, sagt er mit finsterem Blick, »solange wir können.«

Die nächste Stunde verstreicht qualvoll langsam. Die Agenten haben das Gebäude immer noch umstellt. Die donnernde Stimme fordert uns immer wieder auf, das Haus zu verlassen, und jedes Mal packt mich das nackte Grauen. Cupid scheint das Ganze jedoch überhaupt nichts auszumachen. Er fläzt mit geschlossenen Augen in seinem Sessel.

Charlie und ich sitzen auf dem Bürostuhl und starren wie gebannt auf die Monitore. Mein Magen rumort vor Angst. Auf der anderen Seite des Zimmers läuft Cal mit seinem Bogen über der Schulter unruhig auf und ab.

»Kannst du bitte damit aufhören?«, sagt Cupid nach einer Weile, die Augen immer noch geschlossen. »Du machst mich nervös.«

Nach ein paar weiteren Runden durch das Zimmer schüttelt Cal den Kopf und geht zur Tür. Da öffnet Cupid endlich die Augen und sieht seinem Bruder mit einem verwirrten Stirnrunzeln nach.

»Wohin gehst du?«, frage ich.

Cal wendet sich kurz zu mir um, sein Gesicht undurchschaubar. »Das geht dich nichts an.«

Damit rauscht er davon. Ich wechsele einen Blick mit Charlie, die ratlos die Achseln zuckt. Dann starre ich weiter auf die Monitore. Ich weiß beim besten Willen nicht, wie wir aus dieser Sache herauskommen sollen.

»Je länger ihr euch versteckt, desto schlimmer wird es für euch«, ertönt die Stimme von draußen.

Ich atme tief durch. Mein Herz pocht rasend schnell.

Nach ein paar Minuten seufzt Cupid und steht auf. »Kommt, machen wir uns einen Kaffee oder so.«

Ich zögere, denn ich habe Angst, die Bildschirme zu verlassen.

»Keine Sorge, dort sind wir sicher«, sagt Cupid, als hätte er meine Gedanken gelesen. »Sie kommen nicht rein, solange die Gitterstäbe nicht hochgefahren werden. Und das lässt sich nur von hier drinnen steuern.«

Ich wechsele einen weiteren Blick mit Charlie, die erneut die Achseln zuckt.

»Zu Kaffee sage ich nicht nein.«

Zusammen gehen wir in die Küche. Riesige Eisenstangen versperren die gesamte Glasfront. Cal steht davor und späht hinaus, sein Handy ans Ohr gedrückt. Als er uns hereinkommen hört, lässt er es schnell sinken und stopft es in seine Hosentasche.

Cupid zieht irritiert die Stirn kraus. »Hast du jemanden angerufen?«

Cal dreht sich zu seinem Bruder um. »Crystal.«

Einen Moment wirkt er betreten und weicht Cupids Blick aus. Dann marschiert er schnurstracks an uns vorbei.

»Willst du keinen Kaffee mit uns trinken, Cal?«, fragt Cupid. Sein Ton ist herausfordernd, argwöhnisch.

Ich sehe zwischen den beiden hin und her – habe ich irgendetwas verpasst?

»Jemand muss aufpassen, was draußen vor sich geht«, erwidert Cal und geht ohne ein weiteres Wort.

Cupid sieht ihm mit vorwurfsvollem Blick nach, dann stapft er zur Kaffeemaschine.

»Was ist mit ihm los?«, frage ich.

Cupid reicht uns unseren Kaffee. »Ich glaube, mein Bruder hat vor, uns zu verraten.«

Fassungslos starre ich ihn an. Charlie wirkt erschüttert.

»W-Was?«, stammele ich. »Wie meinst du das?«

Er sieht mir fest in die Augen. »Ich glaube nicht, dass er mit Crystal telefoniert hat. Ich glaube, er hat gerade einen Deal für sich ausgehandelt.«

»Nein«, sage ich. »Nein, das würde er nicht tun. Niemals.«

Cupid zuckt die Achseln, lehnt sich an die Bar und trinkt einen Schluck Kaffee. »Wart's ab.«

Wenig später hören wir ein surrendes Geräusch. Ich wirbele herum und sehe, wie sich die Eisenstangen vor den Fenstern langsam heben. Mein Magen krampft sich zusammen. Cupid hat gesagt, sie ließen sich nur vom Studierzimmer aus steuern – dem Zimmer, in dem Cal gerade verschwunden ist. Die Tasse fällt mir aus der Hand und zerschellt, Kaffee ergießt sich über die weißen Fliesen.

»Ins Studierzimmer, sofort!«, ruft Cupid.

So schnell wie möglich rennen wir hinüber, und Cupid schlägt die Tür hinter uns zu.

Cal steht da wie erstarrt, vom rötlichen Licht der Morgendämmerung beleuchtet. Die Eisenstangen vor dem Fenster sind schon fast eingefahren.

Es besteht kein Zweifel mehr.

Er war es. Er hat uns verraten.

Seine silbrigen Augen beobachten uns bedächtig.

»Wie konntest du das tun?!«, schreie ich ihn an.

Von draußen ist das Stampfen marschierender Truppen zu hören. Sie kommen. Außer mir vor Wut, stürze ich vor, um Cal zu schlagen, doch Cupid hält mich am Arm zurück.

»Ich wette, du hast auf diesen Moment gewartet, was?«, sagt er in eisigem Ton. »Den Moment, in dem du mich ausliefern und *ihre* Gunst zurückerlangen kannst.«

Cal starrt ihn zornig an. »Ich hab versucht, dir zu helfen! Ich wollte dich dazu bringen, die Stadt zu verlassen. Ich hab versucht, dein Match zu beschützen!«

»Sieh sie an!«, brüllt Cupid. »SAG IHREN NAMEN!«

Cal tritt sichtlich bestürzt von einem Fuß auf den anderen. Er sieht mich nicht an, anscheinend kann er das nicht.

»Du hast das Gesetz gebrochen und musst bestraft werden.«

»Muss Lila bestraft werden?«, entgegnet Cupid heftig. »Und Charlie?«

Cal antwortet nicht – er senkt den Blick. »Es wird einen fairen Prozess geben.«

»Von wegen!«

Ich habe Cupid noch nie so wütend gesehen. Er schiebt Charlie und mich zurück ans Fenster, dann stürzt er vor, packt Cal und schmettert ihn an die gegenüberliegende Wand. Sie stehen einander Auge in Auge gegenüber, ihre Gesichter wutverzerrt.

Da fliegt die Tür zum Studierzimmer plötzlich auf.

Cupid schlägt Cal so fest ins Gesicht, dass er zu Boden

geht, und im selben Moment stürmen die Agenten herein. Mein Match greift sich seinen Bogen und schießt einen Pfeil nach dem anderen auf die Angreifer ab, aber sie sind zu schnell und schon zu nah. Fünf von ihnen ergreifen ihn, werfen ihn auf die Knie und halten ihn dort fest. Einer packt ihn an den Haaren und zwingt ihn, zu mir aufzusehen.

»Kommandant«, ruft einer barsch, »wir haben sie!«

Die Agenten an der Tür treten zur Seite, als ein hochgewachsener, schlanker Mann mit dunklen Haaren und kalten Augen hereinkommt. Sein schwarzer Bogen ist größer und eleganter als die der anderen Agenten, und er hat eine Anstecknadel mit einem V an seinem weißen Jackett.

»Cal«, sagt er, »nimm das Mädchen fest.«

Cal hat sich wieder aufgerappelt und sieht mich zum ersten Mal, seit er uns verraten hat, direkt an. Seine silbrigen Augen lodern.

»Cal«, flüstere ich, »bitte.«

»Nimm das Mädchen fest«, wiederholt der Kommandant in eisigem Ton. »Wenn du wieder in den Dienst eintreten willst, wenn du willst, dass dir deine Verbrechen vergeben werden, *nimm das Mädchen fest.*«

Cal hält einen Moment inne, kommt dann aber auf mich zu. Mit zittrigen Fingern ziehe ich einen Pfeil aus dem Köcher über meiner Schulter und halte ihn schützend vor mich, immer noch mit dem Rücken ans Fenster gepresst.

»Cal«, warnt Cupid, während der Agent seinen Kopf immer noch grob nach hinten zieht.

Da sehe ich die rosafarbene Spitze des Pfeils in meiner Hand. Ein Capax, ein Wahrheitspfeil. Ich verfluche mich innerlich. Das ist nicht der, den ich brauche.

Cupid kämpft gegen die Agenten an, die ihn festhalten, aber sie zwingen ihn zuzusehen, wie Cal langsam auf mich zukommt. Er blickt zu mir, im Gesicht einen Ausdruck ohnmächtiger Wut.

»Cal«, versuche ich es erneut, »bitte, tu das nicht.«

Cupid schlägt wild um sich, um sich aus dem Griff der fünf Agenten zu befreien, die ihn zu Boden drücken.

»Rühr sie nicht an! Rühr sie nicht an!«

Cal beachtet ihn gar nicht, und ich halte ihm weiter den Pfeil entgegen. Ohne den Blick von mir abzuwenden, läuft er direkt in den Capax hinein, so dass er sich in seinen Bauch bohrt. Sein Gesicht verzieht sich vor Schmerz. Der Pfeil zerfällt in meiner zitternden Hand zu Asche.

»Lag dir je wirklich etwas an mir?«

Er wurde von dem Capax getroffen. Er muss die Wahrheit sagen.

Er sieht mich an, und einen Moment flackert Unsicherheit in seinen Augen auf, doch dann versteinert sein Gesicht wieder.

»Nein.«

Er packt mich unsanft an den Armen und schiebt mich auf die Gruppe von Agenten zu, die sich in der Tür versammelt hat.

»Was ist mit den anderen?«

»Nehmt sie mit«, sagt der Kommandant. »Ich bringe das Mädchen zu Venus.«

»LILA!«, brüllt Cupid.

Ich sehe ihn voller Angst an. Das Herz schlägt mir bis zum Hals. Er begegnet meinem Blick, im Gesicht einen Ausdruck unbändiger Wut. Irgendwie schafft er es, einen der

Agenten abzuwerfen und noch einen. Aber sie kommen immer zurück.

Der Kommandant beobachtet das Ganze mit steinerner Miene. »Bringt ihn zum Schweigen.«

Eine der Agentinnen hebt ihren Bogen und schlägt ihn Cupid gegen die Schläfe.

»Cupid!«

Er sinkt bewusstlos zu Boden. Cal sieht seinen Bruder einen Moment mit undurchschaubarem Gesicht an, dann wendet er sich dem Anführer der Agenten zu.

»Bring sie zum Auto«, sagt der Kommandant. »Wir fahren zurück zur Agentur.«

Er geht an mir vorbei, während ich verzweifelt gegen Cals Griff ankämpfe. Dann dreht er sich zu mir um, und seine Lippen verziehen sich zu einem dünnen Lächeln. »Wollen wir doch mal sehen, was Venus von Cupids Match hält.«

47. Kapitel

Cal zerrt mich nach draußen. Die Sonne ist inzwischen aufgegangen, und das Gewitter von vorhin hat sich verzogen; nur die Pfützen am Boden zeugen noch von dem sintflutartigen Regen. Die Armee von Venus' Agenten marschiert Juliet Hill hinauf, ihre Stiefel versinken mit einem schmatzenden Geräusch im Schlamm. Cal und ich folgen ihnen – er hat meinen Arm immer noch fest umklammert.

»Wie konntest du das tun?!«

Mir ist flau im Magen, und eine kalte Angst breitet sich in mir aus. Cal ignoriert mich, den Blick starr geradeaus gerichtet. Ich denke an Cupid, wie er bewusstlos am Boden lag, und den stählernen Blick des Kommandanten, als er befahl, mich festzunehmen. *Ich muss hier weg!*

Ich werfe Cal einen raschen Blick zu, dann ziehe ich meinen Arm unvermittelt aus seinem Griff. Mich durchströmt ein freudiges Triumphgefühl, doch dann packt er mich erneut und wirbelt mich zu sich herum.

»Wo willst du hin, Lila? Sieh dich um.«

Ich starre ihn einen Augenblick wortlos an, dann tue ich, was er sagt. Um mich herum sind überall Agenten. Mir wird eng ums Herz.

»Sie würden dich in Sekundenschnelle wieder einfangen. Willst du, dass dich jemand anderes mitnimmt?«

»Ja«, fauche ich ihn an. »Jeder andere wäre mir lieber als *du*.«

Einen Moment sieht er verletzt aus, und ich genieße diese kurze Genugtuung, ehe sein Gesicht wieder versteinert.

»Glaub mir, Lila, das würdest du nicht wirklich wollen.«

Er schiebt mich vor sich, und wir marschieren schweigend weiter den Hügel hinauf. Einer der Agenten, an denen wir vorbeikommen, sieht mich an und grinst. Im nächsten Moment wird mir schlagartig klar, wo ich ihn schon einmal gesehen habe.

»Er gehört zu den Arrows! Ich habe auf ihn geschossen, als wir Crystal gerettet haben. Du arbeitest mit *ihm* zusammen statt mit deinem eigenen Bruder?«

»Die Arrows waren schon immer der verlängerte Arm der Agentur«, erwidert er, »wenn auch ein bisschen radikal. Aber jetzt sind wir alle unter *ihr* vereint.«

Er zieht mich weiter. Als wir oben auf dem Hügel ankommen, bleibe ich abrupt stehen. Die gesamte Hügelkuppe ist mit unzähligen schicken Autos zugeparkt. *Ein Cupid zu sein hat seine Vorteile*, hat Cal zu mir gesagt, als er mich zum ersten Mal trainierte. Ich werfe ihm noch einen wütenden Blick zu. *Wie konnte er mir das antun? Wie konnte er seinem eigenen Bruder das antun?*

Plötzlich kommt mir ein Gedanke, der kurz Hoffnung in mir aufkeimen lässt.

Vielleicht hat er uns gar nicht verraten.

Vielleicht spielt er den Agenten nur etwas vor.

Vielleicht wird er mich einfach zu einem Auto bringen und mich von hier wegfahren.

Vielleicht ...

»Ihr kommt mit uns«, sagt der Kommandant mit dem schroffen Gesicht und marschiert zu uns herüber. »Euch beide müssen wir im Auge behalten.«

Er mustert Cal mit prüfendem Blick, dann geht er zu einem roten Ferrari, der in der vordersten Reihe parkt. Eine streng aussehende blonde Agentin begleitet ihn und deutet mit einem Schlüssel auf das Auto, woraufhin sich die beiden Seitentüren heben. Sie steigen ein.

Cal zerrt mich zu ihnen. »Steig ein.«

Sein Gesicht ist hart und unerbittlich, und die Hoffnung, die gerade erst in mir aufgeflammt ist, erlischt. Ich sehe mich um, suche fieberhaft nach irgendeinem Ausweg. Es kommen immer noch einige Cupids den Hügel hinauf; jene, die bereits oben angekommen sind, steigen in die Autos, die überall um uns herumstehen. Tief im Herzen weiß ich, dass es zu viele sind. Es gibt kein Entkommen.

Ich blicke zu Cal auf. Einen Moment starren wir einander schweigend an, sein kantiges Gesicht noch angespannter als sonst.

»Bitte, Lila«, sagt er, »steig einfach ein.«

Ich sehe ihn noch einen Augenblick wortlos an, dann tue ich, was er verlangt. Ich habe keine andere Wahl. Wo sollte ich sonst hin? Cal setzt sich neben mich. Die Türen schließen sich, und die blonde Agentin startet den Motor. Da trifft es mich wie ein Schlag.

Jetzt gibt es kein Zurück mehr.

Sie bringen mich zu Venus. Sie bringen mich wirklich zu Venus.

Als wir uns der Agentur nähern, beschleunigt sich mein Atem, und ich muss meine Hand festhalten, damit sie aufhört zu zittern. Ich darf mir nicht anmerken lassen, dass ich Angst habe. Diese Genugtuung werde ich Cal nicht geben.

Auf der Fahrt herrschte eisiges Schweigen, und Cal hat

mich kein einziges Mal angesehen. Ich werfe einen Blick durchs Heckfenster, ob vielleicht eine Chance besteht, beim Aussteigen zu fliehen. Die Kolonne teurer Autos folgt uns immer noch.

Ich atme tief durch und versuche, mich von meiner wachsenden Panik abzulenken.

Wenig später drückt die blonde Agentin einen Knopf auf dem Armaturenbrett, und vor uns öffnet sich eine Einfahrt. Sie fährt die Rampe hinunter in eine große Tiefgarage, die direkt unterhalb der Agentur liegen muss. Die Agentin parkt den Ferrari auf einem Parkplatz, der als Priority-Parking-Stellplatz ausgewiesen ist, dann öffnet sie die Türen.

»Danke, Claire«, sagt der Kommandant und wendet sich dann Cal und mir zu. »Zeit, die Chefin zu treffen.«

Mein Herz schlägt schneller. Mir wird übel.

»Steig aus«, sagt Cal, ohne mich anzusehen.

Ich reagiere nicht, weil ich immer noch angestrengt versuche, das alles zu verarbeiten. Ich bin Cupids Match. Cal hat uns verraten. Die Agenten von Everlasting Love werden mich zu einer antiken Göttin bringen. Sie will mich töten.

Das kann nicht real sein. Das ist einfach nicht möglich.

Cal nimmt seinen Bogen und Köcher und klettert aus dem Wagen. Zielstrebig kommt er auf meine Seite herüber und öffnet die Tür, bleibt dann jedoch stocksteif stehen und wartet, dass ich aussteige. Ich rühre mich nicht. Mit einem frustrierten Seufzen beugt er sich zu mir herunter – so nah, dass ich seine Wärme spüren und sein Eau de Cologne riechen kann. Dabei fällt mir ein goldener Schimmer zwischen den Pfeilen in seinem Köcher auf – der *Finis*.

Er löst meinen Sicherheitsgurt, dann wendet er sich mir

zu. Sein Gesicht ist nur wenige Zentimeter von meinem entfernt, und er sieht mich durchdringend an. Ich kann seinen Atem auf der Haut spüren. Wortlos starre ich ihn an. Sein Gesicht nimmt einen Ausdruck an, den ich nicht recht deuten kann, und einen Moment denke ich, er würde mir etwas zuflüstern.

Doch das tut er nicht.

Ich wende den Blick von ihm ab, als er mich am Arm packt und aus dem Auto zerrt. Draußen parken die anderen Agenten ihre Luxusschlitten ebenfalls. Die Luft riecht nach Benzin und Autoabgasen. Der Kommandant und Claire beobachten uns misstrauisch.

»Komm schon«, sagt Cal.

Ich reiße meinen Arm aus seinem Griff los. »Fass mich nicht an!«

Ein kleines, verkniffenes Lächeln erscheint auf dem Gesicht des Kommandanten, und er zuckt die Achseln. »Na schön, sie kann alleine laufen. Hier entlang.«

Er deutet auf eine Tür am hinteren Ende der Garage, und ich marschiere an den dreien vorbei darauf zu.

»Ich dachte, du wärst mein Freund«, sage ich, als Cal zu mir aufschließt.

Er wirft mir einen grimmigen Blick zu. »Nun, ich dachte, du wärst klug genug, dich nicht in Cupid zu verlieben und Venus zurückzubringen.«

Aufgebracht wirbele ich zu ihm herum. Wut flammt in mir auf. Ich denke an unseren Tanz und den Kummer in seinen Augen, als er mich auf dem Balkon gesehen hat.

»Geht es etwa darum?!«, fahre ich ihn an. »Machst du das deshalb? Weil ich Cupid geküsst habe? Hab ich es deshalb verdient, dass du mich hierherschleifst? Ich hab deinen Bruder geküsst, und jetzt willst du mich einer uralten Gottheit ausliefern, die mich umbringen will. Meinst du nicht, dass du ein klein wenig überreagierst?!«

Ein ärgerlicher Ausdruck huscht über sein Gesicht, und er sieht aus, als wolle er etwas erwidern, aber ich gebe ihm keine Chance dazu. Ohne ein weiteres Wort drehe ich mich um und stürme durch die Tür. Ich spüre Cals wütenden Blick auf mir, aber ich ignoriere ihn und sehe mich um.

Wir befinden uns in einem Seitengang, der aussieht wie in jedem x-beliebigen Parkhaus. Agenten eilen an uns vorbei, ihre Schritte hallen in dem düsteren Treppenaufgang wider. Claire drückt den Aufzugknopf.

Fast sofort öffnen sich die Türen, und Cal schiebt mich hinein. In der verspiegelten Wand sehe ich meine zerzausten Haare und vom Regen immer noch feuchten Klamotten. Mein Gesicht ist blasser als sonst, und meine Mascara ist verlaufen.

»Welche Etage?«, fragt Claire.

»*Ihre* Etage«, antwortet der Kommandant. »Sie wird Cupids Match sofort sehen wollen.«

Bei seinen Worten geben meine Knie unter mir nach. Ich lehne mich haltsuchend an die Wand, als sich der Aufzug mit einem Ruck in Bewegung setzt. Meine drei Geiselnehmer beachten mich gar nicht, sondern blicken starr geradeaus auf die Türen. Als sie sich schließlich öffnen, werde ich in ein Wartezimmer geführt, das an ein Krankenhaus erinnert. In der Mitte steht ein Glastisch, umgeben von den gleichen neonfarbenen Sesseln, die ich auch im Eingangsbereich gesehen habe.

»Setz dich«, sagt Cal.

Ich lasse mich auf einen der Sessel fallen, während Claire und der Kommandant mit einem schlanken, rothaarigen jungen Mann an der Rezeption sprechen.

»Venus' persönlicher Assistent«, erklärt Cal und bricht das angespannte Schweigen zwischen uns.

Ich werfe ihm einen vernichtenden Blick zu. »Ich hab dich nicht danach gefragt.«

Seine blassen Wangen röten sich leicht, und er wendet hastig den Blick ab. Nach ein paar Minuten kommen der Kommandant und Claire zurück.

»Charles wird euch Bescheid geben, wenn die Chefin so weit ist«, sagt der Kommandant.

Er nickt Cal grimmig zu, dann geht er mit Claire zurück zum Aufzug und lässt uns allein. Cal lässt sich auf einem leuchtend grünen Sessel neben mir nieder. Die Luft fühlt sich schwer und drückend an. Mein Herz rast. Eine gefühlte Ewigkeit warten wir schweigend. Dann erklingt ein Piepsen, und Charles, der persönliche Assistent, steht auf. Sein Blick schweift über Cal hinweg und richtet sich auf mich.

»Venus wird euch jetzt empfangen.«

48. Kapitel

»Nun ist es also so weit, ja?«, murmele ich. »Ich muss zu Venus?«

Cupid auf den Balkon zu folgen hat mich hierhergeführt, zu einem Treffen mit der Göttin der Liebe. Ich spüre einen Stich im Herzen, als ich daran denke, wie ich Cupid zum letzten Mal gesehen habe; bewusstlos am Boden liegend. Ich frage mich, ob ich ihn je wiedersehen werde. Cal erhebt sich von dem Sessel und stellt sich steif neben mich.

Ich blicke zu ihm auf. »Wird sie mich töten?«

Er sieht schnell weg. »Steh auf.«

Venus' privater Assistent klopft ungeduldig mit den Fingern auf den Tresen. »Sie hat nicht den ganzen Tag Zeit«, sagt er gereizt.

Ich wende mich wieder Cal zu. Ich wünschte, ich könnte seinen Gesichtsausdruck lesen – ich wünschte, ich könnte erkennen, warum er uns verraten hat. Als ich aufstehe, durchströmt mich plötzlich eine unerwartete Ruhe. Was auch passiert, ich werde mich meinem Schicksal stellen.

Cal fasst mich am Arm und zieht mich vorwärts, seine Finger graben sich in meine Haut.

»Lass mich los«, sage ich mit fester Stimme.

Cal starrt mich einen Moment an, zieht seine Hand aber schließlich zurück. Trotz seines gelassenen Auftretens kann ich sehen, dass er nervös ist. Mein Blick fällt auf den Köcher auf seinem Rücken. Er hat den *Finis* noch.

Wenn ich ihn irgendwie in die Finger bekomme, könnte ich vielleicht …

Cal folgt meinem Blick und schüttelt unauffällig den Kopf. Dann packt er meinen Arm erneut und schiebt mich unsanft auf Charles zu. »Mach keine Dummheiten, Lila«, flüstert er mir durch zusammengebissene Zähne zu.

»Hier entlang, bitte«, sagt Charles.

Wir folgen ihm Seite an Seite einen langen, gewölbten Korridor hinunter. Die Wände sind strahlend weiß, und unsere Schritte hallen über den schwarzweiß karierten Boden. Die Luft riecht so widerwärtig süßlich, dass sich mir der Magen umdreht.

Ob Cal den Finis *wohl einfach an Venus aushändigen wird?* Wenn er das tut, kann sie ihn benutzen, um Cupid zu töten.

Ich werfe Cal, der unbeirrt geradeaus starrt, einen zornigen Blick zu.

»Wie konntest du das nur tun?«

Wortlos deutet er mit dem Kopf auf eine Tür am Ende des Korridors. Davor stehen zwei bewaffnete Agenten – ein Mann und eine Frau. Als wir uns nähern, sehe ich die schwarze Plakette an dem dunklen Holz, auf der in eleganter rosafarbener Schrift *Venus, Geschäftsführerin* steht. Charles dreht sich zu uns um. Der Blick seiner mattgrünen Augen richtet sich auf Cal. »Lasst eure Waffen bitte hier draußen«, sagt er. »Ihr könnt sie euch zurückholen, sobald Sie mit euch fertig ist.«

Mein Blick schweift zu Cal. Wenn er vorhat, der Agentur den *Finis* auszuhändigen, dann sollte er ihn den Agenten jetzt zeigen. Sein Gesicht bleibt ausdruckslos, und er macht keine Anstalten, seinen Bogen oder den Köcher abzugeben.

Er sieht Charles fest in die Augen. »Keine Waffe kann Venus schaden.«

Charles zuckt gleichgültig die Achseln. »Ich hab die Regeln nicht aufgestellt. Lass deine Waffen bitte bei einem der Agenten.«

Als Cal ihn nur mit eisigem Blick anstarrt, greifen die Agenten an der Tür zu ihren eigenen Waffen.

Doch dann setzt Cal ein Lächeln auf. »Natürlich«, sagt er. »Ganz wie Sie wünscht.«

Er reicht seinen Bogen dem männlichen Agenten an der Tür und lässt seinen Köcher von der Schulter gleiten. Die Agentin nimmt ihn entgegen und stellt ihn an die Wand. Charles nickt und klopft dann leise an die Tür.

»Kommt hereiiin«, erklingt eine glockenhelle Stimme von der anderen Seite.

Jetzt gibt es kein Zurück mehr.

Ohne nachzudenken, sehe ich auf der Suche nach Beruhigung zu Cal, aber natürlich hat er keine für mich. Sein Gesicht ist wie versteinert, und seine Haut ist noch blasser als sonst. Er blickt starr geradeaus auf die Tür, als Charles sie öffnet und hindurchtritt.

Das Erste, was mir auffällt, ist der Geruch. Hier ist er noch intensiver; die gleiche penetrante Süße, gemischt mit etwas anderem – etwas Widerwärtigem. Mir kommt die Galle hoch, aber ich schlucke sie hinunter, als mich Cal durch die Tür zieht.

Wir betreten einen schmalen Raum. Der Bereich, in dem wir stehen, ist von kaltem, künstlichem Licht hell erleuchtet, aber der hintere Teil des Raums ist in Dunkelheit gehüllt. Ich kann Venus nicht sehen.

Fieberhaft blicke ich mich um. Der Boden ist aus schwarzem Holz, und die hohen Wände sind dunkelrosa gestrichen. Überall sind Blumen – eine Mischung aus blutroten Rosen und weißen Myrten –, die aus Vasen quellen und sich um Pfeiler ranken, die bis zur Decke hinaufreichen. Ich höre das Plätschern von Wasser, kann den Ursprung aber nicht ausmachen.

»Hier sind sie, Ma'am«, sagt Charles. »Cal. Und Cupids Match.« Er verbeugt sich tief und eilt ohne ein weiteres Wort davon.

Einen Moment herrscht Schweigen. Dann vernehmen wir ein leises Rascheln von der anderen Seite des Zimmers.

»Kommt bitte heeer.«

Die Stimme passt genau zu dem Geruch – ekelhaft süß, mit etwas Widerwärtigem unter der Oberfläche. Mein Herz schlägt schneller. Cal lässt meinen Arm los und schreitet auf die Dunkelheit zu. Ich werfe einen Blick über die Schulter auf die Tür, durch die wir gerade gekommen sind. Aber weglaufen ist zwecklos. Sie würden mich nur wieder hierher zurückbringen.

Von kaltem Grauen erfasst, gehe ich auf Cal zu, und mit jedem Schritt, den ich mache, beschleunigt sich mein Atem.

»So ist es recht«, sagt die Stimme. »Kommt her zu mir. Lasst mich euch ansehen.«

Als wir näher kommen, sehe ich, dass wir auf einen großen Tisch zusteuern. Dahinter sitzt eine nur schemenhaft erkennbare Gestalt.

Venus.

Das Plätschern ist hier lauter, und kurz meine ich, etwas gegen Glas krachen zu hören.

»Das iiist nah genuuug«, sagt die Stimme in ihrem seltsamen Singsang. »Jetzt lasst mich euch ansehen.«

Mit einer langsamen, fließenden Bewegung erhebt sich die Gestalt und richtet sich zu ihrer vollen Größe auf. Sie ist größer und fülliger als jeder Mensch und hat sehr weibliche Rundungen, aber ich weiß nicht, ob das an ihrer Kleidung liegt oder ob sie tatsächlich eine solch üppige Figur hat. Ich blinzele, um die Dunkelheit zu durchdringen.

Und plötzlich steht sie nur wenige Zentimeter von uns entfernt.

Mir bleibt fast das Herz stehen, und ich ziehe erschrocken die Luft ein, wobei mir ein Schwall des jetzt kaum noch zu ertragenden Geruchs in die Nase strömt. Irgendwie schaffe ich es, aufrecht stehen zu bleiben, und starre sie wie gebannt an. Auf den ersten Blick ist sie wunderschön. Ihr feuerrotes Haar ist mit weißen Blumen geschmückt und um ihren Kopf geflochten. Ihre Haut ist blass, wodurch ihre klaren blauen Augen noch besser zur Geltung kommen. Sie trägt ein trägerloses, tailliertes Ballkleid, das aussieht, als bestehe es aus karmesinroten Rosen. Die wallenden Röcke scheinen in einer sanften Brise zu wogen, obwohl kein Wind weht.

Niemand sagt etwas. Cal steht reglos neben mir, und ich kann seine Anspannung spüren. Venus mustert mich weiter eindringlich, und als ich ihren Blick erwidere, beschleicht mich ein schreckliches Gefühl. Hinter ihrer Schönheit verbirgt sich etwas; etwas, das nicht ganz richtig ist.

Ihre Haut ist zu blass – fast durchsichtig – und vollkommen makellos; keine Poren, keine Unreinheiten, überhaupt keine Unregelmäßigkeit. Sie sieht unecht aus – wie eine Maske, die sie sich über ihr wahres Gesicht gezogen hat. Ihre Pupillen sind zu klein, und sie blinzelt nicht oft genug. Sie erinnern mich an die Augen einer Puppe. Venus lächelt mich mit ihren vollen roten Lippen an, aber dieses Lächeln hat etwas Boshaftes an sich.

Plötzlich, ehe ich weiß, wie mir geschieht, streicht sie mit den Fingern über mein Gesicht. Sie sind knochig und kalt – wie die Finger einer Toten –, und ihre Berührung lässt mich erschauern.

»Das ist sie also. *Cupids Match.*« Ihre Stimme klingt wie die eines kleinen Mädchens.

Mein Herz pocht so laut, dass ich sicher bin, sie könne es hören.

Mit einer beinahe roboterhaften Bewegung neigt sie den Kopf zur Seite. »Der Grund, aus dem ich zurückgerufen wurde.«

Mit jedem Wort versetzt sie mir einen Stoß – der letzte so fest, dass ich ein paar Meter zurückgeschleudert werde und hart auf dem Rücken lande. Benommen blinzele ich zur Decke hoch und sehe Venus plötzlich über mir aufragen. Angst durchzuckt mich.

Was wird sie mit mir machen?

»Weißt du, das ist nicht sehr nett«, sagt sie. »In seinem freien Jahrtausend zur Arbeit zurückbeordert zu werden.« Sie beugt sich zu mir herunter, hebt mich auf wie eine Stoffpuppe und stellt mich wieder auf die Füße. »Es gibt viele schreckliche Dinge, die ich dir antun könnte, wenn mir der Sinn danach stünde. Und natürlich musst du bestraft werden. Du warst ein sehr unartiges kleines Match.«

»Mutter«, sagt Cal in warnendem Ton.

Ruckartig dreht sie sich zu ihm um. »Wie ich höre, warst du auch ein unartiger kleiner Junge«, fährt sie fort, rafft ihre

Röcke und rennt mit winzigen Schritten zu ihrem Sohn. »Schon wieder.«

Ihre Art sich zu bewegen hätte fast etwas Lustiges, wenn sie nicht so furchteinflößend wäre.

»Gefallen dir meine Haare?«, fragt sie Cal mit einem strahlenden Lächeln. »Sie sind rot, genau wie Charles'. Wir passen perfekt zusammen.«

Cal ignoriert ihre Worte und sieht ihr fest in die Augen. »Wenn du Lila jetzt nichts tust – wenn du ihr einen fairen Prozess machst –, kannst du ein Exempel an ihr statuieren«, sagt er bedächtig.

Sie schiebt ihre Unterlippe vor. »Aber ich will ihr *jetzt* weh tun.«

Cal begegnet ihrem Blick, ohne mit der Wimper zu zucken – seine silbrigen Augen lodern. »Mutter.«

Venus stößt ein tiefes Seufzen aus. »Aber natürlich hast du recht. Wir behalten sie hier, bis wir ihr den Prozess machen. Sie wird unser kleines menschliches Haustier.«

Ihre starren Augen richten sich wieder auf mich, und ihre Lippen verziehen sich zu einem Lächeln, das mir das Blut in den Adern gefrieren lässt.

Dann klatscht sie in die Hände. »Also – ich habe Geschenke für euch! Kommt! Kommt!«

Cal runzelt irritiert die Stirn und nimmt eine noch wachsamere Haltung ein. Mich packt das nackte Grauen.

Was für ein Geschenk könnte die Göttin der Liebe für mich haben?

Plötzlich ist sie wieder am anderen Ende des Raumes – in der Dunkelheit. Sie klatscht erneut in die Hände, und die Lichter gehen an.

Bei dem Anblick, der sich mir bietet, krampft sich mein Magen zusammen. Sie steht zwischen den Türen zweier Glasbehälter, die in die Wand eingebaut sind. Sie sind bis zum Rand mit Wasser gefüllt, rötlich gefärbt von Blut.

In einem treibt – bewusstlos und ätherisch schön – Crystal.

In dem anderen schwimmt – mit den Fäusten wild gegen das Glas hämmernd – Cupid.

Venus sieht uns an und lächelt süßlich, aber in ihren Augen liegt eine unverkennbare Bosheit. »Wollt ihr sie öffnen?«

49. Kapitel

Venus legt ihre Hände auf den Glasbehälter zur Linken, in dem Crystal geisterhaft im Wasser treibt. Ihre blonden Haare wogen wie in Zeitlupe um ihr blasses Gesicht. Mein Herz wird schwer. Sie sieht aus, als wäre sie tot.

Venus wendet sich Cal zu. »Das ist für dich!«

Dann rennt sie zu der zweiten durchsichtigen Tür und richtet ihren püppchenhaften Blick auf mich. »Und das … das ist für dich!«

Cupids verzweifelte Schläge gegen das Glas werden immer schwächer. Seine Augen weiten sich vor Angst, aber er hat mich entdeckt. Ich sehe, wie sich sein Mund bewegt, doch seine Worte erreichen mich nicht. Ein heftiger Adrenalinstoß lässt mich am ganzen Körper erzittern. Mir dreht sich der Magen um, und ich bin gefährlich nahe dran, mich zu übergeben.

Ich muss ihn da rausholen.

Venus faltet sichtlich ungeduldig die Hände. »Nun? Jetzt kommt schon her. Wollt ihr eure Geschenke denn nicht aufmachen?«

Einen Moment bleibe ich wie angewurzelt stehen.

Ist das ein Trick?

Doch im Grunde ist mir das völlig egal; es kümmert mich nicht, ob das ein Trick ist oder ob Venus mich töten wird oder dass mir der Prozess gemacht werden wird. Es kümmert mich nicht, dass Cal mich verraten hat oder dass ich schreckliche Angst habe oder dass ich meinen Dad womöglich nie wiedersehen werde.

Das Einzige, was jetzt in diesem Moment für mich zählt, ist Cupid, aus dem das Leben langsam, aber sicher herausströmt.

Ich stürze vor, an Venus vorbei, und werfe mich mit aller Kraft gegen die Glastür. Mit den Händen taste ich die glatte Oberfläche ab, versuche fieberhaft herauszufinden, wie man sie öffnet. Doch es gibt keinen Türgriff.

Wie soll ich ihn dort herausholen?

Cupid wirkt mit einem Mal viel ruhiger. Er klopft gegen das Glas, um mich auf sich aufmerksam zu machen, und deutet mit dem Kopf. Ich folge seinem Blick. Venus steht immer noch zwischen den beiden Türen. Von ihrem elegant abgespreizten Finger baumelt ein Schlüssel.

»Dummes kleines Match«, sagt sie, »du brauchst einen Schlüssel, um diese Tür zu öffnen.«

So schnell wie möglich eile ich zu ihr und schnappe mir den Schlüssel; als ich mich nähere, schlägt mir ihr süßer Geruch entgegen. Ohne ihre Reaktion abzuwarten, haste ich zurück und suche die Tür nach einem Schlüsselloch ab.

Ich kann nichts finden.

Cupid klopft erneut gegen das Glas und deutet nach links. Und tatsächlich, dort befindet sich ein kleines Loch im Glas. Ich stecke den Schlüssel hinein, drehe ihn um und ziehe an der Tür. Mit einem lauten Knall öffnet sie sich, und ein Schwall eiskaltes Wasser bricht über mich herein. Ich falle zu Boden, und Cupid landet auf mir. Seine Haut ist kalt und nass, und er vergräbt den Kopf an meiner Schulter, während er keuchend nach Luft ringt. Ich bleibe einen Moment liegen, von einer tiefen Erleichterung erfüllt, doch dann erinnere ich mich an den anderen Behälter.

Crystal.

Ich rolle Cupid von mir herunter, setze mich auf und blicke mich fieberhaft nach Venus' anderem Opfer um. Cal schreitet auf die Tür des zweiten Glasbehälters zu, sein Gesicht vollkommen undurchschaubar. Ohne ein Wort nimmt er Venus den Schlüssel ab und taxiert sie mit grimmigem Blick. Dann öffnet er die Tür und tritt zur Seite, als Crystals in sich zusammengesunkener, zerbrechlich wirkender Körper herausgespült wird.

»Crystal«, flüstere ich voller Sorge, »ist sie ...?«

Cupid kauert auf Händen und Knien und würgt Wasser hoch. Er hustet noch ein paarmal und sieht dann zu mir auf.

»Cupids können nicht ertrinken. Nicht ganz«, sagt er mit matter Stimme. »Sie wird schon wieder, Sonnenschein.«

Damit lässt er sich zu Boden sinken und rollt sich auf den Rücken, erschöpft in der flachen Wasserpfütze ausgestreckt. Seine Brust hebt und senkt sich mit jedem keuchenden Atemzug.

Mit bangem Blick sehe ich zu Venus auf, die sich zwischen uns aufgebaut hat. Sie hat einen finsteren Ausdruck im Gesicht, und die Luft um sie herum fühlt sich an wie elektrisch aufgeladen. Die Härchen auf meinen Armen stellen sich auf.

»Seht euch nur an, was für eine Sauerei ihr veranstaltet habt. Wasser. ÜBERALL.«

Ich weiche vor ihr zurück, rücke näher zu Cupid. Cal starrt sie einfach nur an. Er steht ein kleines Stück von Crystal entfernt, die immer noch bewusstlos am Boden liegt.

»Mutter, was hat das zu bedeuten? Ich verstehe, warum

du Cupid gefangen genommen hast, aber warum ist Crystal hier?«

Vorwurfsvoll blickt er auf die totenblasse Agentin hinunter. Sie regt sich endlich – ein schwaches Keuchen entringt sich ihrer Kehle. Mich durchströmt eine Woge der Erleichterung.

»Mir ist völlig egal, ob sie lebt oder stirbt«, sagt Cal.

Ich werfe ihm einen ärgerlichen Blick zu, und Venus steht plötzlich direkt vor ihm.

»Es ist dir völlig egal?« Ihre Lippen sind zu einem Lächeln verzogen, aber in ihren puppenhaften Augen liegt nichts Freundliches.

»Natürlich«, braust er auf, ohne sich von ihr beirren zu lassen. »Sie ist eine *deiner* Agentinnen. Mir bedeutet sie rein gar nichts.«

Venus tritt einen Schritt zurück – ihre Rosenröcke rascheln bei der Bewegung. Einen Moment wirkt sie verwirrt.

»Ja«, sagt sie gedankenverloren, während Crystal Wasser aushustet. »Sie gehört mir, nicht wahr?«

Plötzlich ragt die Göttin der Liebe über Crystal auf, hebt sie am Kragen ihres durchnässten weißen Blazers hoch und schleudert sie gegen die Wand, als würde sie nichts wiegen. Crystal landet hart auf dem Boden. Wieder bleibt sie reglos liegen.

»O ja, sie gehört mir, und ich kann mit ihr machen, was ich will.« Erneut breitet sich dieses boshafte Lächeln auf Venus' Gesicht aus, und sie schreitet langsam auf die in sich zusammengesunkene Agentin zu. »Es war sehr ungezogen von ihr, sich mit Cupid und seinem Match herumzutreiben. Ich glaube, ich werde sie töten.«

»Mutter«

Cals Stimme lässt sie abrupt innehalten. Sie dreht sich zu ihm um.

»Wenn du sie jetzt umbringst, kannst du kein Exempel an ihr statuieren – genau wie bei Lila, weißt du noch?«, erinnert er sie. »Du kannst ihr auch den Prozess machen – damit alle sehen, was mit Leuten geschieht, die dich betrügen.«

Sie blinzelt ihn irritiert an, nickt dann jedoch. Ihre ruckartigen, abgehackten Bewegungen erinnern mich an eine Figur in einem grusligen Stop-Motion-Film.

»Ja, ich werde ihr mit den anderen den Prozess machen«, sagt sie und setzt ein liebliches Lächeln auf. »Wenigstens habe ich *einen* guten Sohn.« Sie streichelt sein Gesicht mit ihren weißen, aalglatten Fingern. Dann stößt sie ein tiefes Seufzen aus. »Ihr langweilt mich. WAAACHEEEN!«

Fast im selben Moment stürmen die beiden Agenten vor der Tür herein.

»Helft Cal, diese drei nach unten zu bringen. Sperrt sie zu meinen anderen Haustieren«, befiehlt sie. »Na los. Beeilung.«

Die beiden Agenten eilen los. Der Mann wirft sich Crystal über die Schulter, während die Frau Cupid hochzieht.

Cal kommt zu mir herüber und reicht mir die Hand. »Steh auf.«

Ich funkele ihn zornig an, lasse mir aber von ihm aufhelfen. Ich weiß nicht, wo man uns hinbringen wird. Alles ist besser, als hier bei Venus zu bleiben.

»NA LOS! SCHAFFT SIE MIR AUS DEN AUGEN!«, schreit Venus. »ICH WILL SIE NICHT MEHR SEHEN! RAUS HIER! RAUS HIER! RAUS HIER!«

Die Agenten bringen uns hastig hinaus. Ich wage es nicht, einen Blick zurückzuwerfen, als sich die Tür hinter uns schließt. Sobald wir draußen sind, lässt Cal meinen Arm los und nimmt sich seinen Bogen und den Köcher, die immer noch an der Wand lehnen.

»Hier lang«, sagt er und geht durch den langen Korridor wieder zurück.

Ich blicke mich um. Crystal hängt nach wie vor bewusstlos und völlig durchnässt über der Schulter des Wachmanns. Cupid trottet neben der anderen Agentin her, als hätte er sich in sein Schicksal ergeben. Ich bin mir nicht sicher, ob mich seine Gelassenheit beruhigt oder mir noch größere Angst macht.

Hat er einen Plan? Oder ist er einfach zu erschöpft, um weiterzukämpfen?

Cal führt uns zum Aufzug und treibt uns hinein. Hinter seinem Rücken umfasst Cupid meine Hand und drückt sie sanft. *Wir schaffen das*, raunt er mir leise zu.

Ich wünschte, das könnte ich glauben.

Als der Aufzug hält, werden wir durch einen weiteren Gang zu dem Innenhof geführt, durch den ich schon bei meinem ersten Besuch gekommen bin. Der Agent geht zu der Statue von Venus. Crystal schwankt hin und her, als wäre sie noch ohnmächtig, aber ich sehe, wie sich ihre Augen öffnen. Der Agent holt eine Schlüsselkarte hervor und scannt sie am Gesicht der Statue ein. Dann tritt er einen Schritt zurück, als sich das klare, kreisrunde Becken dahinter langsam hebt und über das Kopfsteinpflaster gleitet. Zurück bleibt ein dunkles Loch, in dem eine Wendeltreppe in die Dunkelheit hinabführt.

»Lass mich los«, sagt Crystal leise.

Sofort setzt der Agent sie ab. Er sieht etwas verlegen aus, als sie ihn mit wütendem Blick anfunkelt, und ich frage mich unwillkürlich, ob sich die beiden kennen.

»Venus' Befehle«, murmelt er.

Sie bedenkt ihn nur mit einem frostigen Blick und wendet sich dann uns zu; mir und Cupid, der genauso durchnässt und mitgenommen ist wie sie, der anderen Agentin und Cal. Einen Moment scheint es, als wolle sie eine bissige Bemerkung machen, aber dann kommt sie offenbar zu dem Schluss, dass wir der Mühe nicht wert sind. Sie schüttelt den Kopf und steigt wortlos die Treppe hinunter.

»Ich kann von jetzt an übernehmen«, sagt Cal zu den beiden Wachen.

Sie sehen ihn zögerlich an.

»Muss ich euch daran erinnern, dass ich euer Vorgesetzter bin? Geht auf eure Posten zurück. Mit ein paar Gefangenen werde ich schon fertig.«

Der Mann wirft ihm einen skeptischen Blick zu. »Bist du sicher, dass du ihre Sims alleine zum Laufen bringen kannst?«

Mir läuft ein kalter Schauer über den Rücken, als ich mich daran erinnere, was Cal über die Sims als Strafe gesagt hat. Das steht uns also bevor.

»Natürlich«, erwidert Cal verächtlich.

»Also gut, Sir«, sagt der Wachmann und marschiert mit seiner Kollegin davon.

Cal führt uns zu dem Loch im Boden. Cupid und ich machen uns an den Abstieg, mit Cal dicht hinter uns. Unten ist es dunkel, die einzige Lichtquelle eine längliche, flackernde Lampe an der niedrigen Decke. Es riecht feucht.

Während wir langsam weitergehen, überkommt mich ein grauenhaftes Gefühl. Zu beiden Seiten des Gangs sind die Wände von vergitterten Türen gesäumt, und hinter jeder dieser Türen steht ein Stuhl. Auf jedem Stuhl sitzt jemand – jemand, der auf engstem Raum eingesperrt ist und ausdruckslos in die Dunkelheit starrt.

Im Vorbeigehen spähe ich in eine der Zellen hinein.

Ein zierliches Mädchen mit dunkler Haut und rabenschwarzen Haaren sitzt hinter der Tür, die Augen geschlossen, als würde sie schlafen. Sie ist etwa in meinem Alter. Als ich sie genauer ansehe, taumele ich erschrocken zurück. Ihre Haare sehen aus, als würden sie sich bewegen – als wären sie *lebendig* –, und eine kleine schwarze Schlange windet sich um ihren Hals. Auf einer handbeschriebenen Plakette an der Tür steht: *Medusa*.

Medusa?

Wir gehen weiter zu einer Zelle, in der ein großer schwarzer Mann mit einer Narbe im Gesicht sitzt; seine braunen Augen starren ins Leere. Ich kann die Plakette mit seinem Namen nicht erkennen, aber Crystal schüttelt traurig den Kopf, als sie ihn sieht, und ich muss unwillkürlich an die *Geschichte des Finis* denken.

Ist das der Minotaurus?

Die Reihen von Zellen erstrecken sich immer weiter, und im Vorbeigehen sehe ich noch andere Namen: Pandora, Romulus, Remus und einige, die ich nicht wiedererkenne. Mein Herz macht einen schmerzhaften Satz, als ich hinter einem der vergitterten Fenster Charlie mit ausdruckslosem Blick vor sich hin starren sehe und hinter einem anderen Selena.

Cal bleibt vor drei leeren Zellen stehen, die vermutlich für uns sind. Mich ergreift ein unvorstellbares Grauen. Ich sehe Cupid auf der Suche nach Trost an, und zu meiner Überraschung grinst er.

Er geht an mir vorbei und klopft seinem Bruder auf die Schulter. »Denkst du, Venus hat es uns abgekauft?«

»Das nehme ich doch stark an«, antwortet Cal.

»Du hast den *Finis*?«

Cal nickt.

»Gute Arbeit, Bruderherz.«

Ich starre die beiden verwirrt an, während Crystal nur die Augen verdreht.

»Ihr hättet mir ruhig sagen können, was ihr vorhabt«, sagt sie zu Cal, »du Idiot.«

Damit schreitet sie hocherhobenen Hauptes durch die Zellentür, die ihr am nächsten ist, und setzt sich auf den Stuhl.

Völlig entgeistert blicke ich zwischen den dreien hin und her. »Was ... was geht hier vor?«

Cal wendet sich mir zu, einen verlegenen Ausdruck im Gesicht. »Tut mir echt leid, Lila«, sagt er. »Das war die einzige Möglichkeit, den *Finis* zurück in die Agentur zu schmuggeln. Du musstest glauben, dass ich euch verraten habe. Venus hätte es gemerkt, wenn du die Wahrheit gewusst hättest.«

Plötzlich erinnere ich mich an den merkwürdigen Blick, den die beiden vorhin ausgetauscht haben, bevor sie in den Trainingsraum gingen, um ihre Waffen zu holen.

»Du meinst ... das war von Anfang an euer Plan?«

Cupid nickt. »Ein ziemlich spontaner Plan, aber ja.«

Einen Moment weiß ich nicht, ob ich erleichtert oder verärgert sein soll. Schließlich entscheide ich mich für die Erleichterung. Unsere Situation ist nicht gerade ideal, aber sie ist definitiv besser als noch vor fünf Minuten.

»Okay. Und ... und was machen wir jetzt?«

Cal deutet auf die langen Reihen von Zellen. »Hinter jeder dieser Türen sitzt ein mächtiger Feind von Venus; ein Feind, der nichts lieber tun würde, als sie zu beseitigen. Sie hat sie alle in ihre persönlichen Sims gesperrt. Darin werden sie gefoltert und ihre eigenen Kräfte gegen sie verwendet.«

Er reicht Cupid, Crystal und mir je einen kleinen Mikrochip.

Cupid steckt sich seinen ins Ohr. »Und da kommen wir ins Spiel. Wir werden ihre Sims betreten.« Er schenkt mir ein strahlendes Lächeln. »Und wir werden ein paar Sagengestalten erwecken.«

50. Kapitel

Ich sehe die beiden Brüder voller Verwunderung an; Cupid, hochgewachsen und immer noch nass – sein T-Shirt klebt an seiner muskulösen Brust –, und Cal, schlank und ernst, im Gesicht einen fest entschlossenen Ausdruck. Das matte Licht im Korridor des Verlieses flackert, und ich fröstele in der Kälte. Meine Klamotten sind immer noch feucht von dem Wasser aus dem Glasbehälter.

»Wir werden ... was?«

Cupid tritt einen Schritt auf mich zu, und ich spüre seine Körperwärme. Hinter seinen Augen tobt ein Sturm, und ich kann ihm seine Wut deutlich anmerken.

»Es wird nicht leicht«, sagt er, »aber mit einer Armee von Sagengestalten rechnet Venus ganz sicher nicht. Und ich will sie endgültig beseitigen.«

Ich denke an Venus' klamme, porenlose Haut und ihre blauen puppenhaften Augen. Ich denke daran, wie sie mich ohne die geringste Mühe durch den Raum geschleudert hat und wie Crystal und Cupid hilflos in ihren Glasbehältern trieben. Wenn wir sie nicht aufhalten, wird sie uns alle töten.

»Ich will sie auch beseitigen.«

Ein Lächeln breitet sich auf Cupids Gesicht aus. »Ich wusste, dass du irgendwann der gleichen Ansicht sein würdest wie ich.«

»Ehrlich gesagt, wäre es mir lieber gewesen, wenn wir sie erst gar nicht zurückgebracht hätten«, erwidere ich. »Sie ist wirklich deine Mutter?«

Er nickt grimmig. »Nicht die beste Art, die Eltern deines Freundes kennenzulernen, was?«

»Ich bin nicht deine Freundin.«

Sein Grinsen wird noch breiter, seine Augen funkeln im düsteren Licht dunkelblau. »Gib mir noch ein bisschen Zeit ...«

Damit tritt er einen Schritt zurück auf eine der winzigen Zellen zu. »Wir sehen uns drinnen, Sonnenschein.« Er zwinkert mir zu, dann geht er hinein und schließt die Tür hinter sich.

Ich sehe zu Cal auf – sein Gesicht ist immer noch wie versteinert, aber in seinen Augen liegt eine unerwartete Sanftheit, als sein Blick auf mich fällt.

»Du bist nass«, sagt er. »Hier.« Er zieht seinen Kapuzenpullover aus und wirft ihn mir zu.

»Ich ... äh ... danke.«

Ich streife den Pullover über und hülle mich darin ein. Er ist wundervoll warm von Cals Körper und duftet nach frischem Regen und fruchtigem Shampoo. Cal sieht mich an, als wolle er etwas sagen, überlegt es sich dann jedoch anders.

»Was ist los?«, frage ich.

Er seufzt schwer, und in seinen Augen flackert tiefes Bedauern auf. Sichtlich betroffen, macht er einen kleinen Schritt auf mich zu. Er ringt die Hände so fest, dass die Knöchel weiß hervortreten, und blickt starr zu Boden.

»Ich hätte mehr tun sollen, um das alles zu verhindern.« Seine Stimme ist kaum mehr als ein heiseres Flüstern. »Als ich so tun musste, als hätte ich dich verraten ... nun ... das war eins der beiden schwersten Dinge, die ich je tun musste.«

»Was war das andere?«

Er schüttelt den Kopf.

»Amena?«, erkundige ich mich behutsam.

Er sieht mit kummervollem Blick zu mir auf und nickt.

»Das wird wieder«, verspreche ich ihm. »Wir kriegen das hin.«

Der Hauch eines Lächelns erscheint auf seinem Gesicht.

»Ich glaube dir«, sagt er. Dann versteinert sein Gesicht wieder, und er tritt einen Schritt zurück. »Jetzt ist es Zeit ...« Ich sehe zu meiner leeren Zelle.

»Du sagst, wir müssen die Sagengestalten erwecken? Können wir nicht einfach ihre Chips rausnehmen, wie wir es in der Trainingssimulation gemacht haben? Müssen wir wirklich da rein?«

»So funktioniert das leider nicht«, sagt Cal. »Diese Sims wurden speziell entwickelt, um die Sagengestalten gefangen zu halten. Sie haben eine viel stärkere psychologische Wirkung als die Trainingssimulationen. Wenn du einem der Gefangenen den Chip einfach rausziehst, bevor er bereit ist, kommt sein Gehirn höchstwahrscheinlich nicht damit klar. Sie würden sterben.«

Ich atme tief durch und gehe in die winzige Zelle. In die Wand ist ein Sitz eingelassen, und als ich mich daraufsinken lasse, schließt Cal die Tür hinter mir. Das morsche Holz berührt meine Knie, und plötzlich bekomme ich Platzangst.

Cal sieht durch das vergitterte Fenster zu mir herein. »Steck dir den Chip ins Ohr.«

Ich tue wie geheißen und spüre wieder diese fremdartige Kälte auf der Haut.

Cal tritt einen Schritt zurück und sieht Cupid, Crystal und mich einen nach dem anderen an. »Ich werde eine Verbindung zwischen den Sims herstellen«, sagt er, »dann solltet ihr von einer zur nächsten gelangen können. Nach allem, was ich über den Minotaurus weiß, hat er mit Sicherheit die komplexeste Simulation erschaffen. Ich sollte die anderen darin unterbringen können. Ich nehme an, seine ist ...«

»Ein Labyrinth«, beendet Crystal seinen Satz.

Cals Blick verharrt einen Moment auf ihrer Zelle, und ich sehe eine Einsamkeit in seinem Gesicht, die ich noch nie zuvor gesehen habe.

Dann nickt er bestätigend. »Ich schlage vor, ihr teilt euch auf, macht euch auf den Weg zum Labyrinth und holt die anderen unterwegs ab. Der Ausgang ist im Zentrum des Labyrinths – das ist euer Weg nach draußen.« Er sieht Cupid mit ernstem Blick an. »Haltet euch vom Fährhafen fern und ... na ja ... Dort drinnen könnten euch ziemlich üble Sachen erwarten. Sterbt nicht.«

Damit wendet er sich ab, geht den Korridor hinunter und lässt uns in unseren winzigen, feuchten Zellen allein.

Ich ziehe seinen Pullover noch fester um mich. »Was passiert, wenn wir in dieser Sim sterben?«

Plötzlich ertönt ein lautes Schaben wie von Stein auf Stein. Cal muss in den Innenhof zurückgegangen sein und uns eingeschlossen haben. Das Licht im Korridor geht aus, und wir bleiben in vollkommener Dunkelheit zurück.

»Dann sterben wir«, antwortet Cupid leise.

Ich nicke. »Das dachte ich mir ...«

Ich will gerade fragen, wie wahrscheinlich es ist, dass wir in der Sim getötet werden, als mich eine heftige Übelkeit überkommt. Ich höre ein leises Summen im Ohr, und mir ist, als würde sich der Raum bewegen.

»Schließ die Augen«, sagt Cupid. »Wir gehen rein.«

Als ich die Augen wieder aufmache, sind wir immer noch im Dunkeln, aber es fühlt sich offener an, als wären wir draußen. Vor uns liegt eine große Flügeltür mit Messinggriffen.

Cupid und Crystal stehen rechts und links von mir. Crystal trägt eine saubere Version ihres weißen Kampfanzugs. Nichts deutet mehr darauf hin, dass sie vor kurzem in einem Behälter voll Wasser gefangen war. Als ich an mir hinuntersehe, stelle ich fest, dass auch ich einen Kampfanzug anhabe.

Cupids Anblick verschlägt mir den Atem. Er ist ganz in Schwarz gekleidet, schwarze Jeans und ein schwarzes Tanktop unter einer abgetragenen schwarzen Lederjacke. Dazu trägt er schwere Stiefel. Mein Blick wandert hoch zu seinem Gesicht; sein Kiefer ist angespannt, und seine stürmischen Augen blicken starr geradeaus.

Er sieht furchteinflößend und zugleich hinreißend aus, ein perfekter Albtraum. In seinem Gürtel steckt ein Messer, und er hat einen wild entschlossenen Ausdruck im Gesicht. Was auch immer auf der anderen Seite dieser Tür lauert, er ist dafür bereit.

Er tritt vor und legt eine Hand auf den Türgriff. »Ich weiß nicht, was uns da drinnen erwartet.«

Sein ungewohnt ernster Ton beunruhigt mich.

Crystal zieht eine Augenbraue hoch. »Schlimmer als das, was uns hier draußen droht, kann es wohl kaum sein«, sagt sie und deutet nach oben.

Sie taxiert ihn mit finsterem Blick. Die Anspannung zwischen den beiden ist deutlich spürbar, und ich muss unwillkürlich an meine erste Begegnung mit Crystal an der Rezeption der Agentur denken – sie sah ängstlich aus, als ihr klarwurde, dass ich Cupids Match bin.

Sie wusste, was das bedeutet. Sie wusste, dass Venus zurückkommen würde.

Cupid sieht ihr fest in die Augen. »Komm schon, du freust dich doch auch, dass dein goldener Pfeil endlich zum Einsatz kommt. Darauf wartest du schon seit über hundert Jahren! Du hättest ihn nicht beschafft, wenn du nicht in gewisser Weise die gleichen Ziele verfolgen würdest wie ich.«

»Die gleichen Ziele?! Ich hätte *Sie* niemals zurückgebracht und damit einen Krieg, Millionen von Leben und das Schicksal der gesamten Welt riskiert …«

Cupid hebt wie zur Kapitulation die Hände. »Hey … Ich hab doch gesagt, auf gewisse Weise …«

Er wirft mir einen kurzen Blick zu und geht auf den Eingang des Labyrinths zu. Crystal und ich gehen zu beiden Seiten von ihm in Stellung.

»Also … dann mal los.« Die schwere Holztür schrappt über den steinigen Boden, als Cupid sie aufdrückt.

Der Anblick, der sich uns dahinter bietet, raubt mir den Atem. Wir stehen am oberen Ende einer steilen Treppe, die in ein gigantisches, sich in alle Richtungen meilenweit erstreckendes Labyrinth hinunterführt. Ich kann nicht erkennen, ob die hohen, kreuz und quer verzweigten Mauern verschiedenfarbig oder alle schiefergrau sind. In unregelmäßigen Abständen ragen Orientierungshilfen in den Himmel; an einer Stelle erhebt sich eine Gruppe großer, verlassen aussehender Wolkenkratzer, an einer anderen hängen Karnevalslichter. Das Ganze sieht aus wie eine Ansammlung lange aufgegebener, verfallener Städte voller Sackgassen.

Irgendwo in der Nähe höre ich das Prasseln von Feuer und blicke mich verwundert um. An der Wand, durch die wir gerade gekommen sind, führt eine Leiter auf eine weitere Ebene hinter uns hinauf. Da wird mir schlagartig bewusst, wie enorm schwierig unsere Aufgabe ist; ich kann mir nicht vorstellen, wie wir hier irgendetwas finden sollen.

Cupid geht einen Schritt auf die Treppe zu und dreht sich dann mit einem breiten Grinsen im Gesicht zu uns um. »Ah, seht mal – mein Bruder hat uns Waffen hinterlassen.«

Und tatsächlich, an der Wand lehnen drei Bogen und Köcher. Crystal hebt sie auf und verteilt sie an uns – Cupid drückt sie seinen Bogen so fest in die Hand, dass er einen Schritt zurücktaumelt. Einen Moment steht er schwankend am Rand der obersten Treppenstufe, kann sich aber gerade noch fangen.

»Ich hab irgendwie das Gefühl, dass du wütend auf mich bist.«

Damit handelt er sich einen bösen Blick ein.

»Ja, da hast du verdammt recht. Uns ging es gut, bis du und deine Mutter aufgekreuzt seid …«

Cupid sieht aus, als wolle er etwas erwidern, doch ich gehe schnell dazwischen.

»Leute, können wir das verschieben, bis wir hier raus sind?«

Sie sehen mich beide überrascht an, dann zuckt Crystal die Achseln.

»Also gut«, sagt sie und hängt sich ihren Köcher über die Schulter. »Wir sollten uns sowieso aufteilen.« Sie wendet sich an Cupid. »Wir sind in einer Sim-Testversion. Wir wissen nicht, wie viel Zeit uns bleibt, bis wir in die reale Welt zurückversetzt werden. Am schnellsten kommen wir voran, wenn wir jeder Sagengestalt, die wir befreien, auftragen, die nächste ausfindig zu machen, oder?«

Als Cupid zustimmend nickt, dreht sie sich um und klettert die Leiter hinauf.

»Wie finden wir dich wieder?«, frage ich.

»Wir treffen uns im Zentrum«, antwortet sie mit einem flüchtigen Blick über die Schulter, dann ist sie auch schon außer Sicht.

Cupid sieht mich an und wackelt vielsagend mit den Augenbrauen. »Endlich allein.«

»Ja … und das ist total romantisch … mit einem Haufen anderer Gefangener im Kerker einer uralten Göttin eingesperrt zu sein, die uns umbringen will, und uns auf der Suche nach ihnen durch ein gigantisches Labyrinth kämpfen zu müssen …«

Cupid lacht. »Das fasst unsere Situation ganz gut zusammen. Wenn wir hier raus sind, führe ich dich zu einem richtigen Date aus.«

»Vorher sollten wir aber lieber deinen Stammbaum durchgehen, damit wir nicht noch mehr mörderische Oberbösewichte zurückbringen. Wer ist eigentlich dein Dad?«

Er sieht mich mit vergnügt glitzernden Augen an, sagt aber nichts. Dann richtet er den Blick nach vorn. Eine Weile starren wir beide schweigend in die Dunkelheit.

Schließlich atme ich tief durch und trete an den Rand der steilen Steintreppe. »Na, dann komm. Bringen wir es hinter uns.«

Ich werfe Cupid noch einen kurzen Blick zu, dann steige ich in das Labyrinth hinab.

51. Kapitel

Auf dem Weg die Treppe hinunter spüre ich, wie Cupid zu mir aufschließt. Ich werfe einen Blick über die Schulter und sehe, dass er einen amüsierten Ausdruck im Gesicht hat. Mit einem irritierten Stirnrunzeln wende ich mich von ihm ab und konzentriere mich wieder auf die Stufen vor mir.

»Was ist so lustig?«

»Ich hab noch nie jemanden so bereitwillig eine dunkle Treppe in ein geheimnisvolles Labyrinth voller Gefahren hinabsteigen sehen.«

Die hohen Wände zu beiden Seiten von uns scheinen mit jedem Schritt hinunter in die Tiefe näher zu kommen und werfen uns dunkle Schatten in den Weg.

»Hast du überhaupt schon mal jemanden eine dunkle Treppe in ein geheimnisvolles Labyrinth hinabsteigen sehen?«

Einen Moment herrscht Schweigen.

»Nein, ich glaube nicht. Aber das ist echt gefährlich.«

Ich antworte nicht gleich, weil ich mich darauf konzentrieren muss, rückwärts eine besonders hohe Stufe hinunterzuklettern. Sobald ich unten angekommen bin, blicke ich zu ihm auf, die Hände immer noch flach auf die Steinstufe über mir gedrückt.

»Ich weiß«, sage ich, »aber ich nehme an, wir haben eine Deadline – schließlich wird unserem realen Ich bald der Prozess gemacht ...«

Cupids Lippen verziehen sich zu einem grimmigen Lächeln, und er nickt. »In der Sim vergeht die Zeit anders als in

Wirklichkeit. Was gut ist, weil dieses Labyrinth, wie du wahrscheinlich bemerkt hast, verdammt groß ist ...«

Er verstummt, und ich gehe weiter – trotz unserer düsteren Aussichten muss ich ein Lächeln unterdrücken. Wir haben noch mindestens tausend Stufen vor uns, und wir kommen nur langsam voran; die Treppe ist so schmal und steil, dass ich immer wieder ins Straucheln gerate.

Als ich endlich wieder festen Boden unter den Füßen habe, atme ich erleichtert auf. Die Muskeln in meinen Beinen schmerzen, und ich fühle mich außer Atem, auch wenn ich weiß, dass das nur eine Simulation ist. Ich rufe mir in Erinnerung, dass nichts davon real ist, aber dann muss ich daran denken, wie Cal in der Trainingssimulation vor Schmerz geschrien hat, und an Cupids Warnung, dass wir, wenn wir hier sterben, auch in Wirklichkeit sterben.

Ich erschaudere, doch in diesem Moment springt Cupid die letzte Stufe hinunter, sein Gesicht halb im Schatten verborgen, und reißt mich aus meinen finsteren Gedanken. Ich hole tief Luft und sehe mich um, ob ich den Weg ins Zentrum erkennen kann. Wir befinden uns in einer Ecke des Labyrinths, von der aus zwei Wege in zwei verschiedene Richtungen führen. Die grauen, mit schwarzem und silbrigem Efeu bewachsenen Steinmauern sind so hoch, dass ich das obere Ende nicht sehen kann.

»Wo lang?«, frage ich.

Cupid, der neben mir steht, runzelt nachdenklich die Stirn. »Die Sims der verschiedenen Sagengestalten haben sich bestimmt nicht nahtlos verbunden – es gibt mit Sicherheit Unstimmigkeiten, Hinweise. Wir müssen nach irgendetwas Ausschau halten, das fehl am Platz wirkt.«

»Woher sollen wir wissen, dass es fehl am Platz ist? Ich hab keine Karte von dem Labyrinth gesehen ...«

Cupid lacht und sieht sich um. »Hmmm ... ich schätze, wir suchen etwas, das nicht grau oder eine Mauer ist«, sagt er. »Ich gehe nach links, du nach rechts. Aber pass auf, dass du immer in Sichtweite bleibst. Wenn wir uns aus den Augen verlieren, finden wir einander womöglich nie wieder.«

Ich nicke und schlucke die Angst hinunter, die mich jäh überkommt. Vorsichtig schleiche ich den Weg nach rechts entlang und lasse meinen Blick über die Mauern und den rissigen Betonboden schweifen. Ich wünschte, ich wüsste, wonach ich suche. Noch nie habe ich eine derart vollkommene, überwältigende Stille erlebt. Außerdem ist es stockfinster, und ich sehe immer wieder über die Schulter, um mich zu vergewissern, dass Cupid noch da ist. Als er nur noch als kleiner Schemen in der Ferne erkennbar ist, bleibe ich stehen.

Hier ist nichts.

Ich beschließe, zu Cupid zurückzugehen. Doch als ich mich umdrehe, fällt mir aus dem Augenwinkel etwas auf, ein merkwürdiges Symbol auf dem Boden. Ich gehe in die Hocke und wische den Schutt weg.

»Cupid?«

Die unheimliche Stille verschluckt meine Stimme, und er blickt nicht von der Wand auf, die er inspiziert.

»Cupid!«, rufe ich lauter, »sagt dir das etwas?«

Diesmal hört er mich und kommt zu mir herübergelaufen. Als er fast da ist, wende ich mich wieder dem Symbol zu. Es ist so klein, dass ich es fast übersehen hätte – ein dreidimensionaler Würfel, der in den Stein eingemeißelt ist.

»Sieht aus wie ...«, setze ich an.

»Eine Büchse.« Cupids Stimme klingt triumphierend. Er steigt über das Symbol hinweg und schlägt den schattigen Weg dahinter ein.

Ich rappele mich auf und folge ihm. »Hab ich einen Hinweis gefunden?«

»Ja, hast du. Dieser Weg führt zur Sim einer der Sagengestalten – wenn ich mich nicht irre, geht es hier zu Pandora.«

»Pandora ... wie in die Büchse der Pandora? Die Sagengestalt, die eine Büchse geöffnet und so alles Übel auf die Welt losgelassen hat?«

Cupid lacht. »Angeblich ... jedenfalls euch Menschen zufolge. Jetzt komm, es kann nicht mehr weit sein.«

Er geht schneller, und ich muss fast joggen, um mit ihm Schritt zu halten. Ein paar Minuten später erreichen wir eine große schwarze Tür. Sie ist über und über mit Schnitzereien bedeckt. Manche haben die Form von Büchsen wie die, die wir gerade gesehen haben. Andere zeigen Monster und wilde Bestien.

Cupid bleibt davor stehen und sieht mich an. Seine Augen blitzen zornig. »Die Sims, in die die Sagengestalten gesperrt werden, sind dafür gemacht, sie zu foltern«, sagt er. »Sie wenden ihre eigenen Kräfte gegen sie an.« Unbewusst streicht er über einen der Pfeile in seinem Köcher. »Pandora ist sehr mächtig. Sie kann die Sünden kontrollieren, die der Sage nach in der Büchse waren.« Sein Gesicht verfinstert sich. »Sie ist schon sehr lange hier«, sagt er, »und was immer ihre Kräfte heraufbeschworen haben, ist mit Sicherheit alles andere als angenehm.«

Die Sorglosigkeit und Vergnügtheit, die ich sonst von ihm gewohnt bin, ist spurlos aus seinem Gesicht verschwunden.

Mein Herz pocht schneller, als mich der Sturm in seinen Augen erfasst.

»Bleib in meiner Nähe. Was auch passiert, verlier mich nicht aus den Augen. Und tu, was ich dir sage – was auch immer es ist. Ich bin ein ausgebildeter Agent, und auch wenn du in der Trainingssimulation Potential gezeigt hast, bist du keiner. Verstanden?«

In seinen Augen lodert eine wilde Entschlossenheit, die ich noch nie zuvor gesehen habe. Ich nicke. Ohne ein weiteres Wort wendet er sich ab und öffnet die Tür. Sie schrappt über den Steinboden und durchbricht die unheimliche Stille. Mein Herz hämmert gegen meine Rippen. Wenn hier irgendetwas ist, hat es uns bestimmt gehört.

Wir gehen weiter, hinein in die Dunkelheit.

Hinter der Tür ist ein Tunnel, der sich bis zu einem kleinen Flecken Licht weit hinten am anderen Ende erstreckt. Wo gerade noch freier Himmel war, ist jetzt eine niedrige Decke; Cupids Haare berühren sie, als er langsam weitergeht.

Ich folge ihm. Die Wände stehen hier dichter zusammen als draußen; wenn ich die Arme ausstrecke, kann ich beide gleichzeitig berühren. Sie fühlen sich feucht, metallisch und kalt an. Das Atmen fällt mir schwer. Ich kann nichts dagegen tun, dass mich ein leicht klaustrophobisches Gefühl überkommt. Als wir uns der Mitte des Tunnels nähern, bleibt Cupid plötzlich stehen und bedeutet mir, still zu sein.

»Hör mal«, flüstert er und zieht langsam einen schwarzen Pfeil aus seinem Köcher.

Einen Moment höre ich nichts. Dann versteift sich mein gesamter Körper, als aus der Ferne ein gellender Schrei ertönt. Ich will Cupid gerade danach fragen, als ich etwas noch viel Schlimmeres höre; etwas, das mir einen kalten Schauer über den Rücken jagt.

Aus dem Licht am Ende des Tunnels dringt ein Knurren – gefolgt von einem widerlichen Schmatzen. Auch Cupid spannt sich an. Es klingt nicht menschlich. Ich erschaudere, als das Geräusch erneut ertönt. Was immer am Ende dieses Weges lauert, ich bin mir ziemlich sicher, dass ich ihm nicht begegnen will.

»Was ist das?«

Ehe Cupid antworten kann, vernehme ich ein anderes Geräusch, das von überall zu kommen scheint. Ein lautes Schaben, wie es die Tür auf dem Steinboden verursacht hat. Cupid blickt sich verwirrt um. Dann weiten sich seine Augen vor Schreck.

»Die Wände«, flüstert er entsetzt.

Vorsichtig strecke ich die Hände danach aus. Ich muss meine Arme nicht mehr so weit ausbreiten. Dann spüre ich die Vibration in dem glitschigen Metall und erkenne schlagartig, in welch schrecklicher Gefahr wir schweben.

Die Wände bewegen sich.

Sie ziehen sich langsam, aber unaufhaltsam zusammen. Panisch sehe ich zu dem kleinen Flecken Licht, aus dem das grauenhafte Knurren gekommen ist – es ist noch mindestens fünfzig Meter weit weg. Ein kaltes Grauen erfasst mich.

Hier zerquetscht werden – oder sich dem stellen, was uns am Ende des Tunnels erwartet?

»Worauf wartest du?!«, schreit Cupid und packt mich am Arm. »LAUF!«

52. Kapitel

Mit wild hämmerndem Herzen renne ich Cupid nach, das metallische Kreischen der Wände dröhnt mir in den Ohren. Sie sind mir schon so nahe, dass ich beim Laufen mit den Schultern dagegenstoße. Die Muskeln in meinen Beinen schmerzen vor Anstrengung, und ich atme keuchend.

Wir nähern uns dem Fenster am Ende des Tunnels – aber es ist immer noch gut zwanzig Meter entfernt. Und es wird immer kleiner, je näher die Wände rücken. Mich erfasst blanke Panik. Ich bin nicht sicher, ob wir es schaffen können.

Cupid ist vor mir, seine langen, starken Beine katapultieren ihn mit jedem Schritt weiter vorwärts.

Noch zehn Meter.

Er sieht über die Schulter zu mir zurück. Die Wände berühren mich schon fast.

»Lila!«

Ich bin fast da.

Mit letzter Kraft sprinte ich weiter. Ich kann kaum atmen – die Luft ist drückend, und ich habe Seitenstechen.

Noch fünf Meter.

Die Wände haben Cupid mit seiner stämmigen Statur schon fast eingequetscht. Mit einem Schrei wirft er sich herum und packt meinen Arm so fest, dass ich einen harten Ruck in der Schulter spüre. Er zieht mich weiter, und zusammen stürmen wir durch die schmale Öffnung am Ende des Tunnels; unsere Seiten schrammen schmerzhaft über den Rand, als sie sich direkt hinter uns schließt.

Einen Moment fliegen wir im freien Fall durch die Luft.

Dann fährt ein scharfer Schmerz durch meinen Körper, und wir schlagen hart auf dem Boden auf, unsere Arme und Beine ineinander verschlungen.

Cupid stöhnt, als ich mich von ihm losmache, rollt sich auf den Rücken und richtet sich auf die Ellbogen auf. Er mustert mich besorgt, während ich neben ihm auf dem Boden knie und nach Atme ringe.

»Die Büchse der Pandora«, keucht er. »Ich hätte mir denken können, dass ihre Sim mit Klaustrophobie zu tun hat. Alles in Ordnung?«

Ich nicke und sehe an mir hinunter, der Agentenanzug ist mit einer dicken Schicht Staub und Dreck bedeckt. Ich wische mir die Arme ab und blicke mich um.

Wir befinden uns in einem kleinen, rechteckigen Raum. Brennende Fackeln an den Wänden werfen dunkle, tanzende Schatten, wodurch sich die schaurigen Schnitzereien an den Steinmauern zu bewegen scheinen. Ich versuche sie in dem schwachen Licht genauer auszumachen; auf einer Seite ist eine seltsame gehörnte, ziegenartige Kreatur zu sehen, auf der anderen ein menschliches Herz.

Am hinteren Ende des Raums befindet sich eine Metalltür, auf der in uralter Schönschrift der Buchstabe W geschrieben steht. Um den Türrahmen sind elegant verschnörkelt die Zahlen Eins bis Sieben eingraviert. Schlagartig erinnere ich mich daran, dass Cupid meinte, in der Büchse der Pandora seien Sünden aufbewahrt worden.

Die sieben Todsünden?

Ich wende mich wieder Cupid zu, der immer noch auf dem Boden liegt. Ich frage mich, warum er noch nicht aufgestanden ist. Unsere Blicke treffen sich. Das schwarze Top unter seiner Lederjacke ist schweißnass, es klebt an seinem Körper und betont seine definierten Bauchmuskeln. Auch wenn ich weiß, dass wir durch die Tür mit dem W gehen sollten, bringe ich es nicht über mich aufzustehen. Cupid ist so nah, dass ich die Hitze spüren kann, die er ausstrahlt.

»Was ist das für ein Ort?« Meine Stimme klingt heiser und atemlos. Mir ist heiß, und ich fühle mich irgendwie ... anders.

Cupid antwortet mir nicht. Seine lodernden Augen blicken mich eindringlich an, und seine Brust hebt und senkt sich stoßartig. Obwohl ich ihm so nahe bin, dass ich ihn berühren könnte, sagt mir etwas tief in meinem Innern, dass ich noch lange nicht nahe genug bin. Ich begegne seinem Blick; Cupid sieht aus, als hätte er Fieber.

Plötzlich legt er mir eine Hand in den Nacken und zieht mich zu sich herunter. Ich falle an seine Brust, und er küsst mich, sein Mund heiß und fordernd. Er schmeckt nach Stürmen und Feuer. Seine Arme schlingen sich um meine Taille und ziehen mich noch näher, während er mit der Zunge meine Lippen teilt. Ich streiche ihm über den Nacken und vergrabe die Finger in seinen Haaren. Ein leises Stöhnen entringt sich seiner Kehle. Mit einer raschen Bewegung packt er mich und rollt sich auf mich, so dass ich seine harten Muskeln am Bauch spüre.

Doch im nächsten Moment zieht er sich hastig zurück. Mit einem völlig entgeisterten Ausdruck im Gesicht springt er auf und weicht an die hintere Wand zurück. Er atmet keuchend, und seine Augen sind weit aufgerissen. Er wendet sich von mir ab und drückt seinen Kopf an die kalte Steinmauer.

Ich setze mich auf und blicke zu ihm hoch, während ich versuche, wieder zu Atem zu kommen. Was passiert mit uns?

»Wir müssen hier weg«, sagt Cupid. Seine Stimme klingt anders, tiefer und rauer.

»Was ist los?«

Endlich dreht er sich zu mir um, der Ausdruck in seinen Augen ist wild und bedrohlich. »Ich hab dir doch gesagt, dass Pandora die Sünden kontrollieren konnte«, stößt er zwischen mühevollen, keuchenden Atemzügen hervor. »Es gibt insgesamt sieben. Wollust ist eine von ihnen.« Er deutet auf den Buchstaben an der Wand. »W für Wollust – sie kontrolliert uns. Wir müssen hier weg.«

Ich blicke von ihm zur Tür und springe auf. Ich will den Raum verlassen, aber irgendetwas bewegt mich dazu, stattdessen auf Cupid zuzugehen.

»Lila«, sagt er schwer atmend, »du musst dich von mir fernhalten. Die Sünde wirkt auf uns wie der Ardor. Sie treibt uns in den Wahnsinn. Dann kommen wir nie hier raus.«

Ich versuche wegzugehen, strecke aber stattdessen die Hand nach ihm aus. Als ich seinen Arm berühre, zuckt er zusammen und weicht erneut hastig zurück.

»Lila«, warnt er mich, seine Augen schreckgeweitet.

Mein Atem geht stoßweise, und in meinen Adern brennt ein tosendes Feuer. Diesen Schmerz in meinem Innern kann nur er lindern. Er starrt mich an – sein Kiefer angespannt, sein ganzer Körper versteift. Er sieht aus, als würde er gegen etwas in seinem Innern ankämpfen.

Dann scheint seine Entschlossenheit plötzlich nachzulassen, und ein Grinsen breitet sich auf seinen Lippen aus – doch es ist nicht sein übliches Grinsen. Sein Gesicht hat etwas Fremdartiges an sich, als wäre er nicht mehr ganz er selbst.

»Wir hätten wohl eine schlimmere Sünde erwischen können.«

Seine Augen funkeln schelmisch, als er auf mich zutritt. Ich spüre seinen heißen Atem auf der Haut, und sein intensiver Geruch nach Wärme, Seife und Feuer strömt mir in die Nase. Seine Worte klingen in meinem Kopf nach.

Die Lust wird uns in den Wahnsinn treiben. Dann kommen wir nie hier raus.

Ich reiße mich von ihm los, renne zur Tür und werfe mich mit aller Kraft dagegen. Sie gibt mit einem protestierenden Quietschen nach, und der Bann ist gebrochen. Schwer atmend lehne ich mich an das kalte Metall und begegne Cupids Blick.

Er zieht die Augenbrauen hoch – sofort wieder ganz er selbst. Ich fühle, wie ich erröte, aber er scheint sich überhaupt nicht zu genieren.

»Nun ... das war interessant ...« Er schreitet durch den Raum auf mich zu. »Auch wenn es, wie ich schon sagte, schlimmer hätte kommen können. Trägheit, Zorn, Habgier ...«

Ich vervollständige die Liste im Kopf: Neid, Stolz ...

»Völlerei wäre wahrscheinlich auch nicht so übel gewesen«, sage ich, immer noch etwas heiser. »Vielleicht hätten wir nur eine Menge Kuchen gegessen oder so.«

»*Kuchen?* In so einem Moment denkst du an Kuchen?!« Er lacht leise, während er zur Tür geht, die nun einen Spaltbreit offen steht. »Komm.«

Zusammen gehen wir hindurch.

Und im selben Moment prallt etwas so heftig gegen mich, dass mir die Luft wegbleibt. Ich werde zur Seite geworfen und lande hart auf dem Boden. Ich höre den Kampfschrei einer Frau und das Klirren von Metall auf Metall. Mir dröhnt der Kopf, als ich aufblicke.

Cupid kämpft gegen eine athletisch gebaute Frau. Ihre langen schwarzen Haare peitschen um ihr Gesicht. Sie trägt einen leichten Kimono, der sich ihren blitzschnellen Bewegungen anpasst. Ihre Waffe – ein Samuraischwert – saust durch die Luft, und Cupid kann sie nur mühsam mit einem seiner Pfeile abblocken; er hält ihn mit beiden Händen vor sich wie eine Barriere, die ihn vor ihren Hieben schützt.

Hastig blicke ich mich um. Wir befinden uns in einer weiträumigen Arena. Sieben Türen umgeben den Raum, einschließlich der, durch die wir gekommen sind. In der Mitte der Arena erhebt sich eine erhöhte Falltür im Boden.

Mein Körper spannt sich an. Durch den Kampflärm dringt etwas noch Schlimmeres an mein Ohr; etwas, das die Härchen an meinen Armen zu Berge stehen lässt. Das grauenerregende Schmatzen, das ich vorhin im Tunnel gehört habe.

Was ist das?

Ich werfe Cupid einen raschen Blick zu. Das Mädchen hat ihn gegen die Wand gedrückt.

»Pandora«, sagt er und hebt kapitulierend die Hände. »Hey, Pandora, ich bin's.«

Sie starrt ihn einen Moment mit zornig blitzenden, katzenartigen Augen an. Dann nimmt ihr Gesicht einen verwunderten Ausdruck an. »Cupid?«

Irgendwo um uns herum ertönt erneut dieses grässliche Geräusch.

»Ja, wir sind gekommen, um dich hier rauszuholen.«

Sie mustert ihn argwöhnisch. »Es gibt keinen Weg hier raus.«

Sie wirft mir einen Seitenblick zu, aber meine Aufmerksamkeit gilt der Tür in der Mitte der Arena. Das Geräusch kommt von dort. Voller Entsetzen sehe ich zu, wie sich die Tür zu bewegen beginnt; etwas drückt von unten dagegen. *Etwas ist da drin.*

Ich stehe da wie erstarrt.

Pandora bemerkt meinen Blick und wendet sich mit grimmigem Gesicht wieder an Cupid. »Jede Stunde, solange ich mich erinnern kann, kommt eine Sünde aus dieser Büchse, und ich muss sie töten, um nicht selbst getötet zu werden. Als Nächstes kommt die Völlerei.«

Sie schreitet zu der Tür, die immer heftiger erschüttert wird, und hebt ihr Schwert.

»Wenn ihr wirklich hier seid, um mir zu helfen – dann macht euch kampfbereit«, sagt sie. »Ich bin schon sehr lange hier, und ich werde langsam müde.«

Mein Herz setzt einen Schlag aus, als die Tür mit einem lauten Krachen auffliegt.

»Oh«, fügt Pandora hinzu, »und lasst euch nicht fressen.«

53. Kapitel

Ich krieche hastig rückwärts über den Boden. Mein Magen krampft sich zusammen, als die Doppeltüren im Boden auffliegen und die Völlerei daraus hervorkommt.

Sie sieht aus wie ein riesiger Wurm. Ihr massiger, geschwollener Körper sondert eine klebrige fettartige Substanz ab und erbebt, als sie auf uns zustürzt. Bei jeder Bewegung ertönt das widerliche Schmatzen, das ich vorhin gehört habe. Ihr entströmt ein bestialischer saurer Gestank; der Geruch von altem Schweiß, verfaulendem Müll und Tod.

Pandora stellt sich ihm entgegen und schwingt ihr Schwert durch die Luft. Ihre Worte hallen wieder und wieder in meinem Kopf nach.

Lasst euch nicht fressen.

Plötzlich bäumt sich die Völlerei auf und entblößt ihre Unterseite, die vollständig mit spitzen, nadelartigen Zähnen bedeckt ist. Einen Moment verharrt das Ungetüm in dieser Position, während sein gigantischer Körper pulsiert, dann dreht es sich auf einmal um und stürzt sich auf mich.

»Lila!«, schreit Cupid. »Pass auf!«

Ich rappele mich auf, greife instinktiv in den Köcher auf meinem Rücken und ziehe einen Pfeil heraus. Als die monströse Kreatur über mich herfällt, stoße ich damit zu. Die Waffe bohrt sich in die Seite des massigen Körpers, die Fettschichten saugen sie regelrecht ein. Ich versuche, meine Hand zurückzuziehen, aber mein halber Arm ist bereits im Fleisch der Bestie verschwunden; es fühlt sich feucht, heiß und widerwärtig aufgedunsen an. Der Gestank ist unerträglich, und mein Arm wird so fest zusammengequetscht, dass mir vor Schmerz schwindlig wird. Ich muss würgen, doch genau in diesem Moment kommt mir Cupid zu Hilfe.

Mit einem kräftigen Ruck zieht er mich von der Bestie weg, mein Arm gleitet mit einem schmatzenden Geräusch aus seinem schleimigen Gefängnis. Wir gehen beide zu Boden, und sofort ist Pandora da, stellt sich schützend vor uns und hackt mit ihrem Schwert auf die Bestie ein, dass die Fleischbrocken nur so fliegen.

»Igitt«, murmelt Cupid.

Das Monstrum wird jedoch nicht langsamer. Es greift wieder und wieder an und zwingt Pandora zurückzuweichen, bis sie mit dem Rücken an der Wand steht. Jedes Mal, wenn sie ein Stück Fleisch herausschneidet, pulsiert der gigantische Körper und ersetzt es mit einer neuen Schicht glibberigem Fett. Das Ungetüm bewegt sich außergewöhnlich schnell und schnappt mit seinen rasiermesserscharfen Zähnen nach Pandora.

»Ein bisschen Hilfe«, stößt sie keuchend hervor, »wäre *nett* ...«

Cupid steht auf und zückt seinen schwarzen Bogen. Er mustert die Kreatur mit angewidertem Blick. »Das Ding ist nur so ... widerlich.«

Die Bestie trifft Pandora mit ihrem massigen Körper und schleudert sie durch den Raum.

»Okay, ich komme«, sagt Cupid und springt auf das Scheusal zu. »Solange ich das Ding nicht anfassen muss ...«

Er feuert eine Salve von Pfeilen auf den aufgedunsenen Körper ab. Das Monstrum richtet sich erneut auf, weg von Pandora, und einen Moment sieht es aus, als würde es in der Luft schnüffeln. Dann wirbelt es zu Cupid und mir herum.

»Schieß in sein Maul«, ruft Pandora und springt auf die Füße, »das ist seine einzige Schwachstelle!«

Cupid tut wie geheißen und feuert in rascher Folge Pfeile auf die Bestie ab, während sie auf ihn zustürzt. Sie wirft sich wild hin und her, als ein Pfeil nach dem anderen sein Ziel trifft. Dann fällt sie plötzlich zu Boden – beim Aufprall platzt der gigantische Körper und verspritzt eine klebrige, gallertartige Substanz über die gesamte Arena. Cupid bekommt die volle Ladung ab, das triefende Fett bedeckt beinahe seinen gesamten Körper.

Er dreht sich um und sieht mich mit gequältem Gesicht an. »So … widerlich …«, sagt er, während ihm der durchsichtige Schleim über das Gesicht läuft. Er zieht seine Lederjacke aus und wischt sich damit Haare und Gesicht ab, dann wirft er sie auf den Boden.

Mein Blick verharrt auf seinen muskulösen Armen, die das schwarze Tanktop, das er darunter trägt, freilässt. Selbst mit Schleim bedeckt, sieht er noch sexy aus.

Als er merkt, wie ich ihn anstarre, zieht er schelmisch die Augenbrauen hoch und grinst. »Siehst du was, das dir gefällt?«

Pandora geht zu ihm und begutachtet ihn mit ihren dunklen Augen. »Natürlich tut sie das nicht. Du siehst ekelerregend aus und stinkst wie eine Mülltonne.« Ein kleines Lächeln schleicht sich auf ihre Lippen und erhellt ihr sonst so ernstes Gesicht.

Ich lache. Sie ist mir sofort sympathisch; sie hat etwas so erfrischend Unverblümtes, Direktes an sich.

Cupids Augen glitzern amüsiert. »Pandora, das ist Lila«, sagt er. »Sie ist mein Match.«

Pandora zieht überrascht die Augenbrauen hoch. »Dein Match? Dann ist Venus wohl zurück?«

»Ja, ganz recht. Wir sind hier, um dich um Hilfe zu bitten. Dich und all die anderen, die in den Sims gefangen sind.«

Ihr Gesicht verfinstert sich. »Klar, jetzt willst du uns befreien – jetzt, da du etwas von uns brauchst ...« Sie wischt ihr Schwert an ihrem Ärmel ab. »Wo warst du die letzten ... wie viele Jahrhunderte es auch immer waren?«

»Hey, ich war genauso lange verbannt«, erwidert Cupid. »Das kannst du mit meinem Bruder ausdiskutieren, wenn wir hier rauskommen.«

Ihre dunklen Augen funkeln vor Wut. »Cal.«

»Du kennst Cal?«, frage ich.

Sie wendet sich mir mit grimmigem Gesicht zu. »Er hat mich hier eingesperrt.«

Mir stockt der Atem, und Cupid blickt sichtlich verblüfft zwischen uns hin und her. »Okay, das könnte die Vorstellungsrunde, wenn wir hier rauskommen, etwas unangenehm machen«, sagt er. »Aber wie dem auch sei, Cal hat alle Sims miteinander verbunden, wir haben den *Finis*, und wir befreien all ihre Gefangenen. Wir werden Venus beseitigen.« Er hält einen Moment inne, bevor er fragt: »Wirst du uns helfen?«

Ihr stählerner Blick schweift von Cupid zu mir und wieder zurück. »Also gut. Aber nur, weil ich dabei sein will, wenn sie stirbt.«

»Ausgezeichnet«, sagt er. »Also ... wie genau kommen wir hier raus?«

Pandora wirft ihm einen entnervten Blick zu.»Nun, *offensichtlich* weiß ich das nicht. Ich hab es mit den Türen versucht – die sind alle Sackgassen, die nur in die Räume führen, wo die Sünden aufbewahrt werden. Hinter der Tür, die unsere Freundin Völlerei ausgespuckt hat, hausen die ganzen Monster.« Sie schüttelt fassungslos den Kopf.»Ihr seid wirklich hergekommen, ohne zu wissen, wie ihr wieder wegkommt?«

Cupid zuckt die Achseln.»So weit haben wir nicht vorausgedacht ... Aber als sich die Sims verbunden haben, sind Übergänge entstanden. Wir müssen nur den Übergang finden – etwas, das nicht hierhergehört.«

Pandora stemmt die Hände in die Hüften.»Nun, wir sollten uns besser beeilen – die nächste Sünde wird bald hier sein.«

Wir suchen die Arena eine gefühlte Ewigkeit ab, können aber nichts finden. Mein Blick schweift immer wieder zu der Tür im Boden. Pandora hat gesagt, die nächste Bestie werde in fünf Minuten erscheinen.

Ich zwinge mich, wegzusehen und mich wieder auf die anstehende Aufgabe zu konzentrieren, und da fällt mir die Schnitzerei an der Tür auf, die mir am nächsten ist. Ein großes Z ist in das Metall eingraviert und darunter das Bild einer gewaltigen löwenartigen Kreatur. Ich gehe zur nächsten Tür, die mit einem N für Neid gekennzeichnet ist. Darauf ist eine Schlange abgebildet, die sich um den Buchstaben schlingt. Der Anblick ruft eine Erinnerung in mir wach, doch ich bekomme sie nicht ganz zu fassen.

Ich will gerade weitergehen, als mir etwas Glitzerndes am

Boden ins Auge fällt. Ich gehe in die Hocke und wische das Geröll weg, darunter kommt ein dreckiger Spiegel zum Vorschein. Auf seiner kühlen Oberfläche ist ein M eingraviert.

»Cupid«, rufe ich, »das Mädchen in Venus' Gefängnis – Medusa. Ich habe eine Schlange in ihrer Zelle gesehen.«

Er blickt von der Tür auf, die er untersucht, und nickt. »Ja, sie hat immer Schlangen dabei. Sie sind eine Art Markenzeichen.«

Er kommt zu mir herüber, und Pandora folgt ihm. »Was ist los?«

Cupid begutachtet erst den Spiegel auf dem Boden, dann die Schlange an der Tür. Ein Grinsen breitet sich auf seinem Gesicht aus. »Medusas Sim muss ganz in der Nähe sein. Der Weg hier raus führt durch diese Tür.«

Pandora sieht alles andere als überzeugt aus. »Wenn du dich irrst, werden wir Neid gegenüberstehen. Wir werden einander umbringen.« Sie hält einen Moment inne. »Nun, zumindest werde ich euch umbringen …«

Hinter uns ertönt ein lautes Zischen. Ich werfe einen Blick über die Schulter. Die Türen im Boden bewegen sich.

Cupid hebt eine Augenbraue. »Sollen wir das Risiko eingehen?«

Sie seufzt, nickt dann aber resigniert. Cupid öffnet die Tür, und wir eilen hindurch, als plötzlich etwas Riesiges aus der Luke im Boden hervorbricht. Schnell schlägt Cupid die Tür hinter uns zu. Als ich mich umblicke, durchströmt mich eine Welle der Erleichterung. Wir sind zurück im Labyrinth – die Betonwände zu beiden Seiten erheben sich hoch in den Himmel und führen zu einer Weggabelung direkt vor uns. Der Wind trägt leise Karnevalsmusik zu uns herüber.

Ich höre Pandora neben mir erleichtert aufatmen. »Es war wirklich der Ausgang ...«

»Ist es nicht schön, draußen zu sein?«, fragt Cupid.

»Du hast ja keine Ahnung«, antwortet sie und sieht mit seligem Blick zum dunklen Himmel hoch.

Wir gehen weiter zu der Gabelung. Rechts verlieren sich die Mauern des Labyrinths in einem Gewirr von zurückgelassenen Karren, Zelten und Jahrmarktsattraktionen, um die sich kreuz und quer schmalere Wege schlängeln. In der Ferne leuchten unheimliche rote und weiße Lichter. Auf dem Pfad nach links verfinstert sich das Labyrinth unheilvoll. Ich erschaudere, als ich an der Wand eine dunkle, schimmernde Substanz bemerke, die verdächtig nach Blut aussieht.

»Seht ihr das leuchtende Gebäude hinter dem Karneval?«, fragt Cupid und deutet nach rechts. »Das ist ein Spiegelkabinett. Medusa hat die Macht, Leute mit einem einzigen Blick in Stein zu verwandeln. Hier drinnen kann sie ihre Kräfte nicht kontrollieren. Ein Blick in den Spiegel, und sie wird sich selbst in Stein verwandeln.« Er wirft Pandora einen vielsagenden Blick zu. »Sie ist im Spiegelkabinett.«

»Das denke ich auch. Willst du, dass ich sie da raushole?«

Cupid nickt. »Sag ihr, dass sie die nächste Sim ausfindig machen soll, und komm zum Zentrum des Labyrinths – dort befindet sich der Ausgang.«

Ohne ein weiteres Wort wendet sie sich ab und bahnt sich einen Weg über den verlassenen Jahrmarkt.

Ich sehe zu Cupid auf. »Was jetzt?«

»Jetzt begeben wir uns ins Zentrum des Labyrinths und stellen uns der schlimmsten Sagengestalt von allen«, sagt er. »Es wird Zeit, dem Minotaurus gegenüberzutreten.«

54. Kapitel

Wir gehen den linken Pfad hinunter, weg von der grusligen Karnevalsmusik und hinein in die Finsternis. Die Luft ist kalt und vollkommen still, und schon bald beginnt die Landschaft in frostigem Dunst zu verschwinden. Ich kneife die Augen zusammen, um durch die dichten Schwaden hindurchzuspähen, und erkenne die Umrisse verfallener Gebäude. Neben uns ragt eine große Kathedrale mit Kuppeldach auf, und irgendwo in der Ferne höre ich eine Turmuhr schlagen. In den eisigen Wind mischt sich ein industrieller Geruch, wie Rauch, Blut und Eisen. Irgendetwas an diesem Ort fühlt sich gleichzeitig vertraut und falsch an, aber ich kann nicht genau sagen, was. Ich fröstele und reibe mir die Arme, um die Kälte zu vertreiben.

»Woher weißt du, dass das Zentrum des Labyrinths in dieser Richtung liegt?«, frage ich.

»Das Blut.«

Ich folge seinem Blick und sehe, dass das Kopfsteinpflaster zu unseren Füßen mit tiefroten Flecken gesprenkelt ist.

Cupid lächelt grimmig. »Wo das Blut hinführt, wartet der Minotaurus.«

Ich unterdrücke ein Schaudern, als wir der Blutspur an einem alten, verlassenen Pub vorbei folgen. Irgendwo über uns höre ich ein seltsames, mechanisches Geräusch, das die Stille zerreißt. Ich blicke ruckartig hoch, kann durch den dichten Nebel aber nichts erkennen.

»Was ist das für ein Ort?«, frage ich.

Cupid wendet sich mir zu. Der Dunst benetzt sein Gesicht

und lässt ihn fast ätherisch erscheinen. »Ich würde sagen, wir befinden uns im viktorianischen London, wie es der Minotaurus in Erinnerung hat. Ein paar Dinge sind am falschen Platz, er weiß nicht mehr alles genau – aber das passt. Er hat eine Weile in London gelebt, bevor er gefangen wurde.«

Ich nicke, als ich mich an Crystals Bericht in der *Geschichte des Finis* erinnere. Er war in London, als sie den goldenen Pfeil beschafft hat.

»Ich dachte, sie hätte ihn gehenlassen«, sage ich. »Crystal, meine ich. Warum hat die Agentur ihn gefangen genommen? Zu dieser Zeit war Venus doch schon weg.«

Ein dunkler Schatten legt sich über Cupids Gesicht, und er streicht gedankenverloren über einen der Pfeile, die über seiner nackten Schulter hängen. »Hab ich erwähnt, dass sich der Minotaurus wahrscheinlich nicht freuen wird, uns zu sehen?«

Beunruhigt schüttele ich den Kopf. »Nein, das hast du wohl vergessen ...«

Er lächelt schief und zuckt dann die Achseln. »Das war nach meiner Zeit bei der Agentur. Wir brauchen ihn auf unserer Seite, um Venus zu besiegen, aber er ist ein Killer, Lila. Das sind viele der Sagengestalten. Viele von ihnen wurden in die Sims gesperrt, weil sie eine zu große Gefahr für die Außenwelt wären.«

Wir folgen der Blutspur durch eine dunkle Gasse, und da höre ich irgendwo vor uns wieder dieses mechanische Geräusch.

Cupid hat es anscheinend auch gehört und bleibt wie angewurzelt stehen. »Und außerdem hatte er ein ebenso gutes Überwachungssystem wie wir ...«

Plötzlich drängt er mich gegen die Wand, sein angespannter Körper presst sich in voller Länge an mich. Er legt mir eine Hand auf den Mund, um mich zum Schweigen zu bringen, und deutet mit dem Kopf nach oben. Langsam folge ich seinem Blick.

An der Wand über uns hängt eine kleine Kamera. Ich höre das mechanische Surren erneut, als sie sich bewegt; ihre Linsen suchen die Umgebung ab.

»Er überwacht diese Gasse«, flüstere ich. »Weiß er, dass wir hier sind?«

Cupid blickt noch einmal rasch zu der Kamera hoch und sieht dann wieder zu mir. Sein Blick ist noch eindringlicher als sonst. »Höchstwahrscheinlich. Komm.«

Damit löst er sich von mir und geht weiter. Ich schließe zu ihm auf, während wir uns durch das Netzwerk von schmalen, blutbefleckten Straßen schlängeln. Das mechanische Surren folgt uns. Jetzt gibt es keinen Zweifel mehr, der Minotaurus beobachtet uns.

Bald darauf erreichen wir eine gigantische Eisenbrücke und bleiben abrupt stehen. Auf der anderen Seite erhebt sich ein verfallener Palast. Von der riesigen, trübweißen Fassade blicken geschwärzte Fenster auf uns herab wie ausgehöhlte Augen. Auf dem Dach, im eisigen Wind flatternd, ist eine rote Fahne gehisst. Darauf ist ein großes M aufgeprägt.

»Willkommen im Buckingham Palace des Minotaurus«, sagt Cupid. »Ich schätze, die Königin ist nicht zu Hause …«

Ein süßlicher, metallischer Geruch schlägt mir entgegen, als ich mich vorsichtig dem Geländer der Brücke nähere. Im nächsten Moment überkommt mich eine heftige Übelkeit; darunter fließt nicht etwa die Themse, sondern ein Strom aus Blut. Cupid zieht mich weg und stützt mich, bis ich mich von dem Schock erholt habe.

»Ich dachte, die Sagengestalten würden hier gefoltert«, sage ich. »Pandora musste gegen die Todsünden kämpfen, Medusa war in einem Spiegelkabinett gefangen – aber das hier ist anders.« Völlig entgeistert starre ich auf den Palast vor uns. »Es ist, als könnte er die Simulation steuern. Als hätte er sie so gemacht, wie er sie haben will.«

Cupid nickt. »Wo der Minotaurus auch hinging, bauten die Menschen an seinem Labyrinth. Er verfügt nicht nur über eine gewaltige körperliche Kraft, sein Verstand ist auch stark. Die Sim kann ihm nichts vormachen – deshalb haben wir eine sehr schwere Aufgabe vor uns. Und deshalb bereitet er mir auch die größten Sorgen.« Er wirft mir durch den Nebel einen finsteren Blick zu. »Wenn er jederzeit hätte fliehen können ... warum hat er es dann nicht getan? Worauf wartet er?«

Seite an Seite gehen wir über die Brücke. Als wir den Palast erreichen, bleibe ich erschrocken stehen. An den hohen Eisentoren liegen zwei tote Soldaten in roten Uniformen und schwarzen Bärenfellmützen. Aus ihrer Brust ragen Pfeile.

Cupid untersucht einen der Leichname. »Crystal war hier.«

Er drückt gegen die Tore, und sie öffnen sich quietschend. Zielstrebig laufen wir auf die große, prachtvolle Eingangstür zu. Cupid schiebt sie auf, und wir betreten eine muffig riechende Vorhalle. Eine reichverzierte Steintreppe führt auf ein Zwischengeschoss hinauf, und die Wände um uns herum sind über und über mit Monitoren bedeckt. Auf allen sind Teile des Labyrinths zu sehen, durch das wir gerade gekommen sind.

Manche zeigen die verzerrten, leicht entstellten Londoner

Straßen, manche andere Bereiche. Mein Blick richtet sich auf einen Bildschirm, auf dem sich Pandora und ein dunkelhaariges europäisches Mädchen mit Augenbinde einen Weg über den Jahrmarkt bahnen.

Plötzlich gehen die Monitore aus, und im nächsten Moment zeigen sie alle das Gleiche: wie Cupid mich auf dem Boden des Wollust-Zimmers in Pandoras Sim küsst. Hitze steigt mir ins Gesicht, als ich sehe, wie ich seinen Kuss voller Leidenschaft erwidere, während er mir mit den Händen durch die Haare fährt. Ich spüre ein tiefes Unbehagen, als mir bewusst wird, dass uns die ganze Zeit jemand beobachtet hat.

»Okay, wir haben's kapiert«, ruft Cupid in den großen Raum, »du hast uns gesehen.«

Die Szene spielt sich noch einmal ab, und ich bin dankbar, dass Cupid nicht weiter darauf eingeht. Ich hätte erwartet, dass er irgendeine anzügliche Bemerkung macht.

Dann gehen die Monitore flackernd aus, und ein Knistern hallt durch den Saal.

»Bitte ... kommt in den großen Saal«, erklingt eine tiefe Stimme mit starkem britischem Akzent aus einem Lautsprecher in der Ecke. »Geht den Korridor auf der rechten Seite hinunter. Wir würden uns freuen, wenn ihr euch zu uns gesellt.«

Ich wechsele einen Blick mit Cupid, während wir auf den modrigen, verfallenen Korridor zugehen.

»Kann ich gut küssen?«, fragt er unvermittelt. »Es sieht aus, als könnte ich gut küssen. In dem Video, meine ich.«

»Das ist nicht der richtige Zeitpunkt, Cupid.« Ich werfe ihm einen bösen Blick zu, als ich das verschmitzte Grinsen in seinem Gesicht sehe.

Der Gang mündet in einen prunkvoll dekorierten Saal. Er ist wie ein Ballsaal eingerichtet, mit runden Tischen, die um eine große Tanzfläche in der Mitte arrangiert sind. Steinstufen führen zu einer bogenförmigen Tür am anderen Ende des Raums. Darüber hängt – in scharfem, nervenaufreibendem Kontrast zu den vergoldeten Kerzenleuchtern und reichverzierten, altmodischen Wandteppichen – ein modernes, leuchtendes Schild mit der Aufschrift *Ausgang*.

Der Weg nach draußen.

In der Mitte des Saals steht Crystal einem großen Mann gegenüber, in der Hand einen Pfeil umklammert. Ihr Gesicht ist fest entschlossen, und ihre Augen blitzen wütend. Der Mann grinst höhnisch. Seine nackten, muskulösen Arme sind tätowiert, und eine grausige Narbe zieht sich über sein linkes Auge.

Der Minotaurus.

»Cupid, Lila«, sagt er, »willkommen.« Seine Stimme ist seidig glatt, und während er spricht, wendet er sich zu uns um.

Cupid tritt auf ihn zu. »Ich hoffe, wir stören nicht.«

Der Minotaurus schüttelt den Kopf. »Nein, keineswegs. Die anderen sind gerade gegangen. Crystal und ich müssen nur noch etwas klären.« Er schenkt uns ein überaus charmantes Lächeln. »Ihr habt dort draußen gefragt, worauf ich warte. Es stimmt, dass ich gehen kann, wann immer ich will. Aber ich muss sagen, dass mir dieser Ort ans Herz gewachsen ist – hier kann ich nicht in Schwierigkeiten geraten. Und ihr habt recht, ich habe tatsächlich gewartet ... Ich warte schon sehr lange auf Crystal.«

55. Kapitel

»Er will, dass ich mit ihm in dieser Phantasiewelt lebe«, sagt Crystal und verdreht die Augen. »Aber das wird nicht passieren.« Sie wendet sich wieder dem Minotaurus zu. »Tut mir leid, Liebling, aber dort draußen in der wirklichen Welt gibt es Dinge, die meiner sofortigen Aufmerksamkeit bedürfen. Dinge, bei denen wir deine Hilfe gebrauchen könnten.«

Damit packt sie mich am Arm und führt mich die Treppe hoch zum Ausgang. Sie wirft noch einen herrischen Blick zurück, wobei ihre seidigen blonden Haare durch die Luft fliegen wie eine Peitsche. »Kommt ihr jetzt oder nicht?«

Ehe die Männer antworten können, hat sie mich schon durch die Tür gezogen.

Meine Augen öffnen sich schlagartig.

Ich bin zurück in der engen Zelle, meine Knie stoßen an die morsche Holztür. Mir ist schwindlig. Meine Haut ist klamm, und Cals Kapuzenpullover hüllt mich noch immer ein. In meinem Ohr ertönt ein leises Summen, und ich hole hastig den Chip heraus, der mich in die Sim befördert hat.

Ich hatte erwartet, Venus' Kerker wäre erfüllt vom Geräusch aufwachender Sagengestalten, aber es ist noch genauso still wie zuvor. Ich werfe einen Blick durch das vergitterte Fenster. Cal sitzt steif auf einem Stuhl und beobachtet mich. Sein Gesicht ist angespannt und teils im Schatten verborgen. Seine Augen leuchten im matten Licht silbern.

Plötzlich fliegt die Tür zu meiner Rechten auf, und Crystal tritt in den Korridor zwischen den Zellen hinaus. Ihre

Haare sind verfilzt, und ihr weißer Blazer ist mit Schmutzflecken bedeckt.

Cupid erscheint als Nächster. Er reicht mir die Hand, und ich lasse mir von ihm aufhelfen. Als wir uns gegenüberstehen, so nah, dass sich unsere Nasen fast berühren, blickt er mich durchdringend an. Einen Moment können wir die Augen nicht voneinander abwenden, wir befinden uns an einem Ort weit weg von diesem finsteren Verlies und allen drohenden Gefahren.

»Sind die Sagengestalten schon aufgewacht?«, fragt Crystal und holt mich ruckartig in die Realität zurück.

»Charlie und Selena sind wach«, erwidert Cal. »Die anderen beginnen sich allmählich zu regen. Sie brauchen womöglich etwas länger. Sie sind schon seit Jahren in den Sims.«

Mich durchströmt eine Woge der Erleichterung. Charlie ist wohlauf!

»Hört zu«, sagt Cal sichtlich besorgt, »hier tauchen immer mehr Agenten aus den anderen Geschäftsstellen auf. Venus hat sie anlässlich der großen Gerichtsverhandlung herbeordert. Wir werden gegen weit mehr kämpfen müssen, als ich gehofft hatte.«

Cupid zieht die Stirn kraus. »Konntest du wenigstens ein paar auf unsere Seite ziehen?«

»Ein paar, aber nicht viele. Sie haben zu große Angst, sich Venus entgegenzustellen.« Schatten flackern über Cals blasses Gesicht. »Und das ist nicht das Schlimmste.« Er hält einen Moment inne, im Gesicht einen gequälten Ausdruck. »Die Gerichtsverhandlung ... Venus will so bald wie möglich damit anfangen. Sie findet schon in weniger als einer Stunde statt.«

Mein Magen krampft sich zusammen. Ich dachte, wir hätten mehr Zeit, uns vorzubereiten.

Cupid stößt ein leises Stöhnen aus. »Die Sagengestalten sind noch nicht mal wach ...« Sein Gesicht ist von Sorge gezeichnet.

Auch Crystal sieht beunruhigt aus. Sie wendet sich an Cal: »Hör zu, Cal, ich muss dir etwas sagen.«

Cal setzt zu einer Antwort an, hält dann aber abrupt inne. Er bedeutet uns, still zu sein. Einen Moment stehen wir schweigend da, dann wird mir auf einmal klar, was hier vor sich geht.

Überall um uns herum erklingt ein Rascheln und gedämpftes Murmeln – erst nur leise, dann immer lebhafter. Ein Stück den Korridor hinunter öffnen sich knarrend einige Zellentüren. Irgendwo in der Nähe lacht jemand. Ich höre morsches Holz zersplittern und Schritte auf dem matschigen Boden.

Cupids Gesicht hellt sich auf. »Sieht aus, als wäre unsere Armee endlich da.«

56. Kapitel

Ich spähe den Korridor hinunter. Von beiden Seiten nähern sich schemenhafte Gestalten, die aus den winzigen Zellen auftauchen. In Sekundenschnelle haben sich die Gefangenen um uns versammelt. Charlie steht ziemlich weit vorne, und ich werfe ihr einen erleichterten Blick zu. Sie sieht erschöpft aus, grinst aber übers ganze Gesicht, als sie mich sieht. Unwillkürlich frage ich mich, was sie wohl in ihrer Sim erlebt hat.

Selena steht mit grimmigem Gesicht neben ihr, und inmitten der Gruppe entdecke ich Medusa, die mich neugierig anstarrt. Sie trägt keine Augenbinde mehr – anscheinend kann sie ihre Kräfte außerhalb der Simulation kontrollieren. Ihre Augen sind von einem unnatürlich strahlenden Blau, sie heben sich deutlich von ihrer dunklen Haut ab. Um ihren rechten Arm windet sich eine schwarze Schlange.

Andere in der Menge begrüßen einander wie alte Freunde. Ein blonder Mann unterhält sich angelegentlich mit einer Gruppe hartgesottener Gladiatoren, und Pandora spricht sichtlich besorgt mit zwei an Wölfe erinnernden Teenagern. An die Wand ganz hinten gelehnt, beobachtet der Minotaurus Crystal mit einem kleinen Lächeln auf den Lippen. Cal steht reglos neben mir.

Cupid blickt sich um. »Ich denke, ihr wisst alle von unserem ... kleinen Problem.«

Der Minotaurus antwortet zuerst. »Eure Mutter ist wieder in der Stadt, und ihr ladet uns zu ihrer Willkommensfeier ein«, sagt er in lässigem Ton. »Wie nett von euch. Habt ihr sonst noch einen Plan?«

Cupid wirft Cal einen zögerlichen Seitenblick zu. »Äh ... Bruderherz?«

»Die Gerichtsverhandlung könnte jeden Moment anfangen«, sagt Cal. »Wir lassen zu, dass sie wie geplant stattfindet.«

»Was?!«, ruft Crystal entsetzt aus. »Soll das ein Witz sein? Ich werde nicht –«

Cal bringt sie mit einem Blick zum Schweigen. »Denkst du, ich will euch alle in Gefahr bringen? Das ist die einzige Möglichkeit, mit dem *Finis* nahe genug an Venus heranzukommen. Ich muss damit in den Gerichtssaal gelangen, und das kann ich nicht, wenn wir schon vorher in die Schlacht ziehen.«

Mir wird flau im Magen. Cupid runzelt die Stirn, und ich kann fühlen, wie seine Stimmung umschlägt. Damit hat er offenbar nicht gerechnet.

»Also, wo genau kommen wir ins Spiel?«, fragt der Minotaurus. »Ihr wisst schon, dass ich da, wo ich war, vollauf zufrieden war.« Seine dunklen Augen richten sich auf Crystal inmitten der merkwürdigen Gruppe vor ihm. »Nun ... zumindest fast.«

»Ihr seid hier, um als Ablenkung zu dienen«, erklärt Cal. »Wenn Venus die Verhandlung eröffnet, brecht ihr in den Gerichtssaal ein, und die Schlacht beginnt. Venus' Aufmerksamkeit wird euch gelten, so dass ich den Pfeil in Ruhe abschießen kann.«

»Was ist mit unseren Waffen?«, will Pandora wissen. Aus der Menge ertönt zustimmendes Gemurmel.

»Ich konnte ein paar Agenten rekrutieren«, sagt Cal. »Wenn wir vier oben im Gerichtssaal sind, bringen sie euch eure Waffen.« Er wendet sich an Crystal. »Du wolltest mir etwas sagen?«

Im selben Moment donnern schwere Schritte über die Decke des Kerkers und lassen die Lampen erzittern.

Cals Gesicht verfinstert sich. »Alle zurück in ihre Zellen!«, befiehlt er. »Die Agenten begeben sich in den Gerichtssaal. Ich muss wieder nach oben, um keinen Verdacht zu erregen.«

Er sieht Cupid und Crystal an, dann richten sich seine silbrigen Augen auf mich. Sein sonst so strenges Gesicht nimmt einen besorgten Ausdruck an. »Viel Glück.«

Damit dreht er sich um und drängt sich durch die Gruppe von Sagengestalten.

»Bruderherz?«, ruft Cupid ihm nach, sein Gesicht ungewöhnlich ernst.

Cal sieht noch einmal zu ihm zurück.

»Wenn du den Pfeil abfeuerst ... schieß nicht vorbei.«

Die Brüder tauschen einen Blick aus, und Cal nickt. Er sieht mich noch ein letztes Mal an, dann marschiert er davon. Alle stehen einen Moment still da, als würden sie über das gewaltige Ausmaß der Schlacht nachdenken, die uns bevorsteht.

Schließlich tritt Cupid vor. »Geht besser wieder in eure Zellen«, sagt er. »Es wird jeden Moment jemand kommen, um uns zu holen.«

Unter den Sagengestalten erhebt sich ein ärgerliches Murren, ehe sie in ihre Zellen zurückkehren.

Charlie berührt mich am Arm, als sie an mir vorbeikommt. »Alles okay bei dir?«

Ich nicke. »Ja. Und bei dir? Was ist in der Sim passiert?«

Ihr Gesicht verdüstert sich. »Oh, es war furchtbar«, sagt sie. »Ich war in einer ewigen Geschichtsstunde gefangen. Und es gab nicht mal süße Jungs.«

Etwas in ihren Augen sagt mir, dass sie lügt, aber ich hake nicht weiter nach. »Klingt schrecklich ...«

Sie grinst mir zu und geht in ihre Zelle, dreht sich aber vorher noch einmal zu mir um. »Sei vorsichtig, Lila«, sagt sie, bevor sie hinter der Tür verschwindet.

Einen Moment später ist der Korridor geräumt, nur Cupid und ich stehen noch in dem matten Licht. Er kommt zu mir und sieht mir ungewohnt ernst in die Augen. »Es tut mir so leid, Lila. Ich habe dich in große Gefahr gebracht.«

»Ja, das hast du.«

»Ich hätte nie herkommen sollen.«

»Nein, hättest du nicht.«

Einen Moment wirkt er niedergeschlagen, seine Augen im flackernden Licht des Kerkers so strahlend blau wie der Ozean.

Ich strecke die Hand aus und berühre seinen Arm. »Aber ich bin trotzdem froh, dass du hier bist.«

Überrascht blickt er zu mir auf.

»Du hattest recht«, sage ich. »Ich hatte die Liebe aufgegeben. Aber dann bist du hergekommen und hast alles verändert. Du hast mein Leben auf den Kopf gestellt. Du hast mich in Gefahr gebracht, du hast meine Freunde in Gefahr gebracht, du warst egoistisch, rücksichtslos und *wahnsinnig* nervig – aber was auch passiert, ich bereue nicht, dass ich hier bei dir bin. Weil ich mich dank dir wieder lebendig fühle.«

Er streicht mir mit dem Daumen sanft über die Wange. Meine Haut kribbelt, wo er mich berührt. Sein Gesicht nimmt einen finsteren Ausdruck an, hinter seinen Augen tobt ein wilder, unbändiger Sturm.

»Ich werde nicht zulassen, dass Venus dir weh tut. Ich würde mich eher mit dem letzten Pfeil aufspießen, als zuzulassen, dass dir etwas zustößt.«

Ich schenke ihm ein kleines, unsicheres Lächeln. »Lass uns nicht zu dramatisch werden ...«

Er lächelt zurück und drückt seine Stirn an meine. Ich spüre die tröstliche Wärme seines Atems auf meiner Haut und das leichte Kitzeln seiner Wimpern. Ich wünschte, wir könnten für immer so bleiben. Ich wünschte, wir müssten nicht unser Leben in einem Kampf riskieren, den er angefangen hat.

»Alles wird gut«, murmelt er. »Mein Bruder wird nicht vorbeischießen.«

»Ich weiß.«

In diesem Moment ertönt das laute Quietschen von Metall auf Stein.

Cupid sieht mir in die Augen. »Es wird Zeit.«

Er löst sich widerstrebend von mir, und wir blicken einander eine gefühlte Ewigkeit an. Dann drehe ich mich um und gehe zu meiner Zelle.

»Lila ...«

Als ich die Tür gerade öffnen will, hält er mich am Handgelenk zurück, schlingt den anderen Arm um meine Taille und zieht mich an sich.

»Ich könnte auch nie bereuen, dass ich hergekommen bin – ich weiß, das sollte ich, aber ich tue es nicht. Ganz gleich, was da drinnen mit mir passiert, ich könnte es nie bereuen, dir begegnet zu sein. Du hast mein Leben verändert.«

Mein gesamter Körper fühlt sich an, als stehe er unter Strom. »Cupid –«

Ehe ich noch etwas sagen kann, drückt er seine Lippen auf meine. Mein Herz schlägt schneller, als ich sein Feuer spüre und seinen innigen Kuss schmecke. Auch sein Atem beschleunigt sich. Ich schlinge die Arme um ihn, vergrabe meine Finger in seinem T-Shirt und fühle, wie sich seine Rückenmuskeln anspannen. Doch plötzlich zieht er sich zurück. Atemlos blicke ich zu ihm auf. Vom anderen Ende des Korridors ertönen Stimmen.

»Geh in deine Zelle zurück. Steck dir den Chip wieder ins Ohr und tu so, als wärst du gerade erst aus der Sim erwacht«, weist er mich an. »Damit rechnen die Agenten. Die Chips sind darauf programmiert, die Sim zu unterbrechen, wenn einem Gefangenen der Prozess gemacht wird.«

Ich nicke und öffne die Zellentür. »Wir sehen uns auf der anderen Seite …«

Ich lasse mich rasch auf den Stuhl fallen und stecke mir den Chip ins Ohr. Cupid sieht mich noch ein letztes Mal an, dann schließt er die Tür und verschwindet. Das Herz schlägt mir bis zum Hals, als ich die donnernden Schritte näher kommen höre.

Wenig später erscheint das Gesicht des Kommandanten am Gitter in der Tür. Hinter ihm stehen sechs bewaffnete Wachen. Mich durchflutet eine Woge von Übelkeit. Ich will tapfer sein, aber ich kann nichts gegen das Zittern in meinen Beinen tun.

»Aufwachen, ihr Schlafmützen«, ruft der Kommandant. »Venus und ihre Armee warten.« Er lächelt kalt. »Es ist Zeit für euren Prozess.«

57. Kapitel

Die stählernen Augen des Kommandanten fixieren mich durch das vergitterte Fenster. Er nickt unauffällig und wendet sich ohne ein Wort ab. Sofort tritt ein anderer Agent vor und öffnet die Zellentür. Ich zwinge mich, seinem stechenden Blick zu begegnen. Sein Gesicht bleibt ausdruckslos, aber in seinen dunklen Augen kann ich eine Mischung aus Angst und Wut erkennen. Da wird mir schlagartig klar, dass wir nicht seine Feinde sind, weil Venus uns töten will, sondern weil wir sie zurückgebracht haben.

Er zieht mich unsanft von dem Stuhl hoch, seine Finger bohren sich in meinen Arm. Ich schlucke die Panik hinunter, als ich in den schwach beleuchteten Korridor hinausstolpere.

Das hier passiert wirklich.

In der Nähe befinden sich noch fünf weitere Agenten – zwei Männer und drei Frauen, alle in den Kampfanzügen der Agentur und bewaffnet. Sie zerren Cupid und Crystal aus ihren Zellen und schreien dabei Beleidigungen und Drohungen.

Cupid begegnet meinem Blick, als er von vier Agenten umzingelt wird. Sie wollen offenbar um keinen Preis riskieren, dass er entkommt, und ich sehe voller Entsetzen zu, wie sie an seinen Kleidern zerren und ihm in den Bauch schlagen. Ich reiße mich von dem Agenten los, der mich festhält, um ihm zu Hilfe zu eilen, aber der Wachmann packt mich sofort wieder und zieht mich grob zurück.

Cupid reagiert überhaupt nicht auf die Prügel – er sieht mich einfach nur an. Crystal neben ihm wirkt lediglich genervt. Sie schüttelt den Agenten, der sie festzuhalten versucht, mühelos ab. Der Kommandant steht ein Stück abseits und beobachtet das Ganze mit teilnahmslosem Blick.

»Christian, leg den Gefangenen Handschellen an«, sagt er, als sich alle beruhigt haben.

Der Agent, der mich gepackt hat, zieht meine Arme nach vorn und schlingt ein hartes schwarzes Kabel um meine Handgelenke. Das Material ist eiskalt und scheuert mir die Haut auf. Er fesselt Cupid und Crystal ebenfalls, und der Kommandant dankt es ihm mit einem verkniffenen Lächeln.

»Los jetzt. Venus wartet schon.«

Mein Magen zieht sich zusammen, als Christian und eine der Agentinnen rechts und links von mir in Position gehen. Der Kommandant marschiert den Korridor hinunter, und die Agenten schieben mich vorwärts. Ich höre, wie Cupid und Crystal hinter uns von den anderen Wachen mitgeschleift werden.

Im Vorbeigehen spähe ich in die dunklen Zellen und erhasche einige kurze Blicke auf die Sagengestalten. Der Minotaurus zwinkert mir zu, als wir an ihm vorbeikommen, seine Lippen umspielt ein gefährliches Lächeln. Plötzlich erinnere ich mich, was Cupid im Labyrinth gesagt hat.

Der Minotaurus ist ein Killer.

Gerade könnten wir einen Killer ganz gut gebrauchen. Doch als ich daran zurückdenke, wie Pandora auf Cal reagiert hat und wie Cupid mir eröffnet hat, dass die Agentur viele der Sagengestalten hier eingesperrt hat, frage ich mich unwillkürlich, ob sie uns wirklich zu Hilfe kommen werden.

Die Wachen schleifen uns die Steintreppe hinauf in den

Innenhof. Als wir an der verwitterten Statue vorbeikommen, muss ich an die echte Venus denken: ihre totengleiche Berührung, ihre starren, puppenhaften Augen, ihre unfassbare Stärke. Mit jeder Faser meines Wesens wünsche ich, dass Cupids und Cals Plan aufgeht, aber je näher wir dem Gerichtssaal kommen, desto mehr wachsen meine Zweifel. Können wir wirklich gegen eine Göttin gewinnen?

Wir werden einen langen, breiten Korridor hinuntergeführt, den ich noch nie zuvor gesehen habe. Die Wände, der Boden und die Decke sind schwarzweiß kariert, und es riecht widerlich süß. Am Ende des Ganges erwartet uns eine offenstehende Flügeltür, dahinter kann ich langsames, rhythmisches Trommeln hören.

Als wir uns dem Ende des Korridors nähern, bleibt der Kommandant einen Moment stehen und vergewissert sich, dass alle auf Position sind. Dann nickt er seinen Agenten zu und tritt durch die Tür. Mein Herz klopft schneller, und ich atme tief durch, um mich zu wappnen.

Christian und die blonde Agentin führen mich durch die Tür. Das Blut rauscht mir in den Ohren, und ich bekomme kaum Luft. Wir betreten einen gigantischen Raum, der aussieht wie eine Mischung aus einem Gerichtssaal und einem antiken Tempel. Riesige Steinsäulen stützen das hohe, gewölbte Dach. Vor uns auf den Zuschauerrängen, die sich hinter einer erhöhten Plattform bis ans andere Ende des Raumes erstrecken, sitzen unzählige Agenten, ein Meer von weißen Anzügen und glitzernden Pfeilen. Sie starren uns alle an, als wir den Saal betreten. Christian packt mich am Arm und zieht mich weiter.

Als wir an der hohen, hölzernen Richterbank vorbeikommen, übermannt mich der widerwärtig süßliche Geruch beinahe. Ich blicke auf und stelle fest, dass sie mit Myrten und Rosen geschmückt ist. Sie sehen verwelkt und traurig aus, wie Blumen bei einer Beerdigung. Ich schaue mich nach Venus um, kann sie aber nirgends entdecken.

Vor versammeltem Publikum werden wir auf die erhöhte Plattform geführt, und ich keuche erschrocken, als ich sehe, was uns dort erwartet. Ringsum stehen zehn Agenten mit riesigen Trommeln, die sie bei jedem unserer Schritte schlagen. In der Mitte ragen drei schwarze Metallpfähle auf, von denen je ein Kabel hängt.

Davor steht ein hochgewachsener, muskulöser Bogenschütze – sein Bogen ist viel größer und reicher verziert als Cupids und Cals. In seinem Köcher stecken drei schwarze und ein goldener Pfeil, die Nachbildung des *Finis*.

Die Agenten zerren Cupid, Crystal und mich zu den Pfählen, und mir wird jäh klar, dass wir, wenn Cal nicht bald etwas unternimmt, hingerichtet werden. Christian zieht meine gefesselten Hände grob über meinen Kopf und bindet das Kabel daran fest. Ich lasse es zu, weil das Teil unseres Plans ist, aber hier gefangen zu sein versetzt mich in Panik. Ich zerre an meinen Fesseln, bewirke aber nur, dass mir das Kabel ins Fleisch schneidet. Es gibt kein Entkommen.

»Das gefällt mir nicht«, flüstert Crystal Cupid zu, als sie an den Pfahl links neben mir gebunden wird. »Ich muss dir noch – «

Einer der Agenten schlägt ihr hart ins Gesicht, und sie verstummt.

»Crystal?!«, rufe ich besorgt.

Sie sieht zu mir auf – ihre Wange ist feuerrot. Bevor sie

antworten kann, wirft mir der Agent, der sie zum Schweigen gebracht hat, einen ärgerlichen Blick zu. »Maul halten«, blafft er mich an.

Kurz darauf wird Cupid an den Pfahl rechts von mir gefesselt. Er wendet sich mir zu; seine Hände sind auch über seinem Kopf festgebunden, und er schenkt mir ein mattes Lächeln. Er sieht mitgenommen aus. Sein schwarzes T-Shirt ist zerrissen, und er hat dunkle Schatten unter den Augen. Ich wünschte, ich könnte die Hand ausstrecken und ihn berühren.

»Alles in Ordnung, Sonnenschein?«

Ich kann ihn kaum verstehen, so laut donnern die Trommeln. Ich nicke, aber das ist nicht wahr; ich glaube, wenn ich nicht an diesen Pfahl gebunden wäre, würde ich zusammenbrechen. Vor meinem inneren Auge ziehen Bilder von meinem Leben, meinen Freunden, meinem Dad vorbei. Er macht sich bestimmt schreckliche Sorgen. Panisch blicke ich mich um und versuche, Cal in der Menge ausfindig zu machen.

Ich will nicht sterben.

Endlich entdecke ich ihn am Ende der ersten Reihe. Seine silbrigen Augen beobachten mich ausdruckslos. Plötzlich verstummen die Trommeln, und in dem gigantischen Raum kehrt Totenstille ein. Cals Blick wandert an mir vorbei, und ich drehe den Kopf, um zu sehen, was seine Aufmerksamkeit erregt hat.

Venus steht an der mit Blumen geschmückten Richterbank.

Ihre roten Haare sind mit weißen Blumen durchflochten, und ihre glasigen Augen blicken starr geradeaus. Sie trägt ein freizügiges weißes Kleid mit Spaghettiträgern, das fast die gleiche Farbe hat wie ihre bleiche Haut.

Ihr Blick fällt auf Cupid und Crystal, dann schweift er zu mir. Ich bekomme eine Gänsehaut, als sich ihre Lippen zu einem grausamen Lächeln verziehen.

»Nun, sollen wir anfangen?«

58. Kapitel

Der riesige Gerichtssaal ist vollkommen still. Alles, was ich höre, ist mein rasender Herzschlag, der mir in den Ohren dröhnt. Ich drehe mich zu Cupid und Crystal, um zu sehen, wie sie reagieren.

Die Sagengestalten sollen kommen, sobald die Gerichtsverhandlung beginnt. Wo sind sie?

Crystals Gesicht ist kreidebleich, aber Cupid lächelt trotzig. Er lässt seine Mutter keine Sekunde aus den Augen.

Sie starrt ihn einen Moment mit leerem Blick an, dann wendet sie sich den Agenten zu, die hinter uns sitzen. »Wir haben uns heute hier zusammengefunden, um dem Prozess von Cupid, meinem Sohn, Crystal, der Verräterin, und Lila ...« Sie blickt wieder zu mir, und ihre vollen roten Lippen verziehen sich zu einem höhnischen Grinsen. »... dem *Match*, beizuwohnen.«

Als ihre kindliche Stimme durch den Saal schallt, stampfen die Agenten mit den Füßen auf den Boden – zuerst nur leise, dann immer energischer. Mir läuft ein kalter Schauer über den Rücken.

Venus legt eine Pause ein. Als das ohrenbetäubende Donnern verklingt, hebt sie eine weiße Myrte von dem Tisch vor ihr auf. »Sollten wir sie für schuldig befinden«, sagt sie und reißt die Blütenblätter gewaltsam ab, »werden sie zum Tode verurteilt.« Sie öffnet die Hand, und die zerstörte Blume fällt, von einem zarten Blütenschleier umgeben, zu Boden.

Die Zuschauer stampfen wieder auf den Boden, und die

Männer, die rings um die Bühne stehen, auf der wir gefangen sind, schlagen ihre Trommeln im selben Rhythmus. Mein Herz hämmert.

Venus schnalzt mit den Fingern. »Charles, verlies die Anschuldigungen.«

Ihr rothaariger Assistent tritt hastig vor und baut sich neben ihr auf. In der Hand hält er ein Tablet. Mir fällt auf, dass seine Finger leicht zittern.

»Cupid wird ein schwerer Verstoß gegen die Firmenvorschriften vorgeworfen.«

Der Agent vor uns mit dem gigantischen Bogen wendet sich Cupid zu und richtet seine Waffe auf ihn. Er ist eindeutig der Scharfrichter.

»Lila«, fährt Charles fort. Mein Herz setzt einen Schlag aus, als der Scharfrichter mit seinem Bogen auf mich zielt. »Sie wird beschuldigt, das Match von …«

»Das ist ja wohl kaum ihre Schuld«, wendet Cupid ein.

»Aber Vernunft war ja noch nie deine Stärke, nicht wahr, Mutter?«

Heißer Zorn lodert in Venus' Gesicht auf. »Würde bitte jemand diese Unverschämtheit unterbinden?! Cal?«

Plötzlich bohrt sich ein Pfeil mit roter Spitze in Cupids Schulter, und er schreit auf. Als er vor Schmerz ächzt, versuche ich verzweifelt, mich meinen Fesseln zu entwinden, ohne darauf zu achten, dass sie mir in die Haut schneiden. Cals Gesicht bleibt ausdruckslos. Eine hilflose Wut steigt in mir auf, aber ich schlucke sie hinunter. Venus muss denken, er wäre immer noch auf ihrer Seite.

Venus seufzt, als wäre sie erleichtert, und wendet sich an Charles. »Nun? Mach weiter.«

Charles hüstelt nervös, als Cupids Schreie allmählich verstummen. Sein Gesicht ist blass und schweißüberströmt, aber der Schmerz scheint nachgelassen zu haben. Er starrt Venus immer noch mit einem erzwungenen Lächeln auf den Lippen an.

»Crystal wird vorgeworfen, ein Komplott gegen Venus und Everlasting Love geschmiedet zu haben.«

Ich ziehe nachdenklich die Stirn kraus. Irgendetwas an der Formulierung der Anklage macht mich stutzig. Vorhin in ihrem Büro hat Venus gesagt, Crystal werde vor Gericht gestellt, weil sie sich mit Cupid und seinem Match herumgetrieben hat. Von einem Komplott war nicht die Rede. Venus weiß nicht, dass wir planen, sie zu töten. Oder?

Ich drehe mich zu Crystal um. Sie wirkt richtig panisch. Sie sieht an mir vorbei zu Cupid, als versuche sie, ihm etwas zu sagen. Sein Blick ist immer noch starr auf seine Mutter gerichtet, aber er lächelt nicht mehr.

Crystal dreht sich zu mir. *Der* Finis, raunt sie mir lautlos zu. *Er ist nicht* …

Ehe Charles die Anklage fertiglesen kann und ehe Crystal mir mitteilen kann, was immer sie mir zu sagen versucht, fliegen die Türen auf. Ein Pfeil mit roter Spitze saust an mir vorbei und bohrt sich in Charles' Brust. Er stürzt schreiend zu Boden.

Venus' Augen blitzen vor Wut, und Cupid stößt ein humorloses Lachen aus.

»Was ist los, Mutter? Überrascht es dich, deine alten Freunde zu sehen?«

Mit einem Mal keimt Hoffnung in mir auf. Die Sagengestalten sind hier! Unter ihnen erspähe ich auch Charlie, die ihren Bogen immer noch auf Venus' Assistenten gerichtet hat. Rechts und links von ihr stehen die beiden Agenten, die uns in den Kerker gebracht haben. Sie spannen ihre Bogen und schießen silberne Pfeile auf Cupid und Crystal ab.

Panik durchzuckt mich, doch sie geht schnell in Erleichterung über, als sie die Kabel durchtrennen, mit denen meine Mitgefangenen gefesselt sind. Sie kommen frei und taumeln vorwärts.

Sobald er das Gleichgewicht wiedererlangt hat, stürzt Cupid vor. Er packt den Kopf des Scharfrichters und bricht ihm mit einer schnellen Bewegung das Genick. Der Hüne sieht einen Moment überrascht aus, bevor er leblos zusammenbricht.

Der Angriff reißt Venus' Armee aus ihrer Schockstarre – hinter mir höre ich Stühle auf den Boden krachen und Pfeile durch die Luft surren. Laute Rufe und Schreie hallen durch den Saal.

Cupid, der neben dem toten Scharfrichter kauert, erhascht meinen Blick. Ohne zu zögern, zieht er einen schwarzen Pfeil aus seinem Köcher, rennt zu mir und sticht das Kabel, mit dem meine Handgelenke festgebunden sind, mit der Pfeilspitze durch. Ich falle nach vorn in seine Arme. Einen Moment genieße ich das Gefühl von Sicherheit, von *Geborgenheit*, das seine Wärme in mir auslöst, dann fasst er mich an den Schultern und bringt mich dazu, zu ihm aufzusehen.

»Lila«, stößt er atemlos hervor, »komm schnell!«

Mein Handgelenk fest umklammert, zieht er mich mit, und wir rennen über die Plattform, weg von Venus' hohem Tisch und den Pfählen, an die wir gefesselt waren. Auf dem

Weg wirft sich uns einer der Agenten an den Trommeln entgegen, aber Cupid schlägt ihn mit einem einzigen festen Hieb bewusstlos.

Wir springen über ihn hinweg und eilen an Pandora vorbei. Sie zielt mit einer seltsamen Pistole auf eine Agentin, die auf sie zurennt. Ein Energieblitz bricht daraus hervor und trifft die Angreiferin in die Brust. Sie stürzt ohnmächtig zu Boden.

Pandora grinst uns zu. »Trägheit – die versetzt sie sofort in Schlaf.« Damit stürmt sie davon und schlägt die Waffe einem anderen Agenten ins Gesicht.

Cupid umfasst mein Handgelenk noch fester. »Weiter!«

Er zieht mich an einem mit schmerzverzerrtem Gesicht versteinerten Agenten vorbei zu einer umgestürzten Geschworenenbank und wirft mich dahinter zu Boden, als ein Pfeil haarscharf an meinem Kopf vorbeifliegt.

»Alles in Ordnung?«, erkundigt er sich mit rauer Stimme und umfasst sanft mein Gesicht.

Ich nicke und spähe über die Bank. »Ich glaube schon. Und bei dir? Was machen wir jetzt?«

Ich sehe nur ein wildes Durcheinander aus Weiß und Farben, als die Sagengestalten und Agenten aufeinander losgehen. Pfeile fliegen durch die Luft, und der Boden ist schon übersät mit Blut und Leichen.

Mir entfährt ein erschrockenes Keuchen, als ein Agent mit einem schwarzen Pfeil auf Crystals Rücken zielt, während sie gegen einen anderen Cupid kämpft. Ich will sie warnen, doch der Minotaurus kommt mir zuvor, packt den Schützen und schleudert ihn davon. Dann stürzt er sich auf eine andere Agentin, beißt ihr in den Hals und sieht zu, wie sie leblos zusammensackt. Als er meinen Blick bemerkt, grinst er mich an; Blut rinnt ihm aus dem Mund. Mir dreht sich der Magen um, und ich ducke mich hastig hinter die Bank.

»Ich muss meinen Bruder finden«, sagt Cupid. Er beugt sich vor und drückt mir einen zärtlichen Kuss auf die Lippen. »Du kommst wohlbehalten hier raus«, versichert er mir, mein Gesicht immer noch sanft umfasst. »Das verspreche ich dir.«

Er steht auf, doch ich ziehe ihn zurück. »Venus hat gesagt, Crystal habe ein Komplott gegen sie geschmiedet.« Ich muss fast schreien, um mir über den Kampflärm Gehör zu verschaffen. »Was, wenn sie weiß, was wir vorhaben?«

Cupid nimmt meine Hand und drückt sie sachte. »Irgendetwas ist faul«, stimmt er zu. »Deshalb muss ich gehen und meinem Bruder helfen. Bleib einfach hier – in Sicherheit.«

»Aber ich kann helfen!«

Er sieht mich eindringlich an. »Bitte, Lila«, sagt er, »bitte, versprich mir, dass du hierbleibst, wo du sicher bist. Ich schaffe das schon.«

Als ich den flehentlichen Ausdruck in seinem Gesicht sehe, nicke ich widerwillig. Er schenkt mir ein schwaches Lächeln, bevor er aufspringt und sich in die Schlacht stürzt. Ich sehe ihm nach, bis er im Kampfgetümmel verschwindet, dann halte ich nach Cal Ausschau. Es erscheint mir fast unmöglich, ihn in dem Chaos auszumachen, aber schließlich erspähe ich ihn. Er schlüpft zwischen den kämpfenden Agenten hindurch und verschwindet hinter einer Gruppe Gladiatoren.

Er bahnt sich einen Weg zu Venus, die zu meiner Überraschung immer noch an ihrem blumengeschmückten Tisch steht. Ein gelangweiltes Lächeln umspielt ihre rubinroten Lippen.

Warum unternimmt sie nichts? Warum steht sie so seelenruhig da?

Mich erfasst ein namenloses Grauen. Irgendetwas stimmt hier nicht.

Cal hat den Rand der Bühne erreicht, zieht den goldenen Pfeil aus seinem Köcher und legt ihn ein. Im selben Moment taucht Cupid auf der anderen Seite der erhöhten Plattform auf. Cal will gerade schießen, als Venus auf einmal in schallendes Gelächter ausbricht. Ihre Stimme ist ohrenbetäubend laut, als werde sie irgendwie verstärkt. Ich presse mir die Hände auf die Ohren und sehe, wie die Sagengestalten auf dem Schlachtfeld zu Boden gehen und es mir gleichtun.

Mit einer ruckartigen Bewegung wendet sich die Göttin an Cal. »Dachtest du wirklich, du könntest *mich* zum Narren halten?«

Cal wird blass, lässt den Bogen aber nicht sinken.

»Ich gebe zu, dass ihr meine Haustiere aus dem Kerker befreit habt, war eine Überraschung, aber dachtest du ernsthaft, ich wüsste nicht, dass ihr den *Finis* habt?« Sie macht ein ungläubiges Gesicht. »Ich meine, hallooo, ich bin eine Göttin, schon vergessen?«

Cal starrt sie unbeirrt an, sein Gesicht nach wie vor fest entschlossen. »Dann weißt du auch, dass du sterben wirst, wenn ich dich damit treffe.«

Venus kichert. »Oh, du dummer Junge. Selbst wenn du mich treffen könnest ... weißt du das denn nicht? Weißt du denn *gar nichts* über den *Finis*?«

Als Cal sie nur verständnislos anstarrt, schüttelt sie den Kopf.

»Nun, dann lass es mich dir erklären«, sagt sie, ihre Stimme grauenerregend lieblich. »Der *Finis* wurde von meinem lästigen Ehemann gefertigt – dem Schmied der Götter. Er schuf die Waffe im Geheimen, um mich und meine unehelichen Kinder zu vernichten. Doch die Sache hat einen Haken ... Er wollte nicht, dass ich seine Macht nutzen kann, also kann er nicht von Göttern oder Sagengestalten oder Cupids eingesetzt werden. Ich könnte dich genauso wenig damit vernichten wie du mich. Er wurde für die Menschen erschaffen.« Sie sieht Cal mit einem hämischen Lächeln auf den Lippen an.

Da dämmert ihm die schreckliche Wahrheit. »Er wird dich nur töten, wenn er von einem Menschen abgeschossen wird.«

Sie grinst und sieht sich in dem Saal um, lässt ihren Blick gemächlich über die Leichen am Boden und die Sagengestalten gleiten, die immer noch auf den Knien kauern und sich die Ohren zuhalten.

»Aber wenn ich mich nicht irre, haben wir einen Menschen unter uns, oder?«

Ich balle die Fäuste. Mein Herz rast.

Sie meint mich.

Ich bin die Einzige, die uns retten kann.

Zum ersten Mal, seit ich ihn kenne, zeigt sich Panik auf Cals Gesicht. Er blickt sich suchend in dem Gerichtssaal um.

»Wachen, ergreift Cal.«

Plötzlich ist er von Agenten umzingelt. Sie packen ihn an

den Armen, und der *Finis* fällt scheppernd zu Boden. Cal versucht sich zu wehren, aber es sind einfach zu viele. Grob schleifen sie ihn zu einem der schwarzen Pfähle und binden ihn daran fest. Einer der Agenten hebt den goldenen Pfeil auf und reicht ihn Venus. Auf der anderen Seite der Plattform stürzt Cupid vor, doch als Venus ihm einen warnenden Blick zuwirft, bleibt er wie angewurzelt stehen.

»Lila«, sagt Venus – ihre Stimme dröhnt mir in den Ohren. »Ich spreche jetzt zu dir. Als die einzige Sterbliche im Raum musst du eine Entscheidung fällen. Wie du sicher weißt, warst du ein *sehr ungezogenes kleines Match*. Nicht nur, weil du die Bindung mit meinem Sohn Cupid eingegangen bist, sondern auch, weil du für meinen anderen Sohn ebenfalls etwas empfindest.«

Mir wird eng ums Herz. Wovon redet sie da? Ich empfinde nichts für Cal – nicht auf die Art.

»Oh, ich weiß alles darüber. Schließlich bin ich die Göttin der Liebe. Vor mir kannst du es nicht verheimlichen, selbst wenn du es dir selbst nicht eingestehst.« Sie lacht. »Aber ich schweife ab. Ich kann Cal nicht töten, aber ich werde ihn auf jede erdenkliche Art foltern. Wenn ich mit ihm fertig bin, wird er um Erlösung betteln – aber ich werde nicht aufhören.«

Cal stemmt sich gegen seine Fesseln, seine Augen von panischer Angst erfüllt. Cupid weicht alle Farbe aus dem Gesicht.

»Aber du kannst dafür sorgen, dass es aufhört, Lila«, sagt Venus. »Du musst mir nur einen kleinen Gefallen tun. Du musst eine Entscheidung treffen … du musst einen der beiden Brüder wählen.«

Sie streckt den *Finis* vor sich aus, und ihre kalten Augen richten sich auf mich, als ich voller Entsetzen zur Bühne starre.

»Um Cal zu retten, musst du Cupid töten.«

59. Kapitel

Hastig gehe ich wieder hinter der Bank in Deckung, meinen Rücken an das harte Holz gepresst. Mein Herz hämmert, und meine Haut fühlt sich eiskalt an.

Um Cal zu retten, muss ich Cupid töten.

Ich kann kaum atmen.

»Komm schon, kleines Match, wir haben nicht den ganzen Tag Zeit.«

Einen Moment herrscht Schweigen. Ich rühre mich nicht.

»Na schön. Wir fangen mit dem Ardor an.«

Die Stille wird vom Surren eines Pfeils durchbrochen und kurz darauf höre ich Cal vor Schmerz schreien. Mein Herz krampft sich zusammen.

Ich kann nicht zulassen, dass sie Cal foltern.

Aber ich kann Cupid auch nicht erschießen.

Mein Kopf ist wie vernebelt. Cals Schreie machen es mir unmöglich, klar zu denken. Erneut spähe ich über die Bank. Venus steht immer noch mit ausgestreckten Armen auf dem Podium und hält mir den goldenen Pfeil hin.

Aber ich kann Venus erschießen. Ich bin die Einzige, die das kann.

Ich kann fast spüren, wie Cupid mich innerlich beschwört, mich zu verstecken, von hier zu verschwinden. Aber ich muss etwas unternehmen. Ich hole tief Luft und stehe dann entschlossen auf.

»So ist es recht«, säuselt Venus, »komm her.«

Ich gehe auf die Bühne zu. Abgesehen von Cals Schreien ist der Raum vollkommen still. Alle beobachten mich.

»Lila«, sagt Cupid, als ich an ihm vorbeigehe, »tu nichts Unüberlegtes.« Unsere Blicke begegnen sich. Er wirkt völlig resigniert. »Tu, was du tun musst.«

Ich sehe weg. Ich werde ihn nicht töten. Das kann ich nicht.

Ich werde sie töten.

»Das ist nah genug«, herrscht mich Venus an, als ich an Cal vorbeikomme.

Ich drehe mich zu ihm um. Er windet sich vor Schmerz; seine Handgelenke bluten, so tief schneiden ihm die Kabel in die Haut.

»Cal«, flüstere ich.

Er blickt zu mir auf, seine Augen trüb und unkoordiniert. An seinem Mundwinkel klebt geronnenes Blut. Alles in mir schreit danach, die Hand auszustrecken und ihm zu helfen. Ich habe mich noch nie so machtlos gefühlt.

»Lila, ich …«

Plötzlich bohrt sich ein weiterer Pfeil mit roter Spitze in seinen Bauch, und er schreit gellend auf. Ich wende ruckartig den Kopf.

Der Kommandant steht neben Venus, einen Köcher voller Ardor über die Schulter geschlungen. Venus nickt ihm zu, und er schießt einen weiteren Pfeil in Cals Oberschenkel. Cal brüllt vor Schmerz, als sein Körper anfängt zu krampfen.

»Hört auf!«, schreie ich. »Hört auf! Lasst ihn in Ruhe!«

Venus' Augen richten sich auf mich, und ein grausames Lächeln erscheint auf ihrem Gesicht. »Du kannst es beenden«, sagt sie. »Töte Cupid.«

Sie wendet sich an eine große Agentin, die in der Nähe

steht. Ihr Gesicht ist blutüberströmt, und sie blickt finster drein.

»Carla, bring unserem unartigen Match den *Finis* und gib ihr deinen Bogen«, befiehlt Venus. »Wachen – holt Cupid auf die Bühne.«

Während Carla mit dem goldenen Pfeil auf mich zukommt, wird Cupid von fünf Agenten umzingelt. Seine Augen blitzen bedrohlich. Er wirft einen von ihnen zu Boden und schlägt einer anderen Agentin mit voller Wucht ins Gesicht. Blitzschnell zieht er einen Pfeil aus ihrem Köcher und rammt ihn dem nächsten Angreifer in den Bauch. Die beiden übrigen Agenten weichen unsicher vor ihm zurück.

Cupid hebt die Arme. »Fasst mich nicht an«, knurrt er. »Ich gehe selbst.«

Er marschiert an ihnen vorbei und stellt sich ein paar Schritte von mir entfernt auf. Ich nehme den Bogen und den *Finis* von der Agentin mit dem blutigen Gesicht entgegen – meine Hände zittern. Der Pfeil fühlt sich in meinen Fingern kühl an.

»Und bevor du auf dumme Gedanken kommst«, sagt Venus, »ich bin schneller und mächtiger, als du dir je vorstellen könntest.« Sie mustert mich mit eisigem Blick. »Wenn du mit dem *Finis* auf mich schießt, werde ich ihn einfach fangen, und dann werde ich dich töten. Aber erst, nachdem ich deine Familie und all deine Freunde umgebracht habe.« Auf einmal ist ihre Stimme nicht mehr süß, sondern giftig. »Und was deine beiden Liebhaber angeht, ich werde sie so lange foltern, bis sie nicht mehr wissen, wer sie sind.«

Ihre Lippen verziehen sich zu einem gehässigen Lächeln, und eine Mischung aus ohnmächtiger Wut und Angst wallt in mir auf. Ich erinnere mich, wie schnell sie war, als wir ihr in ihrem Büro begegnet sind, und weiß, dass sie recht hat. Ich habe keine Chance gegen sie.

»Töte ihn, mein kleines Match. Töte ihn, und ich lasse dich, Cal und deine Familie frei.«

Ich sehe Cupid an. Er steht aufrecht am anderen Ende der Bühne, seine Kleidung zerrissen, wo die Agenten vorhin im Kerker daran gezerrt haben. Seine sonst so stürmischen meergrünen Augen erwidern meinen Blick erstaunlich ruhig. Hinter mir höre ich einen weiteren Pfeil durch die Luft surren und Cals Schmerzensschreie. Ich zucke zusammen.

Cupid nickt mir zu. »Schon gut, Lila. Tu es.«

Meine Augen brennen. Ich schüttele den Kopf. »Das kann ich nicht«, flüstere ich. Der Bogen zittert in meinen Händen.

Er tritt einen Schritt auf mich zu. »Ich hatte ein langes Leben«, sagt er. »Du musst es tun. Du musst meinen Bruder retten. Du musst *dich selbst* retten.«

Eine Träne läuft mir über die Wange, doch ich wische sie schnell weg – ich will Venus und den gaffenden Agenten nicht die Genugtuung geben, mich weinen zu sehen. Ich schüttele erneut den Kopf. Cal hört gar nicht mehr auf zu schreien, als sich ein Ardor nach dem anderen in sein Fleisch bohrt.

»Du kannst dem ein Ende machen«, sagt Cupid und kommt noch einen Schritt näher. »Sieh dir meinen Bruder an. Sieh ihn an.«

Zögerlich drehe ich mich zu Cal um. Sein Gesicht ist rot angelaufen, so heftig schreit er, und aus seinem Mund rinnt Blut. Mein Herz krampft sich zusammen. Ich zwinge mich, den Blick von ihm abzuwenden und zu Cupid zurückzusehen.

»Nur du kannst es beenden. Sie wird dich umbringen, wenn du es nicht tust.« Er schüttelt den Kopf, und ich sehe die Eindringlichkeit, das *Flehen* in seinen Augen. »Und das könnte ich nicht ertragen.«

Ich starre ihn erschüttert an. »Ich will auch nicht, dass du stirbst«, flüstere ich mit zittriger Stimme.

»Ich bin so froh, dass ich dir begegnet bin.« Er lächelt mich an und tritt noch einen Schritt vor. Wir sind nur noch etwa eine Armlänge voneinander entfernt.

»Das ist aber *wirklich* nah genug«, ruft Venus.

Cupid bleibt abrupt stehen, und ich lasse meinen Blick über ihn gleiten, präge mir jede Einzelheit genau ein. Ich will die Hand nach ihm ausstrecken. Ich will, dass er mich in den Arm nimmt und mir sagt, dass alles gut wird.

Aber das wird es nicht.

Meine Kehle ist wie zugeschnürt. Ich bekomme keine Luft.

Er nickt mir erneut zu. »Ist schon okay, Lila«, sagt er. »Ich bin bereit. Nachdem ich jahrelang allein war, nachdem ich jahrelang dachte, Liebe wäre sinnlos ... habe ich endlich dich getroffen.« Er lächelt. »Ich habe endlich meine Seelenverwandte gefunden.«

Seine Augen glänzen, und ich sehe die blanken, unverhüllten Gefühle in seinem Gesicht.

Hinter mir höre ich Cal husten und Blut spucken. »Tu ... das ... nicht ...«, stößt er keuchend hervor. »Töte ... nicht ... meinen ... Bruder.«

Ich sehe Cupid an und spanne den Bogen. Er nickt ermutigend, ohne den Blick auch nur eine Sekunde von mir abzuwenden. Meine Arme zittern. Tränen strömen mir über die Wangen. Cal wird erneut von einem Pfeil getroffen, seine Schreie hallen im gesamten Saal wider.

»Tu es!«, drängt Cupid mich.

Ich atme tief durch.

»Keine Reue«, sagt er und schenkt mir ein kleines, schwaches Lächeln.

Ich umfasse den Bogen fester. »Keine Reue«, flüstere ich.

Ich begegne Cupids Blick.

Erschrocken reißt er die Augen auf. Er kann sehen, was ich vorhabe. Er schüttelt den Kopf, aber es ist bereits zu spät. Mit einer schnellen Bewegung reiße ich den Bogen herum und ziele auf Venus. Ich lasse den goldenen Pfeil von der Sehne schnellen.

»NEIN!«, schreit Cupid.

Ich sehe alles wie in Zeitlupe: den goldenen Lichtblitz, das Rauschen in der Luft und wie Cupid sich dem *Finis* in den Weg wirft. Seine Augen, die immer noch mich anschauen, weiten sich vor Überraschung. Er öffnet den Mund, als wolle er etwas sagen.

Und der letzte Pfeil bohrt sich in sein Herz.

Mit einem ohrenbetäubenden Krachen schlägt sein Körper auf dem Boden auf. Ich schreie, und der Bogen fällt mir aus der Hand.

»Er ist tot!«, ruft Venus triumphierend und klatscht in die Hände. »Sie hat es geschafft! Sie hat es tatsächlich geschafft! Sie hat Cupid getötet! CUPID IST TOT!«

Im Gerichtssaal herrscht plötzlich ein schrecklicher Lärm, aber ich bekomme nichts davon mit. Ich falle neben Cupid auf die Knie und drücke mein Ohr an seine regungslose Brust.

»Cupid!«, schreie ich. »Cupid! Du kannst nicht tot sein ... Du kannst nicht ... Ich wollte nicht ... Ich ...«

Da spüre ich eine Hand auf meiner Schulter, nehme sie jedoch kaum wahr. Crystal packt mich und dreht mich zu sich herum. Ich schiebe sie weg, und sie verpasst mir eine schallende Ohrfeige. Überrascht blicke ich zu ihr auf.

Venus lacht. Zwei Agenten kommen auf uns zu. Hinter uns tobt die Schlacht zwischen ihrer Armee und den Sagengestalten von neuem. Ich wende mich von Crystal ab und nehme Cupids Hand. Was immer sie von mir will, es ist nicht von Bedeutung. Jetzt ist nichts mehr von Bedeutung.

Cupid ist tot.

Seine Haut ist noch warm.

»Er ist fort. Ich habe ihn getötet.«

Crystal beugt sich zu mir und flüstert: »Er ist nicht tot.«

»Ich habe ihn getötet ... Ich ...«

Jäh sehe ich zu ihr auf, als ihre Worte zu mir durchdringen. Cal brüllt immer noch vor Schmerz, seine Schreie gehen mir bis ins Mark.

»Was?«

Crystal taxiert mich mit stechendem Blick. »Er ist am Leben. Wir haben nicht viel Zeit«, flüstert sie eindringlich. »Ich habe gelogen. Ich habe der Agentur nicht die Nachbildung des *Finis* gebracht, sondern den echten. Vorhin im Kerker wollte ich es Cal sagen, aber wir wurden unterbrochen. Ich wusste, dass Venus es herausfinden würde – sie ist zu schlau.«

»Dann hatte Cal die Nachbildung?!«

Ich blicke auf Cupid hinab. Seine Hand in meiner zuckt leicht.

Er ist nicht tot.

»Bleib tot, Cupid«, faucht Crystal durch zusammengebissene Zähne.

»Jawohl, Ma'am«, krächzt er, seine Augen immer noch geschlossen.

Er drückt meine Hand, und kurz erscheint ein kleines Lächeln auf seinen Lippen, bevor er sich wieder tot stellt.

Eine tiefe Erleichterung durchströmt mich, und mir laufen Freudentränen über die Wangen.

»Cupid!«

Ich sehe erst Crystal, dann den toten Scharfrichter an, der nur ein paar Schritte von uns entfernt liegt. In seinem Köcher kann ich einen goldenen Schimmer ausmachen.

»Das heißt, der echte *Finis* ist ...«

Sie nickt. »Nur du kannst es beenden. Nur du kannst sie töten.«

Die beiden Agenten kommen immer näher. Crystal sieht mich noch einmal eindringlich an, dann springt sie auf, wirbelt herum und schlägt einem von ihnen mit der Faust ins Gesicht.

Ich reiße den Blick von ihr los. Ich habe eine Aufgabe zu erledigen.

Venus ist nicht mehr von Agenten umgeben, sie kämpfen alle. Als sie merkt, dass ich sie beobachte, grinst sie breit. Gemächlich steigt sie vom Podium herunter und schreitet auf mich zu. Mein Blick huscht zu dem Leichnam des Scharfrichters. *Schaffe ich es noch rechtzeitig?*

Mit wild hämmerndem Herzen eile ich darauf zu.

»Du hast meinen Sohn getötet«, sagt Venus, ihre Stimme leise und kindlich. »Du dachtest, das würde dich retten ... aber das tut es nicht. Ich habe gelogen.«

Ich erreiche den kalten Leichnam, als sie mich schon fast eingeholt hat.

Ich kann ihn sehen. Ich kann den Finis *sehen.*

Sie kommt immer näher, ihre Bewegungen unmenschlich schnell und ruckartig. Hastig greife ich nach dem Köcher. Ihr überwältigend süßlicher Geruch schlägt mir entgegen und bringt mich zum Würgen.

»Du musst bestraft werden, kleines Match.«

Plötzlich ragt sie über mir auf und packt mich an der Kehle. Noch während ich den Boden unter den Füßen verliere, greife ich mir den ganzen Köcher voller Pfeile. Hinter mir schreit Cal erschrocken auf. Venus hält mich am Hals in die Höhe. Lichtpunkte tanzen mir vor den Augen. Ich bekomme keine Luft. Mit meiner freien Hand versuche ich verzweifelt, mich aus ihrem schlüpfrigen, aber dennoch schraubstockartig festen Griff zu befreien.

»Lass sie los!«, brüllt Cal. »Du hast versprochen, sie freizulassen! Lass sie los!«

Venus' Lippen verziehen sich zu einem grausamen Lächeln. Sie lacht hämisch. Dunkelheit senkt sich über mich.

So kann es nicht enden. Das kann nicht das Letzte sein, was ich je sehe.

Nach Atem ringend fasse ich in den Köcher, den ich immer noch umklammert halte, und ziehe einen Pfeil heraus – ich kann nur beten, dass es der Richtige ist. Ich bemühe mich, bei Bewusstsein zu bleiben, als mir endgültig die Luft wegbleibt.

Mit letzter Kraft stoße ich Venus den Pfeil ins Herz.

Und versinke in Dunkelheit.

60. Kapitel

Als ich die Augen wieder öffne, liege ich auf dem Rücken. Grelles künstliches Licht scheint mir ins Gesicht, und ich sehe zu einer weißen Decke hoch. Ein regelmäßiges, unaufhörliches Piepsen klingt mir in den Ohren. Ich schlucke schwer. Mein Hals brennt, und als ich den Kopf hebe, fühlt es sich an, als würde er jeden Moment explodieren.

Mit einem leisen Stöhnen kneife ich die Augen wieder zu und lasse mich zurücksinken, um noch schlimmere Schmerzen zu vermeiden.

Was geht hier vor?

Dann fällt mir plötzlich alles wieder ein. Ich erinnere mich, dass ich dachte, Cupid wäre tot. Ich erinnere mich an Venus' Gesicht, nur wenige Zentimeter von meinem entfernt. Und ich erinnere mich, wie ich ihr einen Pfeil ins Herz gestoßen habe.

War es der Finis?

Abrupt setze ich mich auf, ohne auf den Schmerz zu achten, und blicke mich mit großen Augen um. Ich bin in einem Krankenhaus. Auf dem Stuhl neben mir sitzt mein Dad – seine Augen sind geschlossen, und er atmet tief und regelmäßig. Als würde er spüren, dass ich wach bin, öffnen sich seine Augen flatternd, und ein erleichtertes Lächeln breitet sich auf seinem Gesicht aus.

»Lila«, sagt er, »ich hab mir solche Sorgen gemacht.«

Ich sehe mich mit trüben Augen um. Vor der Tür stehen zwei Leute, mit dem Rücken zu mir. Ich wende mich wieder meinem Vater zu.

»Dad?«, sage ich leise, und plötzlich kommen mir die Tränen.

Er beugt sich vor und nimmt mich behutsam in den Arm. Als sie unsere Stimmen hören, drehen sich die beiden Gestalten in der Tür zu uns um. Mich durchströmt eine unfassbare Erleichterung.

Cupid und Cal. Es geht ihnen gut.

Als sie hereinkommen, fällt mir Cals leichtes Humpeln auf. Seine langen Ärmel rutschen hoch, als er sich nähert, so dass ich die roten Striemen sehen kann, wo die Kabel in seine Handgelenke geschnitten haben.

Dad löst sich von mir und steht auf. »Ich sollte einen Arzt holen und Bescheid sagen, dass du wach bist. Du hast uns einen ganz schönen Schreck eingejagt. Zum Glück waren diese beiden jungen Männer da und haben dich ins Krankenhaus gebracht. Sie sind die ganze Zeit bei dir geblieben.«

Er wirft Cupid einen anerkennenden Blick zu, während ich irritiert die Stirn in Falten lege.

»Ein Gerüst ist auf dich gefallen, Lila«, erklärt er, als er mein verwirrtes Gesicht sieht. »Die Ärzte haben gesagt, dass du das womöglich nicht mehr weißt. Ich hole schnell jemanden.«

Cupid zieht die Augenbrauen hoch und grinst, während mir mein Vater einen Kuss auf die Stirn drückt und aus dem Zimmer eilt. Er lässt sich auf den Stuhl neben mir fallen. Cal steht immer noch zögerlich an der Tür.

»Nimm dich vor Gerüsten in Acht, Sonnenschein«, sagt Cupid mit einem Augenzwinkern.

Ich rolle mich zu ihm herum. Er trägt graue Jogginghosen und ein weißes T-Shirt. Er sieht müde aus, aber unversehrt.

»Was ... was ...«, stammele ich heiser, »was ist passiert?«
Ich reibe mir den Hals. Sofort schenkt Cupid mir ein Glas Wasser aus der Karaffe auf dem Tisch neben ihm ein und reicht es mir.

Ich stürze es herunter. Das Wasser kühlt meinen wunden Hals, so dass ich endlich meine Stimme wiederfinde.
»Was ist passiert?«, frage ich erneut. »Ist sie tot?!«
Cupid nickt, sein Gesicht plötzlich ernst. »Sie hätte dich fast umgebracht. Irgendwie hast du es geschafft, dir den *Finis* zu schnappen, während sie dich gewürgt hat, und ihn ihr direkt ins Herz zu stoßen. Danach ist sie förmlich implodiert.« Er schüttelt ungläubig den Kopf. »Du wurdest weggeschleudert und bist ziemlich hart mit dem Kopf gegen die Wand gekracht. Wir dachten schon ... Wir dachten ...«
»Wir dachten, wir hätten dich verloren«, beendet Cal seinen Satz leise.

Ich sehe zu ihm auf, überrascht von der unverhohlenen Trauer in seiner Stimme. Er wendet schnell den Blick ab.
»Was ist mit Venus' Armee?«
Cupid zuckt die Achseln. »Sie standen nie wirklich hinter ihr. Als du sie vernichtet hattest, haben ein paar der radikaleren Agenten versucht, uns zu töten – der Kommandant, einige Mitglieder der Arrows –, aber sie waren in der Unterzahl. Es war nicht schwer, sie zu schlagen. Es wird eine Menge Arbeit erfordern, in der Agentur wieder für Ordnung zu sorgen – wir halten Ende der Woche Wahlen ab, um einen neuen Anführer zu nominieren.« Cupid sieht zu Cal, der immer noch steif in der Tür steht. »Es überrascht dich bestimmt nicht, dass mein rechtschaffener Bruder da drüben einer der Favoriten für das Amt des Präsidenten ist.«

Cal wirft Cupid einen grimmigen Blick zu, aber ich sehe, dass er ein Lächeln unterdrücken muss.

»Was ist mit den anderen? Charlie? Crystal?«

Cupid nickt. »Den beiden geht's auch gut.«

Ich seufze erleichtert und trinke noch einen Schluck Wasser. »Sorry, dass ich auf dich geschossen habe.«

Auf Cupids Gesicht erscheint ein Grinsen, und er winkt achselzuckend ab. »Ach, schon gut«, sagt er. »Das war irgendwie erfrischend. Ich hab mein ganzes Leben vor meinen Augen vorbeiziehen sehen, und ich bin ein ziemlich interessanter Typ. War fast, als würde ich einen Film gucken.«

»Und außerdem bist du mir in die Schussbahn gesprungen ...«

Er lacht. »Stimmt wohl ... aber egal, wir wollten dir etwas zeigen.«

Ich werfe ihm einen fragenden Blick zu, und er deutet zur Tür hinaus. Mein Dad steht im Gang und unterhält sich mit einer Ärztin. An seinem Gesichtsausdruck kann ich erkennen, dass er einen seiner albernen Dad-Witze erzählt. Sie lacht, und er strahlt übers ganze Gesicht.

Flirtet er etwa?! Ich blicke zu Cupid auf, als mir plötzlich ein Licht aufgeht.

»Sind sie ... sind sie seelenverwandt?!«

Ich wage es kaum zu hoffen. Er war so lange allein und von Kummer wie gelähmt. Cupid nickt. Ich sehe erst die beiden Brüder, dann meinen Vater voller Erstaunen an. Er winkt mir von draußen zu.

»Ich dachte, jeder hätte nur ein Match. Das habt ihr doch selbst gesagt. Dass man, wenn man seinen Seelenverwandten verliert, für immer allein bleibt.«

Cupid schüttelt den Kopf. »Nicht mehr«, sagt er. »Jetzt, da Venus tot ist, gelten ihre Regeln nicht mehr.« Ein breites Grinsen erhellt sein Gesicht. »Wir sind frei. Du hast uns alle befreit.«

Er drückt meine Hand, und ich spüre, wie sich auch auf meinem Gesicht ein Lächeln ausbreitet.

»Und das bedeutet nicht nur, dass sich dein Vater wieder verlieben kann, sondern auch, dass Cupids lieben dürfen.«

Seine Augen funkeln schelmisch. »Ich hoffe, das ruiniert nicht diese ganze Verbotene-Liebe-Geschichte, die wir am Laufen haben ...«

Ich verdrehe schmunzelnd die Augen, werde aber gleich wieder ernst. »Dann bleibst du hier?«, frage ich.

Er nickt. »Ich bleibe hier bei dir. Du hast mich gerettet. Du hast uns alle gerettet. Jetzt ist alles anders.«

Ich spüre, wie mich Cal von der Tür aus beobachtet, und sehe zu ihm hinüber. Mein Herz macht einen Satz, als ich seinem durchdringenden Blick begegne. In seinen Augen lodert eine Leidenschaft, die ich noch nie zuvor an ihm gesehen habe, und ein kleines Lächeln schleicht sich auf seine Lippen. »Jetzt ist alles anders«, stimmt er leise zu.

Leseprobe

EVER LASTING LOVE

LAUREN PALPHREYMAN

Valentines Rache

Aus dem Englischen
von Anna Julia Strüh

FISCHER Taschenbuch

1. Kapitel

Beim Aussteigen beschleicht mich ein ungutes Gefühl. Als würde mich jemand beobachten. Ich spähe in die Dunkelheit, doch der Parkplatz der Forever Falls High ist vollkommen leer. Natürlich ist er das. Wer sollte an einem Sonntagabend in der Schule sein?

Und dennoch ...

Ich greife mir meine Tasche vom Rücksitz. Die Spitze eines Pfeils lugt oben heraus. Vor ein paar Monaten ist ein Liebesgott auf der Suche nach mir hier aufgekreuzt, eine Gruppe von Liebesagenten hat versucht mich umzubringen, und ich habe gegen eine Göttin gekämpft, der es ganz und gar nicht gefiel, dass ich ihren Sohn date.

Ich gehe lieber kein Risiko ein.

Als ich um das Auto laufe und den Kofferraum öffne, klingelt mein Handy.

»Lila! Bist du schon da?«, durchbricht Charlies aufgeregte Stimme die Stille. »Hast du sie dabei?«

Ich mustere die dekorierte Plastikschachtel, die zwischen ein paar Sweatshirts, einem Buch über Mythologie und einer leeren Getränkedose eingezwängt ist. Das Handy zwischen Kinn und Schulter geklemmt, hebe ich sie hoch. »Sag mir noch mal, warum das nicht bis morgen früh warten konnte.«

»Weil bald Valentinstag ist«, erklärt sie, »und das wird mir einen ganzen Monat lang mit meinen Agenten-Aufgaben helfen. Und ...« Sie plappert weiter über ein Match, das sie für morgen geplant hat, aber ich höre nicht mehr zu. Mich überkommt erneut das Gefühl, dass ich nicht allein bin.

Lila.
Ich erstarre.
»Ähm ... Lila? Hallooo?«
Langsam stelle ich Charlies Schachtel ab und trete einen Schritt zurück. Der Schotter knirscht unter meinen Stiefeln.
»Lila?«
»Ja. Alles klar. Ich bin gleich da, okay?« Ich lege auf und blicke mich nervös um. Der Eingang des Schulgebäudes ist in dunkle Schatten gehüllt.
Trotz der kalten Januarluft atme ich tief durch. Da schlägt mir ein seltsamer Geruch entgegen; süßlich, aber ganz und gar nicht angenehm. Ein modriger, fauler Gestank. Ich bekomme eine Gänsehaut.
»Hallo?« Meine Stimme durchschneidet die Stille.
Ich greife in meine Tasche und umfasse den Pfeil, auf das Schlimmste vorbereitet.
Lila.
Wieder diese Stimme ... Eine Männerstimme, kaum mehr als ein Flüstern, das der eisige Wind zu mir herüberträgt.
»Wer ist da?«
Wie als Antwort ertönt ein lautes Klappern, gefolgt von einem Poltern. Ich zucke vor Schreck zusammen. Dann hole ich tief Luft, um meinen rasenden Herzschlag zu beruhigen, und schleiche vorsichtig auf die Schule zu.
Ich biege um die Ecke – und werde gegen die Wand geschmettert. Mein Rücken prallt mit voller Wucht gegen den harten Backstein.
»Was zum ...«, keuche ich und stoße meine Angreiferin weg. Sie strauchelt, und ihre dunklen Augen begegnen meinem Blick.

»O mein Gott. Es tut mir so leid.« Ihre Stimme ist leise, und sie spricht mit einem leichten irischen Akzent. »Ich dachte, du wärst ... jemand anders.«

Langsam ziehe ich die Hand aus meiner Tasche und lasse den Pfeil los, den ich angriffsbereit umklammert habe.

Einen Moment starren wir einander schweigend an. Ich habe sie noch nie zuvor gesehen, was in einem kleinen Kaff wie Forever Falls merkwürdig ist. Ihre kurzen braunen Haare sind zerzaust, und ich kann einen Blutfleck in ihrem Mundwinkel erkennen, bevor sie ihn hastig mit dem Handrücken wegwischt. Sie sieht aus, als hätte sie sich geprügelt.

Als sie wieder zu mir aufblickt, flackert etwas Unergründliches in ihrem Gesicht auf.

»Wer denn?«, frage ich und spähe über ihre Schulter. »Ich hab gehört ...« Die Mülltonnen sind umgekippt, und der Boden ist mit Abfall übersät. »Wer bist du? Was ist passiert? Ist alles in Ordnung?«

Sie tritt einen Schritt zurück und setzt ein Lächeln auf, das jedoch nicht ganz ihre Augen erreicht. »Ich bin gestolpert, weiter nichts.« Damit wendet sie sich ab und geht.

»Warte!«

Sie sieht über die Schulter zu mir zurück. »Du solltest nicht hier sein.«

»Du auch nicht.«

Ihr Gesicht nimmt einen grimmigen Ausdruck an. »Bald ist Valentinstag.«

»Ähm ... ja?«

»Nimm dich in Acht.«

Ohne ein weiteres Wort dreht sie sich um und verschwindet in Richtung der Straße auf der anderen Seite der Schule.

Ich stehe einen Moment reglos da und starre in die Dunkelheit. Dann atme ich aus und lockere meine angespannten Muskeln. Mit einem irritierten Kopfschütteln gehe ich zurück zu meinem Auto – dem gebrauchten Ford Fiesta, den mir Dad zu Weihnachten geschenkt hat.

Wieder klingelt mein Handy. Es ist Charlie.

»Ich weiß, bin schon unterwegs«, versichere ich ihr, nehme die Schachtel, schließe den Kofferraum und gehe zum Eingang der Schule. »Gerade ist was Seltsames passiert.«

Auf der Treppe halte ich einen Moment inne und blicke mich argwöhnisch um, dann eile ich hinein – nur mit Mühe kann ich das Gefühl abschütteln, dass dort draußen immer noch jemand lauert.

»Wo bist du genau?«, frage ich.

»Hier!« Die Lampen gehen automatisch an, als Charlie durch den mit Spinden gesäumten Korridor auf mich zuläuft und ihr Handy in der Tasche ihres Jeans-Overalls verstaut. Als sie die mit Herzchen verzierte Schachtel sieht, leuchten ihre Augen auf. »Danke!«

»Was ist das überhaupt?«, frage ich.

»Meine Match-Box«, sagt sie mit einem breiten Grinsen. »Die Leute stecken ihre Liebesbriefe durch den Schlitz, und ich – als Mitglied des Sozialkomitees und hiesige Liebesagentin – überreiche sie dem Empfänger. Allerdings« – sie zieht einen Zettel aus ihrer Tasche – »werde ich selbst ein paar Briefe schreiben, um die Sache etwas zu beschleunigen.«

Ich ziehe die Augenbrauen hoch. »Raffiniert ...«

Sie grinst und nimmt mir die Schachtel ab. Verwirrung macht sich auf ihrem Gesicht breit, als es darin rappelt. »Hier ist schon irgendwas drin.«

Ich werfe ihr einen ebenso verwirrten Blick zu und nehme den Deckel ab. In der Schachtel liegt ein dünner Umschlag, auf dem in eleganter Handschrift mein Name steht.
Irritiert öffne ich ihn und ziehe die Karte heraus.

Lila, ich kann es kaum erwarten, dich zu treffen.
Von deinem Valentine

»Sieht aus, als hättest du einen heimlichen Verehrer«, murmelt Charlie. Als sie meinen besorgten Gesichtsausdruck bemerkt, fügt sie mit einem Augenrollen hinzu: »Ach nein, wahrscheinlich hat Cupid den Zettel heimlich eingeworfen, als ich die Schachtel gestern in der Agentur vergessen habe.«

»Ja. Natürlich.« Ich lächele erleichtert. »Das muss es sein.«

Charlie sieht mich durchdringend an. »Was ist los? Du meintest, eben wäre was Seltsames passiert?«

»Ach, da war nur dieses Mädchen, das draußen rumgelungert hat. Sie sagte, ich solle mich in Acht nehmen.« Ich werfe einen Blick auf die Karte in meiner Hand. »Und dass bald Valentinstag ist.«

Charlie zuckt die Achseln und steckt ihre Karte in die Schachtel. »Nun, dagegen lässt sich nichts sagen.«

»Nein, wohl nicht«, stimme ich zu und stopfe die seltsame Botschaft in meine Gesäßtasche. »Bist du für heute fertig mit der Kuppelei? Soll ich dich mitnehmen?«

»Wo fährst du hin?«

Ein Grinsen breitet sich auf meinem Gesicht aus. »Zur Matchmaking-Agentur.«

2. Kapitel

Ich stürze mich auf Cupid, doch er blockt meinen Hieb mit dem Arm ab. Die grünen Sprenkel in seinen Augen funkeln neckisch, als ich zurücktaumele. Er wendet den Blick keine Sekunde von mir ab, während er mich mit bloßen Füßen anmutig umkreist.

Ich folge seinem Beispiel, bewege mich langsam, lasse ihn nicht aus den Augen. Die merkwürdige Valentinskarte geht mir nicht aus dem Kopf, doch vorerst muss ich sie verdrängen. Ich muss mich konzentrieren. Ich muss gewinnen.

Mein Atem geht schnell und flach. Kurz senkt sich mein Blick auf sein weißes T-Shirt, das verschwitzt an seiner muskulösen Brust klebt. Er beobachtet mich, und seine Lippen verziehen sich zu einem Grinsen.

Genau in diesem Moment balle ich die Hand zur Faust und schlage sie ihm ins Gesicht.

In letzter Sekunde fängt er den Angriff ab und zieht mich an sich. Seine Körperwärme und der angenehme Geruch seines Aftershaves hüllen mich ein. Er lächelt schelmisch. »Du musst dich schon etwas mehr anstrengen, Sonnenschein.«

»Woher weißt du, dass du nicht genau da bist, wo ich dich haben will?«

Er hebt eine Augenbraue. »Wenn ich da wäre, wo du mich haben willst, wären wir wohl kaum im Trainingsraum der Matchmaking-Agentur …«

»Ach nein? Wo wären wir denn dann?«

Er schweigt einen Moment, dann erscheint ein Grinsen auf seinem Gesicht. »Im Bett?«

Er mustert mich mit amüsiertem Blick, um zu sehen, wie ich reagiere. Mein Mundwinkel zuckt, doch ich mache ein ernstes Gesicht. »Klar, das hättest du wohl gerne.«

Ohne Vorwarnung schlüpfe ich unter seinem Arm hindurch und beuge mich vor. Gleichzeitig bringe ich ihn mit einem kräftigen Ruck aus dem Gleichgewicht, so dass er über mich fällt. Er landet hart auf dem Rücken. Das laute Krachen, mit dem er auf der rosafarbenen Matte aufschlägt, hallt von den Zielscheiben an der Wand und der hohen Decke über uns wider.

Blitzschnell ziehe ich einen silbernen Pfeil aus dem Köcher über meiner Schulter, baue mich über Cupid auf und richte ihn auf seine Brust.

Triumphierend blicke ich ihn an. »Siehst du? Genau, wo ich dich haben will.«